左灯右行

如琢 著

上海文化出版社

左灯
右行

有一个少年突然闯进他的生命里。

就在他以为他会这样平淡、孤独地度过以后的岁月时，

其实少年的人生可以这样，
有清风，有朝阳，
有烈日当头，有雨雪风霜，
有璀璨星光，也有挚友在身旁。

CONTENTS

目录

陆君知闭上双眼，眼前是无边的黑暗，可是依旧让人感到心安。

严灼的声音会告诉他，没有人能伤害他，明天到来的时候，一切都安然无恙。

所以，严灼，很高兴可以遇见你，我想你也一样。

初遇

可是听到这个叫严灼的人发言时，他愣了一下，
莫名其妙地觉得这声音有点熟悉，
不过想不起来在哪里听到过。

第 1 章

陆君知到别墅门口的时候，天上挂着的太阳跟个大火炉似的，热风呼啦啦地往人身上招呼。他是临时出来的，脚下踩着一双拖鞋，穿着条短裤，前两天刚刚剪了的头发现在短得还能隐约看见青色的头皮。

张嫂看见他回来很高兴，端给他一杯果汁："君知回来啦，看看这热得，都是汗，赶紧进去歇会儿吃饭了。"

"您做的什么啊？"陆君知接过果汁灌了一口。

"糖醋排骨、油焖竹笋、酱牛肉，还有你平常爱吃的几个菜。"张嫂絮絮叨叨，"让你回来吃饭你又不肯，我过去你那儿做饭你又不让，真是不让人省心……"

陆君知"嘿嘿"笑了两声："我这不是过来吃了吗？我自己做的饭哪有您做的好吃啊！"

和张嫂说了几句话，陆君知就到客厅歇着。客厅里面海贝正趴在沙发边睡觉，一边睡一边抖抖毛，时不时还伸出舌头，真是和小时候一样。

陆君知看着它那副装模作样的懒样就想笑，叫道："海贝，过来！"

海贝睁开眼睛瞥了他一眼，把头扭到一边不理人。

陆君知乐了："哟，看您那矜贵的样，就几天没见，您还装不认识呢？"

海贝不理他，自己舔毛舔得挺乐和。

他一边逗海贝玩，一边拿了旁边的平板瞎看，打开搜索引擎的时候，看见搜索历史里面连着好几个都是医院的地址，不过全是市里普普通通的医院。

陆君知眯着眼睛看着手里的平板，他记得这是杨姗雨的。

有人从二楼走下来，是个年轻漂亮的女人，看着不过二十几岁。

杨姗雨看见陆君知坐在客厅的沙发上，明显愣了一下，不过还是走过来坐到他对面，脸上挂着小心翼翼的笑，温言细语地和他打招呼："君知回来了？"

陆君知懒得搭理她。

杨姗雨脸上有点挂不住，只得硬着头皮没话找话："学习是不是很累？怎么瘦了这么多？"

陆君知靠在沙发上懒洋洋地打量着杨姗雨，突然笑出声来，也没什么，只是觉得好笑罢了。这都多少年了，还是有人不死心。

杨姗雨被他笑得更是坐立难安，心里七上八下。谁都知道陆家小少爷是个不能惹的。

陆君知没再搭理她，径自把两条长腿抬起来，随意地搭在面前的茶几上，上身斜斜地靠着米色沙发的扶手，手里拿着平板看电影，懒懒散散的，好像马上要睡着。

杨姗雨看着陆君知那剃得露出青色头皮的脑袋，心里越发煎熬，只能自己上楼了。

电影里面演的是什么，其实陆君知一点也不知道。

八月三十号。

他扫了一眼日期，觉得这日子挑得不错。

陆君知坐在餐桌边，看着满桌子的菜，觉得自己还真的有点饿了。

张嫂一边往桌子上端菜一边絮絮叨叨地和陆君知说话："小少爷，我做了你最爱吃的糖醋排骨，要多吃点，我看你都瘦了，是不是上学太累了？"

陆君知一边往嘴里扒饭一边含糊地说："没有瘦啊，就算瘦了，吃几顿张嫂做的饭也能胖起来。"

"你这孩子，可怜见的。"张嫂把最后一道菜端上来，叹了一口气，"你想吃我做的饭还不简单，多回来几趟不就行了？我说要去你那边给你做饭你又不肯。"

"这不是怕您两头跑嘛！我平常自己做就行了。"眼看着张嫂又要开始唉声叹气，他赶紧安慰着。

张嫂见他吃完了一碗米饭，又赶紧添了一碗递给他。"别天天就顾着学习，这都要累坏了啊！"

他应了一声，看见杨姗雨从楼上下来了，就对张嫂说："张嫂，祈哲哥听说我今天过来吃饭，吵着要吃您做的菜，您给他拿食盒装几样，待会儿我顺路给他拿过去。"

"张家那小子？"

"嗯，说是嘴馋得不行，就想吃您做的饭菜。"陆君知夹了一筷子油焖竹笋放嘴里，"菜还有剩吧？"

"有，我这就给他装去！"张嫂乐呵呵地答应着进了厨房。

杨姗雨坐到桌边，拿着筷子夹了几口醋拌黄瓜就放下了筷子。然后她拿起旁边的筷子夹了一筷子凉拌海带放到陆君知旁边的碟子上，笑了笑道："君知多吃点海带，海产品对身体有益。"

陆君知眼皮都没抬，自己夹了条干炸小黄鱼。"不好意思啊，杨小姐，我对海产品过敏。"

杨姗雨脸上的笑容僵了一下，还是好声好气地对陆君知说："是我考虑不周。"

"杨小姐不用替我考虑周到，自己把自己的事情考虑周到就行了，"陆君知放下筷子，拿起旁边的水杯喝了口水，突然笑了一下，"什么事情不该做，杨小姐一定很清楚，您说是不是？"

杨姗雨脸上的笑终于挂不住了，声音有点颤抖。

"杨小姐别和我商量，没用，"陆君知摆摆手，有点不耐烦，"你要是不死心，就去和我爸说，不过依我看，在我爸那儿结果也是一样。"

陆君知看着杨姗雨一副要哭出来的表情，嗤笑一声，点了根烟叼在嘴里，深深吸了一口，吐出的烟模糊了对面女人的脸："难不成您还指望着和我爸长相厮守、海誓山盟吗？"

陆君知到 Seabed（海底）的时候，大厅里面亮堂堂的，放着好多新买回来的桌子凳子，好几个工人在里面整理。

这是张祈哲刚刚盘下的音乐餐厅，据说以前的老板欠了债，不得已才卖了这地方还债。这儿地理位置挺不错，收入可观，为此，那个老板还颇为不舍。

张祈哲别的不多，钱倒是不少，眼睛也不眨就把店买下了。他觉得以前的布置土得要死，这些天正自己赶着装修。

看现在的样子估计是快装修完了。不过好多地方都盖着塑料薄膜，陆君知也看不清张少爷的品位怎么样。

地上乱七八糟的东西堆得到处都是，连个落脚的地方都没有。他勉强转了一圈也没看见张祈哲的影子，只得拽了位装修小哥问，那小哥告诉他老板在后面包厢里。

陆君知左转右转的，终于在小哥的指示下找到了张少爷。

包厢的门没有关。

陆君知在门口就看见里面有两个人，他听见张少爷不耐烦地对另一个年轻人说："行了，回去等通知。"那个年轻人点点头转身走了。

陆君知走进去坐在沙发上，把手里提着的食盒放在面前的桌子上，问了一句："您这是干吗呢？"

张祈哲赶紧把食盒打开放到桌子上。"打算给 Seabed 找个驻唱，现在不是在装修嘛，过两天就开业。"

"这种事情让别人做不就行了？"陆君知拿起桌子上的酒杯倒了点可乐，"你干吗自己找？"

张少爷正狼吞虎咽地往嘴里塞饭，抽空瞅他一眼道："必须自己找个合适的，我以后就指着 Seabed 活了，刚刚跟你哥打电话他还说这里地理位置不错。"

"我哥那边怎么样，顺利吗？"陆君知昨天打电话给他哥，他哥在开会，两人也没说几句。

"估计忙得要死。"张祈哲噎得喝了口红酒，含糊地说，"我俩就说了两分钟，你哥旁边那姑娘就叫了他好几声，你说你哥是不是喜欢人小姑娘啊？每次出差都带上人家。"

陆君知乐了："不带他那个秘书带谁？就我哥那强迫症晚期，你觉得除了现在这个小姑娘谁能忍得了？"

张祈哲十分赞同："还真是。"

他把桌子上的菜吃光，起身从冰箱里拿了罐饮料递给陆君知："你哥还真是中国好哥哥，就出差这么几个月，也要千叮咛万嘱咐地让我好好照顾你，你又不是小屁孩，还要别人换尿布吗？"

"你又不是不知道，我哥就那样。"陆君知挑眉道，"和他一起吃个饭都有时间限制，早上六点准时起床，晚上必须十一点睡觉，不许抽烟，不许喝酒，不许飙车，打架要有理由……"

"哎，停停停……"张祈哲掏着耳朵，愁眉苦脸，"你再说下去我都没法吃饭了。"

陆君知"嘿嘿"乐了一会儿，问："你怎么突然想起来搞这个了？"

"就想弄了呗！"张祈哲把吃得差不多的食盒收拾收拾，"以后没事过来玩啊！带着你那帮狐朋狗友过来捧场。"

陆君知乐了："我哥要是知道你这么跟我说非得揍你，你信不信？"

"别让他知道不就行了？"张祈哲倒了杯水喝，"你们这是要开学了吧？"

"啊，快了，没几天了。"陆君知盯着张祈哲，"你在这儿熬了几天了？眼睛都红了。"

张祈哲点了根烟叼在嘴里："两三天吧，等开业了就行了。"

第2章

严灼坐在出租车上看了眼手机。二十二点四十分。本来以为这么晚了应该不会堵车，但看着前面一眼望不到头的长队，他叹了一口气，又看了一次手机。

车子往前挪了挪。

"小伙儿，别着急，前面出事故了，早着呢！"司机是个大叔，说话带着一口东北大碴子味。

严灼看着前面闪闪的车灯，问了句："大叔，这还得多久啊？"

司机大叔很是淡定地看了他一眼："这哪说得上来，怎么也得一个多小时吧！来来来，咱先听个曲儿。"

"……我下车自己过去吧。"严灼打开车门，把钱放在座位上，"大叔，我把钱放在这儿了。"然后他就在东北大叔的呼唤下翻过路边的栏杆跑远了。

夏天的晚上很凉快，不过他一路跑到目的地的时候还是热得出了一身汗。他掏出手机瞥了一眼，二十三点零五分，已经迟到了五分钟。

顾不得歇口气，他抬头一看餐厅的招牌，Seabed，没错，就是这儿了，他一把拉开大门蹿了进去，然后就撞到了一个人。

对方应该是没有防备，被他撞了个趔趄。严灼反应很快，一把拉住对面的人，开口道歉："不好意思。"

门口的灯光非常暗，严灼看不清对方的长相，只看见是个个子和他差不多的年轻男人，头发剃得很短。

他见对方没反应，以为是撞到了哪里，这黑洞洞的，还真没准儿。

严灼有点担心地问："怎么样？是不是撞到哪里了？真的不好意思。"

那人这时才回答："没事。"

声音里带着嚣张和不耐烦，他一把推开严灼的手离开了。

严灼回头看了一眼，只看见这个年轻人挺拔的背影。他没有时间多想，只得赶紧进去。

服务员把他带到一个包厢门口就离开了，严灼深吸一口气，抬手敲了敲门。

听到"请进"的时候他有点吃惊，因为这个声音很年轻。

他打开门，看见一个年轻男人坐在对面的沙发上。

"哲哥好。"他打了声招呼，眼睛快速扫了一圈包厢。这间包厢装修挺时尚的，黑白为主，简单大方，墙上挂着各种稀奇古怪的装饰品，而且装了许多价钱不低的灯：吊灯、地灯、壁灯……如果都打开的话，效果应该很不错。墙角放着的那一套音响设备没个十几万块估计是买不来的……一个包厢的装修这么烧钱……

"哟，来了个帅哥。"张祈哲抬头看了他一眼，突然笑了一下，指着沙发，"来，帅哥先坐这儿。"

"谢谢哲哥！"

严灼往前走了几步，坐到沙发上，和张祈哲隔着一张桌子。桌子上搁着两个杯子，还乱七八糟地放着好几个空饭盒。

张祈哲从桌子上拿起名单看了看，问他："叫……严灼……是吧？"

严灼看了眼他手里的名单，回道："是的。"

"那就……先唱首歌。"张祈哲闭上眼睛，"随便唱什么都行。"说完还拿起边上的衬衫盖在身上，就靠在沙发上不动了。

严灼想了想，唱了一段 Nothing's Gonna Change My Love for You（《没有什么可以改变我对你的爱》）。

没有音乐，只是清唱。

如果说这个世界上有什么事情是严灼不用付出太多努力就可以有所收获的，那就只有唱歌，他差不多一开口就找到了感觉，主要是这首歌他唱过挺多遍，不会出错。

他唱完一段睁开眼睛的时候，看到张祈哲正似笑非笑地看着他。

"成年了吗？"张祈哲问他。

"成年了。"严灼拿出身份证递给张祈哲。

张祈哲看了眼身份证，还给严灼，又问道："会跳舞吗？"

"会一点爵士和街舞。"

张祈哲有点意外地挑了挑眉："不错，会的不少。"

严灼笑笑，没有说话。

张祈哲便站起身打开电脑按了几下，包厢里响起了音乐。"随便跳一段。"

严灼从 Seabed 出来的时候，松了一口气。

走到拐角那家奶茶店，他隔着玻璃看见梁凡正在里面等他，见他要进门，梁凡立马从座位上站起来，抓起包就往外走，动作行云流水。梁凡蹿到严灼身边，拉起他就跑。

严灼被他拉着跑到巷子里才停下，弯腰撑着膝盖喘气，问道："怎么了？"

"刚刚阿光打电话来说肖俊要带人来堵咱俩，就快到奶茶店了，我这才拉着你一通狂奔！"

严灼整了整衣服，把脖子上那一串叮叮当当的项链取下来，那会儿急着去面试，衣服还是表演服装，现在都快半夜了，他就穿了一件薄 T 恤，有点凉。

"他还没完了！"严灼有点烦，他根本就不想招惹这个叫肖俊的，每天已经够忙了，偏偏对方还不放过他。

一开始他都不知道到底是怎么回事，完全莫名其妙，突然有一天肖俊就带着一帮人来找碴，非说自己勾引他女朋友。

勾引……严灼一听见这个词就想把手里的吉他朝他脑袋上抡过去。

严灼压着火，还是解释了一下，自己根本就不知道他女朋友是谁，当时倒也没打起来。

直到后来有个叫温婷的找他要手机号，阿光才告诉他温婷的男朋友就是肖俊。对上人之后，严灼就尽量躲着她，不是因为别的，纯粹是怕惹麻烦。不过并没有什么用，温婷还是锲而不舍地来找他。

"谁知道他想什么呢。"梁凡揉了揉眼睛，"你面试怎么样？"

"还行，说是先试用。"严灼从兜里摸出张祈哲给他的名片看了一眼，"应该能比之前的地方好些。"

"那就好。"梁凡拿出手机看了看，"都十一点半了，我妈又该骂我了，完了完了！"

严灼点点头："行了，快回家吧，开学见。"

"开学见。"梁凡跟他挥挥手。

陆君知睡醒睁开眼的时候，房间里很暗，他睡得有点蒙，都不知道几点了。他爬起来拉开窗帘往外面看了一眼，天气阴沉沉的，像是要下雨了。

他在厨房里翻箱倒柜地找了半天，什么都没有，正想着怎么解决这一顿的时候，徐西立打电话过来了，一开口就吼得撕心裂肺。"君知！晚上出来玩啊！"

他真担心徐西立嗓子裂了。"明天开学，你这是最后的狂欢了吧？"

"知知，我要告诉你一个消息！"徐西立兴奋的大脑自动忽略了陆君知的话，"一个天大的好消息！"

陆君知一边穿衣服一边和他胡侃道："'林妹妹'答应和你出来玩了？"

徐西立哽了一下，不说话了。

陆君知继续调侃道："哑巴了吗？"

徐西立悲愤地表示："哎，你还能不能聊了？抢我台词！"

外面好像有点冷，陆君知犹豫了一下，还是穿了一件长袖带帽开衫，踩了一双运动鞋。

陆君知拿着钥匙锁门，这锁有点旧，不太好用。"不和你聊了啊，我得出门了，晚上去哪儿，发短信告诉我，我直接过去就行了。"

徐西立爽快地挂了电话。

▶▶▶ 第3章

陆君知走到街上的时候才发现忘了拿伞，而且天阴得厉害，小风一吹，还真的有点冷。

他肚子饿得不行，实在懒得走，拐角处有家麦当劳，要搁平时他铁定不吃这玩意，不过现在他还真没法，一整天连粒米都没进，凑合一顿得了。

进去一看，人不多，他随便点了一个汉堡、一杯可乐，就坐在窗边的位置一边吃一边拍了张照片发给徐西立。

突然他听见旁边有个姑娘带着哭腔在那儿说："你为什么要躲着我？"

陆君知抬头一看，看见前面那桌的一个女孩正哭得梨花带雨，我见犹怜，同桌的男生背对着陆君知，看不见他的表情，只听到他回答："我们见面不合适。"

他的声音有些低沉，不带什么情绪。

"有什么不合适的？你是不是讨厌我？"那个女生简直要崩溃了，声音一下大起来，仰起头瞪着那个男生，周围的人都看过来。

"我没有讨厌你，不过对你也没有别的想法，"男生靠在椅子上揉了揉额角，"我记得你有男朋友。"

陆君知心想这哥们儿有点意思啊，内心还挺坚定。

"谁有男朋友啊！谁是那个傻子的女朋友啊！"

陆君知实在没忍住，一口可乐喷出来，拿了张纸巾擦擦嘴。这姑娘看起来挺漂亮的，没想到说话也直接。

那个男生可能是听到了陆君知的笑声，扭过头看了他一眼。

陆君知看清这男生的长相时愣了一下。难怪这姑娘这么不依不饶的，他确实是个帅哥。

不过帅哥有点不高兴，皱着眉看了陆君知一眼。

陆君知冲他龇龇牙，拿起可乐又喝了一口。

帅哥还没说话，那边的小姑娘又哭着吼了一句："我再也不要理你了！"然后就哭着跑出去了。

陆君知看得津津有味，没想到随便出来吃顿饭，还能碰到这么个事。

他刚从兜里摸出根棒棒糖塞到嘴里，就听见那个帅哥在打电话。

"好的，哲哥，歌我已经选了几首。"

"……"

"嗯，明天晚上就可以了。"

"……"

"乐队的话，我带阿光他们过去可以吗？"

"……"

"好的，哲哥再见。"

帅哥打完电话站起来正准备走，转过身眼神正好和陆君知的对上，他看了陆君知一眼就走了。

陆君知嘴里叼着棒棒糖，眯着眼睛看着他走出去的背影。

第二天陆君知起床的时候，觉得嗓子都要劈了。

头天晚上他和徐西立陪着"林妹妹"在KTV里玩到半夜，"林妹妹"是个冰山美人，平常属于不食人间烟火型，基本不怎么搭理别人。昨天答应徐西立出来，估计是徐西立坚持且不要脸的行为终于撼动了冰山一角。

为了给两人创造在昏暗的灯光下说话的缠绵氛围，陆君知和其他几个哥们儿唱了一晚上情歌。

徐西立那家伙一看见林千钰智商就不在及格线上，一颗心全装着他的"林妹妹"。

林千钰马上就要去邻市上学，两人得等放假才能见面，这姑娘不好追，徐西立从初中开始就对林千钰一往情深，到现在也不过就是勉强能约她出来唱歌。

陆君知都不知道他什么时候才能把人追到手。

等陆君知磨磨蹭蹭到班里的时候，马上就要上课了。

他刚走到座位旁边，前桌的徐西立就扭过头来，一脸兴奋。"我家千钰给我回信息了！"

"你找个镜子瞧瞧你那表情。"陆君知把书包往桌子里一塞，把手里提着的饭盒塞到徐西立怀里，"'林妹妹'要是看见你这样得吓哭了吧！"

徐西立整了整衣服："我这么帅的上哪儿去找？"

陆君知乐了："帅？嗯，是挺帅一土匪。"

徐西立"嘿"了一声，伸手摸了把陆君知剪得都快看不见的头发，反驳道："哪有你像土匪啊？"

陆君知往他脑袋上拍了一巴掌："干什么呢！"

徐西立还想说什么，上课铃已经响了。

陆君知一抬头就看见他们班的英语老师穿着件大红连衣裙进来了。

上个学期刚刚分的文理科，他选的理科。他们市一中是全市最好的高中，竞争激烈，好学生一把一把的，抓不过来。不过不包括像他这样的，也不包括像徐西立这样的。

一中有个传统就是重理轻文，每年学理科的学生占大多数。所以文理科分班的时候，选理科的学生不用换班级，还在原来的班级，老师也基本是原来的老师，只是稀有调整。

"假期过完了，"关臻臻靠在讲台上，"假期作业呢？麻利点给我交上来。"

徐西立趴在桌子上："没做完啊！臻姐，再宽限两天吧……"

"两天？"陆君知踢了徐西立一脚，"你两天能做完吗？抄都抄不完吧。"

"出息！"关臻臻往徐西立脑袋上扔了个粉笔头，徐西立敏捷地侧头躲过。

关臻臻对着后面的陆君知问道："你作业也没做吧？"

陆君知龇龇牙道："没做！"

徐西立"嘿嘿"笑了两声："看在我家君知这张帅脸的分上，假期作业能不能给我俩打个折？"

关臻臻白了他一眼："做梦啊！想得美！"

"臻姐早就对你俩免疫了，而且徐西立你的颜值真的及格了吗？"杜若在旁边低着头一边补作业一边泼凉水，"臻姐要给刚转过来的竞赛班上英语课，他们班的严灼是一中校草，是吧，臻姐？"

"消息还挺灵通。"关臻臻乐了，"我是要带竞赛班的课，所以我就先让严灼当英语课代表了。"

"真的吗？"杨烟兴奋地抓住同桌杜若的胳膊，"严灼、严灼、严灼……老师，您还缺课代表吗？我愿意为班级服务担任英语课代表！"

杜若把她从自己身上扒拉下来："老师，这儿有个神经病。"

班里一阵哄笑。新学期第一节课没什么事，关臻臻布置完常规的课业，就继续跟他们聊天。

陆君知听着这些乱七八糟的，打了个哈欠，昨天晚上熬得太晚，现在他觉得自己双眼模糊，意识不清。

徐西立可能是追林千钰追久了，被八卦之神附体，转过来给他传播小道消息："君知，你听说过严灼吗？"

"你都要趴在我脸上了。"陆君知伸手把徐西立的脸推开，强撑着睁开眼睛懒洋洋地靠在椅子上，"没听说过。"

徐西立很八卦地继续说："这个严灼当时进一中就是保送，之后每次月考、期中考、期末考全是第一，什么物理、化学、数学竞赛得过很多奖，而且……人家那张脸，啧啧……长得是真帅……"

陆君知拿起水杯灌了一口水，瞥了眼前面，看见关臻臻还在和几个女生聊得热火朝天，随口道："帅就帅呗！长得帅能上天？"

徐西立难得没有和他斗嘴，皱着脸说："他和我家千钰一起上过竞赛课，还是一个小组的搭档……"

陆君知冲他竖了个大拇指："你牛，给自己整了这么一个情敌！这滋味是不是特爽？"

"你想多了，我家千钰说，她不喜欢严灼那样的！"徐西立立马反驳。

"那她喜欢什么样的？你这样的？"陆君知一边拿出手机打算给他哥发条短信，一边随口问。

徐西立有点羞涩："她没说，不过我觉得是。"

陆君知愣怔地看着徐西立，把手放在他额头上："哥们儿，醒醒，发烧烧糊涂了吧？"

徐西立一把拍开他的手。

开学第一天，大家都沉浸在假期的余韵里拽都拽不出来，各科老师并不会讲课，只是会向大家说一下新学期的安排，再催大家把假期作业交一下。

好不容易熬到第一节英语课结束，陆君知简直困到撑不住，趴在桌子上睡觉。

前面的几个女生一直叽叽喳喳个没完，陆君知一阵心烦，一股火噌地蹿上来，"哐当"一声踢了下桌子。

声音挺大的，一时教室里的学生都停下自己手里的事情，朝陆君知看过来。前面的几个女生也没再说话，转过头就见陆君知旁边的桌子被踢到了一边。

陆君知摸了一下短得快看不见的头发，说道："安静会儿成吗？"

那几个女生相互看看，推推搡搡地跑到教室外面去了。

▶▶▶ 第 4 章

第二节课是班主任的课，他们的班主任是个四十几岁的女老师，对他们特别严格，不管是男是女，她一视同仁。

她让没写完假期作业的都到走廊面壁思过。

所以，陆君知和徐西立在班主任阴沉的脸色下走到走廊上罚站。

陆君知无聊地站在走廊上盯着窗外在操场上打篮球的学生，徐西立在旁边偷偷摸摸地给"林妹妹"发短信。

在"林妹妹"回短信的间隙里，徐西立用肩膀撞了他一下。"君哥，你知道不，你现在的表情让我怀疑你马上就要跳起来找人干一架。"

陆君知扭头扒拉了一下徐西立的脑袋："你是不是傻？"

徐西立歪头躲过他的魔爪："知知，我想跟你说句话，又怕你不爱听。"

"那就别说！"

"可是我憋不住！"

"欠揍啊？"

"不是我说你，"徐西立挠挠头，还是开了口，"刚刚那几个女生跟我说，你差点把人家吓哭了！"

陆君知乐了："还学会跟你告状了？"

"咱对姑娘能温柔点吗？"徐西立一副你不可救药的表情。

陆君知看着他笑："立立，你很怜香惜玉吗？"

徐西立立马怒了："不要叫我立立！"

陆君知冲他挑挑眉，继续叫着："立立？"

徐西立一口气噎着，说不出话。

好不容易等到第二节课下课，徐西立拉着陆君知冲到楼道尽头的自动贩售机那儿买饮料。

陆君知看见徐西立从下面拽出来三瓶冰红茶，问："怎么有三瓶，还给谁买了？"

"给千瑾买的！"徐西立递给陆君知一瓶，"就是千钰的弟弟，在竞赛班，她托我照顾一下。"

"……你确定是林千钰让你照顾的？"陆君知拧开冰红茶往嘴里灌了一口，眯着眼睛看了眼徐西立，"我怎么觉得林千钰巴不得你离她弟弟远点，免得和你学坏？"

"瞧你说的！"徐西立整了整校服，对着旁边的玻璃窗摆了个 pose（姿势），

"我怎么说也是大好青年一枚，就是学习成绩差了点。"

旁边过来俩女生，陆君知听见其中一个对另一个说："看见没，那个就是陆君知，一班那个！"

另一个女生回了句："长得挺帅的呀，就是有点凶。"

第一个女生又说："我的天，你可千万别招惹他，就是他把艺校那个男生揍得进了医院！"

"君哥，艺校那个还在医院待着呢？"徐西立拉着他往竞赛班走，他们班在三楼，竞赛班在二楼。

"估计是吧，上次把他揍狠了！"陆君知抽空从裤兜里摸出手机，他哥给他回了信息，他点开看了一眼：今天下午的飞机，晚上就到了，明天我和你一起去。

"那你这几天注意点，别落单，那家伙肯定得和咱俩再来一局！"徐西立低头看了眼他的手机，"嘉树哥要回来啊？"

"嗯，"陆君知搓了把脸，让自己清醒点，"今天回来，明天再走。"

徐西立愣了一下："你哥对你可真好……"

"你还去不去看林千瑾了？"陆君知一把把他推进竞赛班的教室，自己斜靠在门口等着。

第二节课后要在操场举行开学典礼，这时候教室里的学生差不多都已经到操场去了，不过林千钰的弟弟林千瑾还在座位上。

陆君知和徐西立从还没学会说话的时候就在一起玩，对彼此的事情知道得简直不能再清楚。徐西立对"林妹妹"专情多年，陆君知对林千钰的事情自然也知道一些。

据说林千钰的父母离了婚，林千钰跟着爸爸在外市，林千瑾跟着妈妈留在本市，姐弟俩关系倒是很好，只是父母离异后才不得已分开念书。

徐西立为了讨好"林妹妹"，没少照顾林千瑾，不过林千瑾和他姐姐一样，也是冷冷淡淡的性子，就跟高岭之花似的。

陆君知见徐西立一边啰唆一边把水递给林千瑾，冰山小帅哥随手接过，说了句谢谢就不开口了。

徐西立还在旁边叨叨个没完。

陆君知等得不耐烦了，他觉得自己和徐西立都不是什么好脾气的人，三句不和就能和别人干起来，现在的徐西立简直就像换了个人。

陆君知走过去看了一眼，徐西立指着低头看书的林千瑾用口型说了句："受伤了。"

他觉得莫名其妙，受什么伤了？

陆君知低头看了眼冰山小帅哥，可不是，右边眼眶都有点青了，下巴上也有伤。林千瑾长得跟他姐很像，皮肤很白，脸上的伤看起来更明显了。

这一看就是被人揍了。

陆君知抬头和徐西立对视一眼，徐西立那眼神分明就是说：你快上啊，我没法了！

陆君知忍着不耐烦，伸手捏起林千瑾的下巴，强迫对方抬起头，盯着他的眼睛问了句："说吧，谁干的？"

林千瑾面无表情地看了他一眼："不关你的事。"

陆君知总算明白徐西立为什么追了"林妹妹"这么久还是追不上了。

姐弟俩的性子都够冷。

徐西立还在旁边磨叽道："小瑾，你快说是谁干的，哥帮你揍回去！"

林千瑾看都没看他，低下头继续看书。

陆君知收了手，拉开旁边的椅子坐下来，看了团团转的徐西立一眼，拉他也坐下。"老实坐着，别丢人。"

徐西立冲他比了个中指。

陆君知没理他，看着一脸"别和我说话，我不想搭理你们"的林千瑾，拿出手机在手上转来转去，说："你不说也行，那我给你姐打个电话，我相信她一定会过来看看到底是谁欺负她弟弟了。"

"想追我姐别从我这里下功夫，没用的。"林千瑾翻过一页书，"还不如想想怎么讨好她。"

"你不想说也行，那我来猜猜，"陆君知左手撑着额角，右手食指在桌子上敲了两下，"嗯……是不是那个叫李……凯晨的？"他戳了徐西立一下，"就是上回咱们碰见的那个，记得不，挺嚣张的，你当时还指给我看。"

"一定是那家伙，我怎么把他给忘了？"徐西立拍了下桌子，又低头对林千瑾小声说，"小瑾别怕，等哥帮你揍回来！"

林千瑾冷笑一声："多管闲事。"

陆君知撇嘴，要不是因为旁边这位，谁要管你的事？

他和徐西立晃悠着走到操场的时候，开学典礼早就开始了。他俩顺着队伍溜到最后面站着。

陆君知看着前面一片黑色的脑袋在明媚的阳光下闪闪发亮。主席台上不知道是谁在那儿扯着嗓子讲话。

陆君知把徐西立拉到旁边："快来给哥挡挡太阳，热死人了。"

"都晒着我家知知了，来，赶紧，我给挡挡！"徐西立刚刚找到向林千瑾示好的机会，高兴得跟个傻子一样。

"徐西立，你好好给君哥挡着光啊，要不然君哥有你好看！"杨烟和杜若站在他俩前头，扭过头看了眼班主任，压低声音回头和他俩贫嘴。

"我家君知才舍不得，是吧？"徐西立靠在陆君知的肩膀上。

陆君知懒得理他们，拿出手机上网查了一下航班，他哥差不多两点到，他得提前点去机场，这两天总是堵车。

他正琢磨着呢，就听见周围一阵议论，前排的杨烟激动得一迭声地小声喊："严灼严灼严灼……真是严灼啊……"

陆君知抬头看了一眼，因为他站在最后，离得太远看不真切，只看见主席台上面站了个穿着校服的高个子男生，白衬衫黑西裤，正在调整话筒高度。

夏天明亮的阳光洒到台上，照得他整个人好像毛茸茸的。

"严灼要作为学生代表发言，"杜若扭头冲他俩说，"我猜就是他，除了他没别人。"

"别在这儿发花痴丢人啊，有本事去追啊！"徐西立不屑地表示，"不就是脸长得好看吗？有什么用！"

"你找揍呢？"杨烟作势给了徐西立两拳，"人家就是长得帅，你管得着吗？"

"长得帅？能有我家君知帅？"徐西立扭头冲陆君知抛了个媚眼。

"滚蛋，少拿我比，大老爷们儿长那么帅等着当小白脸吗？"陆君知一掌拍在徐西立后脑勺上。

"你俩知道什么，长得帅当然有用了！"杜若一把拉过旁边的女生，"追严灼的女生都不知道有多少，是吧？"

"嗯，光咱们学校的就好多，更别提外校的了！"

这个说话的女生陆君知都叫不上名字，他们班的女生他总共也没认识几个。这个女生话刚说完，严灼的发言就开始了。

"各位老师、同学，大家好，很高兴我能在新学期开学典礼上作为学生代表发言……"

陆君知本来在想今天晚上要不要和他哥说他不想去度假的事，他哥早就计划好了十一要带他去度假，本来不想扫他哥的兴，但他真的不想去，觉得没意思。

可是听到这个叫严灼的人发言时，他愣了一下，莫名其妙地觉得这声音有点熟悉，不过想不起来在哪里听到过。

很好听的声音，低沉而轻缓，被话筒扩大，带着点回音萦绕在他耳边。

周围很安静，整个操场都回荡着严灼的声音。

"新的学期开始了，代表着我们正式迈入了高二，即将开始新的学习生活，在新的起点上，一切未可知，我们的未来拥有无限的可能……"

"这声音也太好听了！"杨烟拽着杜若的手小声说。

"你喜欢就追呗。"陆君知怂恿她，"杨烟大美女出马还有搞不定的？"

"我倒是想呢！人家连校花的表白都拒绝了，更别说我了。"

"你还怕人家看不上？"陆君知和徐西立乐得不行，"这小子一定在装呢！"

"人家那不叫装好吗？"杜若瞅了眼站在那边的班主任，"人家是根本就不在乎。"

徐西立"啧"了一声："我看是人家越不搭理你们，你们就越来劲！"

"什么不搭理啊？"杨烟怒了，"严灼对别人很有礼貌、很温柔的好吧！"

"我的大小姐啊，拜托小点声吧。"徐西立一下扑过去捂住她的嘴，"你想把老班招过来啊？"

"过来就过来呗，你们俩还会怕老班？"杨烟一脚踢开徐西立，压着声音嘟囔，"你俩就是嫉妒人家！"

徐西立刚想反驳，就看见老班朝他们这边走过来，然后阴着脸绕着他们几个转了一圈又走了。

"脚踏实地，仰望星空，我们的理想在脚下，梦想在前方。年轻的战场上，地广天大，总有属于你的一片海洋……"

陆君知抬头看着主席台上的人，心里默念了一句：可不就是装吗？

⟫⟫⟫ 第 5 章

开学典礼结束后还有一节课，陆君知和徐西立趁着这节课跑出去吃饭。

陆君知看了眼手机："都能吃饭了，走吧，小南门。"

"真不知道这些领导每年都念一样的稿子烦不烦。"徐西立摸出包纸巾塞给陆君知一张，"晒出一身汗！"

陆君知扯着纸巾擦了擦脑门上的汗，拽着徐西立往小南门跑，顺手把揉成一团的纸巾投进路边隔着好几米远的垃圾桶："别磨叽，待会儿我还得去机场接我哥！"

市一中没有宿舍也没有食堂，学生们只能自己带饭或者去校外的小饭馆解决午饭，离家近的也可以回家吃饭。

他家离学校挺近的，但是他一个人懒得回去做饭，再加上一个只会张嘴的徐西立，他更懒得回去。

两人平常都在小南门那边的饭馆吃饭。

他俩常去的也就是小南门那家叫四季酒家的小饭馆，里面的服务员小妹都认识他们了。

平常中午去人都挺多的，现在他俩厚颜无耻地逃了一节课，店里人很少，冷冷清清的。他俩随便挑个靠窗的位子就坐下了。

"你俩来了。"那边的服务员一看他俩进来就一步三蹦地跑过来招呼，"都好久没看见你们来吃饭了！"

"这不是才开学吗？"陆君知抽出桌子上的卫生纸擦了擦桌子，抬头问徐西立，"吃什么？焖面还是炒饭？"

"炒饭！"徐西立抽出纸巾擦擦脑门上的汗，"再来两瓶可乐！热死了！"

"给咱把空调开大点吧！"陆君知冲服务员抬抬下巴，"看把咱徐哥给热得。"

"行行行。"服务员一边往单子上写菜名，一边问陆君知，"帅哥，你还吃焖面吗？"

"嗯，就焖面吧！"陆君知抬脚在桌子底下踢了一下徐西立，"快点吃，待会儿我还得去接我哥呢！"

"行行，你们兄弟俩还真是感情好！"徐西立"嘿嘿"笑了两声，"那你下午就不去上课了？"

"嗯。"陆君知扯了扯上衣，"这校服穿着真难受。"

天本来就热，他们学校夏季的校服上衣是半袖衬衫，还配着条细领带，质量倒是不错，就是这天气穿太热。

陆君知随手扯了扯领口，领带松松垮垮地挂在脖子上，衬衫解了两粒扣子，隐约能看见锁骨，他懒懒散散地靠着椅背，歪着头漫无目的地看着外面的马路。

"哎，知知，能不能好好穿衣服了？"徐西立"嘿嘿"笑了两声，冲他抬抬下巴，"看你把人家小女生给祸害得！"

旁边好几个在这儿吃饭的女生正看着他们，嘀嘀咕咕地议论。

"啧，就不好好穿！"说完他就把领带扯下来，把上衣扣子又解了两粒！

徐西立简直无语。

服务员把饭端过来的时候，陆君知又要了一瓶可乐。

"你就喝吧，天天喝那么多可乐！"徐西立往嘴里塞了一大口炒饭，瞥了他一眼，含含糊糊地说。

"滚！"陆君知拧开可乐灌了一大口，"我愿意。"

刚往嘴里扒了一口焖面，陆君知就想到了林千瑾的事情，这件事情不能让徐西立出手。上次他俩和艺校那家伙打架，徐西立他爸知道后，可劲揍了徐西立一顿。他妈心疼得不行，一气之下回他姥姥家住了半个月，刚被徐西立他爸爸接回来。

"林千瑾的事情我来办吧。"陆君知又往嘴里塞了口焖面，"你这几天安分点，省得你爸揍你！"

"那怎么行，我追姑娘怎么能让你使劲啊？"

"得了吧，你要是真这么有骨气，昨天还让我去 KTV 干吗？"他看了徐西立一眼，"真是不争气，追了几年了，手还没牵过吧？"

"瞎说，昨天晚上我们还拥抱了呢！"徐西立双手在胸前交叉，那一脸的陶醉让陆君知真想直接把他拍桌子上。

从四季酒家出来后，陆君知直接打车去机场了。他走的时候又嘱咐徐西立林千瑾的事情交给他。

他和徐西立不一样。

徐西立打架会被他爸揍，而他不会。

打架、逃课、抄作业这些他都干过，却没有人管他。

怕赶不及，陆君知连家都没回就穿着校服去了机场。

路上果然堵得厉害，他赶到机场的时候飞机刚到。

他等了一会儿，看见他哥提着包出来了，还穿着衬衫、打着领带，看样子是连衣服都没来得及换。

还没等他说话，陆嘉树就径直走过来抬手轻拍他的额头。"不是不让你过来吗？这么热的天中暑了怎么办？怎么穿着校服？"陆嘉树皱着眉看他，"你是不是又逃课了？"

陆君知从陆嘉树手里接过手提包，笑了笑，两人一同往外面走。"这不是你回来了吗？反正明天也得请假。"他拦了辆车，"哥，是回家还是回你那儿？"

"去酒店，"陆嘉树揉了揉陆君知的脑袋，"我那儿都没打扫，估计一屋子灰。"

陆君知愣了一下才说："那回家里的公寓啊！"

"不用，直接去酒店就行。"陆嘉树看了一眼手表，"现在赶去酒店，我还有个视频会议。"

陆君知"啧"了一声："你现在真成工作狂了。"

到酒店的时候已经快下午四点了，俩人刚进房间，陆嘉树就接了个工作电话，陆君知出了一身汗，觉得整个人都黏糊糊的，赶紧冲他哥打了个手势，钻到浴室洗澡去了。

等他洗了个战斗澡裹着浴巾出来的时候才发现自己没有衣服换，唯一的衣服就是沾了一身汗的校服……

"身材好也不用这么晾着吧？赶紧穿上衣服，不要感冒啊！"陆嘉树"啪"地拍在他小腹上，"都有腹肌了，还真不是小孩子了！"

"你当我不想穿啊，这校服一股汗味。"他拿起来抖了抖，"怎么穿啊？"

"要不自己拿洗衣机洗了甩干，要不就裹着浴巾。"他哥一边说一边脱衣服往浴室走，"我回来就拿了一套衣服，没有能给你换的……"

得，用洗衣机洗吧！

两人折腾完了，又吃了点饭，天都暗下来了，赶紧打车往张祈哲那儿奔。

张祈哲和他哥初中就是同学，关系很好，不过依他看主要是张祈哲老跟着他哥，要不然以他哥和张祈哲一点也不一样的性格，两人怎么都玩不到一块去。

其实陆君知也不知道张祈哲怎么就这么喜欢和他哥凑一块，他哥前脚刚到酒店，张祈哲后脚就打电话过来让他俩到自己新开的 Seabed 餐厅来。

陆嘉树一下车，就差点被这一片灯红酒绿闪瞎了眼，张少爷的 Seabed 地理位置不错，到了晚上就车水马龙，人来人往，川流不息……

"你祈哲哥就是胡闹。"陆嘉树一把拽过陆君知，不让别人碰到他，"这地方这么多人，非得让你也过来！像什么话？"

陆君知心想我去过的地方比你还多，有什么顾忌的，不过嘴上还是说："哥，你待会儿可千万别说祈哲哥，他对这个挺上心的，我就进去坐会儿，又不喝酒。"

陆嘉树皱着眉头"嗯"了一声。

陆君知走到门口，抬头看见上面挂着的灯牌闪着蓝色的光。

Seabed。名字其实挺好听，他上回来的时候都没注意。

餐厅不是非常大，但看得出来装修很用心，风格简约时尚，穿着礼服的小提琴手站在前面演奏，舒缓的音乐在大厅里缓缓流淌。

有个穿制服的服务员从里面出来走到他俩旁边，说道："两位好，老板在里面的包厢等你们，让我出来接你们过去。"

两人跟着服务员走进一个包厢。

张祈哲正在包厢里的小吧台后面调饮料，见他俩进来赶紧招呼："我说你俩可真够慢的，赶紧，给你俩调了饮料呢！"

陆君知走过去坐在吧台边的高脚凳上，刚想拿起张祈哲放在吧台上的杯子，他哥就走过来按住他的手。

"哼，就知道你会这样。"张祈哲瞥了陆嘉树一眼，掰开他的手，端起那杯饮料递给陆君知，"没有酒精，就跟果汁差不多……"

陆君知接过那杯饮料晃了晃，淡蓝色的液体在灯光的照射下很好看。"这饮料叫什么？"

他喝了一口，果然没有酒味，有点甜。

"Seabed。"张祈哲调完另外一杯递给陆嘉树，"就叫 Seabed……"

"你这是干什么呢？闹哄哄的……"陆嘉树喝了口酒，皱着眉头看着张祈哲。

"开业啊。"张祈哲掏出打火机点了根烟，"这不是宣传嘛，正式开业以后就没这么乱了。"

"别瞎折腾，赔了钱你爸又要啰唆！"陆嘉树显然对他不放心，皱着眉头盯着他，"一个月后把账拿来我帮你看看。"

"行行行，赔了就赔了，反正我钱多啊，我爸想啰唆就啰唆，我弄这地方就图个高兴。"

"我看挺不错的啊，装修挺好看的，赔不了！"陆君知一口把杯子里的饮料灌进嘴里，挑着眉，咧开嘴笑，"祈哲哥，花了不少钱吧？"

"小子，算你识货，确实花了我不少钱！"张祈哲笑嘻嘻地扒了下陆君知的脑袋，得意扬扬，"就那唱歌的台子，还有那些灯，还有大厅的装潢……啧啧，待会儿你出去看看就知道我没诳你！"

"你那驻唱找得怎么样了？"陆君知突然想起上次来的时候张祈哲在找驻唱。

"找着了，费了好大劲才找了个不错的，"张祈哲给自己调了杯酒，"我找的这个驻唱，唱歌跳舞都很棒，和你有一拼！"

陆君知没有说话，只是笑了笑。

第6章

陆嘉树看出陆君知有些心不在焉，让张祈哲找个人带着他出去转一圈，末了嘱咐他不要喝酒，被张祈哲抓住机会嘲笑了半天。

陆君知跟着一个服务员出去，七扭八拐地往前面大厅走，刚进了大厅还没看清什么，就见灯光突然灭了，就剩几盏很暗的灯，大厅一下子安静下来，他正纳闷这是搞什么呢，旁边的服务员凑过来说："这是开幕了，不会像刚刚那么乱，所以老板让我带您出来转转。"

陆君知"啧"了一声，旁边的服务员摸不准他什么意思，估计也听过他的恶名，一直低着头，只敢拿眼角瞥瞥他。

"行了，我自己转，你忙你的去。"陆君知冲他摆摆手，"祈哲哥那边我自己去说，你不用管了！"

服务员马上拔腿跑了。

前面的舞台上有人拿着话筒："欢迎各位来到 Seabed，今晚开业，老板说酒水一律半价，大家玩得愉快！"

下面的客人开始鼓掌，还有一堆欢呼叫好吹口哨的，陆君知走到稍微靠后的座位坐下，大家都挤在前面，后面人不太多。

他坐到沙发上，大厅边角的灯突然一个一个亮了起来，接着下面坐着的人突然一阵欢呼。

"嘿，帅哥！"有个大胆的姑娘站起来扯着嗓子吼了一句。

"哇哦……"大厅里的气氛果然变得热烈起来，众人的目光集中在小舞台上，低声讨论着。

陆君知抬头看见正前方的舞台上面站着一个人，周围很暗，是大片的阴影，只有斜后方的舞台架子上亮着一盏蓝色的散光灯。这个人低着头逆光而立，两条腿微微叉开，双手戴着皮质露指手套搭在前面的立麦上，上身穿一件灰色无袖T恤，肩膀处缀着铆钉，胸前挂着一串金属细链，下身穿着黑色的修身裤配一双短靴，显得两条腿又长又直。因为背着光，他整个人都被罩在蓝色的光影里，背后的灯光投出的蓝色光线照亮了空气中飞扬的细小尘屑。

有种不羁的、随性的感觉……

音乐声响起，下面坐着的人安静下来，等着台上的人开口。

陆君知放松地靠在沙发上，右手撑着额角，眯着眼漫不经心地看着台上的人。

> If I had to live my life without you near me
>
> （如果我的生命中没有你的陪伴）
>
> The days would all be empty
>
> （白天将会变得空虚）

台上的人一开口，下面的人又开始欢呼尖叫……

低沉的声音缓缓响起，经典的《廊桥遗梦》主题曲，深情不移的歌词，真挚动人的旋律，无数人翻唱的经典。

陆君知只觉得台上这人倒真是唱出了自己独有的一种风格，温柔低缓的声音，带着年轻人的干净清爽，搭配一身帅气不羁的装扮，再加上灯影里修长的身影……

他心里"啧"了一声，的确有点意思。

> The nights would seem so long
>
> （夜晚也会变得漫长）

With you I see forever oh so clearly

（未来有你才清晰分明）

I might have been in love before

（我也曾陷入爱河）

But it never felt this strong

（但从未如此深刻）

台上的人慢慢抬起头，借着昏暗的灯光，陆君知觉得这哥们儿好像有点眼熟。看轮廓应该是个帅哥，但是想不起是不是见过。

前排亮起两盏灯，光照到台上，陆君知眯着眼，在看清对方的脸的一瞬间，心里不由得骂了一声……

缘分啊！这不就是那天在麦当劳里把小姑娘给气跑了的帅哥吗？

陆君知心里一阵感叹，天大地大，又碰见这哥们儿了。原来张祈哲找的驻唱就是他！

Our dreams are young and we both know

（梦才刚刚启航　但我们知道）

They'll take us where we want to go

（它会带我们去往想去的地方）

Hold me now

（现在拥抱我）

Touch me now

（现在触摸我）

I don't want to live without you

（我不想我的生命中没有你）

舞台上的蓝色吊灯突然全部亮起来，灯光不停地移动变幻，台上的人一把取下支撑杆上的麦克风，左手握着支撑杆斜着撑到一边，右手握着麦克风，微微上扬的脸上带着点笑，眼睛里全是细碎的光，闪闪发亮。

全场的氛围被调动起来，下面的人跟着轻轻哼唱，随着音乐节奏慢慢打着节拍。

Nothing's gonna change my love for you

（没有什么能改变我对你的爱）

You oughta to know by now how much I love you

（你现在应该知道我多么爱你）

One thing you can be sure of

（有一件事你可以确定）

I'll never ask for more than your love

（除了你的爱我别无所求）

大厅的房顶突然全部亮起来，陆君知抬头的时候愣了一下，整个房顶被透明的似乎是玻璃的东西包起来，与顶层之间形成一个隔层，隔层里面还流着水，房顶上镶着许多蓝色的小灯，照得整个房顶都好像慢慢流淌着蓝色的海水。

Seabed 就像在蓝色的海底……

陆君知终于明白这家音乐餐厅为什么叫 Seabed 这个名字。

台上的人低缓又深情的嗓音通过麦克风萦绕在陆君知耳边，他现在终于相信张祈哲为这地方的确是砸了不少钱。

至少他在歌声中确实觉得很轻快，很舒服，有种慵懒的感觉。

Nothing's gonna change my love for you

（没有什么能改变我对你的爱）

You oughta to know by now how much I love you

（你现在应该知道我多么爱你）

The world may change my whole life through

（世事可能会改变我的整个生活）

But nothing's gonna change my love for you

（但没有什么能改变我对你的爱）

台上那人的歌声在大家热烈的掌声中结束，下面的人一阵高过一阵地叫着"帅哥，再来一首"。

但台上那人唱完之后不管下面观众深情的呼唤，直接鞠躬下台了！

"怎么样？"张祈哲不知道什么时候站到了陆君知旁边，向他嘚瑟，"我就知道这家伙随便唱一首歌就能把气氛挑起来，哎，哥眼光不错吧？"

"是不错。"陆君知笑着摇摇头，"这里的姑娘都要疯了！"

他这么一说，张祈哲更嘚瑟了，对旁边的服务员说："去去去，把阿灼叫过来。"

他俩正说着话，那个服务员把人带过来了。

"阿灼，坐坐坐！"张祈哲指着陆君知对面的沙发，又扭头对服务员说，"拿两瓶可乐过来。"

严灼坐在沙发上，对张祈哲道了谢，扭头看见对面的人时明显愣了一下。

"祈哲哥，介绍一下啊。"陆君知莫名其妙地有点兴奋，他就等着看这人看见自己的时候是什么反应。

"当然得介绍。"张祈哲拍着陆君知的胳膊对严灼说，"阿灼，这是我弟弟陆君知，亲的！"又对陆君知说，"这是阿灼，我找的驻唱。"

陆君知似笑非笑地看着这个叫"阿卓"的哥们儿，可能是因为舞台上比较热，他前额的刘海有点湿，细碎的头发搭在眉毛处，一双眼睛清澈明亮。

陆君知勾了勾嘴角，伸出右手对严灼道："嘿，哥们儿，唱得不错啊！"

严灼看了陆君知一会儿，伸出手握了握他的手，道一声："谢谢。"

"比我预想的还要好。"张祈哲拿起桌子上的酒杯喝了一口酒，"以后你就在这儿，别的有什么需要就和我说，不用客气。"

"好的，谢谢哲哥。"严灼礼貌地笑笑。

张祈哲还想说什么，手机突然响了。他做了个手势出去接电话。

现在大厅里比刚才安静多了，在台上唱歌的是另外一个驻唱歌手。

他俩面对面坐在沙发上，陆君知突然觉得挺逗的，拿起桌子上的可乐喝了一口。"帅哥，又见面了！"

严灼看着他也笑了笑："是啊。"

"哥们儿，告诉我全名啊，总不能下次见着了还不知道你叫什么吧？"

严灼盯着陆君知的校服上衣看了几秒钟："叫我阿灼就行。"

这么小气？陆君知边想边笑了。

"你知道我是你老板的弟弟吧？不套个近乎吗？"

"用不着，哲哥挺照顾我的。"严灼抽了张桌子上放的纸巾擦擦汗，拿出手机看了一眼。

十点半。

"不能说？这么保密？"陆君知似笑非笑地看着他。

严灼也看了陆君知一会儿，其实他心里有点不耐烦，本来今天就已经挺累的了，竟然又碰见陆君知，他没想到事情居然这么巧。

他把自己的手套摘下来，勉强扯着嘴角笑笑道："陆少干吗非得知道我叫什么？没必要吧。"

"是没必要，"陆君知冲他龇龇牙，"不过，我就是想知道。"

严灼越不告诉他，他就越要知道。

他本来就是随口一问，以为对方也会随口一答，不就是个名字吗，有什么不能说的？结果人家还不告诉他。

两人就这么互相瞪着对方，谁也不说话，僵持了一会儿陆君知的思维就开始跑偏，那会儿只顾着说话，没有仔细看这哥们儿的脸，这会儿离得这么近，他甚至能看清对方的眼睫毛。

这人的眉毛挺浓的，眼睛长得也漂亮，睫毛又密又长，鼻梁挺直，是挺帅的。主要是唱歌很好听，声音也不错。

他正想着这些，陆嘉树走了进来，他看了严灼一眼，没说什么，只对陆君知说："行了，不早了，你祈哲哥把车借给我们用两天，跟我去车库取车回家。"

陆君知点点头，站起来跟着他哥往外走了两步，看陆嘉树走远，又转过身边倒退着往外走，边抬胳膊对严灼挥挥手，咧着嘴笑得很嚣张。"嘿，哥们儿，再见啊！"

第 7 章

严灼从 Seabed 出来，看见阿光在外面等他，手里拎着一袋子零食，他走过去把零食接过来，两人开始往他家溜达。

路上一阵沉默，过了一会儿阿光实在受不了了，用肩膀撞了严灼一下，问："怎么了啊，今天表演不是挺顺利的吗？"

严灼停下来把袋子换到左手，抬起右手捏捏眉心，叹了口气，对阿光说："今天在 Seabed 碰见我们学校的人了……"

"不会吧？"阿光一脸不相信，"这么巧？刚开的餐厅你们学校就有人去了？"

"学校里学生那么多，又不是个个都过着两点一线的生活。"严灼无语地看了他一眼，顿了一下又问，"你认识我们学校的陆君知吗？"

"听说过……"阿光愣了一下，胳膊一伸挡在严灼面前，"你碰见的不会是陆君知吧？"

"就是他。"严灼把他推到一边，继续往前走，"不过他还不知道我和他一个学校。"

他们竞赛班以前一直在旧校区，这个学期才搬到新校区，所以他之前没有见过陆君知，不过他很早就听说过对方的大名。

全校学生没有不知道陆君知的。他考试交白卷，逃课，和校外学生打架把人打到住院……和市一中其他每天埋头学习、两耳不闻窗外事的学生完全不是一个画风。

在严灼之前的想象中，陆君知这样的人就是个小混混。可是今天见到了，感觉和他之前想的好像不太一样。

"就算现在不知道……"阿光顿了一下，没再说下去。

就算现在不知道，早晚也会知道。何况严灼今天早上刚站在全校师生面前作为学生代表发言，也许陆君知开学典礼时不在场，所以没有看见他。万幸的是他俩的班级不在一层楼。

"那你怎么办？"阿光挠挠头，"为什么是陆君知啊？要是别人还好办点。"

"要是别人又能怎么办？"严灼笑了，"难道我还能威胁别人，让人家保证守口如瓶？"

看阿光挺郁闷，他反过来安慰了几句："他不是现在没发现我和他一个学校吗？那就先拖着，以后再说。"

其实他心里并不轻松，本来以为能一直瞒着的。

如果陆君知知道他在 Seabed 餐厅驻唱，那么就有可能别人也会知道，接着老师就会来问他原因，而他只能说自己之所以会这样是因为要赚钱，而自己之所以要赚钱是因为父亲去世，母亲不知所终。

严灼叹了口气，他只想安静地读书，那些或是同情或是好奇的目光他一点也不想看见。

"行了，就送到这儿吧，离我家不远了。"严灼停下来，扭头对阿光说，"你也赶紧回家吧，记得让他们把歌再好好练练，别第一次上台就出问题。"

"行，我马上回去让他们好好练，"阿光一边摆手跟他告别，一边啰唆，"阿灼，你晚上自己别出来啊，小心肖俊那家伙！"

"嗯，我知道。"严灼提着袋子回了家。

陆君知坐在车上，拍了拍真皮座椅，张祈哲还真是会享受，距离他上次买车也就半年吧，张少爷又给自己整了辆新车。

想到张祈哲，就想到他刚开的 Seabed，而想到 Seabed，就想到那个叫阿卓的驻唱。

陆君知突然笑了一下，感觉挺有意思。

"笑什么呢，这么开心？"陆嘉树莫名其妙地看了陆君知一眼。

"没什么，就是碰到一个人，"陆君知抬手摸了摸鼻子，"挺有意思的。"

"是刚刚和你坐在一起的那个男孩子？"

"嗯，就是他。"陆君知"嘿嘿"笑了两声，"我和他之前就碰见过，不过那时候我不知道他在祈哲哥这里，多有缘分啊，你说是不是？"

"你想和谁玩都行，就是不许闹事，知道吗？"

"我就是觉得他挺有意思的，又不会跟他打架。"陆君知有点冤，"老天赐的缘分，不做朋友多可惜啊！"

"你自己把握就好，反正不许故意挑事，要是有人欺负你，你可以随便揍他。"陆嘉树趁红灯的时候停下车，扭头冲陆君知抬抬下巴，"把车窗关小一点，风大，小心感冒。"

"哥，你真把我当小孩了。"陆君知有点无奈，挠挠头，还是把窗户关上了点，"我今年都十八岁了，成年了好不好。"

"今年生日想要什么礼物？"陆嘉树抬手摸摸他的脑袋，笑着问他，"去年送你的那辆雅马哈怎么样？喜欢吗？驾照考下来了吧？"

"放心吧，驾照早拿到了。"陆君知笑了笑，"喜欢是喜欢，但下次别买这么贵的了。"

"你喜欢就行了，"陆嘉树看见绿灯亮了，踩了一脚油门，笑着对他说，"别的你不用管。"

他哥对他真的挺好的。

他俩从小一起长大，他小的时候，他哥怕别人欺负他。他长大了，他哥又怕他不开心。

所以他愿意在他哥面前装得很乖很听话，不过是为了让他哥放心一点。

陆君知早上睁开眼的时候，天才蒙蒙亮，他有点分不清是什么时候。

昨天晚上他做了一夜的梦，天马行空，光怪陆离，乱七八糟……累得就跟在梦里跑完了一万米似的。

他从床上坐起来，看着对面墙上的电子日历上显示的日期发愣，直到他哥来叫他起床，他才穿衣服。

两人随便吃了点东西就开着车往西山墓园走，全封闭的高速公路，两个小时的车程，两人一路沉默，只剩下汽车行驶的嗡嗡声。

汽车驶出城区，距离公墓越来越近，公路两旁是郁郁葱葱的树林，夏天的早上很凉快，可以听见树林里叽叽喳喳的鸟叫声。

陆君知靠在车窗旁，窗外是飞快倒退的树木，就像这么多年的时光一点一点消逝，好像什么都没有留下。

他们去得比较早，墓园没有什么人。在门口登记完他们就进去了。

这里已经是郊外的山上了，空气很好，放眼望去，远处是漫山遍野的树。

顺着青石板铺成的阶梯往上走了几分钟，两人到了一块墓碑前面。

陆嘉树把带过来的百合花放在墓碑前，鞠了个躬，对着墓碑上的照片说："婶婶，嘉树来看你。我以后在外地的时间比较多，不能经常过来。"又拍了拍陆君知的头，"婶婶放心，家里一切都好，君知很乖，我会照顾他。"

陆嘉树说完这几句话，沉默了一会儿，扭头看见陆君知对着墓碑发愣，他叹了口气道："你和婶婶说说话，哥在车上等你。"

陆君知"嗯"了一声。墓碑上面的照片是个三十几岁的女人，刻的名字是沈翩若。

翩若惊鸿，婉若游龙。描写美人的名句。

陆君知走到墓碑旁边，靠着墓碑坐下，伸手擦了擦上面的照片。

"妈，儿子来看你了。"他对着照片上的女人咧着嘴笑，"哎，开心不？想我了吧？"

"我也挺想你的。"陆君知摸了摸他妈妈的照片，开始念叨，"妈，我挺好的，没生病，也没惹什么事。哎，是真的，最近我都没怎么逃课了。那天刚吃了张嫂做的糖醋排骨，比我做的好吃，不过还是没你做的好吃。大舅家也挺好，他家闺女都会走路了……"

说到这儿他突然有点卡壳，说不下去了。

山里的气温有点低，冷冷清清的，能听见风穿过树林的声音。

他突然咳嗽了一声，吸了吸鼻子，把上衣拉链拉到顶，遮住下巴。

陆君知从包里掏出一堆东西，拿出打火机点着了："儿子还是给你烧点东西吧，怕你钱不够。"

"知道你爱看书，买了几本新书也一起给你烧了吧，"他把纸钱引燃，拢到背风的地方，"多买几身衣服，你不是喜欢旗袍吗？买几件好看的穿，到时候好和帅哥约会啊！"

"哎，你别生气，"陆君知吸了吸鼻子，把新买的几本书也烧了，继续啰啰唆唆，"你也别等他了，惦记他干吗啊？等他在下面和你见面的时候，你带着约会的帅哥气死他……"

"我都好久没梦到你了，"陆君知拿旁边的小树枝挑了挑火，"你是不是怪我啊？"

小火堆燃起的火焰烤得他有点热，他揉了揉眼睛，继续道："这也不是我的错，妈你说是不是？你也别担心我，我可是你儿子，你有什么可担心的？你说是吧？"他把烧得差不多的纸钱拿小树枝按灭火星，"你就自己在那儿约约会、看看书、听听音乐、唱唱歌，把以前没好好享受的都享受了。"

第 8 章

陆嘉树倒了一杯水放在陆君知面前，抬头看了看墙上的表，已经十一点了。

"君知，我得去机场了，"陆嘉树拿起沙发上的衣服搭在臂弯里，拎起旁边的手提包，"你自己在家好好休息，车你不用管，你祈哲哥自己会过来取。"

"我送你。"陆君知抹了把脸，准备起身。

陆嘉树按住他的肩膀："不用，我自己打车过去就行。等哥放假回来再带你玩。"

陆君知点点头。

陆嘉树想了想，还是说："学习的事情……尽量吧，以后来哥公司。或者你想做什么都可以，哥养你。"

"你说什么呢，哥？"陆君知简直哭笑不得，"我没事，你就放心吧。"

陆嘉树终于点点头，拿着东西往门口走。陆君知跟着陆嘉树走到门口，见陆嘉树突然停了下来，他以为他哥忘了什么东西，刚想开口问，就见陆嘉树转过身，欲言又止。

陆君知笑了笑，问道："怎么了？"

"君知，你什么时候才能原谅小叔叔？"陆嘉树皱了皱眉，觉得这句话实在难以问出口，"他毕竟是你爸爸……"

"哥，时间不早了，"陆君知开口打断了陆嘉树的话，脸上没什么表情，平静地看着陆嘉树，"你还要赶飞机。"

时隔这么多年，他终于能够平静地面对这个问题，不再像以前那样轻易失控，疯狂得好像要毁掉一切。

那些曾经让他恨到极点，现在午夜梦回时仍然隐隐作痛的回忆，就像一把把刀，生生割在他的心上。而出手挥刀的人，怎么能够被原谅？

陆嘉树沉默了一会儿，还是没有说什么，开门上车去了机场。

严灼眼看着前面后面的路都被堵死，叹了口气。

今天肖俊没来，但是这并不影响他这帮小弟的忠肝义胆。对方一群人气势汹汹地隔着几米和严灼对峙了一会儿，连霸气外露的开场白都省了，直接开打。

有个染着黄毛的小子先冲过来，拎着手里的木头棍子直接就往严灼脑袋上抡。

严灼心想，打一架是免不了了，不过自己得速战速决，而且得可劲往前冲，跑出这条巷子，要是从后面出去，距离 Seabed 餐厅就有点远了，但是距离大道比较近。

看着黄毛冲过来，严灼把吉他从背上抡到前面，直接冲着黄毛的脸拍过去，就听见"啊"的一声惨叫，黄毛手里的棍子掉到地上，双手捂住脸。

其他几个发愣的人骂了几句脏话，都冲了过来，只剩两个人在后面堵着他，也许是怕他从后面跑了。

旁边的一个人抬腿朝他踹过来，严灼侧身躲过，一时没注意到后面的人，等他感觉到脑后生风，回头就见有个人拿着棍子直接朝他抡过来，他来不及躲，只能条件反射地抬起左手一挡，顿时感觉整条胳膊一阵剧痛。

严灼弯腰用右臂抱着左胳膊，砸他的人见他没了动作，说道："早就和你说别和我们俊哥抢姑娘，你非不听，不怪哥儿几个揍你！"

他心里瞬间一阵窝火，根本就没影的事，天天被人找碴谁受得了？

严灼抬起头冲着这伙人冷笑道："哪个姑娘瞎了眼才会跟他。"

他刚说完，就见对面的人骂骂咧咧地要提棍子上，严灼咬牙忍着，趁着他们还没动作，使出全力两手抡起吉他朝对面两个人砸过去，旁边还有个被他突然的动作弄得愣怔的，严灼直接一脚朝他踹过去。趁着那边没反应过来，他立马转身就往前跑，后面四五个人追，一边追还一边骂，隔着好几十米都能听见……

他胳膊疼得出了一身冷汗，也顾不上别的了，巷子的出口都能看得见了，就剩十来米，他咬了咬牙，直接从巷子的出口冲到大路上。

"刺"的一声，尖厉的刹车声让严灼在距离车身不过几米的地方瞬间减速，惯性带着他往前又蹿了两步。

"轰……轰……"

机器的轰鸣声在寂静的夜晚显得格外突兀，明晃晃的车灯直接冲着他照过来，严灼皱着眉抬起右手遮了一下强光，才看清是一辆摩托车。

骑车的人踩着刹车拧油门，前车灯强光打开，在漆黑的背景下，迎面而来的刺眼光芒，让严灼只能看见一个戴着头盔的身影骑在摩托车上。

后面纷杂的脚步声和叫喊声让他回过神，想到自己还在被人追，来不及想碰巧冲出来的摩托车，他刚要抬腿继续狂奔，就看见骑着摩托车的人摘下头盔用手臂夹在腰间，甩了甩头，在轰鸣声中冲他喊："还不快上来？要等着挨揍？"

严灼愣了一下，往前走了几步才看清来的人是谁。

陆君知用左腿支摩托车，看着对面有点愣怔的人，心里"啧"了一声，从后面拿出一个头盔朝着对方扔过去。

严灼抬起右手刚接住头盔，就听见后面的人追了上来。没时间再犹豫，他只能几步跳上车，将头盔扣在脑袋上。

这时肖俊的小跟班已经追上来了，堵在摩托车前面几米远的地方。

带头的冲着陆君知说："哥们儿，别多管闲事，"又指了指严灼说，"把他留下，哥儿几个不为难你！"

陆君知没熄火，小跟班的声音在轰鸣声中显得一点威慑力都没有，严灼还没来得及想陆君知会怎么办，也没来得及想陆君知为什么会让自己上车，就见陆君知甩手戴上头盔，右腿突然抬起，同时右手下压加大油门。

"轰……轰……"

越来越大的轰鸣声让对面的人有点摸不着头脑，他们把自己手里的棍子拿起来准备随时往上冲。

严灼右手向后扶着摩托车后座，就在他以为对面的人会冲过来和他们干一架的时候，陆君知突然松开刹车直接朝着前面的人冲了过去！

肖俊的那帮小跟班完全没料到还真有人有这个胆，立马躲得比谁都快。

陆君知加大油门在空无一人的公路上疾驰。逆风狂飙的兴奋让陆君知觉得很放松，鼓起的衣服在风中呼呼作响，耳边是呼啸而过的风声，面前是路灯映照下的马路，两边的路灯飞快地向后掠去。他喜欢这种感觉。

在第三个路口，陆君知减速，向左转弯，又过了几分钟，到医院门口停了下来。他把车停好，扭过头看见严灼右臂抱着左胳膊，脸色有点发白。

"走吧，"陆君知顺手把车钥匙揣进裤兜里，看了严灼一眼，"先去医院看看。"

严灼"嗯"了一声，看着面前的市医院大楼，心想，进去一趟，估计这个礼拜的工资都没了。

陆君知帮他挂号，严灼靠在一旁等着。

过了一会儿，陆君知走过来晃了晃手里的单据。"走吧。"

⟫ 第 9 章

严灼抬起头看了他一眼："谢谢。"

这句谢谢他的确说得真心诚意，今天陆君知帮了他很大忙，不然自己这会儿没准儿就不是胳膊肿了的问题。

"哟，您还会说谢谢呀？您不是连名字也不告诉我吗？"陆君知冲他龇龇牙，"别着急，有你谢的时候！"

给严灼看胳膊的是个四十多岁的女医生，她看着严灼的胳膊说："小伙子，这是打架了吧？"

"不小心摔的……"

女医生端着他的胳膊看了一会儿："你这胳膊没大事，应该没伤到骨头，就是肿得厉害，估计得疼一阵子，现在先挂瓶水消炎吧。明天再来拍个片子看看，要是骨头没事，就问题不大。"

严灼坐在凳子上看着输液瓶里的药水，叹了一口气，扭头看了一眼旁边靠在椅背上闭着眼睛的陆君知。

"今天真的谢谢你。"严灼强打起精神对着陆君知笑笑，"以后有机会请你吃饭。"

陆君知睁开眼睛盯着他看了一会儿，没有接他的话，直接问："为什么那帮人要和你打架？"

严灼愣了一下："没什么，一帮神经病而已。"

陆君知"啧"了一声："你还真是浑身上下都是秘密啊。"

严灼没说什么，其实他挺困的。折腾了一晚上，现在安稳地坐在这儿，他感觉自己的眼睛有点睁不开。

"你……不回家吗？"严灼将视线转向吊挂着的点滴瓶，"我没事了，输完液就回去了。"

"因为没地方可回。"陆君知看了眼还有大半瓶药的点滴瓶随口回答。

严灼不知道应该说什么，他现在困得头晕眼花，看人都快重影了。

他冲着陆君知笑了笑，实在是扛不住上下眼皮打架，闭着眼睛靠在椅背上就睡着了。

他是在别人的说话声中醒来的，迷迷糊糊中他听见陆君知嚣张且不耐烦地不知道冲谁嚷嚷："我说你轻点行不？都流血了看见没？会不会拔针？不会就换人！"

他睁开眼，看见一个穿着护士服的小姑娘站在旁边一脸委屈，眼泪都要掉下来了。

严灼动了动输液的那条胳膊，陆君知立马按住他的手，皱着眉对他说："别乱动，都流血了！"

严灼坐直了点，对着小护士笑道："没事，谢谢你了！"

小护士立刻道"哪里哪里"，一溜烟地跑了。

"得了吧，她拔针的时候把你的手弄得流了好多血才止住。"陆君知瞥了眼严灼，指了指他输液的手，"你还冲她那么客气干吗？"

严灼摇头道："礼貌而已。"

两人走出医院，严灼拿出手机看了一眼，已经很晚了。

"我回家了，"他把手机放回兜里，抬头对陆君知道，"你也早点回去吧，注意安全。"

"这都什么时候了？"陆君知靠在摩托车上，把车钥匙拿出来随手向上抛了一下再接住，扭头看了严灼一眼，"你自己回去？等着别人再堵你一次？"

"应该不会了，"严灼按了按左胳膊，好像没那么疼了，"我自己回去就行。"

"我送你回去，别磨叽。"陆君知跨上摩托车，点火，扭头看着严灼，"去哪儿？"

严灼在原地站了几秒，笑了笑道："那行，麻烦你了！"

严灼从摩托车上下来，把头盔摘下来递给陆君知。

陆君知把车熄了火停在大门旁边，从摩托车上下来扫了一圈周围，这是一座木制的二层小楼，楼的侧面爬满了绿藤植物，院子用墙围了起来。隔着围墙可以看见院子里种着树。

这种建筑在他们这里很常见，从陆君知的角度可以看见二楼亮着灯，阳台上还晾着没有收回去的篮球服。铁制的大门上贴着一副门神，旁边还有贴对联的痕迹。

现在是半夜，周围很安静，偶尔传来几声不知名小生物的叫声。路灯很暗，暖黄的灯光给人一种朦胧的感觉。灯光下的树影随着微风轻轻晃悠。

陆君知随手把头盔扣在摩托车上，一扭头就看见严灼正对着摩托车发愣，他抬手在对方面前晃晃，说："嘿，哥们儿，怎么了？有问题？"

"你的车是雅马哈？"之前一直处在混乱中，严灼没顾得上细看，现在才发现陆君知的车居然是雅马哈。

陆君知看他一脸惊喜地看着摩托车，突然有点想笑。"原来刚刚那么长时间你都没发现？"

严灼看了他一眼，弯腰凑近摩托车："你这是……R1？"

"你懂车？"陆君知愣了一下，靠在摩托车上惊讶地看着严灼，"你也玩赛车？"

"没有，"严灼顿了一下，伸手拍了拍摩托车的座椅，"罗西骑的也是 R1。"

陆君知现在更惊讶了，又问了一遍："你真的不玩赛车？"

"你这车一看就不是水货，全新，买的时候差不多得二十万，"严灼弯下腰瞅了几眼发动机，摇了摇头，"应该是经过专业改装。你觉得我能玩得起？"

"不玩车你还知道这么多？"陆君知"啧"了一声。

"确实不怎么骑，只是之前拿到了驾照而已。"

陆君知掏出一根棒棒糖咬在嘴里，勾起嘴角看着严灼。"你难道不知道你越不说我就越好奇？"

严灼盯着陆君知看了会儿，视线移到对方带着戏谑的脸上，问："好奇什么？"

陆君知正靠在车头，左手随意搭在车把上，就着并不很亮的路灯缓缓打量对方。微微遮住前额的刘海，浓眉，深沉的眼睛，高鼻梁，漂亮的下巴，很帅。

"好奇……你还有多少秘密……"陆君知往前凑了凑，侧着头轻轻说了一句，"是不能告诉别人的？"

严灼往后退了一步，看着陆君知突然笑了笑，只是这笑容没有温度。"我回去了，再见。"

"再见！"陆君知龇龇牙，冲他挥手，跨在摩托车上，"你明天记得去医院。"

严灼"嗯"了一声，转身从兜里掏出钥匙打开大门。

第 10 章

陆君知回到家的时候已经半夜了，小区里很安静，只有路灯还亮着。连看门大爷养的那条只会摇尾巴不会叫的傻狗都睡觉了。

陆君知把车停在车库后，拔了钥匙揣进兜里，拿出手机看了一眼。好几条未读短信和未接来电。他没搭理这些，把手机揣进兜里坐电梯上了楼。

这套公寓还是在他小时候买的，他在这儿住了十多年，简直不能更熟悉。

比如说楼下那个长得挺胖的保安小伙终于娶了媳妇，看门的大爷有个刚会走路的小孙子，宝贝得不得了……

这套房子是他爸爸事业刚刚有起色的时候，用赚的第一笔钱买的。虽然有十多年的时间了，但是现在看来这也是一套设施很不错的公寓，每层只住两户，三室两厅。

小时候听父母提起过，妈妈为了和爸爸在一起，不惜和家里决裂。爸爸为了和妈妈在一起，也和过去厮混的朋友不再来往。

搬进这栋房子时他六岁，上一年级。

过了这么多年，即使最开始的一切早已经面目全非，可他到现在还是忘不了，那天他和妈妈走进这套房，看见爸爸穿着黑色西装坐在窗边的钢琴旁冲着他们微笑，一边弹钢琴，一边唱歌。

那首歌是《至少还有你》。

其实他爸唱歌并不怎么样，有时候还会跑调，但是那首歌唱得很好听。

他记得很清楚，当时妈妈眼泪直接就掉下来，又笑又哭。

哥哥在旁边给他们录像，兴奋地围着妈妈和爸爸转来转去。

满室都是阳光。

陆君知打开门，看见客厅的灯还亮着，他把钥匙放在门口的储物柜上，换了拖鞋，径直走到厨房里，打开冰箱拿了一瓶水，一边往客厅走，一边用牙直接咬开瓶盖。

坐到客厅的沙发上，陆君知把腿往沙发边的茶几上一搭，随手把瓶盖扔到茶几上，就着瓶子往嘴里灌了一大口。

身后卧室的门打开，有人走到客厅里。

陆君知没有回头，闭着眼睛靠在沙发上。

"都几点了才回来？"陆聿走到他面前，皱着眉沉声道，"你看看你现在像什么样子！"

陆君知睁开眼，看着站在他面前一脸震怒的父亲，突然嗤笑一声，挑眉道："像什么样子？难道不像你以前的样子？"

"我看你真是越大越没教养！"陆聿直接抢过他手里的瓶子放在茶几上，"和我去书房！"

"教养有什么用？"陆君知扶着沙发扶手站起来，眯着眼睛看着他爸，他们有着那么相似的一张脸，"我妈倒是有教养，还不是早早就死了？"

"啪！"陆聿直接一巴掌把他打得趴在沙发上。

陆君知很突兀地想起小时候老师让他们写的一篇作文。

我最崇拜的人。

那会儿一群小孩能懂什么叫崇拜，不过是想起谁就写谁。可他还是记得自己很认真地写了那篇作文。

我最崇拜的人是我的爸爸。

我希望自己快点长大，变成一个像爸爸那样优秀的人。

像爸爸那样高大。

陆君知摸了一把脸，估计明天得肿了。他慢慢爬起来站直身体，这时候他还有心思想，他爸果然强悍，这手劲真是不小。

不知为什么，他突然就想起来他妈还活着的时候经常和他说的话："君知，要好好吃饭，将来才能长得高哟！"

"妈妈，好好吃饭可以长多高？会长得像爸爸那么高吗？"

"会呀，我家君知以后会和爸爸长得一样高！"

他现在真的和他爸长得一样高，不过他妈看不见了。

"陆君知，我以为你长大就会懂事，结果真是让人失望！"陆聿抬手指着他，怒不可遏，"你看看你现在！打架、逃课！还不够丢人吗?！"

"丢人吗？我现在做的事情不过是为了提醒你，以前的你不就是这样？"陆君知扯着嘴角冷笑，抽出纸巾擦了擦嘴角，上面沾了点血迹。

他随手把纸巾往旁边一扔，轻飘飘地开了口："再说了，我妈要是知道她亲儿子在自己忌日的时候被他亲爸扇了一巴掌，会不会后悔嫁给你呢？"

他们是血缘至亲，所以他永远知道怎么样能够让他爸更痛苦。

陆君知几乎是意料之中地看着他爸爸的脸一下子变得毫无血色。这个在外人面前总是冷峻严肃的男人定定地站在客厅中，似乎茫然无措。

你看，就算他挨了一巴掌，也有办法只用一句话就让他爸丢盔弃甲。

陆君知没有管那瓶没喝完的水，进了自己的卧室。

躺在床上的时候他突然有些后悔，他不应该和他爸说最后那句话。他爸会因为这句话痛苦，而他爸的痛苦又会让他妈更痛苦。

可是他妈早就不在了。

晚上做梦的时候，他梦见了妈妈。画面模模糊糊，看不清楚。梦里面他妈妈还是很年轻，和他坐在院子里的秋千上，秋千旁边是一棵大树，他记起来这是外公家的花园。

暖暖的阳光从树叶的缝隙里漏下来，星星点点地照在他们的身上，陆君知想看清妈妈的脸，可是无论他怎么睁大眼睛，都看不清妈妈的面容。

"天地玄黄，宇宙洪荒，日月盈昃，辰宿列张……"妈妈摸摸他的头发，笑着对他说，"妈妈教君知背书识字好不好？"

梦里面的感觉很真实，就连妈妈的触碰都像真的一样。就好像这些年的孤独与痛楚不过是一场梦。

他乖乖地仰起小脑袋，大声回答："好！"

"寒来暑往，秋收冬藏，闰余成岁，律吕调阳……"

陆君知在半梦半醒之间叫了一声"妈妈"，隐约感觉好像有人往他身上盖了被子。

可是他不想醒过来，翻了个身又睡过去了。

严灼早上换衣服的时候，还是不小心扯到了受伤的胳膊。

动作不方便，导致他出门有些晚，等他喘着气站在教室后门的时候，果然迟到了。

他呼了一口气，把校服外套的拉链拉到最上面遮住下巴，从门上的小玻璃往教室里看了一眼，英语老师正站在讲台上写板书。

严灼轻轻推开后门，趁着英语老师背对着他的时候，快速往座位走。

梁凡扭头就看见严灼坐到了座位上，用口型问了句："怎么了？"

严灼冲他摇摇头。

他刚把英语书打开放到桌子上，一抬头就和转过身来的英语老师来了个对视。

他们班的英语老师叫关臻臻，从美国留学回来的，讲课是不错，毕竟在国外留学好几年，标准的美式发音，知识点讲解得也很清楚。时尚又漂亮，能和女同学聊八卦、谈论化妆品，为人热情大方，也招男同学喜欢，很快就和全班同学打成一片。

关臻臻看到严灼还挺吃惊，从讲台上走下来问道："课代表你来啦？我还以为你去哪儿了呢！"

班里的同学都朝着严灼看过来。

"不好意思，关老师，我今天有点事情来晚了。"严灼站起来冲关臻臻微笑致意，随后低下头，"下次我一定注意。"

"没关系，看在你长得帅的分上原谅你。"全班同学哄堂大笑，关臻臻摆摆手，冲着严灼又说了一句，"大课间的时候去我办公室把这几天的讲义拿过来发给大家。"

"好的，谢谢老师。"

虽然伤的是左胳膊，不影响写字，可严灼还是觉得不舒服，可能是昨天输液的药里面止疼成分的药效过了，现在感觉越来越疼，可能真的要请假去医院了。

他把脑袋埋在右胳膊里趴在桌子上。

第11章

梁凡和他隔着一个过道，伸手捅了他一下，严灼眯着眼睛抬头问了一句："怎么了？"

"你今天怎么迟到了？"梁凡站起来，拿起桌子上的礼物走到严灼桌子旁边递给他，盯着他看了一会儿说："你生病了吗？怎么脸色看起来这么差？"

"没有。"严灼坐直身体，揉了揉额角，指了一下梁凡手里的盒子问，"哪儿来的？"

"隔壁班的一个女生送你的，好像是巧克力。你小子，咱们班才过来几天啊！"梁凡嘻嘻笑了两下，伸出手捶了一下严灼的胳膊，"你就这么招人！"

严灼疼得脸都白了，捂着左胳膊皱着眉往后躲了一下，刚刚梁凡捶他那一下正好捶的是左胳膊。

"怎……怎么了？"梁凡吓了一跳，自己根本没用力啊，"我没用劲啊？"

"昨天和肖俊那帮人打了一架，"严灼揉了揉胳膊，右手撑着额角叹了一口气，"胳膊被砸了一下。"

"什么？打了一架？"梁凡睁大眼睛瞪着严灼，声音瞬间拔高，课间很安静，他吼这一嗓子，全班同学都抬起头看了过来，"胳膊被砸了一下?!"

"小点声……"严灼看了一圈周围向他们投来目光的同学，抱歉地冲大家笑笑，把梁凡拉过来轻声道，"你再大点声，全校都知道了。"

"那你这胳膊怎么办，"梁凡压低声音，指了指严灼的左臂，"你这样都不去医院看看吗？"

"一会儿就请假去医院，你大课间和我一起去关老师办公室把讲义拿过来。"严灼指了指胳膊，"我自己没法拿。"

"嗯，好。"梁凡点点头，愣了一会儿又问，"阿灼，下午要不要我和你一起去医院啊？"

"不用，我自己去就行。"

"那好吧。"

这节课是数学课，数学老师是他们的班主任，一个四十多岁的男老师，平常很严肃也很严厉，上课从来不说笑，永远一本正经，全班同学不论男女他都一视同仁。

在所有课程中，全班同学最发愁的就是班主任的数学课。

"你看看你们的数学作业，有几个同学是全做对的！啊？"班主任一手拿着一摞数学作业，一手插在裤兜里，站在讲台上吼，"竞赛班！竞赛班！这叫竞赛班？刚刚讲过的又全还给我了?!你们上课是梦游去了吗?!不要以为自己很厉害！比你们厉害的人你数都数不完！学习要的是踏踏实实！总是那么浮躁，不光学习成绩没法提高，以后做别的事情一样有问题！"

全班同学屏气凝神，动都不敢动。

"严灼，你给大家讲一下最后一道立体几何题怎么做的？"班主任打开投影仪，将最后一道证明题的PPT（演示文稿）打开，"全班就严灼一个人把这道题做出来了！这是去年数学竞赛的一道变形题目，马上就是初赛了，不要告诉我到时候全班只有严灼一个人进得了复赛！"

严灼站起来，单手撑着桌子，快速地看了一下幻灯片上的题目，回答道："这道题目需要做三条辅助线……"

等严灼讲完，下课铃正好打响，班主任布置完作业就走了。

前面的张小黎扭过头对严灼道："男神，你怎么想出来的？那么难的题根本不可能做出来啊！"

"还好，想一想就会有思路。"严灼笑笑，"平时多做一些练习就会好一些。"

"我要被你折服了。"张小黎双手抱拳，一本正经地对严灼说，"请受小小粉丝一拜！"

"你也很聪明，"严灼笑了笑，"上次物理竞赛你的分数比我高。"

"我那是误打误撞，"张小黎摆摆手，"数学竞赛还要靠你啊，望大神指导指导小女子，小女子定当……"

"以身相许！"张小黎话没说完就被梁凡打断，梁凡笑嘻嘻的，摇头晃脑地冲着张小黎道，"就知道你也对严灼心怀不轨，不过你晚了啊，今天隔壁班有个特别漂亮的女生已经给严灼送了礼物！"

"别听他乱说，没有的事，"严灼站起来整理了一下校服，把校服领子竖起来，拉链拉到最上面，遮住下巴，推着梁凡的肩膀往教室外面走，"和我去拿讲义。"

严灼和梁凡上楼往高三的教学楼走，他们学校一个年级一栋教学楼，高三的在最北边那一栋，他们高二的在中间的一栋，高一的在最南边那栋。

三个年级共用一个打印室，打印室在高三教学楼四楼，三栋教学楼的每一层都是连通的，从高二和高三之间的连廊就可以直接过去。

梁凡瞅了眼严灼的胳膊，关心地说："是不是有点严重？都肿了。"

"应该没事，下午我再去医院看一下。"严灼把袖子放下来，看了梁凡一眼，"别和你妈说，要不然阿姨又担心。"

梁凡点点头，烦躁地扒拉了一下自己的头发。"你说怎么搞的啊，肖俊是不是神经病，怎么总找你麻烦？"

严灼拽了拽上衣拉链，皱了皱眉道："谁知道他在想什么。"

梁凡拍了他的右肩一下，感慨道："都是你长得太帅惹的祸啊！"

"瞎说什么呢？"严灼手插进裤兜里，突然摸到了什么东西，低头一看，是两块糖，他扔给梁凡一块，自己剥开一块扔进嘴里。

"明明就是啊，你看看，外面的桃花债还没收拾利落，学校里面的姑娘又开始送礼物给你了。"

"刚刚早上……那个礼物到底是谁送的？"严灼看了梁凡一眼，"给人家还回去。"

"啊，不是吧？"梁凡愣了，完全不理解，"你真的不考虑一下？"

"考虑什么？"严灼咬了一下嘴里的糖，还是块软糖，橙子味的。

"考虑人家的心意啊。"

两人刚走到四楼，还没到连廊上，梁凡突然盯着前面，停了下来，严灼顺着他的视线看了一眼，没发现什么特别的。

梁凡突然扯了扯他的校服上衣："就是这个女生……"

严灼一头雾水，什么女生？

他刚想开口问，就看见一个长发女生朝着他们俩的方向走过来，梁凡凑到他耳边说了一句："早上给你送礼物的女生啊！好像是学校文艺部的。"

严灼收回视线继续往前走，没走两步，那个女生径直走到他面前挡住了他的路。

"你好，我是蒋思语，"女生冲着严灼笑笑，"可以认识一下吗？"

严灼点点头，回答："你好，严灼。"

"我知道你是严灼，"蒋思语笑了一下，伸手扯了扯校服，把双手背到背后，"大家都认识你的。"

"哦，是吗？"严灼也笑了一下。

"是呀，你可是一中的男神，"蒋思语冲严灼眨眨眼睛，笑着问，"就是不知道我送的礼物男神喜不喜欢？"

"原来礼物是你送的，谢谢你，"严灼看着蒋思语笑笑，"不过我没有收别人礼物的习惯，所以，不好意思，一会儿我会把礼物还回去。"

蒋思语像是没有想到会被拒绝，愣了好几秒才开口："其实……其实我也没有别的意思，就是……想和你认识一下。"

"嗯，我知道，现在我们已经认识了，"严灼拿出手机看了一下时间，微微点头，"快上课了，蒋同学再见。"说完便走了。

梁凡跟在他后面，一边走一边回头看。

"原来她就是蒋思语，她在一中挺有名的，确实很有气质啊。"梁凡一脸可惜，"阿灼你真的不考虑一下？"

严灼看着梁凡笑了："你还操心这种事，数学竞赛准备得怎么样？再考不到名次阿姨肯定饶不了你。"

"哎，别提这件事啊，"梁凡哀号，"我要是有你这智商就好了！"

两人刚走过连廊，进了高三教学楼，就听到一阵惊呼声，往前走了几步看见最边上的教室外面围了一圈人，男生女生都有。

梁凡拽着他往那边走，小声说："走，过去看看怎么了。"

严灼看着围了一圈的人，叹了口气，压低声音道："没我们什么事，过去干什么？"

"哎，看看嘛，天天没事干，都要发霉了。"

严灼被梁凡拽到人群外边，看了眼旁边一脸兴奋地踮着脚看热闹不嫌事大的梁凡，一阵无奈，自己往后退了两步，护着胳膊免得被别人撞到。

然后他抬眼一看，就愣住了。

第12章

陆君知双手拽着李凯晨的衣领，不管周围响起的一片惊呼声，一下子把他整个人压在教室外面的墙壁上，勾着嘴角冷笑道："不过是找李少说件事而已，李少要是这么不配合可就不对了。"

李凯晨抬手擦了下破了的嘴角，一双桃花眼都气红了。"陆君知，你胆子可真不小，在学校就敢这样？"

"哦……李少以为呢？"陆君知眯着眼，一把钳住李凯晨的下巴，"我倒是想看看有谁敢去叫人过来？"

周围的人都往后退了几步。

李凯晨咬着牙道："我要是今天不答应呢，你准备怎么办？嗯？打死我吗？"

"嘿，别乱说，咱们可是正经学生。再说了，你可是高三的学长呢。"陆君知伸手帮李凯晨擦了擦脸上蹭的灰尘，眯着眼睛笑了笑，凑到李凯晨耳边，用只有他们两个人可以听见的声音慢条斯理地道，"不过，为了增进咱们的同学之情，我倒是不介意和李少聊一聊你妈妈的事情。"

说完，陆君知直起身，略过李凯晨因为愤怒而瞪大的双眼，看了眼旁边吓得不敢说话的同学。"我想你的同学也很感兴趣……嗯？"

李凯晨用力闭了闭眼，再睁开的时候对着陆君知点点头，冷笑一声："好啊，我答应你放过林千瑾！"

"这就对了嘛，早点松口不就好了？"陆君知松开李凯晨，扯了扯校服领带，掏出一根棒棒糖咬在嘴里，"何必这么麻烦？"

李凯晨直起身，擦了一下嘴角，冷笑地看着陆君知，狠狠道："你会遭报应的。"

陆君知嗤笑一声，两手拍了拍蹭到的灰，满不在乎地说："是吗？我等着。"

他说完，看着一旁还围在原地的同学，扯着嘴角笑道："哎，都散了吧，还看什么呢？学长学姐都不用看书上课吗？"

一圈人都散去，上课的预备铃正好打响，陆君知将糖咬碎，回了教室。

陆君知把语文课本拿出来放到桌子上，徐西立转过来趴在他桌子上有气无力地道："君知，千钰没有回我短信，你说她是不是生我气了？"

陆君知白了他一眼，伸手按着他的脑门把他推开，怒其不争地说："出息！一边去，把我书都压出褶子了。"

徐西立"嘿嘿"笑了两声："读书破万卷，我给你压出褶子不挺好吗？"

"您还知道'读书破万卷'呢？"陆君知乐了，"我还以为您就知道追女生呢。"

"哎哎，别唠嗑了，"杜若走过来，把手里的作业本卷成筒，敲了一下桌子，"二位，又没交英语作业吧？"

"什么叫又没交？"陆君知往椅子靠背上一歪，看着杜若懒洋洋地笑，"我怎么记得我上次好像交了呢？"

"别用美男计，我对你俩都免疫了，"杜若摆摆手，"啪"地一巴掌盖住徐西立的脑袋，"赶紧交上来。"

"别呀，你对我俩免疫，"徐西立一把拉住杜若，"你对谁不免疫，我给你找去，只要能不交英语作业。"

杨烟转头接了一句："那你把严灼找过来，现在别人我都不想看。"

杜若随口道："我刚去找英语老师，听到严灼在请假，好像是生病了，要去医院。"

"啊？不会吧？"杨烟凑过来，"严重吗？"

杜若摇摇头道："不清楚。"

"嘿，病秧子啊？"陆君知扒拉了一下自己短短的头发，突然想起阿卓那张永远很平静的脸，心里一动，挑着眉打了个响指，"等我介绍个人给你认识，让你见识见识什么叫帅哥，绝对比你那个严……严什么的强多了。"

"严灼，"徐西立无语地补充了一句，又突然想起来，"你说的是谁啊？我怎么不知道？"

陆君知摇摇头："你不认识，刚交的朋友。"说完顿了一下，他突然想起那个全是秘密的阿卓，也许人家还没把他当朋友呢。

陆君知"啧"了一声："以后介绍给你认识，嗯……很有意思的人。"

"别以后了，"杜若哼了一声，"现在先把作业交了吧。"

"女侠！再宽限半天！"徐西立继续贫嘴，"一定交！"

上午第四节课是语文课，陆君知正对着黑板上的板书发呆，徐西立扔给他一团卫生纸，陆君知打开，上面写着：晚上去哪儿玩啊？

陆君知抬头看了眼讲台上正在讲古诗词的语文老师，拿起手边的碳素笔往卫生纸上写字：你还是消停会儿吧，你爸上回揍得还不够狠？

写完字条，陆君知把那张卫生纸揉成一团扔到徐西立桌子上，徐西立看完，扭过头冲他比了个中指。

陆君知龇龇牙，用口型问了一句："下课吃饭去？"

最后一节课是自习，这种课对像他和徐西立这种比较活泼的同学来说，有那么一点多余，于是，提前去吃饭就变得很必要。

徐西立比了个"OK（好）"，又扭过头往卫生纸上写了几句，给他扔了过去。

陆君知有点嫌弃地接过来，这卫生纸经过他俩的百般蹂躏，都成一坨了。

他把卫生纸展开，上面写着：君知你大课间的时候去找李凯晨了？

消息传得还挺快。

陆君知抬手搓搓脑门，随手抽出一张卫生纸，写道：嗯，林千瑾那件事情你不用管了，最近消停点，省得阿姨生气。

陆君知把卫生纸团扔给徐西立，一抬头就看见语文老师手里拿着书正看着自己。

"陆君知，你来说一句描写暗恋的古诗词，"语文老师从讲台上走下来，手里捏着粉笔，"前面的同学说过的就不要重复了。"

陆君知站起来，看见徐西立慢慢扭过头冲他做了个"自求多福"的表情。

他收回视线，看着前面的黑板，随口说了一句："蒹葭苍苍，白露为霜。所谓伊人，在水一方。"

语文老师看了他一眼："这首说过了，再说一首。"

陆君知顿了一下，又开口道："有美一人兮，见之不忘。一日不见兮……"

"说过了，"语文老师直接打断了他的话，"再换一首。"

全班同学都朝他看过来。

杜若冲着徐西立压低声音问："他怎么惹到语文老师了？"

徐西立用口型回她："不知道啊！"

陆君知抬起头看着讲台，整个班级安静得掉根针都能听得见，过了好一会儿，陆君知才开了口。

"山有木兮木有枝，心悦君兮君不知。"

心悦君兮君不知。

他妈妈当初给他取名叫陆君知，就是在告诉他爸爸，她将他们的爱情铭记在心底。

那是他们在一无所有、走投无路时都不曾放手的爱情。

那是他们曾经坚信的天长地久，白首不离。

"好了，请坐。"语文老师走回讲台继续讲课，"古时候人们的感情比较含蓄，往往会将倾慕之情寄托于诗词中……"

他坐下后，徐西立扭过头来冲他做了个哭脸。陆君知勾唇笑了一下。

又熬了十分钟，终于下课了。陆君知站起来往徐西立脑袋上拍了一巴掌，说："快点，吃饭去。"

"哎，走起！"徐西立把手机塞兜里跟着他出去。

他俩一边往教学楼外面走一边商量吃什么。

"就吃那个盖饭吧，小南门那个叫啥的来着？刚开的那个。"

"不吃，去吃米线。"

"嘿，大热天的，"徐西立用手肘捅了陆君知一下，"吃什么米线啊！"

"我愿意，"陆君知一把抓住徐西立的手腕，"去不去？给句痛快话！"

"去，去，"徐西立把手抽出来，一巴掌拍在陆君知背上，"要去也行，不过你得答应我一件事情。"

"说。"

徐西立吸吸鼻子："我今晚想吃你做的面。"

陆君知乐了："中午吃了米线，晚上还吃面？不腻吗？"

徐西立回道："不腻。"

"行行，服了你，"陆君知扒拉了一下自己的头发，"那下午放学回我那儿呗？"

"你真是我的亲兄弟，亲的！"徐西立笑得嘴都要咧到耳朵边了，"除了我妈，就你对我最好。"

"你才发现？我给几个人做过饭啊？"陆君知冲他龇龇牙。

他们俩出去走的不是学校正南门，而是西南边的一个小门。学校不到中午和晚上的放学时间是不允许随便出校门的，除非有老师批准的假条。但是西南门这边门房的老头每天中午都会打瞌睡，无比准时。这是他和徐西立进入这所高中以来摸索出的规律。

果然，他俩走到西南门的时候，看门的老头正在打瞌睡，伸缩门只开了很窄的一条缝，陆君知推了一把徐西立："快点，待会儿老头醒了。"

徐西立敏捷地侧着身子出去。"幸亏我身材好，要不然都要被挤在门缝里了。"

两人顶着明晃晃的太阳往吃米线的地方走，一进门徐西立就吼了一嗓子："老板，来两份米线，两瓶可乐，要冰的啊！"

陆君知随便找了个地方坐下，总感觉有道明晃晃的视线在看着他，一扭头就看见肖俊正一边往嘴里塞米线一边盯着他，旁边坐着和他一起的一个男生。

嘿，真巧！

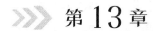

第 13 章

徐西立顺着陆君知的视线一看，也发现了肖俊。"这不是肖俊吗？"

"嗯，"陆君知抽出卫生纸擦了擦桌子，"可不是吗？挺巧！"

"看他那傻样。"徐西立撇撇嘴。

陆君知看了一眼，肖俊正抽出一张卫生纸擦嘴，随手把纸往地上一扔，对着他们这边骂了一句："浑蛋。"

"不想活了吧！"徐西立骂了一句，站起来就想往那儿冲，陆君知一把拉住他。

刚到吃饭的点，店里的人还不多，仅有的几个在这儿吃饭的学生都抬起头来看他们，陆君知看了一眼，都是穿着一中校服的。

那几个学生应该也是逃课出来吃饭的，看到是陆君知又都低下头。

"先坐着。"陆君知看了徐西立一眼。

徐西立只得先坐下。

肖俊和那个男生站起来往外走。

米线店不大，过道挺窄的，走到他们这边的时候，陆君知突然把左腿伸了出去，肖俊走路抬着头没看路，直接被绊倒，幸亏旁边那个男生反应快，一把把他拽住了，要不然他真得摔个嘴啃泥。

徐西立很不客气地笑出声。

肖俊踉跄了一下又站稳，下一刻扑过去伸手拽着陆君知的衣领，吼道："我揍死你！陆君知！"

徐西立抄起凳子就想往肖俊脑袋上抢，陆君知冲他摇摇头。

陆君知低头看了眼肖俊抓着他衣服的手，哼笑了一下道："怎么，你姐姐的病都好了？有空跑到这儿来找麻烦？"

下一秒肖俊抬手就要往陆君知脸上拍，和他一起的男生一把拉住他，小声说了一句："算了，肖冰姐知道了又要生气。"

肖俊咬着牙恶狠狠地瞪着陆君知，陆君知就那么和他对视，过了好半天，肖俊松开手，指着陆君知道："你等着，陆君知，有你好看的！"

陆君知扒拉了一把自己的头发，嗤笑着回道："我会怕你？"

肖俊他们走了，两人点的米线和可乐也上来了。

陆君知把可乐盖子打开，递给徐西立一瓶，自己往嘴里灌了一大口："吃个饭也能碰上肖俊，真是晦气。"

"那刚刚怎么不动手？"徐西立夹了一筷子米线塞进嘴里，"哎，我去，烫死了！"

陆君知扯了张纸递给徐西立："饿了，懒得搭理他。"

徐西立看了他一眼："难道不是你对他姐的事情心有愧疚，放他一马？"

陆君知："放屁！"

徐西立"嘿嘿"笑了两声，陆君知白了他一眼。

放学以后两人直接回了陆君知那里，他在厨房煮面，徐西立靠在门框边上看着。

"看看，多能干！"徐西立看着陆君知把一碗西红柿鸡蛋面端出来，"以后谁要是嫁给你，多幸福啊……"

"好好吃吧你，"陆君知做好两碗面，又把凉拌海带丝端出来，"一碗面就把你馋成这样。"

"那是你自己会做饭，"徐西立夹了一筷子面吸溜进嘴里，含混不清地道，"我妈做的饭简直就是在热水里烫了一遍就出锅了，什么味道都没有。"

"嗯，你妈做饭还真是……敢情你长这么大，都是我喂的吧。"

徐西立表示很赞同："可不是，咱君哥，长得又帅又有男人味，又体贴又会做饭，好男人！"

"你才体贴！"

"我要是就好了！"徐西立咬着筷子，"还能给我家千钰做饭，也不错啊！"

"看你那点出息，"陆君知夹了一筷子海带，"追个女生真费劲！"

"你说得简单！"徐西立挑眉，突然又乐了，"哎，我说，你怎么也不找个女朋友啊？咱俩认识这么多年，我到现在也没想通为什么你面对那么多美女就一个女朋友也不交？"

陆君知拿起桌子上的可乐喝了一口："没意思。"

"怎么会没意思啊？"徐西立反驳，关于追女生的事他可以出一本书，"有女朋友多好啊，尤其是漂亮姑娘，看着就招人疼。"

陆君知没说话。

徐西立看陆君知不搭理他，仍然兴奋地说道："咱们学校有好多长得好看的啊，你想要什么样的都有。"

陆君知抬头看了他一眼。

徐西立还在继续说："就你这身材，这帅脸，往那儿一站，叫啥来着……"徐西立一敲筷子，"哦，杜若她们经常说的，邪魅狂狷啥的……"

陆君知乐了："还邪魅狂狷，你知道这几个字怎么写吗？"

徐西立摆手："怎么写不重要，重要的是，你总是对女生爱搭不理，人家姑娘喜欢你也不敢追啊！"

陆君知把碗里最后一口面条吃完："这不挺好的吗，省事啊！"

徐西立端起碗，喝了一大口面汤："那是因为你没有体会过爱情的滋味！"

陆君知的确没有体会过爱情的滋味，自从他妈死了以后，他所有的时间和精力都用来和他爸作对了。

只要是能让他爸不痛快的、让他爸不爽的事，他都干得特来劲。

他闹得最凶的时候，自己买了飞机票出去玩，一个月都没上一节课。包括上个月他和艺校那个男生打架，对方直接进了医院的事情，都是他爸在善后。

就像他今天上午找李凯晨麻烦的事，他爸现在应该也得到消息了。

除了给他爸找不痛快，他好像还真的没有干过别的什么事。

男生们追女孩、打游戏，他都提不起兴趣，也没耐心。

他倒是收到过不少女孩子的表白信，不过他也懒得看。和一个漂亮或者不漂亮的姑娘在一起这件事，对他来说完全没有吸引力，找了女朋友还得陪她逛街，陪她吃饭，陪她聊天，对方生日要想送什么礼物，对方生气要想怎么哄……啧啧，想到这些他就觉得头疼。

徐西立走了以后，他把碗刷了，把厨房收拾了一下，又靠在客厅的沙发上发了会儿呆。

房子里安安静静的。

一到安静的时候他就容易想乱七八糟的事情。

他妈还在的时候，他们一家三口都住这里，再加上陆嘉树。他们四个人在这套三室两厅的房子里住了七年。后来陆嘉树到外地读书，一直住校，很少回来。

升初二的那年夏天，他妈死了，他站在客厅落地窗外的阳台上，一条腿跨出栏杆，逼着他爸从这套他妈妈住了七年的房子里搬出去。

从那以后，这套房子平时就只有他一个人住，他哥有时候也回来住几天。

他爸一直住在那套别墅里，和他爸有关系的女人——曾经的肖冰，现在的杨姗雨，都住过那套别墅。

其实他不关心他爸身边的女人怎么样，他需要做的就是时不时在别墅里住一晚，露个脸，让她们知道陆家有个小少爷。

这样，他爸的女人自然知道不应该做什么。

这段时间他很少去别墅，因为现在的杨姗雨没什么威胁性，比起之前的肖冰差远了。

第一次见到肖冰的时候，他真的很震惊。因为肖冰的那张脸长得太像他妈妈了。

自从他妈死后，他爸找过好多女人，和他妈妈长得最像的就是肖冰。不光长得像，连性格都像。

后来肖冰怀了他爸的孩子，快要三个月的时候，他知道了消息。

他到现在都记得他逼着肖冰打掉孩子的时候，那个年轻的女人硬是撑着没掉眼泪，只是睁着一双大眼睛对他说："我爱陆聿，我们没错。"

他们没错?! 笑话! 他们没错那谁有错?!

他们有没有错他不管，他只知道他和他爸谈的条件。他爸爱找什么样的女人都行，他唯一的要求就是不许和这些女人有孩子。

他妈妈曾经经受的痛苦，总归要有人来承担，不是吗?

要不然怎么对得起他爸和他妈一往情深十几年?

陆君知想起来给他妈扫墓那天和张祈哲借的车还没还回去。现在才七点，他换了身衣服，拿着车钥匙就下楼了。

已经过了高峰期，路上也没堵车。他很快就到了 Seabed。把车停好以后，他顺便进去看了一眼，时间还早，里面没有什么人。

往包厢里走的时候，他看见有几个年轻人在小舞台旁边调试灯光。

张祈哲正在包厢里算账，看见他进来，把计算器一扔就倒在沙发上。"这都什么乱七八糟的，算不清楚。"

陆君知拿起来看了一眼，又给他放回桌子上。"你这个数学从来不及格的人，能算清楚就奇怪了!"

"嘿，好像你数学及格了一样!"

陆君知乐了："我也没及格。"

张祈哲屈起手指，敲了他的头一下，说："那你还嘚瑟个什么劲!"

陆君知站起来从冰箱里拿出一罐可乐，喝了一口后突然道："祈哲哥，在你这儿驻唱的那个阿卓，叫什么名字啊？"

"怎么突然问这个？"

陆君知"啧"了一声："想起来了就问问！"

"你自己不会问他？"张祈哲拿起账本瞅了几眼，又扔在了桌子上。

"他不告诉我，"陆君知有点无奈，"要不然我也不会问你了。"

"人家不告诉你就代表人家不想让你知道呗，那我就更不能说了。"张祈哲抬头似笑非笑地看了他一眼，"再说了，你干吗非得知道人家的名字？"

"不干吗，纯好奇。"陆君知几口喝完可乐，拿罐子瞄准，往墙角的小垃圾桶一扔，"告不告诉我，一句话。"

张祈哲乐了："就不告诉你，有本事你自己问去啊！"

"自己问就自己问！"陆君知冲他比了个中指，"他今天过来上班吗？"

"不来，今天是别人，他请假了。"

陆君知愣了一下："请假？"

"嗯，请假了，说是生病了，"张祈哲指了指桌子上一堆乱七八糟的账本，对陆君知说，"快帮哥把这堆东西收拾起来，看着就心烦。"

陆君知走过去把桌子上的账本和计算器给他整理好，把可乐瓶扔进垃圾桶里。"那你这老板也不慰问一下生病的员工？"

"嘿，我都不知道人家住哪儿，慰问个什么劲啊？"

"我知道啊！"陆君知"嘿嘿"笑了两声，坐在对面的沙发上摸了摸头发，抬起右脚踩在茶几上，"我替你去慰问一下生病的员工怎么样？"

靠近

推荐的是个叫"一棵李子树"的微信号，他往下一看，

手机联系人上写的是"阿卓"。

陆君知突然乐了，点了"添加"，然后发送。

第 14 章

严灼一觉睡醒，天都有点黑了。

他上午请假去医院拍了个片子，医生说没伤到骨头，给他开了点消炎药，走的时候还嘱咐他最好再来挂几天水。

严灼躺在床上发了一会儿呆，用完好的右胳膊伸了个懒腰，感觉肚子有点饿。他从医院出来就直接回家睡觉了，一直睡到现在，连饭都没有吃。看着只剩下一颗鸡蛋、两根葱的冰箱，他叹了口气，认命地换衣服出去买菜。

拿起手机看了一眼，阿光给他发了短信，问他胳膊怎么样。

严灼给他回了一条：没事，吃几天消炎药就行了。

阿光回复他说一会儿过来。

他走到一楼打算锁门的时候，看见门帘还在旁边放着，前几天门帘掉了，还没来得及挂回去。拿出工具箱打算把门帘挂回去的时候，他才想起来现在自己还是个独臂侠。

严灼"啧"了一声，用右手拎起门帘，往门框上比画了一下，还没等他看清楚合不合适就听见有人在敲院子的门。

"来了，"严灼把门帘搁地上起身过去开门，"你不是说一会儿过来……"

看着站在大门外面的陆君知，严灼有点反应不过来。

陆君知挑着眉，扬了扬手里提着的水果，说："我替你老板来慰问一下员工。"

严灼回过神来，往旁边让了让，朝着大门里面指了一下道："谢谢，要进来吗？"

"方便吗？"陆君知往里瞅了瞅，"叔叔阿姨不在，就你一个人？"

"就我自己，"严灼把大门打开一些，"进来坐吧。"

陆君知拎着水果进了院子，院子里有一棵树，不过他也没仔细看，不知道那是桃树、杏树还是李子树，树下面放了两把藤条编的躺椅，还有一张木头桌子。

这边离市区比较远，都是这种自家盖的二层楼的小院子，很安静，可以听见树上不知道什么鸟叽叽喳喳的叫声。

陆君知走过去把水果放在桌子上，坐在躺椅上看了一圈这个小院子。

严灼从屋里走出来，倒了一杯水放在桌子上，问："你怎么突然来了？"

陆君知端起水杯喝了口水："来看望伤员啊，刚刚去 Seabed 我才想起来你胳膊受伤了，现在怎么样了？"

"没什么事，吃几天药就行了。"严灼指了指桌子上的水果，"怎么还买那么多水果？"

"哦，顺路买的。"陆君知靠在躺椅上，还挺舒服。

然后两人就开始沉默。

严灼其实不太理解陆君知跑来看他这件事，在他看来，两人的交情还没有深到这个地步。

之前顺路碰到帮他就算了，今天还特意跑过来，严灼没办法把眼前提着一堆水果的人和学校里那个桀骜嚣张的陆君知联系起来。

"那是什么？"陆君知指了指屋子门口那堆门帘。

"门帘，"严灼顺着往那儿看了一眼，"前几天掉了，刚刚打算挂上去。"

陆君知乐了："您都这样了还想着挂门帘？你爸妈呢？"

严灼走过去把门帘往上拎了拎："我爸妈不在了。"

陆君知愣了一下，不太清楚他这个"不在了"是什么意思。

去世的意思？不在家的意思？要是去世的意思，父母都去世了，那他不就是孤儿了？

严灼一只手举起门帘，陆君知赶紧走过去劝阻道："停停停……我帮你挂吧。"

严灼把门帘放下来，看着陆君知笑笑道："你会挂？"

"嘿，瞧你说的，这有什么不会的。"陆君知乐了，把门帘提起来放到门框上比了比，扭过头冲严灼道，"这得用铁丝把门帘和门框上的钉子拧一起吧？"

严灼从工具箱里拿出根铁丝递给他："嗯，门框上不是有三个钉子吗？都拿铁丝和门帘拧一起就行。"

陆君知拿过铁丝，又把门帘和门框对齐，严灼伸手帮他扶着一边的门帘。

他把细铁丝往门框的钉子上绕了几圈，再钩住门帘，然后用手将铁丝拧紧。

严灼突然开口道："用钳子，别用手，待会儿手疼。"

陆君知停下，严灼从旁边窗台上的工具箱里找出钳子递给他，陆君知接过来把铁丝拧紧。

就这么把三个钉子上的铁丝都拧紧，门帘就固定好了。

陆君知站在门口，看着安好了的门帘，捶了捶肩膀和脖子。"我还是第一次干这个。"

严灼笑了笑："挺好的，比我想象的强。"

陆君知摸了一下脑袋："怎么说我也帮你把门帘修好了，你还这么挤对我合适吗？"

"行，大恩人，"严灼看着他笑，"我现在要去买菜做饭，你要是没吃饭就在我家吃吧，算是谢谢你昨天的事。"

"都几点了，你还没吃饭？"陆君知有点惊讶。

"没，"严灼一边往屋里走，一边和他说话，"上午从医院回来就睡觉了，一直睡到你过来。"

陆君知乐了："你可真行，没饿晕了？"

"快晕了。"严灼拿着一个塑料盆接了点水，放在树下面的桌子上，指了指塑料盆，"洗洗手，你手上都是铁锈。"

陆君知在盆子里洗了洗手，严灼把手里的毛巾递给他。

陆君知接过来擦了手，指着盆子问："水倒哪儿？"

严灼伸手要端塑料盆，陆君知忙阻止他。"还是我来吧，你这不是伤员吗？"

陆君知端起盆子，严灼给他指了指树下道："我没那么娇气。倒树底下就行，给树浇浇水。"

两人锁好了大门就往巷子口的超市走，严灼一般都在那家超市买菜和生活用品。时间不早了，超市里的人不多，陆君知进去直接往蔬菜区走，严灼伸手拉了他一下："买熟食吧，随便弄弄就能吃。"

陆君知问："什么熟食？"

严灼道："火腿，熟肉，拉面什么的。"

陆君知"啧"了一声："敢情您就吃这些？"

严灼道："不然呢？我又不会做别的，最多来个开水煮白菜，再撒点盐。"

陆君知乐了，冲他龇龇牙道："真不知道你这么高的个子是怎么长出来的。"说完拉着严灼继续往蔬菜区走，"得了，好人做到底，我今天给你露一手，让你知道知道小爷的厉害！"

两人提着一大袋子东西往回走，巷子两边的路灯已经亮了，把他们的影子拉得老长。

路上很安静，只有他俩走路的声音和手里塑料袋的摩擦声。

陆君知侧过头看了严灼一眼，发现这人的眼睫毛真长，而且很浓，从侧面看得很清楚，灯光一照，鼻梁显得很高，嘴唇到下巴的轮廓也很好看。

他正看得入神，严灼突然侧过头问了一句："看什么？"

陆君知咳了一下，转过头把塑料袋换到另外一只手，摸了摸脑袋说："没什么。"

到家以后陆君知就直接进了厨房，把做晚饭需要的食材留下，其余的全部塞进冰箱里。

"需不需要我帮忙，"严灼站在厨房门口看着陆君知忙活，"洗个菜什么的？"

陆君知摆摆手，指着客厅的桌子："你把碗筷准备好，坐着等吃就行。"

严灼乐了："不至于吧，炒菜我不会，洗个菜什么的还行。"

陆君知把茄子在水槽里洗好，切成条，然后放在烧开的热水里烫一下捞出来。"你现在就一只手能用，还洗什么菜啊？坐着等一会儿，就几个菜，很快。"

严灼没有去客厅坐着，就靠在厨房门口看着陆君知做饭。

陆君知会做饭这件事，其实他还有点吃惊。

在学校学生的传言中，陆君知就是不良少年的"典范"，逃课是常事，和校内外的学生打架，不服老师管教……其实这些要是放在技校或者很一般的中学，也不是不常见，可是市一中是重点中学，学校的氛围一直很严谨，陆君知的存在就显得很突兀。

他想到今天在学校里偶然撞见的一幕，陆君知也的确是嚣张跋扈，和现在这个围着围裙，皱着眉却又一脸认真地在厨房炒菜的男生好像完全不是一个人。

严灼夹了一筷子烧茄子放进嘴里，酸酸甜甜的，挺好吃，没想到陆君知炒菜的水平还挺高。

平时自己晚饭就下个面条，还是现成的挂面，水烧开往里一扔，最多心情好了再放颗鸡蛋。以前他也试过自己做点简单的菜，可是发现做的还不如直接拿开水煮白菜，就没再做了。

陆君知把酱牛肉和西红柿炒鸡蛋端出来放到桌子上："怎么样？快来膜拜一下哥的手艺！"

严灼放下筷子，笑笑道："真的不错，很好吃。"他冲陆君知竖起大拇指。

"那是当然。"陆君知解开围裙扔到一边，坐到严灼对面的凳子上，咧着嘴笑，"今天时间不够，只能做点简单的，等哪天有时间了，让你知道知道什么叫大师级水平！"

严灼把碗筷递给陆君知，对方摆了摆手，没有接。

"我早就吃完饭了，"陆君知指着桌子上的菜，"这都是我今天晚上做的第二顿饭了！"

严灼愣了一下："你吃过饭了？"

"不然呢？这都几点了。"陆君知突然有点好奇，"你平时不抽烟？"

"不抽，"严灼拿筷子指了指自己的喉咙，"一闻见烟味就嗓子疼。"

陆君知愣了一下："那你这是不光没法抽烟，饭也做不了呗！"

严灼摇摇头："就算嗓子受得了，我也不会做啊！"

陆君知点点头："我说，昨天的事，加上今天的这顿饭，咱俩这也算是认识了吧？"

严灼放下筷子，端起旁边的白开水喝了一口，笑笑说："当然。"

"哟，可真不容易，"陆君知挑眉道，"得您一个好脸色，还得费这么大劲！"

严灼有点尴尬，咳了一声道："也没有吧。"

陆君知刚想开口说话，就听到院子里有人进来了。

两个人转过头去，看见阿光手里提着几罐可乐和一把烤串站在门口。

第15章

严灼站起来从他手里接过东西放在桌子上，问："怎么现在才过来？"

"哦，路上碰见朋友就聊了几句。"阿光看着屋里坐着的陆君知，显然有点蒙，严灼的朋友他全认识，但屋里那位他没见过。

阿光指了指坐在凳子上的陆君知："这是……"

"他是陆君知，"严灼背对着陆君知冲阿光眨眨眼，"替我们老板过来慰问伤员的。"

"陆君知？"阿光显然很吃惊，"他不是……？"

"嗯，我们老板的弟弟。"严灼咳了一下，打断了阿光的话。

"……哦，你好，"阿光终于反应过来，走到客厅里冲陆君知点了点头，"我是阿灼乐队的朋友。"

"你好，"陆君知指了指去倒水的严灼，"他还有乐队？"

阿光摇摇头："没，我弄的乐队，他在 Seabed 唱歌有时候会让我们过去伴奏什么的。"

严灼走过来把水杯递给阿光："今天没表演？"

"有啊，十点，在北边那个。"阿光端起水杯喝了口水，看着一桌子菜，"嗯？这谁做的啊？"

严灼笑笑，指了指陆君知道："他做的。"

"你做的？"阿光惊讶地看着陆君知，又回过头看了眼严灼，"你给他做的菜？"

陆君知愣了一下："啊，我做的。"

严灼指着桌子上的菜对阿光说："吃饭了没？要不吃点？"

"没呢，"阿光看了陆君知一眼，"你俩这是吃完了？"

严灼"嗯"了一声："你要是没吃饭就也吃点，待会儿不是还有表演？"

阿光拿起筷子准备夹菜，又突然停下来看了陆君知一眼。

陆君知乐了："看我做什么，尝尝，看看好不好吃？"

阿光夹了一筷子菜放进嘴里，愣了一下，冲着陆君知道："看不出来啊，哥们儿！手艺不错！"

陆君知咧嘴笑了一下："你们怎么一个个都好像逃难回来的似的？"

"我基本都是在外边的小饭馆解决，"阿光摆摆手，又指着严灼，"他就别提了，除了挂面估计也没吃过别的！"

"行了吧你，"严灼笑着拍了阿光的脑袋一下，"你怎么不说你连挂面都懒得做？"

阿光躲了一下，夹了一筷子酱牛肉。"别说我了，你这胳膊没事？那什么时候去上班啊？"

严灼微微抬起胳膊瞅了两眼："没事，明天上班。"

陆君知瞥了眼他明显还没有恢复的胳膊："明天就上班？你不多休息几天？"

严灼闻言扭过头对着陆君知笑笑："明天当然要去上班了，要不然老板可就不要我了。"

陆君知愣了愣："这有什么，我和祈哲哥说一下不就行了吗？"

他还以为严灼怎么也得请个几天假，虽然没伤到骨头，可这胳膊看着也有点吓人。

严灼也愣了一下，估计是没想到陆君知会这么说，忙道："没关系，就是唱几首歌而已，也不会碰到胳膊。"

陆君知没再开口，他突然想到严灼说他父母不在了，而且自己今天到他家这么久也没见到有别人，听这个阿光的语气，估计严灼一直都是自己生活。

如果不去上班，维持生活可能有问题。

陆君知摸了把自己的头发，站起身冲严灼点了点头道："那行，要是有什么需要帮忙的你就开口。"

把陆君知送出去，严灼回到屋里，看到一桌子菜全没了，阿光正津津有味地回味。

"你真是今天晚上没吃饭吗？"严灼乐了，"我看你是饿了好几天了吧？"

阿光抬起头看了他一眼，拿筷子敲了敲桌子。"得了，先别说这个，陆君知是怎么回事？"

严灼摇摇头："我也不知道。"

阿光皱着眉："那他怎么跑你家来了？"

严灼叹了口气，把胳膊轻轻抬起来放到桌子上揉了揉。"我昨天不是和肖俊他们那一帮人碰上了吗？陆君知正好路过，就帮了我，今天不知道怎么过来了，说是……替他哥来慰问伤员。"

"还给你做了饭？"

严灼无奈地笑笑："嗯。"

阿光挠挠头，迟疑了一下才开口道："那你现在也没告诉人家你是谁？也没和人家说你俩一个学校的？"

严灼揉揉额角，皱着眉说："没有，之前在 Seabed 见面的时候他穿的是校服，还问了我的名字，我当时就没回答，之后……也一直没说，现在更不知道怎么开口了。"

阿光"啧"了一声："唉，这事弄的。"

他看严灼没说话，又说："我看陆君知这人也挺仗义的，不像是会乱说的人，要不下次你就和人家说说吧，这事也瞒不住啊。"

"我现在都不知道怎么开口，"严灼有点无奈，"难道我要和他说，不好意思，之前没告诉你我叫严灼，是因为我不想让你知道我们是一个学校的，不想和你打交道？"

阿光搓了把脸："这样看，这位倒是把你当朋友了……"

严灼道："找个合适的时候吧，我再告诉他。"

就这么上课发呆、下课胡侃地不知道过了多少天，下午放学往家走的时候，陆君知突然想起来昨天霜哥给他打电话的事。

他拿起手机转了转，侧过头对徐西立说："霜哥说明天晚上聚聚，问咱们去不去。"

徐西立正傻笑呢，愣了半天才反应过来。"啊？明天晚上？"

陆君知无奈了："你不是老年痴呆了吧？"

徐西立想了想，突然蹦到他前面，一脸严肃地说："哥，我想和你说件事，你得答应别揍我！"

陆君知"啪"一巴掌拍到徐西立肩膀上："说！"

徐西立有点迟疑地开口："我这周末要去找千钰，明天晚上……"

"你怎么不早说？"陆君知有点吃惊。

徐西立有点愣怔："就……就下午那会儿决定的，车票还没买呢……"

陆君知乐了，胡乱摸了一把徐西立的脑袋。"够可以的啊！终于混到能去找林妹妹的份上了？可真够不容易的。"

徐西立才反应过来，"嘿嘿"笑了两声道："千钰今天才答应让我过去的。"说完还悄悄看了陆君知一眼，"君知你没生气啊？"

"我生什么气啊？"陆君知乐得不行，一把拽过徐西立，手搭在他的肩膀上往前走，"你待会儿回去赶紧订票，订飞机票吧，我给你报销。"

"哥，亲哥啊。"徐西立"嘿嘿"笑了两声。两人正好走到路边的奶茶店，隔着好几个人徐西立就张大嘴冲着窗口卖奶茶的女孩喊："美女，两杯抹茶红豆！冰的！"

窗口还有俩姑娘在等着奶茶，都扭过头看他俩。

陆君知"啧"了一声："真够丢人的你！"

他俩老在这家店买奶茶，窗口卖奶茶的姑娘都认识他俩了。

第一回在这儿买奶茶的时候刚和别人干完架，他俩本来就长得高，平常没事的时候，小姑娘都觉得他们够瘆人的了，要不然徐西立为什么追"林妹妹"那么多年还没追着？

那会儿陆君知脸上蹭的血都没擦干净，徐西立手里还拎着一根棍子，两人凶神恶煞似的站在窗口边张口就来一句："渴死了，来两杯奶茶！"

卖奶茶的这姑娘当时吓得脸都白了，哆哆嗦嗦地给他俩调了两杯抹茶红豆，找钱的时候没算清楚，还多找了陆君知十块钱。

现在这姑娘和他俩还挺熟，她手里调着奶茶，操着一口东北话和他俩贫嘴道："哟，帅哥今天老高兴了？"

徐西立从兜里摸出张"毛爷爷"，"啪"的一声拍到窗口的台面上，嘴都咧到耳朵边了。"那可不是？"

陆君知真想一巴掌把他拍到砖头缝里。

"啥事啊，高兴成这样？搞对象啦？"

"哈哈哈哈，妹子你太聪明了！"徐西立笑得像得了羊角风。

"妈呀！哪家姑娘这么傻？"卖奶茶的姑娘把两杯奶茶装好递出来。

徐西立："……老妹儿，你嘴这么毒，以后有人要你吗？"

女孩把找零递给徐西立，指了指陆君知道："我着急啥？你哥不是没找呢吗？我以后就找你哥这么男人的就行！"

徐西立接过钱，搂住陆君知的肩膀。"你没戏了！君哥是我的！"

奶茶妹白了徐西立一眼："你看吧，还说那家姑娘不傻，不傻咋能看上他！"

他俩喝完奶茶就各回各家了。

陆君知随手炒了两个菜把晚饭解决，躺在床上不知道该干吗。徐西立刚订了张票跑到林千钰那儿去了，剩下他自己只能在床上发呆。

以前徐西立还约不上林千钰的时候，他俩放学除了去打球就是去看霜哥他们比赛。要不然就是窝在他家，徐西立看电影，他打游戏。

现在就剩自己，百无聊赖啊！陆君知想想，还真有点心酸。明天难道自己去？

陆君知拿着手机翻了半天也找不出一个能来的。

人生真是寂寞如雪。

突然，陆君知想到一个人，他翻出张祈哲的手机号拨了出去。

第 16 章

严灼接到陆君知电话的时候正在二楼对着镜子跳舞。有个舞步他怎么跳都不满意，翻来覆去跳了好多遍。音乐放得挺大声，第一遍铃声响起来的时候他没听见。

累得有点冒汗，严灼撑着膝盖喘了口气，把音乐关了，进洗手间洗了把脸。

张祈哲说 Seabed 餐厅过段时间要搞庆祝活动，让他准备一段舞蹈。

严灼叹了口气，钱果然不好赚，这回不光得唱歌，还得跳舞，早知道去面试的时候就说自己不会跳舞了。

从洗手间出来的时候他听见手机在响，拿起来一看是个本地的陌生号码。严灼按下接通键，拿起杯子喝了口水，还没来得及说话，就听见手机那头的人开了口。

"哟，你终于接电话了？"是个男人的声音，有点懒洋洋的，带着笑。

严灼愣了一下，放下水杯，清了清嗓子问："请问您是……"

陆君知"啧"了一声："那天还给你做了饭，这就听不出来了？"

严灼有点吃惊："陆君知？"

"想起来了？"陆君知靠在床头，"你胳膊这几天怎么样了？"

严灼顿了一下，抽出纸巾擦了擦额头上的汗。"基本没事了。"

"那就成，"陆君知又说，"帮个忙怎么样，哥们儿？"

严灼笑笑，端起水杯喝了口水。"什么帮忙不帮忙的，我还欠着你人情，有事你就直说。"

陆君知乐了："哎，兄弟，我要的就是你这句话。得了，没别的事，就是明天晚上和我一起去看赛车怎么样？"

严灼愣了愣。

陆君知问道："去不去？"

严灼沉默了一会儿才回答："那成吧，晚上几点？我明天要去你哥那儿唱歌。"

"十二点。"陆君知回答，想了想又问道，"要不明天我和你一起去祈哲哥那儿，完事直接过去？"

严灼想了想："也行，我去找你还是你过来找我？"

"我去找你呗，我不是刚去过你家吗？"陆君知抬眼看了下时间，"这个点你吃饭没呢？"

"没呢。"严灼回答。

"你可真是……"陆君知乐了，"要不明天我去找你，顺便一起吃饭，我出力，你出地方？"

"你是不是这两天没事干？"严灼有点无奈。

"嘿，你猜对了！"陆君知"嘿嘿"笑了两声，"这两天我孤家寡人的，是有点闲。"

"那你过来吧。"严灼从书包里抽出数学卷子，在桌子上铺平。

"成，说定了啊，明天见。"

严灼转了转手里的笔："明天见。"

挂了电话，严灼盯着面前的数学卷子看了一会儿。他打开台灯，把数学卷子做完，又把物理卷子做完，再看会儿英语，就到十点了。

他下楼打开冰箱一看，菜倒是不少，但自己一道也不会做。严灼叹了口气，烧了一锅开水，往里面扔了一把挂面。想了想，又摘了几片菜叶子扔进锅里。

看着碗里的挂面，严灼叹了口气，最后还是去厨房拿了个西红柿洗了洗，就着西红柿把桌子上那碗面吃完了。

陆君知晚上十二点被徐西立的一个电话吵醒，被迫听了一个小时徐大少的恋爱进展。

在徐西立激动得语无伦次的描述中，陆君知终于听明白，原来昨晚徐西立和林千钰伴着夏日夜晚的微风，在空无一人的大街上散步。

"你俩就那样在大街上走了两个小时？遛狗呢？"陆君知简直想隔着电话线一巴掌朝徐西立扇过去。大半夜的把他弄醒，结果就告诉他这个？

"你懂什么？"徐西立继续道，"你不知道，千钰说话的声音……"

"停！"陆君知立刻出声，"我对这个没兴趣，困得要死……"

"不行，"徐西立很坚决，"我必须讲给你听。"

陆君知无语，他这是造了什么孽啊？

徐西立事无巨细地把自己去找林千钰的过程讲完，末了道："唉，不想回去……"

"你也算混出来了……"陆君知也有点感慨，徐西立从初一就喜欢林千钰，到现在高二了，这么多年愣是没变心，终于能把人家约出来，散散步聊聊天了。

陆君知乐了一会儿，问："你什么时候回来？周日还是周一？"

徐西立想了一下："周……一吧，周日下午打算和千钰去看电影……"

"成吧，老班那里我先给你顶着。"陆君知答了一句，想了一会儿又和徐西立说，"周六晚上霜哥他们去南郊，我找了个人一起去。"

徐西立有点惊讶，提高了声音问："找的谁？"

陆君知把手机换到另一只手拿着："我上次不是和杜若她们说要介绍个帅哥给她们认识吗？就是他。"

"那这个人是谁啊？"徐西立有点莫名其妙，他和陆君知的圈子基本一样，没有陆君知认识而他不认识的人，他们深交的朋友不多，平时混在一起玩的也就是圈里的那些人。

"叫阿卓，是祈哲哥那里的驻唱。"

徐西立迟疑了一下才问："可靠吗？"

陆君知愣了一下才反应过来："没事，人家都不想搭理我，还是我死皮赖脸地赖着人家。"

大半夜的他和徐西立瞎贫，两人聊了一个多小时才睡。今天睁开眼的时候，他感觉有点蒙。脑袋"嗡嗡"地响了一会儿他才爬起来靠在床头，伸手拿起扔在床头柜上的手机看了眼时间，都下午两点了。

陆君知掀开被子，进浴室洗了个澡，出来才觉得清醒了点。手机突然响了起来，陆君知拿起来看了一眼，随手接了电话，又按了免提，就把手机扔回床头柜上。

"下周四晚上的时间空出来，和我一起去吃饭。"电话那头陆聿没什么波澜的声音响起来。

陆君知嗤笑一声，拿起毛巾擦头发。"真是不好意思啊陆总，我没时间。"

陆聿没跟他废话，开门见山地说："说吧，什么条件？"

陆君知把毛巾往脖子上一挂，背靠着墙，眯着眼睛道："让杨姗雨从那儿搬出去。"

陆聿的回答没有半分迟疑："没问题。"

陆君知抬起头冷笑一声："可不单单是搬出去的意思。"

这次陆聿没有立刻回答，从他这边听好像是和身边的助理说了句什么，还有翻阅文件的声音，过了一会儿他爸才回答："可以，不过饭局你最好到场。"

陆君知关了免提，拿起手机放到耳边，眯着眼睛问了一句："知道了，就是不知道又要对着哪个叔叔阿姨上演父慈子孝？"

陆聿没有回应他的冷嘲热讽，只是很冷淡地告诉他："挺巧的，你刚揍了人家儿子，我就上赶着和人家做生意。"说完直接挂了电话。

陆君知往床上一躺，举着手机按了几下，觉得没意思。

他把手机往床上一扔，趴在被子上发呆，过了一会儿，又支起上半身，把手机扒拉过来。他打开微信看朋友圈，一上来就是徐西立晒出来的和林千钰在公园里头的照片。

陆君知看着照片里徐西立笑成那样，"啧"了一声。

一看通讯录朋友推荐里面有新提示，陆君知点开看了一眼。推荐的是个叫"一棵李子树"的微信号，他往下一看，手机联系人上写的是"阿卓"。

陆君知突然乐了，点了"添加"，然后发送。

第17章

肚子有点饿，陆君知把手机扔到床上，穿着一条睡裤进了厨房。他熬了一碗绿豆粥，又煮了一颗鸡蛋，靠在厨房门框上把今天的第一顿饭解决了。

再拿起手机的时候，他发现阿卓通过了他的好友申请。

陆君知把手机拿在手里转了转，发了条信息：在哪儿？

这回对方回得很快：在家。

陆君知这才注意到阿卓用的头像是一棵树的照片，他点开大图，发现这棵树好像就是阿卓他家院子里的那棵树。原来那是棵李子树。

陆君知给阿卓发过去一句：李子树上的李子熟了吗？

他记得以前外公家也有一棵树，不过不是李子树，是枣树。以前他妈还在的时候喜欢吃枣，外公就让人在别墅后面的花园里种了一棵枣树。

外公是出了名地宠女儿，别说是棵枣树了，他妈要什么外公都答应。就连那棵树上的枣都是外公亲手给妈妈摘下来的，后来就是他大舅和二舅给妈妈摘，再后来就是他爸摘了。

还没等到他亲手给他妈摘枣的时候，他妈就没了。有一次他把枣摘下来放在果盘里，外公看见了，愣了好一会儿才指着盘子里的枣说："小若不在，家里的枣都没人吃了。"站在他们身边，常年给外公家做饭的李婶当时就掉了眼泪。

后来他去看外公的时候，再也没有摘过树上的枣。等到他外公也过世以后，他就很少去外公家了，也不知道那棵树上的枣有没有人摘。

这次阿卓发了句语音过来，陆君知点开。

"早就熟了，还有高处的没有摘，你要摘吗？"

语音里面阿卓的声音带着笑意，语气明朗轻快，混着风声，好像在外面。

陆君知也笑着发了一句语音："好啊！"

严灼正坐在树下的藤椅上弹吉他，现在停下手点开陆君知回复的语音。陆君知的声音里面明显带着笑，严灼想起来对方总是一副痞里痞气的表情，不是冷笑就是邪笑。

严灼放下吉他，发了句语音过去："那晚上吧，你不是晚上要过来？"

等了半天对方也没有给他回复，严灼拿起吉他继续一边弹一边唱。这把吉他还是阿光上午拿过来的。那天和肖俊那帮人打架，砸坏了一把吉他，幸好阿光那边有好几把，今天拿过来一把给他用一下。

一想到这件事严灼就火大。胳膊上挨了一棍子，花了不少医药费，还砸坏了一把吉他。

他叹了口气，摸不着这些少爷的脾气。他和陆君知本来不会有这么多交集。无论是在学校还是在外面，他们都是两种完全不同的生活状态。

严灼抱着吉他，低下头看着地上的树荫。院子里有风吹过，树叶随风轻轻摆动，地上的影子也在晃动。树荫落在他小腿上，一圈一圈的光斑，晃晃悠悠的，让人眼花。

他轻轻晃了一下小腿，手指随意拨了一下吉他弦。一个音符从手里流淌出来，院子里很安静，只有他一个人。

手机突然响了一声，是陆君知发来的微信。

"出来开门。"

严灼愣了一下，刚想问开门干吗，陆君知的微信就追了过来。

"我到你家门口了。"

紧接着从大门外面传来摩托车的声音，门外陆君知戴着一副墨镜，穿着一件黑色半袖上衣和一条牛仔裤，骑在他那辆相当拉风的雅马哈上。

他把大门拉开，陆君知把摩托车骑进院子，停在二层小楼侧面的阴凉地。

严灼把大门关上，扭过头看见陆君知摘下墨镜挂在 T 恤领口，咧开嘴冲他笑了一下。

"去那边坐吧，凉快。"严灼指着李子树下面的藤椅。

陆君知在树底下的藤椅上坐了一会儿，感觉是挺凉快，树遮在头顶，光照不到，还有风吹过来。

还挺舒服。

严灼拿了一瓶可乐出来放在桌子上。"怎么现在过来了？"

"没事干就过来了呗！"陆君知喝了口可乐，瞅了严灼一眼，"你不是让我过来摘李子吗？"

严灼盯着他看了一会儿，伸手指指上面说："等过会儿太阳下去再摘，要不然太晒。"

"不着急。"陆君知顺着严灼的手指往上看了一眼，的确还有很多李子挂在树上，上次看得不仔细，没有注意，"下面的李子是你摘的？"

严灼笑了笑："不是，我不太吃这些，都是阿光摘的。"

陆君知看见藤椅旁边立着一把吉他："你刚刚在弹吉他？"

严灼点点头："练练晚上要唱的歌。"

"想吃糖醋排骨吗？"陆君知看着严灼，突然问了一句。

严灼愣了一下才说："想啊。"

陆君知笑了一下，伸手摸了把自己还没怎么长出来的头发。"你先给我唱一遍今天晚上你要唱的歌，我晚饭给你做糖醋排骨，怎么样？"

"没问题。"严灼乐了，觉得有点好笑。

他把吉他拎起来抱在怀里，对着陆君知笑笑，又低下头调了调音。

陆君知见他收起笑容，然后微微皱了下眉，右手一拨弦，前奏就开始了。

心若倦了 　泪也干了

这份深情 　难舍难了

…………

严灼的声音有点轻，又带着点低沉，陆君知说不上来，反正挺好听的。

上次在 Seabed 餐厅听他唱歌的时候陆君知就觉得对方唱起歌来是有那么一点好听，不过那次离得远，不像现在，两个人面对面。

这应该是他第一次在白天和严灼安安稳稳地坐着。

阳光透过树叶的缝隙漏下来，星星点点的光，被风一吹，晃晃悠悠地落在他俩身上。严灼的头发被风吹得有点乱，前面的刘海随着他的动作轻轻晃动。他就这么坐在盛夏树荫下的藤椅上，抱着吉他唱歌。

两个人的距离很近，近到陆君知能看见严灼漂亮的双眼皮和深沉的眼睛。

回忆过去

痛苦的相思忘不了

…………

严灼唱完最后一句词，停下来看着陆君知，结果对方好像有点走神。他又拨了一串和弦，陆君知反应过来，猛地扭头开始咳嗽。

严灼起身去屋里倒了一杯水递给他："喝口水。"

陆君知赶紧接过水杯喝了口水，把水杯放到桌子上，又咳了两声才止住。

严灼靠在桌子上，看着他笑了。"没这么难听吧，都吓成这样了？"

陆君知觉得有点尴尬，摸了摸鼻子，咳了一声。"没，挺好听的……你晚上只唱一首歌？"

"还有一首英文歌。"严灼看了眼时间，抬头对着陆君知笑笑，"走，和我去买排骨？"

陆君知乐了："我还以为你唱完歌就忘了。"

严灼返回去把屋门关好。"好吃的东西怎么能忘了？"

陆君知看着严灼从院子的杂物间里推出一辆自行车："骑车过去？"上次他

们去的超市就有排骨，离这儿也不远。

"走着去天太热，"严灼把自行车推到院子里，拿抹布擦了擦车座，"骑车能快点。"

陆君知走过去拍了下车座："就一辆自行车啊，咱们可是俩人。"

严灼瞥了他一眼："后座不也能坐个人吗？"

陆君知撇嘴，把墨镜从领子上摘下来往鼻梁上一架，勾着嘴角笑了："我看着像是能坐后座的人吗？"

严灼指着自行车问："那你会骑吗？"

陆君知挑眉："不就是个自行车吗，有什么不会骑的？"

严灼笑了笑，点点头："那行吧，你骑，我坐后面。"

陆君知把自行车推到大门外面的巷子里，左脚蹬在脚踏板上，右脚撑着地，骑坐在车座上。

严灼转身就看见陆君知埋头盯着自行车把，左摸右看。"行不行啊你？"严灼走过去看了他一眼。

"嘿！"陆君知直起腰，瞅了他一眼，"你问这话是什么意思？"

"行吧。"严灼乐了，右腿一跨坐到车子后座上，一只手向后扶着后座，笑着拍了陆君知一下，"可以了，走吧！"

陆君知使劲蹬了一下左脚脚蹬，车子一下蹿了出去。嗯？这怎么和想的不一样？！这左扭右拐的是怎么回事？！

"哎！"陆君知使劲握着车把想要保持平衡，但问题是这车子的行走路线就跟得了羊角风似的左右抽搐，"这，这，这，这……怎么弄？"

"停停停！"严灼在后座晃得坐不住。

"怎么停啊？！"陆君知怒了。

这段路正好是下坡，不踩脚蹬自行车都跑得很快。

眼看着前面就是墙，再转不了弯就得撞上去，这时陆君知感觉车子后面突然剧烈地动了一下，然后车子就停了下来。

第 18 章

陆君知用脚支着地，松了一口气，回过头就看见严灼无奈地拉着车子后座。

严灼看他站稳了，拍了拍手站直身体问："你是不是不会骑自行车？"

陆君知摸了一把自己刺硬的短发，龇龇牙道："我这不是头回骑吗？谁知道它来回晃啊？"

严灼似笑非笑地看了他一会儿，低头咳了一声。"我来骑，你坐后面。"

陆君知看着严灼跨坐到车座上，还在低着头笑。他一屁股坐到车后座上，自己也绷不住乐了，伸手挠了挠严灼的腰。"我说，你别笑了成吗？"

严灼笑着躲开他的手："成成成，我不笑了，你就安心坐后面吧。"

严灼骑自行车骑得倒是稳，后座上带着他这个一米八几的男生也稳稳当当，而且速度还挺快，一边骑一边还和路上的大爷大妈打招呼。

严灼今天穿了一件紧身 T 恤，陆君知从后面可以看见他修长的脊背，以及骑车时微微凸显的肌肉轮廓。

他的皮肤比陆君知要白一点，肌肉紧实，线条很漂亮。陆君知突然伸出指头戳了一下严灼腰上的肌肉。

"嗯？"严灼转头看了他一眼。

"没事。"陆君知收回手指，随口瞎扯，"你和这一片的人挺熟的啊！"

"我在这儿住了十几年，附近的人我基本都认识。"

"你……一个人住这儿？"陆君知犹豫了一下，还是问了出来。

"嗯，从我记事开始就住这儿。"严灼右手松开车把，从兜里摸出两块糖，扔给陆君知，"接着！"

陆君知抬手接住，摊开手掌一看，是用黄色糖纸包起来的柠檬糖："你多大了，还吃糖？"

严灼侧过头笑笑："我以为你喜欢吃糖。"

陆君知愣了一下："我为什么喜欢吃糖？"

"你不是喜欢喝可乐吗？"严灼脚下用力蹬了几下，贴着巷子的墙壁超过前面的三轮车，"那么甜。"

陆君知"嘿嘿"笑了两声，拆开糖纸把一小块柠檬糖扔进嘴里。

"后来我爸去世，我就自己住了。"严灼把车子停在超市旁边的树荫下，有俩小孩在旁边玩。

"嗯？"陆君知还坐在后座，没反应过来，有点愣怔。

严灼屈起手指敲了敲后座："先下车。"

"哦……"陆君知从后座上下来。

严灼把车子推到树旁边，拿起车把上挂着的链子把车轮和树干锁在一起。

陆君知问："锁起来干吗？会丢吗？"

严灼说："这里又不是小区里面，当然会丢。"

两人进了超市，陆君知还在琢磨严灼刚刚说的话。

他爸爸去世了？那他妈妈呢，怎么也没看见？难道也去世了？

"往哪儿走？"严灼伸手拉了他一下，"都快撞到架子了。"

陆君知咳了一声，有点不好意思地摸了下鼻子说："这不是没注意吗？"说完就往食品区走。

超市阿姨挺热情，知道他俩要买排骨，一个劲地推荐说这个排骨好，那个排骨新鲜，这个排骨是今天早上刚运过来的……

严灼看着冷冻区一排排的排骨，觉得好像也没什么区别。

倒是陆君知挑了点，扭过头问他："这些够了吧？就咱俩吃。"

严灼看着他手里提着的排骨，点点头。

"光吃这个也不行啊，"陆君知抬眼看了一圈，"家里还有菜吗？"

严灼愣了一下："有吧……"

"嘿，我给忘了，你又不会做饭。"陆君知乐了，"昨晚吃的什么？挂面和煮菜吗？"

严灼一时无语，过了一会儿道："……都吃惯了。"

"那是你没尝过手艺好的！"陆君知把手里装着排骨的袋子塞进严灼手里，"拿着，我再看看需要买点别的不。"

两人逛了半天，最后提着一堆东西出来。走到收银台的时候，陆君知把袋子往上一搁，从兜里摸出钱包，抽出一张卡要递给收银员。

严灼拽住他，笑了笑说："我来。"

之前陆君知和徐西立出去玩，一般都是谁想起来谁就付钱，他们俩都不是缺钱的主，和其他的狐朋狗友一起疯的时候，也是谁做东谁付钱，现在这情况他倒是没遇见过。

严灼松开他，从兜里掏出钱包。

陆君知顿了顿，突然想起严灼现在还在打工，而且他爸爸去世了，大概生活很辛苦。

严灼刚打开钱包，陆君知就一把挡住他的手："别别，还是我来吧，晚上不是还要你帮忙吗？就当是我请你吃饭。"

严灼想了想道："那成吧。"

收银小妹刚刚忙着扫码，头也不抬："一共 209 块，现金还是刷卡？"

陆君知立马把卡递过去："刷卡！"

两人从超市里出来，没来的那会儿晒了。陆君知正想和严灼说话，结果一扭头看见俩小孩正蹲在自行车旁边不知道干啥。

他仔细瞅了一眼，两人正嘀嘀咕咕。他正觉得纳闷呢，就见其中一个小孩伸手去拧车子轮胎上的打气孔。

严灼顺着陆君知的视线看过去，还没等他开口，陆君知就过去了。

"你俩干什么呢?!"陆君知吼了一嗓子，冲着俩小孩蹿过去。

俩小孩正嘀咕呢，冷不防被这么一吼，都吓了一跳。其中一个直接坐地上了。

"嘿！你俩干什么呢？嗯？"陆君知把手里的东西挂在车把上，蹲下来瞪着对面俩小孩。

"怎么了？"严灼把链子打开，把自行车往旁边推了推。

陆君知蹲在那儿和俩小孩互瞪，抽空抬头回了他一句："这俩小崽子想给车子放气呢！"

严灼走过去看了一眼车胎，用手捏了捏，还有气。

"我们没有！"刚刚那个伸手拧气孔的小孩还挺硬气。

"还嘴硬？"陆君知乐了，"那你刚才在干吗呢？嗯？"

这小孩还挺倔，小身板挺得溜直，站在那儿和陆君知一般高："反正没有！

你要是敢打我，我就告诉我哥，让他来揍你！"

"哎哟！还告诉你哥?!"陆君知乐了，伸手往他毛茸茸的小脑袋上拍了一巴掌，"谁还没哥啊？让你哥来！我连你哥一块揍！"

旁边那小孩直接张大嘴"哇"的一声哭了……

陆君知有点无语，我还没怎样呢，你倒先哭了。

"行了，别哭了。"严灼无奈地摸摸小男孩的头，"这个哥哥和你开玩笑呢，嗯？"

陆君知摸摸脑门："干吗对他那么温柔？俩小家伙一肚子坏水！"

小孩不听，还一个劲地哭，小拳头遮着眼睛，伤心得不行。拧气孔的那个看他哭，自己也有点想哭，正在那儿瘪嘴呢！眼看着眼泪就要掉下来了。

陆君知瞪了两人一眼，指指旁边的那棵树："还哭？再哭就把你们绑在树上，不让你俩回家！"

俩小男孩都被陆君知吓傻了，张着嘴愣在那儿，眼睛里还含着泪，小脸蛋上还挂着泪珠。

严灼抽出纸巾给那两个小孩擦擦眼泪，冲着两人笑笑道："别哭了，他吓唬你们的，赶紧回家吧。"

俩小孩抽抽搭搭地往家跑，陆君知"啧"了一声，叹道："熊孩子！"

"你欺负俩小孩干吗？"严灼把自行车推过来，看了陆君知一眼。

陆君知嚼着口香糖，靠在树上眯着眼睛："不干吗，就是单纯讨厌他们！"

严灼瞅着他笑了笑："行了，我们回去吧。"

陆君知从车把上把袋子提下来："走吧。"

回去的时候还是严灼骑自行车，不过陆君知这回倒着坐在后座上，手里提着袋子。

巷子里的人不多，偶尔有几个老太太坐在门口聊天，身边趴着条懒洋洋地睡觉的狗。严灼骑得很快，陆君知倒坐着，两边的房子一栋栋飞快地从身旁掠过。偶尔听到谁家传来几声狗叫声，风一阵阵地吹过来，全身上下都觉得挺凉快。

陆君知觉得周围这一切都很好。

蓝天，白云，看着就舒坦。

第19章

陆君知闭上眼睛，突然轻轻笑了一下，身体慢慢往后仰，靠在严灼的背上。

"想做什么？"严灼侧过头笑着问。

"不做什么！"陆君知嘴角带着笑，闭着眼睛轻轻靠着严灼的背，"就靠一会儿。"

严灼笑笑说："是吗？要不要给你唱首摇篮曲？"

"你会唱摇篮曲吗？"

"不会，"严灼笑了笑，"我第一次去你哥那里唱歌的时候，你哥一闭眼往沙发上一歪，我当时就觉得要不唱个摇篮曲得了。"

陆君知"嘿嘿"笑了两声："祈哲哥就那样，后来呢？我哥就让你在Seabed唱歌了？"

"嗯。"严灼也觉得挺逗，"那天我本来迟到了，觉得可能不行了，没想到我唱完歌后，你哥又让我跳了段舞，然后就成了。"

"你还会跳舞？"陆君知愣了一下，坐直身体，扭过头，"什么舞？"

"爵士，不过就会一点。"

陆君知有点吃惊："没见你跳过啊？"

严灼回头看着他笑笑："过段时间可能会跳，哲哥说Seabed要办个小活动，得跳段舞。"

到了家门口，严灼把车子停下来。

陆君知从后座下来，冲着严灼龇龇牙："你会的不少啊。"

"我跳舞就那样，一般般。"严灼把车子推进院子，和陆君知的摩托车停在一起。

陆君知把手里的袋子放到树下的桌子上，走过来靠着摩托车："那我不管，到时候你得提前告诉我一声。"

"你要去吗？"严灼笑笑。

"去啊，干吗不去！"陆君知摸了一把自己的头发，勾着嘴角笑了一下，

"去看你跳舞。"

严灼也笑，风吹起他的刘海，露出浓浓的眉毛，他的眼睛里都是细碎的光："好，到时候告诉你。"

陆君知双手插在裤子口袋里："嗯。"

严灼看着桌子上的四菜一汤，有点不知道该说什么。

陆君知从厨房出来，把最后一道菜放在桌子上。"干吗发愣，不尝尝吗？"

严灼拿起筷子尝了一口盘子里的糖醋排骨，看了陆君知好一会儿才开口："我是不是该学姑娘那样，叫你男神之类的？"

陆君知"嘿嘿"笑了半天，摆摆手道："不要迷恋哥！"

严灼拿起放在旁边的手机，对着桌子上的菜"咔嚓咔嚓"拍了几张照片。

"拍照片干什么？"陆君知舀了碗汤放到严灼手边，"留着饿了的时候看吗？"

"谢谢，"严灼笑笑，"嗯，留作纪念。"

"怎么跟我们班学生似的，"陆君知给自己也舀了碗汤，"看见什么都拍照片。"

"嗯？"严灼愣了一下。

陆君知没注意严灼，继续说："学校刚转过来一个竞赛班，里面有个叫严什么的男的，一堆人成天偷拍人家。"

严灼拿着筷子的手顿了一下："是吗？"

"是啊！"陆君知夹了块糖醋排骨，继续吐槽，"还说他是一中的校草、白马王子什么的，我看他就是装的！"

"为什么？"

陆君知一说到这个就来劲，杜若她们那帮女生老是说这件事，说得他挺不耐烦的，现在想起来就忍不住吐槽："就是装呗！说是拒绝了校花的表白……他还在开学典礼上代表学生发言来着。"

严灼咳了一声，喝了口汤。

陆君知看了他一眼："怎么了，嗓子不舒服？"

"没……那你见过他吗？"严灼低下头扒了口饭。

"没有啊！"陆君知也扒了几口饭，"我就在开学典礼的时候见了一回，不过离得很远，没看清，就记得挺高的，据说挺帅的。"

严灼"哦"了一声。

陆君知还在继续吐槽："帅就帅呗，嘚瑟什么，一听他发言就觉得他挺装！你说一男的，帅能有什么用！"

"……对！"

陆君知突然抬起头看着严灼。

严灼顿了一下："怎么了？"

"我觉得你应该比他帅，"陆君知"嘿嘿"笑了两声，"那帮女的太没眼光！"

严灼忍不住笑了一下："是吗？"

陆君知看着严灼带笑的眼睛："她们说的白马王子，我感觉就是你这样的啊！"

严灼咳了一声，有点不好意思地看着陆君知："你见过自己打工赚钱的白马王子？"

陆君知"啧"了一声："比喻啊，懂不懂？"

其实陆君知想问严灼，他除了在 Seabed 唱歌还有没有在其他地方打工，但是他没有问出口。毕竟严灼的父母都不在了，自己追着人问这些东西好像也不太好。以后慢慢就知道了呗！

严灼把梯子搬到树下面，指了指树上的李子："你不是要摘李子吗？"

陆君知看到梯子，愣了一下问："还需要梯子？"

"太高了，不好上去。"严灼回屋拿了个布口袋出来，"把李子放到这里面。"

陆君知看见严灼手里那个大红布袋乐出了声："这谁弄的啊？这么喜庆！"

严灼也笑着道："上次我婶婶过来摘李子的时候放这儿的，挺好用的，这样挂身上就行。"

陆君知目瞪口呆地看着严灼把大红布袋挂在胸前。

一米八几的大个子加上一张帅气的脸，再配个喜庆的大红布袋挂胸前，就跟上个世纪的人似的……

"哈哈哈哈哈……"陆君知笑得直不起腰来。

严灼也笑了笑，转身对着窗户上的玻璃照了照，理了理头发："还行吧，没有很难看。"

陆君知一边捂着肚子笑，一边指着严灼说："你简直太逗了！哈哈哈哈……"

严灼无奈道："你要不要摘李子啊？"

"摘摘摘……"陆君知笑着直起腰。

"我说，你能不能别笑了？"严灼看着陆君知。

陆君知瞅着严灼胸前挂着一红袋子，一本正经又无奈地站在李子树下面，又是一通乐。

严灼无奈，把布袋摘下来，走到陆君知面前，把布袋从陆君知脑袋上套下去，挂在他脖子上。

陆君知光顾着自己在那儿乐了，都没反应过来，愣了一下才发现袋子跑到自己身上来了。

严灼后退一步，双手插在裤子口袋里，靠着桌子，看了陆君知几秒钟，突然也笑起来。

陆君知愣怔地看着严灼止不住地笑，眼角眉梢都是笑意。

陆君知觉得严灼的眼睛很亮，远处的灯光照过来，他的眼睛里都是细碎的光，头发温柔地搭在额前，剑眉星目，然后是嘴角勾起的弧度，很温柔……

严灼脸上带着笑，指了指窗户的玻璃说："你自己照照！"

陆君知两步跨到窗户跟前，愣了一下："这是哪里来的小混混？"

陆君知有点忿，凭什么严灼挂着大红布袋，像个知青什么的，到了自己这儿，就跟街上的小混混似的？

严灼乐了，指了指他的头："主要是你那个发型……"

"不就是有点短吗……"陆君知摸摸脑袋，又往前凑了凑，在窗户玻璃上照了照，"我这么酷炫狂跩的发型怎么配个红布袋就变样了？"

他头发剃得短，个子又高，本来看着挺酷的，结果挂个红布袋，反差特明显。

"行了，别照了，"严灼把他拉到树底下，"待会儿天黑就看不见了！"

陆君知摸摸脑袋："摘就摘！"

他轻轻晃了晃梯子，觉得挺稳的，就蹬着梯子往上爬。

"你这……上得去吗？"严灼皱着眉，"别摔了。"

"我只是不会骑自行车而已，别的都会好吧！"陆君知挑眉，"小时候不知道上过多少次树了！"

严灼帮他在下面扶着梯子："那行，你小心点，先摘稍微靠下点的。"

陆君知爬到梯子最上边的那格停了下来，稍微直起身子，把挡着他摘李子的树枝扒拉到一边，看到几个熟得正好的李子，他伸手摘下来，放到胸前的大红布袋里。

他想了想，又低下头问："这树有没有打农药啊？"

"没，自己家吃的，不打农药。"

陆君知又从树上摘了一个，顺手在 T 恤上擦了擦就扔进嘴里了。

严灼在下面看着他，有点想笑。"待会儿洗洗再吃啊！"

陆君知嘴里咬着个李子，含混不清地说："还是家里树上长的好吃，超市里卖的都没什么味道。"

严灼笑笑道："是啊。"

第20章

陆君知吃完一个，继续在树杈里找李子摘。他穿的是条牛仔裤，现在站在高处，严灼从下面看就觉得他的腿又直又长。

"你腿挺长。"严灼笑笑。

陆君知把一把李子扔进布袋，低下头冲严灼"嘿嘿"笑了两声："那是！我可是模特身材，黄金比例！"

又往红布袋里放了几个李子，他拎着袋子抖了抖："差不多了吧？摘了不少了。"

严灼抬头看看："你自己够吃就行，我不吃这些。"

"为什么？"陆君知把袋子挂好，慢慢从梯子上下来，"挺好吃的啊。"

"小时候吃多了。"严灼伸手扶着陆君知的胳膊。

陆君知从梯子上下来，撑开袋子给严灼看："看，摘了这么多。"

严灼往袋子里看了一眼："你要是喜欢吃再来摘，再过几天李子就没了。"

"吃不完可以带走吗？"陆君知从红布袋里拿出一个，在手上蹭蹭就咬。

严灼回道："可以，能先洗洗吗？"

陆君知"嘿嘿"笑了两声："洗就洗呗。"

严灼从屋里拿出一个水果盘，把袋子里的李子倒进去，正好一盘，他就着院子里的水龙头洗了洗，递给陆君知。

"谢谢！"陆君知接过来，从盘子里拿了一个李子放进嘴里，"这算是我给你做饭的报酬吗？"

严灼看着他笑道："可以。"

天已经黑了，院子里亮了灯。夏天的傍晚很凉快，时不时有一阵小风吹过，树叶轻轻地响。

陆君知靠着树下的桌子一边吃一边看着严灼。

严灼静静地坐着，过了一会儿突然笑了："干吗看我？"

陆君知勾了勾嘴角："我给你唱首歌怎么样？"

"嗯？"严灼愣了一下，没反应过来。

陆君知拿起旁边的纸巾擦了擦手，拎起放在旁边的吉他，把墨镜往鼻梁上一架。

严灼吃惊地看着他。

陆君知冲着严灼咧着嘴笑："好好听着啊！"

严灼刚开始还有点吃惊，等陆君知开口唱起来的时候，他直接笑出声了。

陆君知抱着吉他站在院子里的灯光下，一脚踩在李子树旁边的几块砖头上，对着严灼笑得一脸邪气，开场就是一串和弦，紧接着节奏转换，陆君知边笑边开了口：

> 对面的女孩看过来
>
> 看过来　看过来
>
> 这里的表演很精彩
>
> 请不要假装不理不睬
>
> …………

陆君知唱得很好听，声音帅气干净，不过他唱的不是任贤齐最开始的那个版本，而是后来经过改编的有点摇滚风格的版本。

严灼看着他戴着一副墨镜，穿着紧身黑色 T 恤和牛仔裤，抱着吉他站在昏黄的灯光下唱歌，再配上跩跩的表情，妥妥的一副潇洒帅气、放荡不羁的摇滚范。

　　寂寞男孩的悲哀
　　说出来　谁明白

唱到这儿，陆君知还冲严灼撇撇嘴，一副无奈的样子。

　　我左看右看上看下看
　　原来每个女孩都不简单
　　我想了又想　我猜了又猜
　　女孩们的心事还真奇怪

严灼笑得停不下来。

陆君知自己也乐得唱不下去，抱着吉他过来坐到严灼对面："笑什么啊？我唱得怎么样？"

严灼笑得双眼湿润，对着陆君知竖起大拇指道："我服了你了。"他看了眼时间，"差不多了，去你哥那儿吧。"

"走吧。"陆君知站起来，随手往嘴里扔了个李子，"没吃完。"

"要带走吗？拿个保鲜袋装起来。"

"不要，带过去铁定被张祈哲吃得一个不剩。就搁你这儿，等我过来吃。"

严灼乐了："吃光就吃光。"

"那不行，我好不容易摘的，哪能让别人吃啊！"

"成，我给你放冰箱里。"严灼笑笑，做了个手势，"等我一下，我去换个衣服。"

陆君知靠在摩托车上等严灼换衣服。

今天过得既充实又开心。听歌、逛超市、做一顿美食、摘李子、唱歌，甚至还有那两个想要恶作剧的孩子，一切都让他开怀。

他轻轻笑了一下，深深吸了一口气又吐出来，伴着夏天晚上凉快的风，浑身上下都觉得特舒服！

严灼穿了件白色衬衫配一条黑色细领带，下身穿一条配套的黑色长裤。白衬衫黑色领带不是谁都能穿的，有的人穿更显帅气，有的人穿却像服务员似的。

严灼身材好，穿衬衫就显得肩宽腿长，往那儿一站，又青春又帅气。

陆君知见严灼锁好门，扔给他一个头盔，说："走吧！"

严灼接过头盔，似笑非笑地看着陆君知，眼睛里都是戏谑。

陆君知乐了："还能不能行了，是不是以后我就是开个拖拉机你都能想起我骑自行车的事啊？"

"怪我？"严灼戴好头盔坐到后座上，"难道不是你太搞笑？"

陆君知叹了口气："怪我！"

两人到 Seabed 的时候里面已经有不少人了，台上有个女生在唱歌。

严灼走到舞台侧面，和一个戴鸭舌帽的人说了几句话，陆君知倚着吧台等着他。

吧台的服务生叫赵啸，是张祈哲的哥们儿，他走过来跟陆君知打招呼："小君知过来啦，喝点什么？"

陆君知随便点了杯可乐，坐在高脚凳上漫不经心地喝着。

赵啸看他一直盯着那边的严灼看，就问了一句："你认识？"

陆君知点点头："我朋友。"

赵啸有点惊讶。

陆君知笑笑："怎么，不像吗？"

赵啸也笑笑说："是不像。你俩性格也差太多了吧？徐西立和你倒是臭味相投，那小子哪儿去了？"

陆君知"啧"了一声："去追女孩了！"

"哟，这语气。"赵啸乐了，"敢情是你哥们儿重色轻友，你被抛弃了啊！"

陆君知叹气，说："那可不，我这心都冰凉冰凉的！"

赵啸看着他笑了半天，陆君知都无奈了，问道："啸哥，你被人点了笑穴吗？笑什么呢？"

赵啸摆摆手："你们这些小孩太逗乐。"

陆君知撇嘴："得了吧，你也就比我大三岁吧，还我们这些小孩？"

"你不懂，三岁一代沟啊。"

陆君知扭头看了眼严灼，见他还在和戴鸭舌帽的人说话。

赵啸顺着他的视线看过去："阿灼唱得不错，挺多人捧场。那边坐着的那些小姑娘都是过来看他的。"

陆君知侧过头看了一眼，果然看见那边坐着不少姑娘。

他挑眉道："特招人是吧？"

赵啸乐了："那可不，阿灼长得帅，又会唱歌，确实招人。"

陆君知看严灼朝他这边走过来，于是对赵啸道："啸哥，给咱来杯矿泉水。"

赵啸愣了一下，倒了杯矿泉水递给他。

严灼过来冲赵啸打招呼："啸哥。"

赵啸冲他点点头。

陆君知把矿泉水递给严灼，问："怎么样？"

"谢谢。"严灼接过矿泉水，喝了一口，指着舞台那边，"一会儿我上去唱完我们就走。"

"成。"陆君知点点头，突然又乐了，指着严灼后面，"你回头看看。"

严灼愣了一下，回头看了一眼，那边坐着的女生里面有几个走豪放路线的，挥手冲他打招呼，还有对他吹口哨的。

严灼皱皱眉，扭过头没说话。

陆君知愣了一下，问道："干吗？人家喜欢你，你不高兴？"

严灼没说话，只是笑了一下，说："到我了，我去那边看看。"

严灼走了以后，赵啸"啧"了一声，问："是不是特高冷？"

"嗯？"陆君知没反应过来，"什么高冷？"

"阿灼啊！"赵啸和陆君知闲聊，"这小伙子每次上台就唱歌，唱完歌就走人，看着对谁都脸上带笑，其实冷淡着呢！"

陆君知没说话。

第21章

陆君知坐着有点无聊，瞅了一圈没再看见严灼，上次开业人太多没看清，这次陆君知终于可以好好看看张祈哲这间 Seabed。

不得不承认，张祈哲的确是花了心思的。

这里叫 Seabed，主打色是蓝色，竖着的墙外面都包着凹凸不平的磨砂玻璃，玻璃上嵌着很碎的像蓝钻似的小灯，还挺梦幻的。

房顶也包着玻璃，不过房顶和玻璃之间缓缓流动着水，上次给他带路的服务员跟他说，这是从房顶中间的位置把水接进来，因为包着玻璃的中间部分微微凸起，更靠近房顶，水就自然地流向四周。只有大厅才装修成这样，因为成本太高。

陆君知抬头看着房顶，很明显能看见水在流动，蓝色的灯一照，的确漂亮。

他抬头看了眼小舞台。

小舞台靠后的位置从房顶上垂下来一些长短不一的绳子，每条绳子下面都挂着一个玻璃瓶，玻璃瓶里放着灯泡。灯泡的光不是很亮的白色，而是像路灯那种暖黄，这么看着还挺好看。

从他这个位置看，舞台上点缀着高低不一的玻璃灯，正中间放着立麦和一把高脚凳，周围灯光打得比餐厅其他地方要暗。不知道别人觉得怎么样，反正陆君知觉得挺好。

陆君知有点走神地想，待会儿阿灼上来唱歌的时候不知道怎么样？

并没有等很久，陆君知听到周围人起哄的声音，夹着口哨声，坐在他旁边的一个女孩很大声地喊了一句："阿灼！"

陆君知侧过头看了她一眼，觉得有点眼熟，不过想不起来在哪儿见过，也可能是灯光比较暗，看不清楚。

严灼抱着吉他坐到舞台正中间的凳子上，一个淡淡的光圈照到他身上，周围的灯光暗下来，只剩下他背后高低不一的玻璃灯还亮着，星星点点的。

陆君知发现严灼没有直接穿那件白衬衫上来，而是在外面套了件黑色的短款紧身皮质上衣，他没有系领带，衬衫最上面的两颗纽扣解开，露出锁骨，在灯光下形成模糊的阴影。

严灼调整好吉他的肩带，随意往下面扫了一眼，就看见陆君知坐在正对着舞台的沙发上，其实位置比较靠后，可他还是一眼就注意到了。

前奏结束，严灼开始唱今晚的第一首歌。他唱得很放松，右手也很流畅地拨着弦。这首歌他唱过很多遍，并没有什么新奇的。

他一边漫不经心地唱歌，一边向舞台下面看过去，就见陆君知坐在沙发上。

灯光来回闪烁，昏暗的光线下好像一切东西都会失真。

陆君知头发剃得很短，上身微微前倾，总是一副凶神恶煞的表情，现在正皱着眉头看着自己。

严灼突然有点分不清现在坐在舞台下面听自己唱歌的人和刚刚在家跟自己贫嘴的人是不是同一个人。

突然陆君知从兜里摸出手机，严灼看见他拿着手机看了一会儿才起身出去接电话。

他收回视线，继续唱到一半的歌。

陆君知走到外面才接起电话，他靠着门口的一棵杨树，漫不经心地开口："什么事？"

"提醒你最近安分点，别给我惹事。"陆聿在电话那头的声音很平静，听不出什么情绪。

陆君知开口道："我惹什么事了？不就是揍了李凯晨一顿？"

"我和李商正在谈一个合作项目，不要再让我说第二次，"陆聿接过秘书递给他的文件，扫了一眼标题，"别去招惹他儿子。"

"嘿！老子是老子，儿子是儿子。"陆君知吸了一口气，"怎么？李家少爷告状告到他爹那儿了？"

"和你没关系，"陆聿把文件翻到最后一页，签上名，"记得说好的饭局，别耍花样。"

"没问题啊，你做好答应我的事，我就一定到场。要不然我可能无聊没事做再去揍李凯晨一顿。"

"你除了打架还会干别的吗？"陆聿把钢笔扔到桌子上，"咚"的一声，在旁边等待的秘书吓了一跳，悄悄看了自己老板一眼，就见陆聿阴着脸。"要不要我把你上次期末考试所有科目的成绩加在一起看看有多少分？"

"随便啊，怎么，不喜欢我这个儿子？"陆君知眯着眼睛对着电话慢条斯理地说，"那没关系啊！反正你又不是只有我一个儿子，就是不知道你别的儿子是不是也像我这么没用啊？"

说完这句话，陆君知就等着他爸爸的反应，果然没几秒就听见电话那头一阵脆响，然后是一个女人的惊呼声："老板你的手！"

陆君知嗤笑一声，挂了电话。

唉，不知道摔碎的是不是上次去那儿的时候看见的那个蓝边画着一只鹰的杯子，还挺好看的，有点可惜。

虽然现在已经是晚上了，但是并不冷，一阵阵风吹过来，让人觉得很舒服。

这道门不是 Seabed 的正门，门口没什么人，很安静，偶尔传来几声鸟叫，在安静的夜晚显得清晰而突兀。

陆君知靠在树上，静静地看着天上的月亮和一闪一闪的星星。

严灼出来的时候就看见陆君知闲闲地靠着树干，双手插在裤兜里，仰着头不知道在看什么。路灯离得有点远，陆君知整个人藏在阴影里，在静谧的夜晚显得格外孤独。

严灼看了他一会儿才走过去。"怎么在这里？是有什么事情吗？"

陆君知这才回过神："没事，出来接个电话……唱完了？这么快？"

"唱完了，"严灼笑笑，看了眼时间，"十一点半了，要走吗？"

"嗯，过去吧。"陆君知往 Seabed 里面走，"先去把衣服换了。"

严灼顿了一下道："你确定让我过去？"

陆君知愣了一下才道："没事，就是去看看而已，我们不上场。"

严灼点点头。陆君知跟着他一起回了后台。

严灼看了他一眼，把衣服放在旁边的椅子上，迟疑地开口："你……"

"嗯？"陆君知双手插兜靠在一边，"怎么了？"

"没什么。"严灼笑着摇摇头，把外套脱下来搭到椅子靠背上，开始换衣服。

陆君知突然拿起手机打开照相机，对着站在灯光下的严灼拍了一张照片。

第 22 章

照相机的声音没有关，"咔嚓"一声，严灼愣了一下，抬起头看见陆君知冲他咧嘴笑，还拿着手机显摆。"拍张帅照。"

"那还不如拍你自己，"严灼指了指陆君知，"你不是还有六块腹肌？"

陆君知"嘿嘿"笑了两声，"啪"的一声拍了他的小腹一下："你不是也有？"

严灼没有防备，被他拍个正着。

陆君知"啧"了一声："手感不错。"

严灼突然笑着躲了一下，陆君知一愣，看着严灼，随即指着对方笑道："哈哈哈，你还怕痒？"

严灼自己也笑，过了一会儿止住笑，看见陆君知看着自己，还是满脸笑意，有点无奈："嘿，你差不多行了，笑完了没？这有什么好笑的啊？"

陆君知把手机往桌子上一扔，伸手去掐严灼的腰。"哈哈哈，你还怕痒？"

"喂！陆君知！"严灼一边笑一边往后躲，拨开陆君知的手，"别闹！再闹我不客气了！"

陆君知一边使劲挠他一边嚷着："哈哈哈，不客气就不客气，我看你还能怎么办，反正我不怕痒！"

严灼从小就怕痒，尤其是腰，只要别人一碰立马受不了。

他现在被陆君知挠得笑个不停，肚子都笑疼了。

严灼突然上身往后一仰，右手扶着陆君知的肩膀，作势也要挠他的痒。"嗯？你不怕痒？"

陆君知想开口说点什么，还没来得及张嘴就听见手机响了起来。

严灼放开他，转身从桌子上拿起手机递给他。

陆君知咳了一声，清清嗓子接通电话："喂，什么事？"

"都快十二点了，哪儿去了？还不过来。"

陆君知拿开电话看了眼屏幕："哦，霜哥，我现在就过去。"

"行，快点啊！大伙儿都到了，就差你了！"

"成，一会儿见！"陆君知挂了电话，对严灼道，"是霜哥，和我一块玩的。"

严灼点点头："那我快点换衣服。"

陆君知"嗯"了一声。

两个人从里面出来，陆君知把头盔递给严灼，自己去骑车。

等他过来的时候，看见严灼身边站着个女生。

严灼看见他，扭头冲女生说了句什么，陆君知没听见，然后那个女生摇摇头。

陆君知索性给了点油把车骑过去，然后熄了火从摩托车上跨下来，把头盔摘了，瞟了眼站在严灼对面的女生，越看越眼熟，这不是刚才在餐厅里坐在自己旁边的那个吗？

她长得是挺漂亮，披着长发，穿着紧身上衣和超短裙，身材也不错，腿长腰细。

陆君知抬眼，似笑非笑地看着严灼。

严灼瞥了他一眼，朝着对面的女生说了句："很晚了，你回家吧。"

长发女生可能有点着急，陆君知见她往前走了一步，叫了一声："阿灼！"

严灼双手插在裤兜里往后退了一步，脸上没什么表情。"温婷，如果你现在不走，待会儿你男朋友来了，我们都走不了了。"

"上次的事情……对不起，"这个温婷明显要哭了，似乎想拉住严灼，好像又不敢，睁着大眼睛泪光闪闪的，声音都有点发抖，"对不起，我不知道会这样，而且他根本不是我男朋友！"

"上次的事情过去就算了，"严灼抽出一张纸巾递给对方，"你以后别来找我就行了。"

温婷一下就哭了，眼泪噼里啪啦往下掉。

严灼叹了口气，把纸巾递过去，宽慰道："好了，别哭了。"

温婷接过纸巾，好像才意识到旁边还站着一个人，她匆匆看了陆君知一眼，又对着严灼说了句"对不起"就跑了。

陆君知拍了严灼一下："哥们儿，桃花债啊！"

严灼哭笑不得："行了，别瞎说，赶紧走吧。"

"说真的，这姑娘长得不错啊，"陆君知把摩托车推过来，"干吗不答应？"

"没兴趣，"严灼把头盔戴上，声音听起来有点闷闷的，"上次你看见我和一帮人打架，就是她男朋友他们干的。"

陆君知有点吃惊："还有这一茬？所以这姑娘来道歉？"

"是吧。"严灼拍了下陆君知相当拉风的雅马哈，"你骑还是我骑？"

"你骑。"陆君知把钥匙扔过去，又道，"看不出来，你连拒绝人的时候都这么温柔啊。"

严灼跨到摩托车上，冲陆君知扬头道："上来。"

陆君知扶着严灼的肩膀跨到后座，整了整自己的头盔，说道："刚才你唱歌的时候这姑娘还坐在我旁边看你呢。"

"你之前见过她的。"

陆君知愣了一下："我见过她？什么时候？我怎么不知道？"

严灼拿着钥匙打火，扭头冲陆君知道："我们第一次见面的时候，麦当劳。"

陆君知愣了一下才想起来，原来这个温婷就是他第一次在麦当劳看见严灼的时候和严灼表白的那个女生。

"原来是她，我说怎么这么眼熟，"陆君知拍了严灼一下，"那次她好像挺洒脱的啊？"

"坐好！走了！"严灼给油门，雅马哈起速很快，"谁知道呢？"

两人到的时候刚好十二点。

严灼停下车摘了头盔，看了看周围的环境。这儿原本是一片荒地，后来被改造成了一个专业的摩托车赛车场，平时经常举办赛事。

探照灯一晃一晃的，严灼看见不远处的赛道上停了十几辆重机车，二三十个年轻人在那儿嘻嘻哈哈地闹腾。

陆君知从后座上跳下来："到了。"

有几个人走过来。

陆君知冲着过来的几个人里面看起来稍微成熟一点的人打招呼："霜哥。"

"过来了？"这个霜哥一边跟陆君知打招呼，一边打量严灼。

严灼抬眼看过去，就见对方正瞅着自己。他皱了皱眉，不知道是不是他的错觉，他觉得这个霜哥看他的眼神有点奇怪。

"这是阿卓，我一哥们儿，今天正好有空就过来一起玩。"陆君知把手搭在严灼肩膀上，笑着给两个人介绍，"这是霜哥，韩泽霜，比我大四岁，我们一块玩了好几年了。"

严灼看着对面的霜哥，对方个子和他差不多高，头发染成深棕色，脖子上挂着一个骷髅头做装饰的项链，上身只穿着一件贴身的背心，右手手臂上有一片文身。

严灼笑笑，对着霜哥伸出手："你好，阿灼。"

韩泽霜似笑非笑地看了陆君知一眼，才哈哈笑着伸出手道："君知的哥们儿就是我的哥们儿，欢迎欢迎，以后常来玩。"

"这是吴恩阳，"陆君知指着韩泽霜旁边一个看起来很年轻的、染着五颜六色的头发的男生说，又指着另一个戴眼镜的，"这是周唐。"

严灼同样和两个人打了招呼。

"徐西立那家伙哪儿去了？"韩泽霜笑着给了陆君知一拳，"你俩不是连体的吗？怎么他没影了？"

"嘿！别提了！"陆君知笑着躲过韩泽霜的拳头，"早就和姑娘玩得乐不思蜀了，哪里还记得咱们这堆男人啊！"

"你这是被抛弃了啊？"旁边的吴恩阳调侃道。

"是啊。"陆君知冲他龇龇牙，揽着严灼的肩膀和一帮人往前走，"都准备好了？"

"好了。"

韩泽霜递给陆君知一根烟，问道："有火没？"

陆君知摆摆手："我不抽。"

韩泽霜愣了一下。

"他受不了烟味。"陆君知指了指严灼，"嗓子疼。"

严灼愣了一下，看着陆君知笑笑说："我没事。"

韩泽霜看了严灼一眼，收起烟笑着冲陆君知道："你这朋友也喜欢摩托车？"

"不是。"陆君知摇摇头，"他就跟我一块来看看。"

韩泽霜点点头："那开始？"

"开始啊！"陆君知摸了摸头发，"你们还是老规矩？"

"对。"

第23章

几个人一走到那群年轻人旁边，就有人大声和陆君知打招呼："来啦！"

陆君知也嘻嘻哈哈地和他们打招呼。

严灼扫了眼这一帮人，大多数比他和陆君知年纪大一些，就只有那个头发染得五颜六色的叫吴恩阳的，年纪看起来小一些。

陆君知看起来和这些人很熟，相互开着玩笑。

"这帅哥谁呀？陆少，介绍介绍啊！"不知道谁扯着嗓子喊了一句。

"这是君知他一哥们儿，过来玩玩。"韩泽霜朝一帮人介绍。

"我说怎么看着这么眼熟，"严灼看见一个穿着白衬衫的男生皱着眉指着他，"你是不是那个在 Seabed 唱歌的……那个……叫什么来着？"

"阿灼。"严灼冲对方笑笑，"我在 Seabed 驻唱。"

"就张祈哲那儿。"陆君知"嘿嘿"笑了两声，伸手搭着严灼的肩膀，"这我兄弟啊，今天过来玩！"

穿白衬衫的"啧"了一声："你这兄弟唱歌厉害啊，我女朋友天天和她那帮闺密去听！"

严灼摆摆手："随便唱唱。"

旁边有人起哄道："嘿，小白，你女朋友呢？怎么这几次不过来了？"

那位叫小白的笑着骂道："去你的！过来干吗？看你啊？"

对方也不生气，嘻嘻哈哈道："以前还有你女朋友一个姑娘来捧场，现在全是爷们儿了！"

小白不再搭理他，对着陆君知吹了声口哨。"哥们儿，待会儿上不？比一场怎么样？"

"你少挑事啊，还让我上？"陆君知笑着给了他一拳，"好好玩你的吧！"

"你们跑这条路？"严灼问了一句。

"是啊。"小白道，"怎么，你跑过？"

严灼没有回答，只道："你可以试试前半程跑慢点。"

小白来了兴趣："什么意思？"

陆君知愣了一下，盯着严灼。

"走走走，去那边聊聊。"小白拉着严灼往旁边走，"这儿人太多了，吵。"

他又对陆君知挥挥手，道："先借一会儿你的人。"说完就拉着严灼走了。

其他要上场的人都去一旁准备了，就剩下韩泽霜和陆君知。

韩泽霜盯着严灼和小白的背影看了一会儿，收回目光，冲陆君知道："最近忙什么呢？都没怎么出来玩。"

"没什么。"陆君知摇摇头。

"你这哥们儿什么时候认识的啊？"韩泽霜看了眼严灼和小白的方向，"会唱歌，长得还挺帅，够拉风的。"

"就最近认识的。"陆君知"嘿嘿"笑了两声，"觉得挺投缘的。"

韩泽霜瞥了眼陆君知："待会儿完事了去消夜？"

"嗯……待会儿看阿卓去不去吧。"

过了一会儿，小白和严灼回来了，小白兴奋地冲陆君知道："你朋友知道的也太多了吧，你认识他，怎么不早点带他过来玩啊？"

陆君知看了眼小白，又看了眼严灼："你们聊什么了？"

小白开口便道："我们……"

"还不去准备？"韩泽霜这时突然笑着打断小白的话，"快开始了。"

"哦，对。"小白这才着急地跑开了，边跑还边回头冲严灼道："兄弟，一会儿别走啊，留个电话……"

陆君知有点无语，好奇地说："干什么啊……"

严灼笑笑道："没事。"

上场的有十多个人，严灼瞟了一眼，算上陆君知这一辆，一共两辆雅马哈，剩下的有本田和川崎。他特意看了眼那个穿白衬衫的男生，见对方骑的是一辆宝马，而且是宝马最新推出的一款摩托车，排量和陆君知这辆差不多。

十几辆摩托车一字排开停在起点，重机车发出的轰鸣声让人热血沸腾，前灯照亮一片飞扬的尘土，其他人在旁边起哄，耳边充斥着各种声音，热烈而喧嚣，严灼突然感受到一种久违的冲动。

机器的轰鸣声很大，说话都要扯着嗓子喊。

陆君知凑到严灼旁边，指着场上的人和他大概说了一下，回头的时候发现韩泽霜正靠在一旁看着他们。

陆君知喊了一句："今天怎么不上？"

韩泽霜笑着回了句："没什么，今天懒得玩。"

没等陆君知说话，一声哨声就响起来，摩托车全部蹿出去，没几秒就转到山那头去了。

"开始了。"陆君知说。

"你经常过来吗？"严灼偏头问陆君知。他说这句话的时候，眼睛里带着笑，在星光下璀璨明亮。

陆君知摇头道："偶尔吧，也不经常来。"

一旁的韩泽霜道："没事多来玩啊，天天自己待着有什么意思？"

"行啊。"陆君知应了一声，看了眼严灼，"冷吗，要不穿个外套？"

现在是半夜了，确实有点凉。

严灼摇摇头，回道："不用。"

韩泽霜看了陆君知一眼，笑着道："下周南边有个比赛，去看吗？我找人弄几张票。"

陆君知偏头问严灼："想去吗？"

严灼愣了一下："我就不去了。"

"那算了。"陆君知冲韩泽霜道，"我也懒得去。"

韩泽霜笑了笑："行。"

陆君知冲起点那边扬扬下巴："霜哥，你说这回怎么样？"

"说不好。"

陆君知低头看了眼时间，说："差不多了，过去等着呗。"

几个人走到起点和一群人一起等着。

陆君知走到周唐那儿，今天是他卡表。"多久了？"

周唐让他看了眼计时器。

陆君知瞥了一眼，又看向远处，现在可以隐隐约约地听到摩托车的声音。其他人显然也听到了，都有点激动，抻着脖子往那边看。

周唐盯着手里的秒表，数字在表盘上飞速变动，摩托车的声音越来越清晰。

紧接着他听到一阵很清晰的摩托车轰鸣声，在空旷的郊外非常明显，然后就是周围人的欢呼。

第一个冲到终点的是吴恩阳，这没什么悬念，倒是第二个让大家有点出乎意料，是小白。

小白刚到终点，从摩托车上跳下来，直接就奔着严灼过来了，手里还提着头盔，激动得声音都有点抖："哥们儿！这条道我都跑了这么长时间了，速度一直提不上去，刚按照你说的试了试，真就行了！"

他以前没有跑过这个成绩，这次显然有点超常发挥。

严灼笑了笑："我随便说的。"

小白可不这么想，他笑嘻嘻地靠过来搭着严灼的肩膀。

陆君知看不下去了，把小白拽过来，两个人又闹到一起。

严灼忍不住笑。

第24章

"待会儿消夜一起去吧？"韩泽霜看着陆君知和小白过来，问了一句，"去后街那边吃串儿？"

"啊？消夜？"陆君知还喘着气，折腾了半天身上都是汗，嘀咕了一句，"这么热。"他解开扣子一把把上衣脱下来，看着严灼，问道："去吗？后街吃串儿去！"

"你们去吧，我就不去了。"严灼看他满脸都是汗，"把衣服披上吧，都是汗，一会儿该感冒了。"

"嗯？你不去？"陆君知又把衣服披上，看了眼手机，"都凌晨一点了，是有点晚，霜哥，那我也不去了，你们去吧。"

韩泽霜有点无语，他很想问问陆君知，以前玩通宵的时候，他怎么不觉得晚？

一帮人嘻嘻哈哈地在岔路口分道扬镳，耳边陡然安静下来。

陆君知把车骑到小区门口停下。

严灼取下头盔，看着眼前的小区大门，又瞅了眼趴在门口好像有点犯困的大狗，有点疑惑地问道："这儿是……？"

"我家。"陆君知拔了车钥匙，从车上下来，朝着大门扬了扬下巴，"今天在我这儿睡吧，还近点，明天你再回去呗，现在太晚了。"

严灼想了想，的确有点晚，陆君知把自己送回去再折回来都要折腾一个小时。

"你家有地方睡吗？"

"放心吧，家里就我自己住。"

陆君知把钥匙扔给严灼，告诉他门牌号，自己去车库停车。

严灼坐着电梯上了十六楼。小区看起来有些年头了，但是很干净，设施也不错。一层楼就两家住户。

严灼按着门牌号找到了陆君知他家。

家里打扫得很干净，白色的窗帘下面还带着蕾丝花边。客厅里放了架钢琴，上面蒙着白色的纱布，纱布上摆着一束玫瑰花。米色的布艺沙发看起来很舒服，上面放着的抱枕是蓝白相间的条纹图案。

严灼从茶几上拿起遥控器把空调打开，窗户没有关，他走过去把窗户关上的时候看见旁边的柜子上放着一个相框。

照片上是一个女人，身边还站着一个男孩。照片有一点旧，应该有些年头了。

严灼一眼就看出这个男孩子是陆君知，那时候的陆君知也就八九岁，一张小脸还没长开，有一点婴儿肥，穿着一件小西装，打着领结，一脸严肃地站在女人身边。

严灼还没见过这么一本正经的陆君知，觉得挺有趣。

照片上的女人长得很漂亮，眉目如画，有一种古典美，穿着月白色的修身旗袍，身材苗条，长长的黑发垂到腰间，脸上带着温柔的笑意，搂着陆君知的肩膀。

这应该是陆君知的妈妈。

》》》 第25章

严灼听到开门的声音，把视线从照片上收回来走到沙发边，看见陆君知换了拖鞋。

屋子里就只有他们俩，不再是刚刚一群少年喧嚣打闹的景象。

陆君知咳了一声："那个……先去洗澡？"

"好。"严灼点了点头。

"你用我房间里面的浴室吧。"陆君知走过去把自己房间的门打开，"浴室里应该什么都有，我去给你找件换洗的衣服。"

严灼走过去看了一眼："那你呢？"

陆君知指了指旁边的卧室："我到我哥屋里洗。"严灼一边脱外套一边往浴室里走："那我先去洗澡。"

陆君知在自己的衣柜里翻了一会儿，找出一套球衣，闻了闻，嗯，没有霉味，又找了条新内裤。

"我把衣服放在门口的柜子上了。"陆君知敲了敲浴室的玻璃门，"浴室里面有新的毛巾，外面洗手间有新的牙刷。"

哗啦啦的水声停了一会儿，陆君知听到严灼应了一声："知道了。"

陆君知跑到他哥房里洗了个战斗澡，找了件T恤套上，一边擦头发一边打开冰箱看了一眼，应该是张嫂来过，冰箱里水果、蔬菜、酸奶塞了一堆，还有一块没吃完的生姜。

陆君知拿了个菠萝把皮削了，洗了两个苹果，刚切了几片菠萝片，就听见严灼开门出来了。

"洗完了？"

"嗯。"

陆君知停下手里的活儿往后一看，就见严灼穿着拖鞋走过来了，他本来个子就高，现在穿着篮球服显得身高腿长，骨架很大。

他刚洗完澡，身上还有点湿气，头发滴着水，刘海搭在额头上，水珠一点点掉落在眼睫毛上，又掉在衣服上。

陆君知对着他吹了声口哨，严灼没搭理他，指着他手里的菠萝，问道："这是要做什么？"

"生姜苹果菠萝汁。"陆君知把切好的菠萝片放到一边，拿起苹果切成块，"喝过吗？"

"没，"严灼笑笑，"一个就会煮面的人，你觉得他会做这个吗？"

"这个可比煮面简单。"陆君知拿起生姜切了一小块捣成泥，"把菠萝、苹果放一起榨成汁，再搁点捣成泥的姜就行。"

"我家连榨汁机都没有。"严灼靠在旁边，看着陆君知"咚咚咚"地捣姜泥。

"我家有，明天给你拿一个。"陆君知把菠萝片和苹果块放到榨汁机里，把姜也放进去，打开开关，"之前我一位兄弟，非要买个榨汁机，买完了搁我这儿就没动，都一年了。"

严灼笑笑道："不用，你榨我喝不就行了？"

"嘿，还挺会享受！"陆君知乐了，"拿我当保姆了啊？"

严灼看着"嗡嗡"响的榨汁机："你喜欢做饭？"

"不是我喜欢做饭，是外边的饭太难吃。"陆君知把案板和刀收拾好，拿出两个玻璃杯，"吃不下去。"

严灼笑笑道："是挺难吃的。"

"好了。"陆君知从冰箱里拿出几块冰块放到一个玻璃杯里，把榨好的果汁倒到两个玻璃杯，把没冰的那杯递给严灼。"你的就别加冰了吧，我估计你这天天吃饭将就的人胃也不怎么样。"

严灼愣了一下，看着陆君知笑了笑。"也还好，偶尔胃疼。"

"尝尝看，好喝不？"陆君知看着他笑。

严灼接过装着黄色黏稠状液体的玻璃杯，放到嘴边尝了一口。

陆君知端起自己的那杯喝了一口："怎么样？"

"挺好喝的。"严灼笑笑，"酸酸甜甜的。"

陆君知冲着严灼得意扬扬地道："好喝吧。"

严灼笑着点点头："怎么突然想起来做这个？"

"想喝了呗！"陆君知拿勺子搅了搅里面的冰块，"你平时自己在家也可以做，这个能健胃、止咳，促进新陈代谢。"

严灼点点头，把最后一口喝完。"这是谁教你的？自己学的？"

"以前家里的阿姨经常做，我和她学的。"陆君知把两个玻璃杯用水冲干净，"还有红枣西瓜汁、草莓柠檬汁……花样可多了，以后再给你做。"

严灼嘴角带着笑意："谢谢，你很贤惠。"

陆君知瞥了他一眼，龇了龇牙："别用这个词，不然揍你。"

第26章

陆君知抱着张毛毯进来扔给严灼："晚上盖这个应该就可以了。"

"谢谢。"严灼一把接住毛毯，把手机放在床头柜上。

陆君知问："哎，你以前玩过车？"

严灼没有立刻回答，过了一会儿才开口："不算是。"

"那你和小白聊的是什么？"陆君知疑惑地问道，"小白还说这次多谢你。"

"我随便说的。"严灼回答。

"好吧。"陆君知倒也没追问，他觉得他们现在已经算是比较熟悉了，如果以后严灼想说，自然会告诉他。

手机"嗡"地振动了一下，严灼伸手拿过来按了几下。

"手机没电，自动关机了。"

陆君知把自己的手机递过去："要用吗？"

"不用，"严灼按亮他的手机屏幕，"两点多了。"

"我现在很兴奋，睡不着。"陆君知把手机扔到一边。

"是吗？"严灼笑笑，小声说了一句，"不过我挺困的。"

陆君知"啧"了一声："那快睡吧，晚安。"

严灼笑笑："晚安。"

卧室的窗帘只拉了一半，微风伴着阳光从打开的窗户里吹进来，时间还早，卧室里静悄悄的。

不知道陆君知这一晚上睡得怎么样，反正严灼被手机铃声吵醒的时候，有点分不清东南西北。

他揉了揉额头，伸手把响了半天的手机拿过来，接通了电话。他还没说话，就听见手机那边噼里啪啦跟炒豆似的声音。

"君知，我跟你说，我……"

严灼瞬间清醒过来，拿开手机一看，屏幕上写着"徐西立"三个字，原来他错拿了陆君知的手机。

他揉了揉额头，咳了一声，打断徐西立道："不好意思，陆君知现在不在……要不你待会儿再打？"

等了好几秒钟，电话那头才"哦"了一声。

严灼看着挂断的电话叹了口气。

他和徐西立不仅认识，而且以前林千钰还在竞赛班的时候，他们几个还一起吃过饭。

严灼有点头疼，他现在不知道该怎么告诉陆君知自己就是严灼，也在一中上学。本来一开始是为了避免麻烦才隐瞒，可问题是现在更麻烦了……

"醒了？"陆君知一进卧室就看见严灼皱着眉，"想什么呢？"

"嗯？没什么。"严灼回过神，指了指手机，"刚刚有人给你打电话，我不小心接了。"

"没事，我打回去就行。"陆君知没在意，拿起手机看了看，是徐西立打过来的，他直接拨回去了。

"大早上打电话干吗？"陆君知打开衣柜拿出一件 T 恤和一条牛仔裤，"有事？"

"……君知？"

"是我，"陆君知把衣服扔给严灼，"怎么了？"

"刚刚接电话的是谁呀？"徐西立怪叫了一声，"吓我一跳，我还以为你去哪儿了。"

"刚刚接电话的是谁？"陆君知转身看了眼严灼，"是个美女。"

严灼抬头看了陆君知一眼，陆君知冲他龇了龇牙。

"骗谁呀！"徐西立嚷嚷，"你是不是'勾搭'上别人了？我怎么觉得你对我冷淡了呢？难道我'失宠'了？"

"猜对了。"陆君知打了个响指，"爷以后用不着你了！你就待在那儿别回来了！"

"嘿嘿，我也不想回去啊，哈哈哈！"

"你能更不要脸一点吗？"

"那我也比你强吧。"徐西立突然"嘿嘿"笑了两声，"初吻到现在还在，都没送出去哈哈哈……"

"我初吻还在，我愿意！"陆君知怒道，"说明我纯情，纯情懂吗！"

"纯情……哈哈哈哈……"徐西立哈哈地乐，"嗯……你是纯情……"

陆君知突然想起来屋子里还有一个人，转身看见严灼正似笑非笑地看着自己。

他突然觉得有点脸红，冲着电话那头的徐西立道："少瞎贫，什么时候回来？"

"明天吧，估计中午才能到。"

"行吧，明天见。"

挂了电话，陆君知走到洗手间门口，看见严灼正在刷牙，他有点尴尬。"那什么……我刚跟我哥们儿瞎贫呢！"

严灼"嗯"了一声。

对方嘴上都是泡沫，可陆君知就是能看出来严灼在笑。

"哎，有那么好笑吗？"陆君知"啧"了一声，"刷牙也要笑？"

"没，"严灼吐掉嘴里的泡沫，眼里满是笑意，"就是觉得你挺纯情的。"

"笑话我？"陆君知走过去截了一下严灼的腰，"那你说说你交过几个女朋友？"

严灼叼着牙刷笑着躲了一下："我没交过啊。"

"嗯？不可能吧？"陆君知愣了一下，还真是有点惊讶，"你这样的能没交过女朋友？"

严灼冲掉口中的泡沫，拿毛巾擦擦嘴。"还没想过谈恋爱这件事。"

陆君知撇撇嘴："你是还没遇到想谈的，以后我给你介绍美女。"

严灼笑笑："你不自己留着？"

"不用，谈恋爱太麻烦。"

严灼乐了："那是因为你还没遇到想谈的。"

早上起得晚，错过了早饭时间，两个人炒了几个菜，总算是把午饭解决了。

严灼看时间差不多了，对着陆君知笑笑道："那我回家了。"

"这么快就走？"陆君知愣了一下，"要是没什么事就再待会儿啊！"

"不用了，"严灼走到玄关处换鞋，"谢谢你昨晚的招待，生姜苹果菠萝汁很好喝。"

陆君知挠了挠脑袋："客气什么，我送你回去。"

"我自己回去就行。"严灼摆摆手，"你在家休息吧。"

陆君知挑眉："真不用我骑车送你？"

严灼笑笑："不用。"

"行吧，"陆君知挠了挠头，突然有点不知道该说什么，"那什么……就……"

"手机联系。"严灼晃了晃手里的手机。

陆君知乐了："成吧，手机联系。"

第 *27* 章

严灼到家以后把手机充上电开了机，看见梁凡发微信问他今天晚上要不要去他家吃饭，他妈做了饺子。

他想了想，回复梁凡说不去了，刚想放下手机，阿光的电话就过来了。

"怎么了？"严灼站起来去楼下倒水。

"昨天晚上没事吧？"阿光那头很热闹，各种嘈杂的声音，"发短信给你也没回。"

"没事，手机没电了。"严灼端着水杯的手顿了一下，"昨天晚上……陆君知叫我和他一起去看赛车来着……"

"啊？"阿光吃惊地问，"那你去了没？"

严灼喝了一口水："去了。"

"没法不去。"严灼端着水杯往楼上走，"医院那天的事他帮了我，你说我怎么拒绝？"

"那你……准备怎么跟他说你俩一个学校的事？"阿光有点迟疑，"照这个事态发展，用不了多久就要露馅了吧？"

"主要是学校那帮小姑娘闹腾，"严灼叹了口气，"陆君知还专门跟我吐槽过我在我们学校的事……我感觉他应该挺烦我这个人的……"

"我猜就是这样……"阿光可能是换了地方，周围陡然安静下来，"你想想啊，要是有一帮小姑娘叽叽喳喳地整天在你耳朵边叨叨谁最帅，谁是男神，搁你这儿你烦不？"

严灼笑笑："我肯定也烦。"

阿光也笑："是啊！而且还是陆君知那种刺头，就算他没见过你，看你也不爽。"

"应该也还好，"严灼想起陆君知给他做的那杯生姜苹果菠萝汁，笑了笑，"他做朋友挺够意思的。"

"你那是没见过他们那帮人的少爷脾气，"阿光"啧"了一声，"好的时候什么都行，玩崩了，那是比仇人还不如。"

严灼笑笑："没这么夸张，我打算明天和他说这件事。"

阿光叹了口气："行吧，应该也没什么事，毕竟你们现在关系还不错。"

"那等完事了告诉你，"严灼把水杯放到桌子上，从书包里抽出数学卷子，"到时候一起吃饭。"

他看了一下日历，下周数学竞赛初赛，然后是复赛。

那天数学老师找他谈话，让他好好准备数学竞赛，还特意告诉他拿到数学和物理竞赛全国一等奖，就有很大希望可以申请这几年一中参与的留学项目，高三到国外去读，然后直接申请在国外读大学就很容易了。

严灼翻了翻数学和物理卷子，掐着时间把两门课的卷子各做了一套。对完答案，他伸了个懒腰，趴在桌子上发呆。

天气有点阴，树上叽叽喳喳的声音也没了，严灼觉得屋子里安静得掉根针都能听得见。

他打开手机，随手放了个英文音频，总算是有了点动静，他一边听一边默记。听完音频，他拿着手机在手里转来转去，转了半天，终于给陆君知发了条微信：你明天晚上有时间吗？

陆君知回复得很快，发过来的是条语音。

严灼点开就听见对方笑着说："有啊，要约小爷我吗？"

严灼回了条语音："请你吃饭怎么样？"

陆君知发了个惊讶的表情："你确定不是想让我去给你做饭？"

严灼笑了笑，对着手机道："放心，我有办法。"

"什么办法？清水煮白菜完了多加点盐？"陆君知发完语音，还配了个很衰的表情。

"不是……"严灼顿了一下，"应该比这个好吃。"

"你确定？"

严灼"啧"了一声，道："确定。你就说你来不来吧。"

陆君知笑了半天："去啊！你这是要感谢我的那杯生姜苹果菠萝汁？"

严灼顿了一下："可以这么认为，不过我找你还有一件事要说。"

"什么事啊？搞得这么隆重。"

"明天你来了不就知道了？"

陆君知醒来看见明晃晃的太阳挂在天上，外边天光一片大亮。他又把脑袋埋在被子里蹭了一会儿才把手机扒拉过来看看时间，现在这个点早上的升旗仪式都错过了。

他赶忙爬起来冲了个澡，换了衣服往学校溜达，路上买了杯豆浆当早餐，咬着吸管进校门的时候，看见看门大爷正在外边晒太阳。

"爷爷您早呀！"陆君知吸了口豆浆，跟大爷打招呼。

"还早呢？"看门大爷指了指他，"旗都升完了才来！"

"唉，我这不是睡过头了吗？"陆君知把最后一口豆浆喝完，随手把纸杯扔进垃圾桶，"不是故意要迟到啊！"

"浑小子！天天没个正形！"看门大爷笑着骂他，"还不赶紧进去，待会儿你们班主任看见了批评你！"

"好嘞，那我进去了啊！"陆君知"嘿嘿"笑了两声，冲大爷挥挥手，"爷爷放学见啊！"

这会儿正在上课，楼道里都没人，陆君知走到班门口，从后门看了一眼，数学老师正站在讲台上口若悬河。

陆君知从后门进去，坐到自己的座位上。旁边的几个同学听到声音转过头，看到是他又都转回去了。

他刚把数学书从抽屉里拿出来，就听见了下课铃声。

数学老师站在讲台上伸手敲敲黑板，"哐当哐当"震醒了好几个打瞌睡的。"这种题大家要注意！这非常重要！十分重要！这周的数学竞赛初赛很可能会有类似的题目！一定要牢牢记住！"

数学老师环顾一圈，看见大家都目光炯炯地看着他，满意地一笑。"数学竞赛要重视！要重视！有不懂的地方随时来问老师，也可以和同学交流，特别是竞赛班的同学！你们要多向他们学习！争取进入复赛……"

正说到慷慨激昂处，教室前门突然被撞开。

陆君知抬头一看，就见徐西立那张脸笑得都快抽搐了。

数学老师被打断，很不高兴，瞪了徐西立一眼，大声道："下课！"

这节课下课是大课间，有二十分钟，本来是用来做眼保健操的，结果这几天教学楼的广播坏了，眼保健操也没法做。

教室里很热闹，刚开学不久，作业还不多，同学们三五成群地聊天，还有追着老师去办公室问问题的，成群结队去楼下超市买冰激凌的……

徐西立手里提着一堆东西扔到桌子上，气还没喘匀就转过来对着陆君知汇报进程："君知我跟你说，我……"

陆君知"喷"了一声，扔给他一瓶水。"咱能歇会儿再兴奋吗？我怕你的心脏承受不了。"

徐西立接住矿泉水，"嘿嘿"笑了两声："我这不是高兴吗？"

陆君知也笑："行了，你快说吧，再不说都要憋死了！"

徐西立刚想张嘴就看见杜若走过来："徐西立，班主任找你。"

陆君知乐了："先憋着吧你！"

徐西立对杜若撇撇嘴："你说你早不来晚不来，偏偏这时候来！"

杜若白了他一眼："你以为我愿意叫你？还不是老班让我传话！"

"成成成……我现在就过去。"徐西立挠了挠脑袋，站起来往外走，没走几步又返回来，"哎，君知，你帮我把这些东西给千瑾拿过去吧，里面有千钰给他买的药，中午要吃的。"

陆君知给了他一拳，笑骂道："拿小爷当跑腿的！"

徐西立"嘿嘿"笑了两声，还了陆君知一拳，笑嘻嘻地道："好兄弟！"

陆君知乐了："谁跟你好兄弟！"

徐西立笑着往外跑："记得帮我拿过去啊！"

"滚吧你！"陆君知笑着骂他，但还是站起来拎着一袋子东西出了教室。

这一大袋子还挺沉，陆君知低头瞅了瞅里边的东西：水果、酸奶、饮料、两本书，还有几盒药……

他敢肯定，这里面也就这两本书和这几盒药是林千钰给她弟弟的，剩下的一堆都是徐西立那货买的。

他们俩认识这么多年，徐西立一个上厕所都能忘了拿纸，还得等着他去送的人，竟然能这么全方位地照顾林千钰的弟弟。

陆君知觉得这不是真爱二字可以形容的。这根本就是鬼迷心窍！

林千瑾他们竞赛班在二楼，二楼教室比较少，有好几间屋子不是器材室就是活动室，就算是下课，楼道里也只有零星几个学生。

陆君知拎着东西懒懒散散地往竞赛班走，楼道里安静得他都可以听到自己的脚步声。

有两个女生在楼道的窗户旁边站着，他路过的时候听见一个女生说："上学期期末成绩的成绩榜出来了，我们待会儿去看看？听说这次还有照片。"

另外一个女生说："是吗？不会是证件照吧？太丑了！"

"只要长得好看什么照片都好看，不信你待会儿去看看严灼的，一定很帅！"

陆君知有点无语，真是到哪儿都能听见这个名字，这算是这学期一中的新闻吗？

"还有谁的英语作文没有交？"严灼站在讲台上，低下头整理了一下交上来的作业，"缺了三本。"

"阿灼，最晚什么时候交啊？"姜弦咬着笔头，眼巴巴地看着严灼，"我才写了一半。"

严灼笑笑："最晚这节课上课前交。"

"啊？不要啊！"唐晓叫道，"男神，你那天还说要给我们买八喜呢！不要这么无情好不好！"

"期中考试英语考到 135 分的才有份，"严灼站直身体，右手撑在讲台上，扬了扬手里的作业本，"现在先把作业交了。"

"可以下午交吗？"姜弦转了转笔，"下午才能写完。"

教室的前门没有关，一阵脚步声传过来，慢慢的，缓缓的，每一步都很沉稳。

"不可以，"严灼一边笑着答话，一边下意识地转过去看向教室门口，"因为下午我要……"

话没说完他就愣住了。

因为陆君知正一脸冷漠地站在教室门口看着他。

卷三

真相

严灼想过很多次自己向陆君知坦白时对方的反应，
也许会惊讶，也许会生气，也许会跳起来和他打一架，
但是他根本没有预料到会不期而遇，完全没有预兆。

第 28 章

严灼想过很多次自己向陆君知坦白时对方的反应，也许会惊讶，也许会生气，也许会跳起来和他打一架，但是他根本没有预料到会不期而遇，完全没有预兆。

整个教室的人不再聊天，都愣愣地看着站在门口的陆君知。

耳边陡然安静下来，就好像只有他们两个人，时间都静止了，严灼捏着手里的作业本，隔着几米的距离和陆君知对视。

教室里光线很好，阳光照射下细小的灰尘飘散在空气里，晃晃悠悠地落到地面上。

穿过阳光，严灼看到陆君知的眼睛，漆黑而深沉，就像埋在地下的暗河，暗流汹涌。

陆君知穿着和他一样的一中校服，白色衬衫、黑色西裤，左手插在口袋里，就那样站在教室门口。

没有人说话，气氛安静而诡异。

他觉得他和陆君知之间隔着的不是空气，而是冰。

严灼用力捏着手里的作业本。

"严灼，你怎么了？"唐晓坐在第一排，她很清楚地看见严灼整个人都僵住了，"是不舒服吗？"

严灼回过神，低头对着唐晓勉强笑笑道："没事。"

陆君知突然嗤笑一声。

严灼转过头看陆君知，就见陆君知满脸不屑，嘲讽地看着自己，瞥了自己一眼后提着东西径直走到林千瑾座位旁边。

"徐西立让我给你拿过来，"陆君知把东西放到林千瑾的桌子上，"你姐姐让他带回来的。"

林千瑾淡淡地看了一眼塑料袋里的一堆东西，轻声说："谢谢。"

陆君知摸了把头发，勾着嘴角笑笑道："不客气。"

说完陆君知就转身往外走。

他走得很慢，脚步声在安静的教室里很清晰。

严灼看着他一步步朝自己走过来，两个人的距离渐渐缩短，陆君知脸上又恢复了冷漠，就好像不认识自己一样，就好像他们从未靠近过一样，就好像过去的那些时光都不存在一样。陆君知看都没有看他一眼，径直从前门离开了。

严灼一直看着陆君知离开教室，直到旁边的同学和他说话才回过神。

"没关系，你们先写，"严灼拿着作业本回到座位上，"我下午再去交。"

张小黎转过头看着严灼，小声问了一句："阿灼，那个好像是陆君知吧？"

严灼把语文书拿出来放到桌子上，点了点头。

"你俩认识？"张小黎拿出一个苹果放到严灼桌子上，"给你吃，我家自己院子里种的，超级甜。"

"谢谢，"严灼笑笑，低头看着桌子上的课本顿了一下，"认识。"

张小黎有点好奇，想问问两人是怎么认识的，但看严灼的脸色不太好，犹豫了一会儿还是转过头背课文去了。

萧域拿着语文课本站在讲台上。"首先检查一下《滕王阁序》的背诵情况，一人一段，点到谁谁就来背诵。"

"梁凡，"萧域站到讲台下靠着讲台，"背诵第一段。"

严灼低头看着课文。

今天的事情完全是凑巧，陆君知应该也没有想到，他只不过是帮徐西立送东西。

严灼闭着眼睛捏了捏眉心，他应该早点告诉陆君知的。

陆君知刚刚的眼神让他觉得很难受，即使是两个人刚刚认识，还不熟悉的时候，陆君知也从来没有用那种眼神看过自己。和他在一起的时候，陆君知的眼神总是热情的、干净的，完全不是刚刚那种冷漠的、怀疑的。

严灼突然有一种恐慌的感觉，一种好像要失去什么的恐慌。

"很好。"萧域做了个手势让梁凡坐下，"第二段，严灼。"

半天没动静，大家都朝严灼看过去，见他正低着头不知道在想什么。

"严灼，第二段。"萧域把书放下，重复了一遍。

张小黎扭过头小声叫了严灼一声："严灼，该你了！第二段！"

严灼一下子回过神，揉了揉额角撑着桌子站起来。"时维九月，序属三秋。潦水尽而寒潭清，烟光凝而暮山紫……桂殿兰宫，即冈峦之体势。"背完之后他抬起头看着语文老师。

萧域看了他一会儿才开口："上课时间要专心，其他的事情下课以后再考虑。"

严灼闭了闭眼："好，知道了。"

萧域没再看他，打了个手势让他坐下。"第三段，许清杨。"

陆君知靠在椅背上，右手转着签字笔发呆。

这节课本来是物理课，结果物理老师临时有事，改成了自习课。

徐西立转过来小声问："君知，中午吃什么啊？饿死了。"

陆君知抬头瞥了他一眼："随便。"

"随便是要吃什么啊？"徐西立嚷了一句，"说个名字嘛！"

陆君知没说话，继续转手里的笔。

徐西立看了他一会儿："怎么不说话？出什么事了？"

陆君知手里转着的笔掉到桌子上，他把手插到裤兜里，问："你有严灼的照片吗？"

"严灼的照片?！"徐西立没明白，"你要他的照片干吗？"

陆君知扯着嘴角冷笑："好奇，看看。"

徐西立感到莫名其妙，看了他一眼："好奇？"

"到底有没有？磨叽！"

"没有。"徐西立撇撇嘴，然后又想了想，转身小声叫道："杜若！杜若！"

杜若转过身看他："干吗？"

徐西立从作业本上扯了张纸写了句话，团成纸团扔给杜若。

杜若接住纸团打开，莫名其妙地看了他一眼，徐西立觉得很委屈，又不是他自己要看严灼的照片。

杜若拍了拍杨烟，小声说了句话，杨烟看门口没有老师，转过身兴奋地小声冲徐西立喊："你要严灼的照片干吗？"

徐西立压着声音道："你管我！有就痛快点拿出来！"

杨烟冲他比了个中指，拿着手机按了几下给徐西立递过去。"严灼的照片学校论坛上有啊。"

"谢谢你啊！"徐西立接过来，"我完全不感兴趣。"

杨烟做了个开枪的手势，徐西立配合地捂着胸口往后仰了一下。

"给你。"徐西立转过身把手机递给陆君知，"这个就是严灼。"

陆君知伸手接过来。

照片背景被虚化了，严灼坐在阳光明媚的教室里，微微低下头在写作业，他的长睫毛低垂，穿着一中白色的校服衬衫，没有系领带，领口的扣子解开，露出的锁骨，阴影交错下显得精致漂亮。

陆君知很想给拍照片的人鼓鼓掌，这角度，这光线，这背景，把这张照片拿出去都能当作青春电影的剧照了。

可陆君知看着这张照片，越看越窝火。

阳光照到严灼的书桌上，在光影交错中，严灼整个人显得干净又帅气，怎么看都是青春阳光的少年。

不是在灯光昏暗的 Seabed 餐厅，不是在漆黑无人的小巷，不是在安静明亮的李子树下，也不是在空旷喧嚣的赛车场上。

照片里的人没有穿黑色 T 恤，没有戴露指手套，没有拿着吉他唱歌。

陆君知在照片里看到的是一中的优秀学生，是开学典礼时站在全校师生面前发言的学生代表，是杜若和杨烟嘴里的男神。

不是和他换衣服时打闹的驻唱歌手，不是和他一起骑车的哥们儿，也不是和他臭贫瞎侃的朋友。

徐西立见陆君知阴沉着脸，死死盯着手机，拿着手机的右手因为太用力竟然在微微地颤抖。

"君知！君知！"徐西立推了他一下，"干吗呢？你今天这是怎么了？"

陆君知回过神，呼了一口气，把手机递给徐西立。"没事。"

他记得第一次在 Seabed 餐厅见到严灼的时候自己穿的是一中的校服，校服衬衫上有非常明显的一中标志，难怪严灼当时不肯告诉他自己的名字，估计那时严灼就认出自己了，正想着怎么和自己这个一中出了名的混混撇清关系。

也是，人家是安安分分的好学生，跟自己能有什么关系？

他俩本来就不是一路人，谁见过全校第一名和全部科目都不及格的恶霸交朋友的？

陆君知越想越烦，觉得自己是瞎了眼，人家一开始就明摆着不想搭理自己，自己还倒贴个什么劲！

他还跟个傻子似的在人家面前吐槽严灼，竟然不知道自己话里那个人就在自己眼前。

一想到自己把严灼当真朋友对待，结果人家压根就没把他放在心上，陆君知就觉得心里不爽到极点。

他不知道这种郁闷到底是因为什么。是因为严灼没有向他坦白，还是因为本来他以为自己和严灼离得很近，而实际他们离得很远？

他俩几乎背道而驰。

他眼前闪过的都是这段时间和严灼相处的画面。

他想起严灼总是温柔地看着他笑，眼睛里都是光，想起严灼在树底下斑驳的阴影里给他唱歌，想起严灼笑着对他说谢谢。

陆君知完全没法把现在的严灼和那个他认识的人联系在一起。

这种巨大的差异让他觉得茫然且无所适从。

陆君知满心欢喜地觉得，过了这么多年，认识这么多人，终于还是遇见了一个让自己感到温暖的知交，所以陆君知总是想和严灼一起聊天，总是不自觉地想要靠近他，总是既想向别人炫耀他，又担心失去这个朋友。

可陆君知现在才发现原来全校的人都认识严灼，就他自己不认识。这种被欺骗、被蒙在鼓里的不爽让他觉得像有一股火憋在心里。

第 29 章

下课的时候杨烟过来拿手机。"上学期期末考试的成绩榜出来了，徐西立你去不去看啊？"

"我去干吗？"徐西立把手机还给她，"难道现在教务处这么有钱，光荣榜都排到一千多名了？"

"你虽然没上榜，但是林千瑾的名次在前面啊！"杨烟笑嘻嘻地冲徐西立挤眉弄眼，"你不去拍张照片给他姐姐发过去？"

"是啊，我怎么没想到？"徐西立拍了一下桌子，"嘿嘿"笑了两声，"烟儿啊，你现在怎么这么聪明了？"

杨烟整了整校服衬衫，挺胸抬头。"所谓美女，向来集才华和美貌于一身！"

杜若看了一眼旁边一直冷着脸发呆、完全神游天外的陆君知，推了徐西立一下。"陆君知怎么了？"

徐西立也纳闷："不知道啊，他今天一直这样。"

陆君知回过神来，看了一眼叽叽喳喳的三个人，问："你们要去看成绩榜？"

杨烟愣了一下："是啊！"

杜若感觉莫名其妙，看了陆君知一眼："你也要去？"

陆君知笑了一声："嗯，去看看。"

徐西立挠了挠脑袋，不解地问："看什么啊？"

"看热闹。"陆君知站起来，把手机揣进兜里。

杜若盯着他看了一会儿："你不是对这些不感兴趣吗？"

"现在感兴趣了。"陆君知转身往外走，"快点，待会儿上课了。"

三个人脑门上挂着一串问号跟着陆君知去看成绩榜，成绩榜就在高二和高三相通的连廊的墙上贴着，旁边围了好多学生。

全校前十名的照片单独在一个榜上。陆君知仗着自己个子高，根本没往前挤就看见了严灼放大的照片挂在首位。

他看向照片旁边的简介：严灼，第一中学竞赛班学生。以全市中考第一名的成绩考入第一中学，曾获得省级三好学生、高一年级物理竞赛全国一等奖、数学竞赛全国一等奖、高中生英语演讲比赛全市一等奖。校运会 100 米短跑纪录保持者。

这些字他每个都认识，可是放到严灼的照片旁边，陆君知觉得自己好像读不明白。

他反反复复看了好几遍，终于理解了每句话是什么意思。

严灼德、智、体、美全面发展。

杨烟挤进人群，拉着杜若站到最前面。"我的天！全校前十名竞赛班就占了一半！"

杜若看着面前的光荣榜找自己的名字："要不然干吗叫竞赛班？"

"若姐，你是第九名啊！"杨烟兴奋地喊了一声，"之前只知道班级排名，现在全校名次才出来。"

"还好，不过和第一名差得有点远。"杜若看着自己的成绩笑笑，转过头就看见陆君知正一脸阴沉地盯着成绩榜上严灼的照片。

杜若伸手在陆君知面前晃晃："干吗？看见人家比你帅有危机感？"

"危机感？"陆君知嗤笑，"完全没有感觉到危机在哪儿。"

陆君知懒得和一帮人在这儿挤，转身去找徐西立。

"走，吃饭去。"陆君知拍了徐西立一巴掌，"别看了，又没有你。"

徐西立嘻嘻哈哈地搂着陆君知："没有我没关系啊！有千钰的弟弟就行。"

"出息！"陆君知白了他一眼，"不是饿了吗？吃什么？"

"去小南门随便点俩菜呗！天天在外面吃，忒腻了！"徐西立皱皱眉，"君哥，啥时候你炒几个菜给我吃啊？"

"等庆祝你分手的时候。"

"是兄弟吗？"徐西立怒道，"都还没在一起，你就盼着我分手？"

两人没从西南边的小门出去，因为这个时候看门的大爷还没睡午觉，他们找了个没监控的地方，直接溜出去了。

徐西立拍了拍膝盖上的土，"啧"了一声："吃个饭还要翻墙，搞得跟偷情似的。"

"跟谁偷情？"陆君知拍了拍手上沾的土，"饭馆小妹吗？"

徐西立"嘿嘿"笑了两声："君知，你有没有发现你最近特别反常？"

陆君知扫了眼小南门的一排饭馆，随便挑了一家往里走。"哪里反常？"

徐西立跟着进去。"各方面！"

陆君知懒得搭理他，找了个离空调近的位子坐下。

"是不是看上什么姑娘了，嗯？"徐西立坐到他对面，笑得贼兮兮的，"快说！"

陆君知招手叫服务员。"你以为都像你一样？"

徐西立"啧"了一声："那你今天是怎么回事啊？早上来的时候还挺正常的啊！"

"点菜！"陆君知把菜单扔给徐西立，"痛快点！"

徐西立撇撇嘴："每次你不想回答问题的时候就转移话题！"

陆君知扯了两张纸巾擦了擦桌子："那你还问？"

"我这不是关心你吗？"徐西立冲着服务员喊道，"要麻辣豆腐，凉拌海带丝，两碗米饭……"

"喝什么？"徐西立又问道。

"可乐。"

徐西立点点头："那再来两瓶可乐，冰的啊！"

服务员点点头："您还需要别的吗？"

"哦，对了，加个酱牛肉！"徐西立冲着陆君知"嘿嘿"笑了两声，"我记得你爱吃这个。"

陆君知顿了一下，他突然想起来自己上次做酱牛肉还是在严灼家。

一想到严灼这个名字，他就想起自己一连串的愚蠢行为，不禁小声骂了一声。

菜上得很快，两人就着可乐开始狼吞虎咽。

"君知，你'十一'打算去哪儿玩啊？"徐西立往嘴里塞了块麻辣豆腐，"这么辣！"

陆君知给他倒了杯白开水："我哥说要回来，估计是要去哪儿度假。"

"去外地，还是就在附近啊？"徐西立喝了口水。

"我想就在附近得了，去外地还得折腾。"陆君知"啧"了一声，"但好像附近也没什么可以玩的。"

他们这帮人不干正事，早就把附近吃喝玩乐的地方逛遍了。

"我想起来了。"徐西立打了个响指，"嘿嘿"笑了两声，"就刚开的那个什么国际度假村，据说是'十一'开始试营业，怎么样，弄几张票去玩玩？"

陆君知乐了："我看是你想去吧？"

"嘿！怎么能这么说呢？"徐西立板起脸，"随便以恶意揣测别人！"

陆君知一口可乐差点喷出来。"能不能说人话！"

"我是挺想去的。"徐西立笑得眼睛都眯起来了，"要是我自己去我爸肯定不让，要是你哥带着我们去那绝对没问题，到时候叫上我们家千钰，试营业的时候人一定比较少……"

"停停……别念叨你们家千钰了，我耳朵都听得长茧子了。"陆君知拿筷子敲了敲碗，想了一会儿，"行吧，我和我哥说一下，弄几张票。"

徐西立给了他一个飞吻："好兄弟！"

陆君知笑着骂他："滚一边去吧！"

两人边吃边侃，一顿饭吃了快两个小时。他俩顶着大太阳回到教室，出了一身汗，灌了一瓶冰水才凉快点。

陆君知抽出纸巾擦擦嘴，盯着黑板上的课程表看了一会儿。下节课是体育课，有的同学吃完饭直接就去体育课场地了，教室里没几个人。

陆君知问前面的徐西立："咱们班体育课是和哪个班一起上？"

徐西立正低着头发短信，随口回答："竞赛班啊！"

陆君知低头从课桌里找出新学期刚刚统一发的他还没拆开的篮球服。

"快点，上课去。"陆君知站起来把领带扯下来扔到桌子上。

"上课？"徐西立把脑袋从手机屏幕前移开，一脸惊讶，"我有没有听错？咱俩都好几年没上过体育课了吧？"

"德智体美全面发展懂不懂？"陆君知把篮球服拿在手里，"高中生怎么能不上体育课？"

"你不是每星期都去健身房吗？"徐西立撩起陆君知的校服衬衫，"腹肌还在啊！上什么体育课？"

"少废话，"陆君知转身往外走，"'十一'要是想去度假村就快点！"

"你等等我！"徐西立赶紧从桌子里头把球衣找出来，"我就说你不正常，你还不信。"

两人晃荡到体育馆找到更衣室换好球衣，出来的时候体育委员正在整队。

陆君知拉着徐西立站到最后。

"好了，注意。"体育老师拍了下手，"这节课主要是复习上节课教的篮球动作。下面先热身三分钟，然后自由组合三对三，注意安全！开始！"

陆君知一边热身一边扫了一圈，他几乎是立刻在一堆穿着球衣的人里面看到了严灼。

即使是背影。

陆君知冷笑一声，到底是谁给谁添堵呢？

"OK，"体育老师吹了声口哨，"可以开始了。"

他拿起身边的篮球，一把拉起徐西立，朝着严灼那边走过去。

"哎！干吗呢？"徐西立嘀咕，"差点滑倒！"

严灼正在和几个男生说话，看到陆君知过来，愣了一下。几个人顺着他的视线看过去，就见陆君知手里托着个篮球走了过来。

陆君知右手翻掌，篮球"啪啪"撞击地板的声音异常清晰。

"一起打一场怎么样？"陆君知说这句话的时候眼睛一直盯着严灼，末了勾着嘴角笑了一下。

严灼旁边的几个人都看着他俩，联想到今天上午陆君知出现在他们班的事情，再加上陆君知在学校一贯的名声，几个人都感觉出来对方就是来找严灼麻烦的。

严灼看了他一会儿，笑笑道："好啊。"

旁边有个男生忍不住皱着眉小声跟严灼说："要不……算了，别打了。"

严灼拍拍他的肩膀："没事，别担心。"

"哎，严灼，好久不见啊！"徐西立笑着和严灼打招呼。

严灼也冲他笑笑："好久不见。"

陆君知拍了下篮球，篮球弹起来，他接到手里托着。"那开始吧。"

第30章

很快就找够人上场。

一开始打得还比较顺畅，本来大家还担心陆君知是过来找麻烦的，现在都松了口气。

只有陆君知一个人觉得越打越憋气。

因为他很快就发现严灼总是有意无意地绕开他，避免和他正面冲突。

严灼总给人一种淡然的感觉，对事对物很包容、很温柔，陆君知也一直很欣赏严灼的这个特点。

可是现在对方的隐忍和退让，让他觉得更加愤怒了。

陆君知觉得一股火憋着快要憋死他了！他心里不爽，手上的动作就特别狠。对方传球的时候他找准机会直接越过去抢球。

徐西立在旁边喊了一声："君哥，好样的！"

陆君知没搭理他，运球往前进攻。

对方一个男生防守，本来陆君知应该把球传给徐西立的，但是现在陆君知不想考虑那么多。

陆君知一个假动作晃过对方的阻拦，带球过人，刚跑出去两步就被严灼堵住了。

他俩离得非常近，近到身体蹭着身体。

陆君知眯着眼睛紧紧地盯着眼前的这个人。

严灼平静地看着他，眼神专注，因为运动，额头上有汗珠。

陆君知右手运球，在篮球有节奏的响声中上身前倾，停在严灼脸侧轻轻说了一句："你好啊，严灼！"

他满意地看到严灼一瞬间愣住，冷笑一声带球用力撞开对方直接跳起投篮。投中的瞬间身后响起严灼摔倒的声音以及其他人的惊呼声，还有裁判吹哨的声音。

几个人立刻围到严灼身边，其中一个男生问道："阿灼，你怎么样啊？没事吧？"

严灼抬起头看了看陆君知，冲旁边的人笑笑："没事。"

"犯规！"裁判打了个手势。

陆君知看了裁判一眼，挑了挑眉，扯着嘴角冷笑道："犯规怎么了？"

徐西立看情况不对，过来撞了撞陆君知的肩膀，小声问："怎么了，君哥？"

"没事，"陆君知瞥了严灼一眼，"走了。"

"哎，这就走了？"徐西立怪叫一声，"我刚打出感觉！"

下午剩下的课陆君知总算上得舒畅一点了，篮球场上那一撞把他的火撞散了不少。但是等回到家做好饭看着桌子上的菜，他突然有点愧疚。

不知道严灼摔倒的时候有没有受伤？

他的胳膊刚好了没多久。

自己撞得还挺用力的。

主要是当时太窝火！

陆君知烦躁地用筷子敲了敲碗，心想：也许是自己反应过激？但是犯错的又不是我，我有什么好愧疚的？

他觉得自己简直是神经病晚期，没药可治了。

桌子上的手机突然响起来，陆君知吓了一跳，伸手按了接听键。

"最近都没见着你小子，"张祈哲那边还挺安静，"你前天去 Seabed，我怎么没看见你人？"

"没事，我就是去找个人。"陆君知不想谈这个话题，"'十一'有安排吗？"

"还没，怎么，你有计划？"

"徐西立想去刚弄好的那个度假村玩，"陆君知点了根烟，"我打算和我哥说一下，你要是没事就一起去呗！"

"徐西立这是想泡妞吧？"张祈哲"啧"了一声，"行吧，到时候我要是没事就和你们一起去。"

"成，到时候再说。"陆君知其实是想问问张祈哲知不知道严灼和他一个学校，又不知道怎么开口，叹了口气，"那就这样吧。"

"哎，你今天不来这边？"张祈哲觉得有点奇怪，"你不是挺喜欢出来瞎逛的吗？"

"徐西立刚被他爹揍了一顿，去不了。"陆君知靠在椅背上，"我也没心情。"

张祈哲乐了："成吧，中二少年的心情我理解不了。就这样，我还有事，不跟你说了。"

"嗯，再见。"陆君知挂了电话。

他发了会儿呆。不管了！爱咋咋的！他不想这事了！

第二天早上到教室的时候，陆君知觉得自己还挺早的，结果徐西立比他还早。不过这不是最奇怪的，最奇怪的是那家伙正拿着语文书背古文。

陆君知觉得自己现在的表情就跟昨天徐西立听到他要去上体育课时的表情一个样。

"您这是改邪归正了，还是灵魂附体了呢？"陆君知乐了，"您几年没背过课文了？"

徐西立很正经地瞥了他一眼："这是为爱而战！"

陆君知白了他一眼："说人话。"

徐西立扬了扬手里的语文书："我家千钰说，我要是能在五天之内背会这篇古文，她就答应'十一'跟我一起去度假村。"

陆君知点点头："嗯，果然，冰美人拒绝别人的方式都这么与众不同。"

"去你的！"徐西立笑着给他一拳，"我就是不睡觉也要把它背完！"

陆君知笑着躲开，两人嘻嘻哈哈一通瞎贫。

"君知，昨天放学的时候有人找你，那会儿你都走了，"班里的一个同学背着书包进来，路过他座位的时候叫了他一声，"就那个严灼，竞赛班的，长得高高帅帅的那个。"

陆君知愣了一下，才对着对方说了句谢谢。

"严灼来找你？"徐西立眨了眨眼，"你俩认识？"

陆君知把徐西立的脸从自己眼前推开："离远点。"

"还有昨天的体育课上，我怎么感觉你是故意撞倒他的呢？"徐西立突然智商及格，把一连串的事情都联系起来了，"还有，你突然要看严灼的照片，完了还去成绩榜那儿瞅了半天！"

陆君知有点不知道怎么回答，挠了挠头道："待会儿再说。"

徐西立看了他一会儿，竟然没再问，转过身抱着书背课文去了。

其实陆君知现在心里有点乱。本来他都打算不想这件事了，结果大早上就有人告诉他昨天严灼来找过他，这莫名其妙地让他更愧疚了。

以严灼那种看似温和，其实有点冷淡的性子，应该也是把这件事看得挺重的，要不然也不会来找他。

对方明显是在隐忍或者说向他示好，他也许真的有点过分了。

其实他一直很喜欢严灼的性格。很淡然，很冷静，有一种不动声色的温柔和包容。这样的性格和他以前的朋友完全不一样，和他自己也不一样。

他以前的朋友都跟他和徐西立一样，嚣张跋扈，脾气不好，基本一点就着，不点都想自燃。

严灼则永远是礼貌的，平静的脸、温暖的笑容、清澈的眼睛都让他觉得很安心、很平静，好像和严灼在一起的时候他总是会感觉很舒坦。

可是在他感觉一切都很好的时候，他突然发现这个让他安心的人原来还有另外一面，而这一面和自己格格不入。这种变化让他觉得愤怒，或者说是失望。他讨厌这种变化，连带着对严灼都有了情绪。

陆君知突然想起来严灼本来说昨天晚上要请他吃饭，有事和他说的。

不会就是这件事吧？

这可……真够寸的！

陆君知感觉现在自己心里就跟在烧开水似的，这锅水点着火沸了，熄了火冷了，再点着又烧沸，再熄火又变冷，来来回回都快把锅烧干了。

他在那儿纠结了一节课，好不容易等到下课想和徐西立说说，结果等了半天这家伙还在那儿拿着本语文书啃呢！

陆君知拍了一下徐西立的肩膀："别背了！过来说话！"

徐西立一脸得意地转过来，"嘿嘿"笑了两声："我猜你就憋不住！"

"你故意的！"陆君知乐了，"看把你得意得！"

"你天天嘲笑我，我扳回一局，当然得意！"徐西立嘚瑟，"快说快说！你和严灼到底怎么回事？"

陆君知挑挑拣拣，尽可能简短清晰地跟徐西立把这件事描述完了。

就在他等着徐西立表态的时候，徐西立突然爆发出一阵狂笑。

周围的同学都莫名其妙地看过来。

"笑什么啊！"陆君知愣了一下，恼羞成怒地站起来捂住徐西立的嘴。

"呜呜……"徐西立一边喘气一边点头。

陆君知放开他，那家伙还压着声音一通乐。

陆君知都无语了。"您还行不行了啊！"

"哈哈哈哈哈，君知，你真的当着严灼的面吐槽他了？你不是一直说严灼长得帅有屁用吗？那你还当着人家的面夸人家？"徐西立笑得快抽了，"还……还要把他介绍我认识……哈哈哈！"

"我都想抽你了！"陆君知被他这么一说更尴尬了，"你能不能正经点！"

徐西立勉强止住笑。"这有什么难的？你要是觉得不爽，不搭理他不就行了？以后当作不认识呗！反正他又不是我们圈子里的人。"

陆君知没说话。

徐西立看了他一会儿，试探着说："你这是……不想闹掰了？"

陆君知抬头看了他一眼。

徐西立"啧"了一声："咱酷炫狂跩的君哥也有这种时候，啧啧。"

陆君知乐了："少瞎贫！"

然后两人沉默了一会儿。

"那什么，你要是还想和他当朋友，那就……让这件事过去呗。"徐西立挠了挠头，"你不是也说了吗，他本来都打算告诉你了，应该也是把你当成朋友了啊。"

陆君知揉了揉额头，没开口。

》》》 第31章

"数学竞赛准备得怎么样？"班主任端起水杯喝了口水，"应该没问题吧？"

严灼笑笑："还好，没什么问题。"

班主任满意地点点头："初赛你肯定没问题，复赛拿一等奖有把握吗？"

"谢谢老师关心，我尽力争取。"

"如果今年的数学竞赛和物理竞赛你能够拿到全国一等奖，那基本上就能达到高三去国外的条件，"班主任看着自己最满意的学生，"在国外读一年高三，然后直接申请他们的大学，会省事很多。"

严灼点点头。

"这是国外的学校和咱们几所省重点高中的合作项目，教育局很重视，"班主任笑笑，"所以是全额奖学金，不用担心对家庭造成负担。我记得你之前有出国留学的想法。"

严灼笑笑道："是的，我会尽力争取。"

班主任拍拍他的肩膀："你的确很优秀，各方面都是，只要不松懈，问题不大。"

严灼本来打算今天放学早点走，再去找陆君知一次，结果被班主任叫到办公室谈了一会儿话，回来的时候学校同学都快走光了。

严灼叹了口气，揉了揉有点疼的额头，收拾了几本书装到书包里就出了校门。他平常觉得回家走的这条路挺近的，今天觉得怎么这么远，走了好久也没到。

走着走着突然响起一阵手机铃声，他反应了一下才发现是自己的手机。

"下课了吧？"阿光的声音隔着电话有点听不清楚，"到家没？"

严灼把手机的音量调大了一些，回道："刚放学，没到家，在路上。"

"你和陆君知说了没？怎么样啊？"

严灼顿了一下才回答："没说，出了点状况。"

"状况？"阿光嘀咕了一句，"这能有什么状况？"

"一时也说不清，"严灼的脚步停下来，看着眼前的红绿灯，"你别担心了，我自己解决吧。"

也许是听出来他不愿意多说，阿光也没再问，说了几句别的就挂了。

严灼叹了口气，他突然想起来阿光形容陆君知是少爷脾气。他还真是少爷脾气。

就这么断断续续想了一路，以至他到家的时候看见家门口站着的人时有点反应不过来。

陆君知穿着校服衬衫，领带松松垮垮地系在脖子上，双肩包只背了一边，斜斜地挂在肩膀上，双手插在裤兜里，正一脸不耐烦地用脚踢着门口的小石子。

听到有人过来，陆君知停下脚上的动作抬起头，就见严灼背着书包站在傍晚的阳光下。他又低下头开始踢那几块小石子，过了一会儿才别别扭扭地开口："你怎么这么晚才回来？我都等你半天了……"

"临时有点事耽误了。"严灼走到门口，顿了一下，迟疑道，"怎么突然过来了？"

陆君知跟在他身后，小声说："你不是说要请我吃饭吗？现在还算数吗？"

严灼愣了一下，低声道："当然。"

两人进了门。

陆君知把书包放到凳子上，咳了一声问："买菜了吗？"

严灼看着他笑笑，轻声道："昨天买了，吃火锅可以吗？"

"哦，可以啊。"陆君知挠了挠脑袋，不知道为什么，看着严灼，他突然有点不好意思，"我挺喜欢吃火锅的。"

两人把锅准备好，把菜洗好、切好放到桌子上，准备开吃的时候，陆君知突然问："有可乐吗？"

严灼愣了一下："有，要喝吗？"

陆君知点点头："喝。"

严灼从冰箱里拿出几瓶可乐。陆君知拿筷子撬开一瓶递给严灼，自己开了一瓶。

"干杯！"

两人有一搭没一搭地说话，边喝可乐边吃火锅。

不知道为什么，陆君知感觉他和严灼突然变陌生了，两个人都很客气，不像兄弟朋友，倒是像刚认识的陌生人。

吃完火锅，严灼去洗碗，陆君知在院子里靠在窗户下面吹风发呆，过了一会儿，就见严灼收拾完出来站到他旁边。

两个人都没有说话。

天有点黑，院子里很安静，偶尔从李子树上传来几声虫子的叫声。有风轻轻地吹过来，但不觉得冷，很舒服。

过了一会儿，陆君知摸了摸自己的鼻子，还是开了口："那啥，就是……今天我过来是想说之前的事就算了，都是爷们儿，也别计较了。"

他还是有点不好意思，看了严灼一眼，见对方也正看着他，只好继续说道："还有，昨天下午体育课，对不起，虽然我是故意撞你的……"

严灼低声道："对不起，是我的错，我应该一开始就告诉你的。"

陆君知清了下嗓子，小声道："没关系……"

严灼闻言轻轻笑了一下："那你现在原谅我了吗？"

陆君知"嗯"了一声。

严灼笑笑："那这算讲和了？"

陆君知有点不好意思："算啊。"

气氛又恢复了正常，他们像以前那样坐在院子里聊天。

陆君知"啪"的一声朝自己胳膊上拍了一下。

严灼看过去，问："怎么了？"

"有蚊子，"陆君知龇龇牙，指了指小臂，"看，叮了个包。"他觉得脖子有点痒，抬手一摸，果然又有个包，"一会儿就叮了俩包！"

"进屋吧，屋里有风油精，"严灼站起来，"往那儿抹点，要不然待会儿痒了你又想挠。"

"这算是你家养的蚊子吗？就盯着我咬！"

严灼笑着指了指他胳膊上的包："这说明你的血是甜的。"

陆君知乐了："血是甜的？真的假的啊？"

"假的，"严灼拉着他进屋，把一楼的门关住，"蚊子喜欢咬你是因为你的体温比较高，汗腺发达。"

陆君知"啧"了一声，跟着他往二楼走。

严灼家的楼梯也是木质的，而且房子有些年头了，所以踩上去楼梯就会"咯吱咯吱"地响。虽然他们这儿木质小楼很多，但是陆君知从来没有进去过，踩着有点颤的楼梯还觉得挺好玩。

严灼到了二楼，转身去看陆君知，却看见对方背对着自己正在下楼，他愣了一下，问："你在干什么？"

还有两级楼梯，陆君知直接跳下去，嘻嘻哈哈地转过身，冲着严灼乐道："你家楼梯怎么踩上去又是响又是晃悠的？我再走一遍，感受一下出场自带背景音乐的效果……"

"老房子都是这样……"

严灼的房间很大，物品摆放得很整齐。进门的右手边是窗户，白色的纱制窗帘随着一阵阵微风轻轻飘动。窗前放着一张书桌，上面整齐地放着许多书。正对着门的那面墙是一整排高大的书架，上面分门别类放着很多书。陆君知仔细看了一下，还有很多 CD。旁边的置物架上放着许多用硬纸折成的各种模型：飞机、汽车、人物……

陆君知惊讶地指着上面放着的一艘轮船，问他："这是你做的？"

严灼正给他找风油精，闻言侧过头看了一眼，笑着回答："嗯，没事练手折的。"

"您这天天没事，一会儿知识小百科，一会儿折纸小能手的，都快全能了。"陆君知托起这艘用硬纸制成的轮船端详，"还真挺像的啊！瞧瞧，这算得上豪华邮轮了吧，哎，船舱上还有窗户！"

陆君知顿时觉得自己手上好像真端着艘邮轮，得小心点，别摔了。

他小心翼翼地把豪华邮轮放在架子上，看见旁边还有个小房子，同样是用硬纸做的，尺寸差不多有一个篮球那么大。

这回陆君知都不敢拿了。因为这小房子太逼真了，还有门有窗。

陆君知透过开着的窗户还能看见里面有个小男孩坐在窗户旁边，面前的桌子上还放着盏台灯。

他觉得自己现在的心情已经不能用惊讶来形容了，也许用震惊会更好一点。

严灼找到了风油精，就看见陆君知趴在那儿端详那个小房子，还时不时伸出手指轻轻戳两下。

他觉得有点好笑："没关系的，坏不了，你可以拿起来看。"

陆君知指着那个房子："这是你什么时候做的？用了多久？"

严灼想了想："好像是初一吧，大概用了半个月……时间太久记不清了……"

"咱们学校还有谁来过你家？"陆君知突然问。

严灼愣了一下才回答："没别人了，就还有梁凡，那天跟我们一起打篮球的那个男生。"

陆君知拍了拍严灼的肩膀:"哥们儿,听我一句劝,千万别让咱们学校的女生来你家,'一见严灼误终身'啊!"

严灼乐了:"胡说什么,你胳膊上的蚊子包不痒?"

他一提醒陆君知才觉得好像是挺痒的,于是从严灼手里接过风油精往自己手里倒了点,涂在胳膊和脖子上。

涂完以后觉得好像后背也有点痒,陆君知拽了拽衬衫:"哎,怎么后背也有点痒,不会是背上也被蚊子咬了吧?"

严灼抚上陆君知的后背:"哪里?这儿吗?"

"哎,往下点,哎哎,对,就是这儿……"

严灼隔着衬衫摸了一下:"应该是,摸到一个包。"

"你家蚊子这么多啊?"

"院子里有树就招蚊子。"严灼从他手里接过风油精,"你把上衣脱了,我帮你往后背上涂点。"

陆君知把脖子上的领带摘下来,解开校服衬衫的扣子脱下上衣,自己往后瞅瞅,什么也没看见,就觉得挺痒的。

严灼往食指上倒了点风油精,在陆君知后背上轻轻涂了几下。

"好了。"严灼把手收回。

第 32 章

陆君知把衣服穿好,抬头就看见严灼的卧室里还有一面巨大的镜子,这面镜子占了半堵墙。

陆君知指着镜子问:"干吗弄这么大一面镜子啊?"

"练习跳舞用的，"严灼把风油精放到桌子上，靠在旁边做了个手势，"对着镜子纠正动作。"

陆君知想起来严灼说过自己会一点爵士舞。

镜子旁边还放着音响，陆君知顿时来了兴趣。"来来来，现在跳一段吧！我还没见过你跳舞呢！"

严灼刚想开口说话，又被陆君知打断了："等等，还是别了，等你在Seabed跳舞的时候我过去看吧，要不然都没有惊喜了！"

陆君知看着严灼站在窗前，背后的纱帘微微浮动，又环顾了一圈严灼的卧室，发现真是整洁干净。

陆君知突然"嘿嘿"笑了两声。

严灼愣了一下："怎么了？"

陆君知指了指窗户："你怎么喜欢小姑娘用的纱帘啊？"

严灼看了一眼白色的窗帘，也笑了一下："这是以前我爸让我婶婶给我弄的，一开始还是粉色的，后来才换成白色的。"

陆君知愣了一下，没想到严灼说到了他父母，迟疑了一下还是问出来了："那叔叔阿姨现在……？"

"我爸在我小学的时候就去世了，"严灼转过身关上窗户，把窗帘拉上，"至于我妈，在我很小的时候就和我爸离婚了，现在不知道在哪儿。"

他的语气很平静，没有什么起伏，也不带什么情绪，就是在陈述一个事实。

陆君知一时不知道该说什么，只能迟疑地看着严灼。

严灼看他一副为难的样子，笑了笑道："没关系，都已经是十多年前的事情了。"

好在严灼没等他接话就接着说下去："主要是我小时候长得比较……"严灼说到这儿好像有点不知道怎么形容，咳了一声，"比较像小女孩……"

陆君知很不客气地直接笑出声："长得像小姑娘啊？"

严灼也忍不住笑："嗯。"

"快！照片照片！"陆君知一下兴奋了，几步蹦到严灼面前，"我要看你小时候的照片！"

严灼叹了口气，从柜子里找出相册给他。

陆君知拿着厚厚的相册，调亮台灯，坐在严灼书桌旁翻着。前面几张不是严灼的照片。他指着照片上的年轻男人，问："这是你爸爸吗？"

"嗯，"严灼点点头，指着旁边的女人，"这是我妈。"

照片上严灼的爸爸还很年轻，看起来也就二十几岁，头发有点长，到耳朵那儿，穿着一件黑色夹克配蓝色牛仔裤，靠在一辆摩托车上，搂着严灼的妈妈，他妈妈穿着一条红色吊带连衣裙，显得高挑又漂亮。

"叔叔够潮的啊！"陆君知乐了，使劲瞅着照片，"还戴墨镜，哎，是不是还有耳洞？"

严灼笑笑，往后翻了一页，指着一张近拍的照片道："嗯，有耳洞。"

"嘿，还真是。"陆君知"啧"了一声，"这照片看起来就跟九十年代那种港台明星照似的，叔叔年轻的时候挺拉风的吧？"

严灼乐了，点点头："应该是吧，他之前和朋友组了个乐队，他自己是乐队主唱。"

"难怪你唱歌挺好听，"陆君知把照片拿起来放到严灼脸侧，"你和你爸长得挺像的，尤其是眼睛。"

严灼笑笑："像吗？我自己没感觉像。"

陆君知又仔细看了一会儿，肯定道："挺像的，眉毛也像。"

严灼下楼倒了两杯水拿上来，一打开卧室的门就见陆君知笑得整个人都趴在桌子上了，他问："笑什么呢？"

陆君知指着相册："哈哈哈哈哈……严灼，你看你这张照片是不是还涂了口红？"

严灼把水递给陆君知，自己喝了一口水，靠在书桌边，他低头看了一眼翻开的相册，忍不住也笑出声。"这张是我两岁的时候，我爸带我去照相馆照相，他到门口接了个电话，再进屋的时候就看见照相馆的阿姨给我涂了口红，还弄了个红脸蛋。"

陆君知笑得肚子都疼了，指着另一张照片："就算没涂口红，你小时候长得也真像个小姑娘！你瞧瞧，这亮晶晶的大眼睛，雪白雪白的小脸，嫣红的小嘴唇，啧啧……"

这应该也是严灼两三岁时候的照片，他穿着身小迷彩服，正坐在院子里的小板凳上玩水。

阳光很好，照得小严灼整个人毛茸茸的，一双胖嘟嘟的小手正在胸前拍着，软软的头发散在前额，大眼睛也笑得弯起来，乍一看真像个小姑娘。

严灼伸手摸摸那张照片，笑着说："你这都是什么形容词啊！"

"夸你的词呗！"陆君知乐得不行，转过身看着他，笑得眼睛都弯了，"哎呀，严灼，你看你小时候多逗啊，哈哈哈哈！"

严灼实在忍不了了，"啪"地把相册合上，伸出手弯腰捂住陆君知的嘴。

陆君知立刻呜呜求饶，可眼睛里明显还是带着笑意。

严灼把手松开。

"哎，我错了我错了，"陆君知擦擦湿润的眼睛，语气里还带着笑意，"不笑了还不行吗？"

严灼拿起水杯喝了口水："你不喝水吗？"

"是有点渴，"陆君知止住笑，端起水杯喝了口水，"你平常没事做的时候都在家干吗啊？"

不等严灼开口，陆君知立马回答："我知道，不是看百科全书就是做模型！"

"也不是，模型就是偶尔做，除了上课，还要去掉上 Seabed 唱歌的时间。"严灼笑笑，"基本上剩下的时间就只能用来写作业。哦，对了，之前我还带了一个学生学吉他。"

陆君知好一会儿没说话，冲着严灼竖竖大拇指道："你牛！"

严灼笑笑："要是真的还有剩下的时间，基本就是看看书，或者睡觉。"

"现在不带学生学吉他了？"

"不带了。"严灼把空调调低一摄氏度。

"为什么啊？"陆君知看着他。

严灼笑笑："当然是因为你哥给的工资高呗！"

"这倒是，"陆君知"嘿嘿"笑了两声，"不过主要是你太能招人，祈哲哥可不做赔本买卖。"

陆君知的手机响了一声，拿起来一看，是徐西立给他发了微信。

"啊，都九点了。"陆君知嘀咕一句，"怎么时间过得这么快？"

给徐西立回了消息，陆君知扒拉了把头发："挺晚了，那我走了……"

严灼把台灯关了："我送你出去吧。"

陆君知摆摆手："不用，你别出来了，我自己回去就行。"

严灼笑笑："走吧，我送你到巷子口，这边不好打车。"

两人锁好门就沿着巷子往外溜达。

"说真的，你昨天在你们班突然看见我的时候是什么感觉？"陆君知走着走着突然蹦到严灼前面，倒退着走，"是不是吓了一跳？"

严灼点点头："的确吓了一跳。"

"我才是吓了一跳！"陆君知"啧"了一声，双手插着兜，"还以为自己眼花了，竟然看见你穿着校服站在教室里。"

严灼笑笑："我还以为你当时要直接跳起来跟我干一架。"

陆君知有点不好意思，挠了挠脑袋："我那不是突然受到惊吓没反应过来吗？"

"你今天下午突然过来其实我也吓了一跳，"严灼笑笑，"我还以为你是过来和我绝交的。"

"怎么可能！"陆君知"啧"了一声，"我要是想和你绝交，昨天还纠结什么啊！"

严灼顿了一下，笑笑。

陆君知又一步跳回严灼身侧，问道："明天在学校遇见，你会装作不认识我吗？"

严灼愣了一下才回答："当然不会，怎么这么问？"

陆君知笑笑："没什么，随便问问。"

两个人站在巷子口，陆君知拦下一辆出租车。

严灼冲他笑笑："再见。"

陆君知停下开车门的手，转过身对着严灼龇龇牙："学校见。"

严灼愣了一下，笑了。

严灼回到家后才看见陆君知的书包还在一楼的椅子上放着，两人刚才只顾着聊天，把书包这回事忘了。

严灼想了想，把书包拎起来和自己的放到一起，打算明天直接带到学校给陆君知。

洗完澡出来，倒了杯水放到桌子上，严灼把台灯打开，拿出英语卷子写了一张，又把数学老师说的几道重点题目看了一遍。

翻翻书包，还有张化学卷子没做，他写着写着就有点走神。

严灼叹了口气，趴在桌子上翻开旁边的相册。

洗完澡把自己扔在床上以后，陆君知给徐西立打了个电话。

"立立，干吗呢？"他肉麻地喊了一声。

"唉，学委你好，"电话那头徐西立的声音很大，"你说英语作业？"

陆君知不解地问："你干什么呢？"

"啊！好，我这就去看！"徐西立声音更大了，"爸，妈，我们学委给我打电话要和我说英语作业的事，我先回屋了啊！"

徐西立那边乱七八糟一顿折腾后终于安静了，估计是成功回房间了。

"哎，君知！君知？嗯？怎么没声音？"徐西立自己在那儿嘟囔，"咦？没断啊！"

"叫谁呢？我不是学委吗？"

徐西立"嘿嘿"笑了两声："我这不是找个借口回房间吗？"

陆君知"啧"了一声："搞得跟接头暗号似的。"

"小爷我也没办法啊，"徐西立哀号，"你都不知道我爸这几天把我看得多紧，连看《新闻联播》都拉着我一起……"

陆君知乐了："是不是感觉挺爽？"

徐西立"啧"了一声："幸灾乐祸！"

"你这几天就消停会儿吧，"陆君知想了想，"等到'十一'的时候我哥和叔叔打个招呼，应该能放你出来浪几天。"

徐西立"嘿嘿"笑了两声："我也这么想。"

两人又贫了一会儿，徐西立终于想起点正事："你今天和严灼聊得怎么样啊？"

陆君知愣了一下："就……那样呗！"

"那样是哪样啊？你现在说话怎么吞吞吐吐的了？"

"就是解决了呗！"陆君知打了个响指，"和以前一样。"

徐西立乐了："没想到啊，君哥，你还有纠结的时候？"

陆君知也乐了："我怎么就不能纠结了？"

"君哥平常不都是那什么，雷厉风行还是什么来着？"徐西立卡壳了，"想不出来了……反正就是那意思……"

陆君知笑着骂他："没文化就别装了。"

▶▶▶ 第33章

两人贫了半天才挂电话，陆君知觉得有点兴奋，躺在床上翻来覆去地折腾。

他一会儿想到徐西立不知道什么时候再去找"林妹妹"，一会儿又想到"十一"放假要去度假村。其实他懒得去，主要是不想去外地，所以就去附近的度假村也不错。

他又翻了个身，想到今天在严灼家看到的那个小房子，感觉真的挺好看的，好像是一个小小的家。小房子里面的小纸人是严灼自己吧。

陆君知在床上躺平，心想：严灼小时候还挺可爱，长得也挺好看。坐在院子里玩水，看着就挺乖，大眼睛都笑成一条线了。

徐西立让他去找严灼的时候，他甚至在想如果从此以后他和严灼完全变成陌生人，自己不再去找严灼玩，也不去严灼家做饭，严灼也不给自己唱歌，就算再次碰到也当作完全不认识，不打招呼……

陆君知觉得自己接受不了这个结果，毕竟好不容易交到一个合得来的朋友。

陆君知在严灼家门口看到严灼穿着他很熟悉的校服，打着领带，背着书包，静静地站在巷子口看他的时候，他就觉得很安心。

对方还是他心里的样子，即使对方是学校所有人都认识的严灼。

陆君知在床上翻来覆去半天，都快一点了还没睡着。微信响了一下，是严灼发了一条消息过来：你的书包想你了。

陆君知愣了一下才反应过来自己把书包忘在严灼那儿了，他直接打了个电话过去。

严灼很快就接了电话。

"怎么还没睡？"陆君知把被子往下拉拉，有点热。

"一会儿就睡。"严灼笑笑，"你怎么也没睡？"

"失眠。"

"在想什么？"严灼把书桌上的作业收拾起来，"想得都睡不着了？"

"没想什么，就……你怎么也不睡？"

严灼笑笑，把作业装到书包里面："在写作业，刚刚写完。"

"写作业？"陆君知有点惊讶，"你写作业写到这么晚？"

"还好，主要是还要准备一下过段时间成人礼的演讲稿，所以时间比较紧张。"

陆君知沉默了一会儿，他想到严灼每周要去三次 Seabed 餐厅，平常有那么多作业，最近好像还有数学竞赛，还要准备演讲稿……

"嗯？"严灼停下手里的动作，"你怎么不说话了？"

陆君知回过神，想了想还是问了一句："要我帮你写吗？就是……成人礼的演讲稿……"

严灼愣了一下，有点惊讶："你帮我写？"

"我这不是担心你太累吗？"陆君知"啧"了一声，"我别的不行，写演讲稿对我来说小菜一碟。"

严灼笑笑，压低声音说了一句："这么好心？"

陆君知听到这句话愣了一下，严灼的声音很低，通过手机传过来就像是在他耳边说话，不知道怎么回事，他突然有点不好意思，猛地坐起来一把拉开被子："嘿！要不要？不要拉倒！"

严灼乐了："要啊！有人帮我还不好？"

陆君知觉得自己的脸有点红："演讲稿要求什么时候交？"

"两周以内吧，"严灼把书包收拾好，"毕竟是好几所学校一起办成人礼，需要先把稿子写好交上去，看看需不需要改。"

陆君知想了想："那我一周写完给你，然后你看看哪儿需要改，改完了再交上去。"

严灼笑笑："行。"

"我帮你写演讲稿，你难道不应该给我点回报之类的？"

"什么回报？"

"那这样，要是交上去不需要再修改，就证明我写的是合格的，那你得答应我一个要求；要是交上去之后还要修改，那我写的就不合格，我答应你一个要求。怎么样？"

"好。"严灼把牙刷拿出来，接了杯水，"那你想让我答应什么？"

陆君知"嘿嘿"笑了两声："还没想好，到时候你别翻悔就行。"

"可以，不会翻悔。"严灼一边刷牙一边含糊地讲话，"你要是输了也不许翻悔。"

"我一向说话算话。"

"成吧，到时候看。"严灼漱漱口，"你的书包明天早上我帮你带到学校去？"

"好，"陆君知把被子拉过来盖住自己，"你要是不告诉我，我完全想不起来这件事。"

严灼把手洗干净："那你明天怎么上课？"

"不上了呗！反正我平时也不听课。"陆君知龇龇牙，"你这个好学生是理解不了我的。"

严灼笑笑："可以理解，中二少年嘛。"

陆君知乐了："也对！"

"明天我把书包给你拿到教室吧，"严灼靠在洗漱台边，"明天早上我要去一趟办公室，正好路过你们班。"

"成，"陆君知打了个响指，"那明天见。"

严灼笑笑："明天见。"

陆君知给自己定的是六点半的闹铃。闹铃一响他立马爬起来洗漱，然后直奔厨房做早饭。好长一段时间没这么早起来做早饭了，陆君知觉得自己现在还真是勤劳。

他先把几盒牛奶倒进壶里，准备煮两杯奶茶，又想了想，打算做个华夫饼，但是家里没黄油了。他打开冰箱看看，只能做三明治了。他把生菜、黄瓜、番茄都洗干净切好了，拿了几片吐司片。

陆君知在平底锅里煎了三个鸡蛋，涂酱的时候顿了一下，徐西立一般吃番茄酱，自己一般吃沙拉酱，不知道严灼喜欢吃什么酱。

陆君知想了想，拿起沙拉酱涂了，把火腿片、黄瓜片、番茄片和生菜片放进去，再把煎蛋放上去，再盖上一层吐司片，就这么做了三个三明治。

看看时间差不多了，陆君知把奶茶倒进塑料杯里封好，把三明治装到纸盒里。

手机响起来，陆君知按了免提，徐西立的大嗓门传过来："君知，你有没有带早饭？我没带早饭啊！"

陆君知把早餐放到纸袋里装好。"你什么时候带过？我不带你就饿着，服了你了。"

徐西立"嘿嘿"笑了两声："主要是我妈做饭太难吃了，而且我这不是自己懒得弄吗？"

"你给林千瑾买东西的时候怎么那么勤快？"陆君知把东西收拾好出门，"行了，我今天做早饭了，现在出门，不和你瞎聊了啊！"

陆君知打了个车去学校，其实他家离学校挺近的，但是今天懒得走了。

司机太能聊了，见到陆君知穿着校服，问道："小伙子，你们上学这么早啊？"

陆君知看了眼手机，刚七点多一点。"还行吧。"

司机点点头："怎么提着这么多早饭？"

"自己做的时候就顺便帮同学也做了。"陆君知把车窗打开，"外面买的早点太难吃。"

司机惊讶地看了他一眼："小伙子挺行啊，现在自己做饭的学生可不多。"

路上有点堵，司机把车上的收音机打开了，正在播的是本地的早间新闻。

"为促进本省重点高中与国际教育接轨，和美国高校的教育合作项目正式启动，我市第一中学作为本省重点中学成为参与此次教育合作项目的学校之一。"

司机扫了眼陆君知的校服："你不就是一中的？你们学校挺厉害啊！小伙子念书不错吧？"

陆君知乐了，随口瞎掰："是啊，我可是全校前几名！"

司机惊讶地看着他，竖了个大拇指，赞道："牛！"

"下面是财经信息。据消息称，本市房地产龙头企业陆氏集团和李氏集团将带头合作完成城东经济开发区建设工作，评论员称陆氏集团和李氏集团的此次合作，将极大带动本市东城经济建设……"

"大哥，咱能把收音机换个频道吗？听见这些我就烦。"

司机乐了，把频道换成音乐台。"你们天天在学校学什么带动经济发展的，都学烦了吧？"

陆君知龇龇牙："可不是嘛，成天看这个。"

前面不堵车了，司机踩了脚油门。"咱们市这啥啥集团的我听着就跟看电视剧似的，人家这大公司的老板真够牛的！"

陆君知扯着嘴角笑了一下："是吗？"

进教学楼的时候看见有工人往外搬东西，陆君知绕到另外一个门进去。从这个门上楼走到四楼正好要路过贴着成绩榜的连廊。

现在时间还很早，陆君知走到连廊的时候愣了一下，他看见林千瑾一个人静静地站在成绩榜前面。

陆君知顺着林千瑾的视线看过去，正好是李凯晨的照片，排在高三年级第三名。

听到有人过来，林千瑾转过头看了他一眼，又转回去抬脚想要走。

"哎！等会儿！"陆君知赶紧往前走了几步截住他，"李凯晨又找你麻烦？"

"没有。"林千瑾面无表情地看着他，一张脸白得毫无血色。

陆君知点点头："有事你再找徐西立或者找我。"

林千瑾看了他一眼："谢谢，不过我没事。"

陆君知"啧"了一声："成吧！那再见。"

第 34 章

陆君知到教室的时候，班里的同学来了还不到一半，徐西立正坐在座位上对着语文书小声念经。

"你还没背会吗？"陆君知把奶茶和三明治从纸袋里拿出来。

"层峦耸翠，上出重霄……层峦耸翠，上出重霄……"徐西立念叨着转过身，"下一句是什么来着？我又忘了！"

"飞阁流丹，下临无地。"陆君知把三明治扔给他，"你这都背了多久了？"

"为什么会有文言文这种念都念不通的东西！我要疯了！"徐西立把书往旁边一扔，打开三明治咬了一大口，含含糊糊地说，"还好有你的三明治安慰我！我都快活不下去了！"

陆君知把奶茶打开，喝了一口。"出息！"

徐西立一把抢过陆君知手里的奶茶喝了一口。"君知，你快告诉我这玩意怎么背啊，我读都读不通！"

"抢我的干吗！这不是还有一杯吗？"陆君知把奶茶抢回来，冲他龇龇牙，"咱能先理解了再背？你这念了半天经，知道什么意思吗？"

徐西立差点呛着，咳了一下才抻着脖子把三明治咽了，瞪着陆君知，嚷道："还要理解？那我什么时候才能背会啊？等我背完黄花菜都凉了！"

"理解意思才好背。"陆君知咬了口三明治，"死记硬背有什么用？"

徐西立皱着脸："真是愁死小爷我了！"

陆君知把另外一杯奶茶塞他手里："你快吃吧，吃完我教你怎么背！"

徐西立"嘿嘿"笑了两声："就知道你有办法。"

陆君知龇牙："你以后要是有了儿子，叫我爹得了！这媳妇都是我帮你追的吧！"

"嘿嘿，让我儿子认你当干爹啊。"

陆君知乐了："我以后自己有儿子。"

徐西立敲敲桌子："万一你没儿子呢？哈哈哈哈！"

陆君知给了他一拳："滚一边去！"

"怎么还有个三明治啊？"徐西立把纸袋扒拉过来看了一眼，"这是给我准备了两个吗？"

"你做梦呢！"陆君知把纸袋抢过来，"给你一个就不错了！我大早上起来做的早餐！"

徐西立觉得莫名其妙，看了陆君知一眼："那你是给谁做的？"

陆君知刚想开口就听见有人叫他："陆君知，门口有人找！"

陆君知往教室后门看去，就见严灼正靠在门边笑着看自己。

陆君知愣了一下，挠了挠脑袋，回过头就看见徐西立正瞪大眼睛看着自己。

他拍了徐西立的脑袋一下。"自己玩去！"说完拿起桌子上的纸袋朝严灼走过去。

陆君知和严灼站在教室后门，这会儿正是大家进教室的时候，楼道里来来往往的全是学生，基本上路过的人都一脸好奇地看着他俩。

严灼看着他笑笑，把书包递给他。"我还以为你没来，没想到你来得还挺早。"

"今天起得早。"陆君知接过书包，挠了挠头，瞅了严灼一眼，把手里的纸袋递过去，"我自己做的早餐，估计你也不吃早饭，就顺便帮你也做了一份。"

严灼伸手接过陆君知手里的纸袋："谢谢。"

"不客气。"陆君知说道，"本来打算做华夫饼的，但是没黄油了，就做了三明治，不知道你喜欢加什么酱，就按照我平时吃的加了沙拉酱。"

陆君知话刚说完，就被身后的尖叫声吓了一跳，转身就看见杨烟背着书包朝他俩冲过来。

"妈呀！这是严灼吗？"杨烟一步蹦到陆君知和严灼旁边，目光炯炯地盯着严灼，"男神，我终于近距离见到你了！"

陆君知一把把严灼拉到自己身后，挡住杨烟的视线，没好气地说："干吗呢，杨烟！"

杨烟兴奋得根本听不到陆君知的话，踮着脚往陆君知身后看。"男神！男神！你来我们班干吗？有事吗？来找谁呀？"

"关你什么事！"陆君知挡着严灼不让他露出来，按住杨烟的肩膀把她往教室里推，"小姑娘家家的，干吗呢？赶紧进去吧。"

杨烟一弯腿从陆君知胳膊下钻过去，蹦到严灼旁边。

陆君知乐了："你这么灵活怎么不去参加运动会？"

杨烟仰头看着严灼，陆君知觉得她眼睛里都要冒星星了。"男神，你好帅啊！"

严灼看着陆君知和眼前这个姑娘来回折腾觉得挺逗的，他看了陆君知一眼，对着杨烟笑笑道："谢谢你，杨烟同学。"

"我的天！"杨烟手拉着书包肩带原地蹦了一圈，"男神竟然知道我的名字！哈哈哈！"

陆君知实在看不下去了，一把拉住她："你的智商呢？没听见我刚才叫了你的名字？"

杨烟终于抽空看了一眼陆君知，又看了看严灼，恍然大悟道："严灼，你来找陆君知？"

严灼点点头："来给他送东西。"

杨烟的表情就像吞了个鸡蛋，瞪大眼睛看着严灼，又转头看着陆君知。"你俩认识？那你还说严灼……"

陆君知手疾眼快地一把捂住杨烟的嘴巴，尴尬地看着严灼。"别理她……"

严灼笑了，指了指杨烟："没关系，你松开她吧。"

陆君知赶紧把杨烟推到教室里，顺便把后门拉上，耳根终于清净了。

陆君知咳了一声："这帮小姑娘比较活泼……"

严灼点点头："我知道，没关系，挺可爱的。"

陆君知咧着嘴笑："你这性格可真是……要是我成天被一堆小姑娘围着叽叽喳喳，估计得疯了。"

严灼突然笑了："你的性格也很好啊，很可爱。"

陆君知愣了一下，瞬间脸都红了，笑着推了严灼一把。"喂！你当我是姑娘！"

严灼笑着躲开："是挺可爱的。"

陆君知"啧"了一声，刚想开口说话，就看见杜若站在对面直直地看着他。

陆君知冲她摆摆手："杜大小姐有事？"

杜若手里抱着一摞书："语文老师叫你去办公室。"

陆君知皱皱眉："现在？"

杜若"嗯"了一声，看了看严灼："你怎么在这儿？"

严灼笑了笑，指了指陆君知说："来给他送东西，你去关老师那儿了？"

"嗯，关老师刚才还问你怎么不过去。"杜若整了整抱着的书，"你俩忙吧，我先回教室了。"

严灼笑笑："再见。"

"那咱俩一起过去吧！"陆君知挠了挠头，"臻姐和我们语文老师一个办公室吧。"

严灼突然笑了一下："你们班叫关老师臻姐？"

"是啊！"

严灼乐了："你们班同学很有意思。"

陆君知撇撇嘴："没看出来哪儿有意思。"

两人一起往办公室走，正好和往教室走的同学的方向相反，一路上都在受注目礼，来来往往的同学不管男女都要盯着他俩看几眼。

他俩都长得高，一起走的时候本来就引人注目。再加上陆君知和严灼在学校简直就像南极和北极似的，怎么看都不像是会有交集的人，就算大家再怎么克制，陆君知也能看出来身边同学的惊讶和好奇。

他很清晰地听到各种耳语。

"天啊！他俩认识？"

"这不是严灼吗？"

"他俩怎么认识的？这是什么组合？"

陆君知突然停下脚步，扭过头直直地盯着后面的一个女生。

对方显然是被他吓到了，不由得往后退了一步。

严灼看着陆君知面无表情的脸，拉了他一下。"好了，我们先过去。"

两人走到办公室门口，严灼说："先进去，我等会儿在门口等你。"

陆君知点点头。

关臻臻看见他俩一起进来，愣了一下道："呀，你俩认识？"

"关老师好，"严灼点点头，"认识。"

陆君知冲着严灼做了个手势，小声说："我先过去。"

严灼点点头。

第35章

常琳正在批改作业，一抬头正好看见陆君知走过来。"来了？"

陆君知点点头："常老师找我有事？"

常琳揉了揉额角："班里的语文课代表转学了，你暂时来担任课代表。"

陆君知愣了一下："我……"

常琳摆摆手："不要跟我说乱七八糟的理由，你应该明白我的意思，既然叫你过来，就是已经决定好的事情。"

陆君知没有说话。

常琳看了他一会儿，叹了口气，好言好语地劝道："你已经高二了，这是非常重要的一年，你妈妈像你这个年纪的时候成绩是非常好的，尤其是语文。"

陆君知怔怔地看着常琳："我妈妈吗？"

常琳点点头，"你想一想你妈妈如果知道你现在的情况，她该有多难过？我和翻若认识这么多年，她连我都不放心，启蒙都是她手把手教你，你妈妈在你身上花的心思有多少你不是不知道。"

陆君知别开眼看着窗外明亮的天空："她不在了。"

常琳顿了一会儿才开口："当年的事情……我当时无论如何都应该阻止她的，可那是她自己选的路，我们都没有办法，她选择了你爸爸……"

陆君知右手紧紧握成拳垂在身侧。

常琳皱了皱眉，继续劝道："我知道你对你妈妈去世的事情耿耿于怀，可是君知你要明白，那已经没法改变了……"

"不需要改变，"陆君知打断常琳的话，声音冷漠，挑眉看着对方，"维持现状就可以，我妈妈的痛苦总要有个人来承担，常阿姨觉得这个人是谁呢？"

常琳没有说话，只是怔怔地看着面前高高大大的少年，她突然想起小时候的陆君知，那时的他小小的，软软的，又可爱又听话，个子才到她膝盖，总是追在大人后面跑，两条腿跑得飞快，摔倒了也不会哭，总弯着眼笑着叫她常阿姨。

沈翩若就和她一起在旁边看着，一边笑一边说，我家小君知多可爱，长得和他爸爸一样好看。

记忆在遥远的时光里泛黄，那会儿她以为日子还很长，好像过不完似的，一天天，一年年，她们一起念小学，念中学，念大学……

后来呢？

后来沈翩若就嫁给了陆津。

常琳捏了捏眉心，深吸一口气压住心里的酸楚，指节敲了敲桌子。"好了，这件事就这样，课代表由你暂代。还有，你有多久没去看辰辰了？这周六下午过去看看妹妹，她想你了，问了我好几次小知哥哥怎么不来。"

陆君知想了一会儿，挠了挠头："成吧……我周六下午过去。"

他从办公室出来，看见严灼在门口等他。

"走了。"陆君知把手插到裤兜里。

"好。"严灼点点头，想了想，"你的衣服还在我那儿，我今天忘了带。"

陆君知愣了一下才反应过来："没事，就先放你那儿，没准儿哪天我过去就穿上了。"

严灼笑笑："好。"

两人一起往教室那边溜达，快上课了，楼道里没几个学生。

陆君知有点沉默。

严灼看了他一会儿，问："怎么了？发生什么事情了？"

陆君知低头皱着眉挠了挠脑袋："你周六有时间吗？"

严灼愣了一下："周六？周六是数学竞赛啊。"

陆君知也愣了，抬起头看着他："我都给忘了。数学竞赛是上午吧？"

严灼点点头："上午。"

陆君知松了口气："上午就成，那你下午有事没？"

"没有。"

陆君知低着头用脚踢了下旁边的一个小纸团："你要是没事，跟我去个地方成吗？"

"可以。"严灼点头。

两人到一班教室门口的时候，严灼提了提手里的袋子："谢谢你的早餐。"

陆君知摆摆手："小事。"

进教室的时候陆君知都愣了，徐西立、杜若、杨烟，还有三个他都叫不上名字的小姑娘全围在他座位旁边，那架势就跟要公开审判他似的。

陆君知有点无奈，看来是他最近脾气太好了。

"各位英雄豪杰，我这是欠钱了？"陆君知拉开椅子坐下，仰头看了一圈围在他旁边的人，"你们这是要追债吗？"

杨烟一挥手："就算你欠债我也给你免了。"

陆君知乐了："太阳从西边出来了？"

"不需要太阳从西边出来，"杨烟挥挥手，"你只要告诉我几件严灼的事就成。"

陆君知转头去看徐西立："是不是我最近脾气太好了？"

徐西立点点头："是的，简直是有求必应。"

杜若冷不防冒出一句："你和严灼是刚认识吗？"她的语气挺冷的，陆君知顿了一下才回答："对，刚认识不久。"

杨烟没发现杜若情绪不对，看见陆君知有问必答，她兴奋得一连串问题连珠炮似的都问出了口："那严灼的电话号码是多少？微信呢？你知不知道他的生日啊？"

陆君知还没来得及回答，旁边俩小姑娘也大着胆子发问："严灼他有女朋友吗？听说校外有个女生追他很久了。他平常都去哪儿呀？体育馆？健身房？书店？"

陆君知忍不了了，这叽叽喳喳、乱七八糟的，都什么玩意？

"停停……"陆君知打了个手势，"别嚷，每个人只能问一个问题，而且我也不一定知道。"

"严灼平常都喜欢去哪儿啊？"一个小姑娘赶紧问，"具体点的。"

陆君知下意识地就想说 Seabed 餐厅，突然又觉得不太合适，改了口："家里。"

"家里是哪里啊？"小姑娘大着胆子又问了一句。

陆君知挑眉："这个可不能告诉你。"

杨烟冲他笑嘻嘻地道："君哥，严灼现在有没有女朋友呀？这个可以说吧？"

陆君知不知道为什么突然脑袋有点短路，张口就来了句："有啊！"

"什么？严灼有女朋友？！"杨烟抓着旁边女生的胳膊摇晃，"不是吧！不要骗我啊！我心都碎了！"

徐西立看着他也愣了一下："他有女朋友？"

有这么夸张吗？陆君知不动声色，继续胡说八道："有啊，怎么，很奇怪？"

旁边一个小姑娘满脸怀疑地看着陆君知："真的假的啊？我怎么完全没听说过呢？校外的吗？漂亮吗？"

对不起了啊兄弟，陆君知心里念叨了一句，我这也是帮你，你说是不是？

他端起桌子上的奶茶喝了一口，随口瞎扯道："校外的，挺漂亮一姑娘，长腿细腰的！"

杨烟撇着嘴可怜兮兮地吸了吸鼻子："男神不属于我就算了，怎么能属于别人呢？"

陆君知抽了张纸巾擦擦嘴："我说各位大小姐，能散了吧？快上课了。"

严灼下了英语课把作业交到办公室，回到教室的时候就看见蒋思语正站在教室门口看着他。

"怎么站在这里？"严灼笑笑，"要找人吗？"

蒋思语脸色有点不太好，勉强对着严灼笑笑："严灼，你有时间吗？我想和你说几句话……"

严灼扫了一眼旁边正竖着耳朵听八卦的同学："好，到旁边去吧。"

两个人走到楼道拐角，蒋思语把散下来的头发别到耳后，又扯了下校服领口，犹犹豫豫地没开口。

严灼等了她一会儿，见她犹豫不决，笑了笑道："蒋同学，是有什么事情需要我帮忙吗？"

蒋思语抬起头，眼睛有点红，双手背在身后。"严灼……你有女朋友了对吗？"

严灼愣了一下："你听谁说的？"

"我早上到一班找同学的时候正好听见陆君知在和她们说……说你有女朋友了。"蒋思语漂亮的大眼睛里都是泪光，怔怔地看着严灼，声音都有点抖，"而且早上大家都看见你们俩在一起说话，好像很熟悉的样子，严灼，是真的吗？"

严灼没有说话。

蒋思语见严灼没有否认，以为他是默认的意思，眼泪一下就掉下来了，也不说话，只看着严灼掉眼泪。

严灼叹了口气："你别哭，眼睛一会儿要肿了。"

他不说还好，他一说蒋思语哭得更厉害了，红着眼睛对着严灼掉眼泪。"严灼，你根本就不知道自己有多完美，你根本就不知道有多少人喜欢你，如果你没有女朋友就算了，可为什么明明我喜欢你那么久，你现在却属于别人了呢？"

严灼闭了闭眼睛，看了蒋思语一会儿才开口："其实我没有你想象中那么好，只不过是你的感觉为我加了一层光而已。"

"我也有很多不好的地方，只是大家都不知道。"严灼顿了一下才继续说，"你以后会遇到很多比我优秀的男生，你这么优秀，会有很多人喜欢你……"

"可是你不喜欢。"蒋思语打断他的话，声音有点哽咽，"严灼，你有喜欢的人吗？"

严灼愣了愣，没有说话。

蒋思语双眼直直地看着他，继续追问："不是什么女朋友，我只想知道，你有喜欢的人吗？"

你有喜欢的人吗？

严灼听到心底有个声音在问自己：严灼，你有喜欢的人吗？你有想要拥有、想要守护的人吗？

"你知道吗，严灼，"蒋思语不再哭了，只是看着他，很小声地说，"就算你没有回答，可是你刚刚的表情告诉我，你心里有喜欢的人了。"

严灼的手指缓缓收紧。

"所以……"蒋思语深吸一口气，扯着嘴角笑笑，"男神，能给我个拥抱吗？就当是给我的这段感情画个句号。"

"当然可以。"严灼向前一步，叹了口气，轻轻抱住面前这个曾真心喜欢自己的女孩子，摸了摸她的头发，"认识你很高兴。"

"我也很高兴，很高兴认识你，也很高兴喜欢你。"蒋思语吸了吸鼻子，笑着笑着忍不住又开始掉眼泪，她用力抱了严灼一下，很轻地说了一句："祝你能和喜欢的人在一起。"

她说完后就推开严灼跑了。

透过楼道的窗户可以看见晴朗的天空和飘浮的白云，风把树枝吹得晃动。

严灼的手指轻轻滑过雪白的墙壁，他闭了闭眼，回了教室。

第 36 章

陆君知把手机提醒关了，看了一眼正在讲台上批改作业的老师，伸手推了徐西立一把，问："你今年生日打算怎么过？"

徐西立扭过头小声道："估计还是和往年一样，大伙儿一起吃个饭呗！"

陆君知点点头："要叫林千钰吗？"

"我想叫啊，就是不知道那天我家千钰有没有回来。"徐西立挠了挠脑袋，"正好是'十一'放假前一天。"

"应该差不多，"陆君知想了想，"我先把地方订一下，这也没几天了，还是华庭吗？"

"嗯，就那儿吧，"徐西立"嘿嘿"笑了两声，"这是我成人礼之前的最后一个生日了。"

陆君知冲他龇龇牙："那我就和你认识十七年了。"

"可不是嘛！"

"今年打算叫谁？"陆君知撑着额角想了想，"如果林千钰去的话，那估计不能叫霜哥他们了。"

徐西立点点头："叫上班里的几个同学，杜若、杨烟她们，然后就是竞赛班的，千瑾……哎，要不要叫上严灼？"

陆君知愣了一下："问我干吗？"

"你俩不是挺熟的吗？"

"那就叫呗，人多了热闹。"

徐西立打了个响指："成，就这么定了。"

"徐西立，你把教室当你家了吗？"物理老师实在看不下去了，"再聊天就把牛顿运动定律抄一百遍！"

徐西立赶紧转过身去，冲着物理老师嘻嘻笑道："老师，我错了！"

物理老师白了他一眼："你这句话我听得耳朵都起茧子了。下次换一句。"

下课的时候，徐西立截住路过的杨烟："烟儿，哥哥我要过生日了，怎么样，赏脸参加不？"

"什么时候啊？"杨烟没精打采地看了他一眼，"'十一'放假我要去外婆家。"

陆君知抱着胳膊靠在椅子上："九月三十号，放假前一晚。"

杨烟点点头："好啊！但是我要吃克莉丝汀家新出的那款抹茶蛋糕！"

徐西立"啧"了一声："这是谁过生日啊？"

"没问题，我去买。"陆君知点点头。

杨烟撇嘴："只有抹茶蛋糕能安慰我受伤的心灵。"

徐西立说："不光有抹茶，还有帅哥啊！"

杨烟愣了一下："什么帅哥？"

徐西立冲她挤眉弄眼："严灼也去！"

"真的？"杨烟一把拉住徐西立的胳膊，"你要是骗我，你就死定了！"

"哎哎！疼，轻点！"徐西立龇牙咧嘴地躲开，"不信你问君知！是吧，君知？"徐西立朝他眨眨眼。

陆君知乐了："我怎么知道？"

杨烟疑惑地看着他俩："严灼到底去不去啊？"

陆君知"啧"了一声："他不去你就不去了？"

"去啊！"杨烟眨眨眼睛，"但是严灼去不去关系到我要穿什么样的衣服……"

陆君知笑得不行，随口逗她："人家有女朋友。"

"那又怎样？女朋友而已！没准儿哪天就分了！再说了，帅哥明明就是大家的，她一个人霸占是要怎样？"

徐西立惊呆了，冲着杨烟竖了竖大拇指。"你牛！幸好我长得不帅，不然我会害怕的。"

杨烟冲他吐吐舌头跑开了。"少臭美！"

陆君知手机响了一声，是严灼发过来的语音。

他直接点开，严灼带着笑意的声音从手机里传出来："我什么时候有的女朋友？我自己怎么不知道？"

"我去！"徐西立叫了一声，"这声音也太撩人了吧！"

陆君知拿着手机也愣了一下，严灼的声音很温柔，通过手机传过来感觉很不一样，他拿着手机转了转，转头看着徐西立。

徐西立摸了摸脑袋："看我干吗？"

陆君知回神，清了清嗓子，对着手机说了一句："我这不是帮你解决麻烦吗？省得一帮小姑娘成天盯着你。"

徐西立看了他一眼："君知，你现在这么贴心？"

陆君知把手机抛起来又接住："因为我是小棉袄。"

徐西立吐槽道："人不要脸，天下无敌……"

过了一会儿，严灼发过来一条语音："还真是辛苦你了，需不需要感谢你一下？"

陆君知瞅了徐西立一眼，回了一条语音："感谢就免了，不过徐西立这周日过生日，你有空过去吗？"

徐西立冲陆君知点了点头，竖了个大拇指。

严灼回复得很快："当然可以，要准备什么生日礼物？"

徐西立接过手机说了句："礼物不重要，你人去就成了。"

严灼回复了一个 OK 的手势表情。

下午放学的时候陆君知收到他哥的短信，徐西立瞄了眼他的手机，问道："嘉树哥要回来啦？"

陆君知点点头："回来估计也是先处理公司那一堆事，度假村的事我哥安排好了，到时候我们直接过去就行。"

徐西立跳起来搂着陆君知的脖子："君哥，我爱死你了！"

"不要迷恋哥。"陆君知把他扒拉下来。

徐西立接了个电话，嗯嗯啊啊半天，挂了电话，脸都要笑裂了。"我妈和我爸一起出差去了，我今天不用回家！"

陆君知手插在兜里挑眉瞅着徐西立："哟，这是逃出牢笼了？"

"出去玩！出去玩！"徐西立嚷嚷，"我多长时间没出去玩了？祈哲哥刚开的那个 Seabed 我还没去过呢！"

"那去啊！他上次还问我怎么不见你过去。"陆君知顿了一下，"严灼正好在那儿唱歌，不知道今天过不过去。"

"快快快，打个电话问问。"徐西立原地跳了几下，"我终于解放了！"

"瞅你那傻样！"陆君知嫌弃地摸了把徐西立的脑袋，从兜里拿出电话拨了严灼的号码，对方接得很快。

"怎么了？"

陆君知看了徐西立一眼："没事，就……你今天晚上去 Seabed 吗？"

严灼笑笑："去啊。"

陆君知咳了一声："我和徐西立也过去，那一起去吧！"

"那就一起去，"严灼笑笑，打开家门，"我刚到，你俩在哪儿呢？"

"还在路上晃悠。"陆君知抬手遮了一下阳光，"要不我俩去你家找你，然后一起过去？"

"可以，过来吧。"严灼把书包放下，倒了杯水，"阿光正好也过来。"

陆君知乐了："四人聚会吗？"

徐西立用口型问："还有谁？"

陆君知揽着他的脖子往前走："成，那我俩现在过去。"

陆君知挂了电话："阿光，严灼的朋友。"

徐西立打了个响指："正好，人多热闹，要不要把霜哥他们叫上？"

陆君知想了想："算了，下次吧。"

徐西立看了他一会儿："君知，我怎么觉得你最近好像不怎么和霜哥他们一

160

块玩了啊？"

"好像是，最近总和严灼一起。"

两人嘻嘻哈哈地往严灼那里溜达，到了以后，徐西立看着种着李子树的小院嘀咕了一句："我是不是该小点声，这也太……叫什么来着？对，静谧！"

"最近怎么这么有文化？"

"我本来就是文化人！"

陆君知拍了他的脑袋一下："说你胖你还喘上了！"

严灼听到他俩的动静，端着个水果盘出来了，递给两人一人一块西瓜。

"甜！"陆君知接过西瓜咬了一口，"你怎么不吃？"

"我刚吃完。"严灼笑笑，指着李子树下的藤椅，"到那边吃，凉快。"

徐西立咬了一大口西瓜，含混不清地说："严灼，我认识你这么久，第一次来你家。"

严灼笑笑："嗯，以后常来玩。"

"你在祈哲哥那里驻唱？"徐西立几口解决完一块西瓜，"你还会唱歌啊？"

严灼看了陆君知一眼，笑道："是啊。"

陆君知愣了愣，用脚踢了徐西立一下，叮嘱道："忘记告诉你了！这件事别往外说啊，听见没有？要不然学校那帮小姑娘得翻了天……"

徐西立笑了两声："再来块西瓜，我就保密。"

陆君知乐了："吃货！"

他俩在李子树下吹着小风惬意地啃完了两块西瓜，严灼则接了个电话。"阿光在电玩城，我们要不要过去？"挂了电话，严灼问他俩。

"电玩城？"徐西立拿起纸巾擦擦嘴，"好啊，过去看看，挺久没去了。"

陆君知点点头："我看你今天是要把能去的地方逛个遍吧！"

"抓紧机会啊抓紧机会。"

"那现在就过去。"严灼指了指他俩背着的书包，"你俩的书包放在这儿？"

"放你这儿吧，"陆君知把书包扯下来扔给严灼，"晚上过来拿。"

电玩城离严灼家有点远，三个人打车过去，一进门就看见一堆人围在一起。音乐声，说话声，各种声音特别吵。徐西立本来打算直奔游戏机的，看见那边围着一堆人，非得拉着他俩凑热闹。结果过去正好看见阿光也站在旁边。

第 **37** 章

严灼指了指旁边，周围太吵，说话都得比画着。"怎么这么多人？"

"玩跳舞机的。"阿光朝陆君知点点头，看了眼徐西立，"你哥们儿？"

陆君知点点头："徐西立。"

徐西立过来冲阿光笑着打了个招呼，指着阿光到耳朵边的头发吼了一句："哥们儿发型挺酷！"

"你要不要也留个试试？"

徐西立嘿嘿笑了："我不适合留这个。"

几个人在旁边看了一会儿，徐西立撇了撇嘴，不屑地说："这跳得什么啊，这都敢上去蹦跶？"

他声音挺大，旁边几个站着的男生估计和跳舞机上那个男生是一起的，听到这句话都转过头看徐西立。

徐西立龇了龇牙，瞪了他们一眼："看什么看，不服吗？"

那几个男生没吱声。

徐西立朝着陆君知扬了扬下巴："君哥，上去跳一段，吓死他们！"

陆君知乐了："你还来劲了。"

严灼看着陆君知笑："你会玩这个？"

陆君知挠了挠脑袋："玩过几次。"

"君哥，上啊。"徐西立一把把陆君知推过去。

陆君知"啧"了一声，扭头看严灼，见他正对着自己笑。

"跳一段，我还没见过你跳舞。"

陆君知看了眼跳舞机，挠了挠头："成。"

他扭头扫了一圈，对一个戴着鸭舌帽的男生说："兄弟，借帽子用一下！"

男生把帽子摘下来扔给陆君知，冲他竖了个大拇指道："看好你啊，哥们儿！"

陆君知接过帽子戴到头上，对那个男生做了个手势："谢了！"

严灼看着随着音乐跳舞的陆君知，有点惊讶。

在他的印象中，陆君知很少有这么专注的时候，他跳舞的时候跟平时不太一样，整个人有种说不出的帅气，而且这种帅气中带着点骄傲，形容不上来，反正挺不一样的。

帽子遮住了陆君知的脸，严灼只能看见陆君知抿着的嘴。

"这小子挺帅啊，"站在旁边的阿光突然出声，"有两下子。"

严灼笑笑，没说话。

音乐节奏很快，灯光变幻，陆君知乐感很好，动作很帅气，潇洒利落，周围的人越围越多，还有人对着陆君知吹口哨。

音乐到高潮的时候，陆君知突然来了一个帅气的转身，把帽子摘下来扔给严灼，严灼愣了一下接住，抬头就看见陆君知侧着头冲他笑着眨眼睛。

周围一圈女生一阵惊呼。

徐西立跟着起哄，对着陆君知吹了声口哨，吼了一嗓子："君哥，太帅了！"

陆君知从跳舞机上下来，走到严灼旁边，扯了扯领带问："怎么样？"

严灼冲他竖了个大拇指："很帅。"

陆君知低头咧着嘴笑。

徐西立搭着陆君知的肩："我君哥一出手，哪里还有别人嘚瑟的份！"

几个人从人堆里挤出来打算玩游戏去，突然有俩女生挡在他们面前。

"帅哥，刚刚跳舞很帅嘛！"其中一个扎着马尾，化着烟熏妆的女生拦住陆君知，"留个电话嘛！以后一起玩啊！"

"哇哦！"陆君知还没开口，徐西立就在旁边起哄。

陆君知瞥了徐西立一眼："不用。"说完拉着严灼就要走。

"等等！"化烟熏妆的女生一把拉住陆君知的胳膊，嘴里嚼着口香糖，"这么跩干吗？"

陆君知低头瞅了眼自己的胳膊，冷着脸盯着对面的女生。"放开。"

化烟熏妆的女生挑眉看着他，笑了笑："怎么，帅哥这么不给面子？"

陆君知有点不耐烦，要不是今天心情不错，他一句话都懒得搭理这个小姑娘，他压着脾气说："我再说一次，放开。"

姑娘拉着陆君知不放手，还想说什么，陆君知懒得废话，直接抓着对方的手就要甩开。

严灼突然按住陆君知的胳膊，对着化烟熏妆的女生道："不好意思，美女，我哥们儿脾气不好，他不愿意的事还真没法勉强，有缘下次再见，嗯？"

说完严灼就抓着她的手从陆君知胳膊上移开。

一直站在她旁边的女生小声说了句："算了，有缘还能碰见的。"

她瞅了眼他们身上的校服，看了陆君知一会儿说："一中的啊，成，帅哥，下次见啊！"

看着俩姑娘终于走了，徐西立在旁边"啧啧"两声："挺漂亮一姑娘啊，你也忒不懂怜香惜玉了！"

陆君知瞥了他一眼："我就这脾气，你喜欢你上呗！"

徐西立乐了："别，我消受不起。"

严灼指了指旁边的游戏机："玩吗？"

"玩玩玩！"徐西立喊着，"走走，换币去。"

四个人到柜台换了游戏币，徐西立给了陆君知一把。"君哥，我要去玩赛车，你还是玩抓娃娃吗？"

严灼和阿光都愣了一下。"抓娃娃？"

陆君知气急败坏地跳起来捂住徐西立的嘴："谁要玩那个啊！"

徐西立"呜呜"直叫，陆君知尴尬地看了严灼一眼，见他正对着自己笑，突然有点脸红。

徐西立挣开陆君知的手："怎么了，以前来玩的时候你不都是玩抓娃娃吗？"

阿光似笑非笑地看着陆君知："看不出来啊，哥们儿，你还有这么一面。"

陆君知挠了挠头："唉……"

严灼遮住嘴咳了一声，忍着笑道："去啊，我和你一块去。"说完扭头看看阿光问："你玩什么？"

阿光摇摇头："我都玩了半天了，你们玩吧，不用管我。"

徐西立抓着一把游戏币一头扎进游戏机里，阿光出去接了个电话。

就剩陆君知和严灼了，两人走到抓娃娃机那边，严灼转身看着陆君知道："来吧，抓娃娃。"

"唉，我那不是懒得玩游戏吗？"陆君知挠了挠脑袋，靠着抓娃娃机，"就……随便找个机器抓娃娃了……"

严灼忍着笑点点头："我知道。"

"知道你还笑得这么开心？"陆君知塞了一个游戏币进去，把上衣袖子挽起来，"抓就抓！让你看看小爷的厉害。"

严灼抱着胳膊靠在旁边。陆君知正握着操纵杆抓娃娃，眼睛认真地盯着机子里的粉色毛绒玩具，他刚刚跳完舞，额头上还有汗珠。

突然，机器响起音乐声，就见一个粉色毛绒玩具掉了出来。

陆君知弯腰捡起毛绒玩具，笑嘻嘻地对严灼嘚瑟道："怎么样？小爷我每次出手都能抓到！"

严灼看着陆君知一米八几的大个子，手里抓着个毛绒玩具，正一脸傻笑地看着他，他忍不住也笑起来。"嗯，很厉害。"

几个人在电玩城待了快两个小时，后来要不是陆君知把徐西立从游戏机里拉出来，估计他们今天就得在这儿过夜。

"去哪儿吃啊？"徐西立伸了个懒腰。

严灼看看时间："在外边找个地方吧，现在回家做估计是来不及了。"

陆君知想了想："后街吃串儿去怎么样？好久没去过了。"

"吃串儿？"阿光摸了把头发，"行啊，再来几瓶可乐，挺爽。"

徐西立指着严灼手里的粉色毛绒玩具："这要拿着过去？"

严灼低头看看："嗯，拿着。"

徐西立无语。

到后街的时候天刚有点黑，四个人直奔陆君知他们经常去的地方，也没进店里面，就在外面露天的地方找了张桌子坐下。陆君知朝着店里面吼了一嗓子："叔，烤点串儿吧！"

从店里出来个中年男人，对着他们乐呵呵地笑着说："过来啦？都好久没来吃饭了。"

"就是啊！好久没来啦！"徐西立对大叔摆摆手，"我想叔的烤串儿想得都流口水了！"

大叔乐呵呵地笑："哎，这就去给你们烤，多吃点啊！"

"叔，再来几瓶可乐，要冰的啊！"徐西立在后面喊。

"好，好，这就拿过来。"大叔笑着说。

"你们经常过来？"严灼把旁边的凳子拉过来，将手里的毛绒玩具放在上面。

"嗯。"陆君知拿筷子撬开一瓶可乐递给严灼，指着旁边比画了一下，"这一片都是烧烤店，就这家吃着最合口味。"

阿光喝了口可乐："看出来了，这家人最多。"

徐西立却说："好吃是好吃，不过离我家君哥的水平还有差距，是吧，君哥？我家君哥做菜的手艺，啧啧，一般人不服都不行……"

严灼笑笑："嗯，是挺好吃的。"

"那当然，我君哥的糖醋排骨做得那叫一绝……等等！"徐西立突然停下来，诧异地看了一眼严灼，"你怎么知道？"

阿光又喝了口可乐，看了徐西立一眼。"陆君知那次不是在阿灼家做过饭吗？"

徐西立震惊地看着严灼，又扭过头看了眼陆君知。

严灼也愣了一下："怎么了？"

徐西立刚要开口，陆君知就踢了他一脚。"别侃了，去看看烤串儿好了没！"

徐西立撇撇嘴："只见新人笑，不闻旧人哭……"

阿光突然笑出声，嘴里的可乐差点喷出来。

陆君知有点尴尬，推了徐西立一下。"你胡说八道什么呢！"

陆君知转头就看见严灼正似笑非笑地看着自己，他就对严灼笑笑说："那人天天没个正形，别搭理他！"

严灼轻声道："是挺好吃的。"

陆君知愣了一下，小声说："那下次再给你做。"

第38章

严灼刚想说话手机就响了，他朝陆君知做了个手势："我去接个电话。"

陆君知点点头，看着严灼走到旁边的空地去接电话，他回过头往嘴里扔了颗花生米。"阿光，问你件事！"

阿光也往嘴里扔了颗花生米。"啥事？"

"严灼会玩车吗？"陆君知拿起可乐和阿光碰了一下。

阿光愣了一下："怎么这么问？"

陆君知把那天看赛车的事情和阿光说了一遍。

"哦。"阿光往嘴里扔了颗花生米，"阿灼他妈妈以前就是赛车手。"

陆君知惊讶地看着阿光："他妈妈是赛车手？"

阿光喝了口可乐："啊，我还以为你知道。"

陆君知挺震惊的，他记得上次在严灼家看到他妈妈的照片，就记得他妈妈挺高挑、挺漂亮的，穿着一条红色连衣裙，看着性格属于热情张扬的类型，不过他真没想到他妈妈是赛车手。

"他妈妈年轻的时候就是一个车队的赛车手，叫什么我忘了，反正是挺有名的一个车队，而且他妈妈是整个车队里唯一的女生。"阿光看着陆君知惊讶的表情，挑了挑眉。

陆君知这回更惊讶了："你是说……"

阿光点点头："就是你想的那样。"

这回他都不知道该说什么了。

陆君知喝了口可乐，想了想，问道："后来严灼怎么不玩了？"

"没时间了呗！"阿光和他碰了碰杯，"要上学、赚钱、唱歌、带学生，还得抽空处理一下时不时冒出来的桃花运，没时间就不玩了。"

阿光看了陆君知一眼："所以上次他和我说跟你去看赛车的时候我还挺意外的。"

陆君知突然有点不知道该说什么，觉得心里有点乱。严灼和他一样年纪，两人倒是都挺忙的。

严灼忙着学习和赚钱，他忙着打架和逃课。

阿光看他不说话，迟疑了一下，还是开了口："你应该也知道阿灼他家里的情况吧？"

陆君知看了阿光一眼，点点头。

阿光犹豫了一会儿才继续道："就……阿灼吧，其实挺不容易的，一个人这么多年……"

可能有点不知道怎么开口，阿光停了一下，又接着说："就之前瞒着你那件事，其实他挺后悔的，好在后来也解决了。"

陆君知看着手里的可乐瓶："那件事我也有不对的地方。"

阿光诧异地看了他一眼。

陆君知乐了："怎么了？"

阿光摇摇头："没想到陆少还能说出这句话。"

陆君知龇龇牙，挠了挠头："我的名声有这么差？"

阿光摆摆手，往嘴里扔了颗花生米，想了想，说道："我和阿灼认识好几年了，他其实特招人，你知道吧？"

陆君知点点头。

阿光瞅了眼那边还在打电话的严灼："这家伙看着挺温柔，但是骨子里挺冷淡的，这么多年，那么多姑娘追他，他愣是没交过一个女朋友……"

陆君知想起之前碰到的那个温婷，心想：追严灼的姑娘不光多，还挺执着。

阿光想了想："其实他这样挺累的。"

陆君知顿了一下："怎么说？"

阿光有点不知道怎么开口，想了一会儿说："他爸去世的时候他才念小学，那会儿的人吧，怎么说呢，肯定没现在这么开放。"

陆君知看着阿光点点头。

阿光叹了口气："他爸爸那会儿就挺有个性，和朋友弄了个乐队，自己当主唱，当时还弄得挺火的，街坊邻居……你也知道，一群大爷大妈，都不喜欢这样的年轻人。后来阿灼他爸爸认识了他妈，要是别的姑娘也就算了，可阿灼他妈是玩车的，性格又比较热情奔放，穿衣服也挺前卫，常年跟车队里一帮男的混在一起，周围人就觉得她……不是什么正经女人。要是搁现在肯定也没什么，玩得比这疯的多的是，这才哪儿跟哪儿啊，但是那会儿不是和现在不一样嘛，所以周围人更有的说了，什么啥盖配啥锅啦，乱七八糟的话都出来了……"

陆君知用力捏了捏手里的可乐瓶。

阿光顿了一会儿继续说："反正小时候阿灼基本就没有什么一块玩的小朋友，街坊四邻都不让家里的小孩跟他玩，怕学坏，觉得他们一家人都不正经，小孩子又不懂事，大人说什么就学什么，学校的人差不多也知道。"

陆君知觉得心里有点难受，眯着眼问："然后呢？"

阿光喝了口可乐："后来他父母就离婚了，这回大伙儿更有的说了，混混就是混混，结了婚不还是离婚了吗？就类似这种话吧……他从小就听这些，想不记住都不行，后来叔叔也去世了，就剩他一个小孩子，周围人也看他可怜，倒是没人说什么了，就觉得……真是造孽，这么小的孩子一个人生活，也没人管。"

"那他自己怎么生活？"陆君知觉得自己的心都揪起来了。

"他有个婶婶，对他还挺好，就帮忙照顾着，他爸也留下了一些积蓄，就这么过着……后来等他大点，就开始自己赚钱，到 Seabed 唱歌，教学生弹吉他……"

陆君知喝了一口可乐："就这么一直到现在？"

阿光点点头："就一直这样……虽然他从来不说，但是我也猜得到，他就是想争一口气，就是想让别人觉得他一个人也可以活得很好，也可以很优秀，想让别人觉得他爸和他妈不是什么不正经的人。"

陆君知静静地听着，他觉得自己心里就跟压着块石头似的难受。

阿光低头想了一会儿："他都把自己逼成什么样了，考试成绩回回都是第一，各种竞赛就不说了，就连学校运动会短跑他都要破个纪录。对周围的人也很好，不管是一个学校的同学，还是像我这样在社会上认识的朋友，绝对够意思，一帮小姑娘整天烦他，他也不生气，绅士风度简直没谁了。"

陆君知想想自己在成绩榜上看到的严灼的简介，还真是这么回事。"德智体美全面发展。"

阿光扯着嘴角笑笑："可不是嘛，我觉得他都要把自己逼疯了。他平时看起来淡淡的，这么多年都是一个人，一边打工一边上学，吃了多少苦，他从来也不说，全都压在心里……啧，够爷们儿的。他其实挺在意他父母的事，他就是想事事都做好，事事都完美，让别人觉得当时大家都认为是混混的人，也能教育出这么优秀的儿子……"

他俩都没说话，沉默了好一会儿，阿光继续道："反正这么多年他一个人，没什么能深交的朋友，估计也是小时候的事对他有点影响，那会儿他那么小，成天听些风言风语的，又被孤立，现在倒是有挺多人愿意和他一块玩的，追他的姑娘更多，但问题是他也不需要了啊！"

陆君知扯着嘴角笑笑："要是我，我也不需要。"

阿光也笑了："对啊！小时候孤零零的，没人搭理，都在一边说三道四，现在……那叫什么来着，哦，男神……现在成男神了，才往他身边靠，谁稀罕啊……"

两人碰了碰杯，阿光道："这么些年，你也算是他能稍微深交的朋友了。"阿光顿了一下，继续说："其实我跟你说这些就是觉得他一个人孤零零地撑着太苦了，哪怕是多个人跟他说说话，也能好点。"

陆君知捏了捏手里的可乐瓶子："我知道，放心吧。"

阿光看着他笑笑："其实这些也都是我东一句西一句听来的，我都跟他认识四五年了，也就勉强知道这些。"

陆君知把剩下的半瓶可乐全都灌进嘴里，看着空了的瓶子半天没说话。

严灼打完电话回来觉得气氛有点不一样了，他把手机装回兜里，问："你们在聊什么？"

陆君知回过神笑笑："没什么，瞎聊呢。"

"来来来……烤串儿好了！"徐西立端着盘子过来，"啧啧，闻着就香！"

陆君知接过来放到桌子上，拿纸巾裹着竹签下面递给严灼一串儿。"尝尝，还不错。"

严灼接过来："谢谢。"

徐西立吃了一串儿羊肉串儿："就要'十一'了，你们有安排吗？"

阿光夹了片土豆片："陪我妈回我外婆家。"

"严灼，你呢？"陆君知咬了口板筋。

"我还没什么打算，估计是在家睡觉。"严灼喝了口可乐，看着徐西立道，"你不是三十号晚上过生日？"

徐西立"嘿嘿"笑了两声："是啊。"又转过头看看阿光，"哥们儿，你能去吗，三十号晚上？"

阿光摇摇头："去不了，我那天中午的火车。"

"这么不巧。"

陆君知突然出声，看着严灼问道："你'十一'要是没事，和我们一起去度假村那边怎么样？"

严灼愣了一下："度假村？"

阿光也朝陆君知看过去。

"就是郊区那边刚弄的那个什么国际度假村，"徐西立往嘴里塞了几块肉，"据说还不错，我们打算'十一'过去玩两天。"

"离这里不远，开车也就两个小时，"陆君知嘴里叼着根竹签，拿筷子撬开一瓶可乐，"里面能玩的还不少，钓鱼、划船、游泳、泡温泉，好像都能玩。"

严灼顿了一下："可是我'十一'的时候还要去Seabed……"

陆君知摆摆手："不用管那个，张祈哲没准儿也要过去。"

严灼想了想："成吧，到时候没事的话就和你们一起去。"

第39章

现在天气还不冷，晚上在外面吃饭的人挺多，这一片都是小饭馆，人来人往，还挺热闹。他们四个人边吃边侃，后来还是严灼看时间要来不及了，大伙儿才结账走人。

这里离Seabed餐厅也不远，他们溜达着往那儿走。路上没什么人，他们四个大小伙子走在一起，又是晚上，路灯也不怎么亮，路过的人都离他们远远的。尤其是陆君知和徐西立，那架势看着就跟分分钟要跳起来和人干架一样。

徐西立摸了把脑袋："我还以为和你俩走一块能好点呢。"

严灼笑笑："怎么？"

陆君知也乐了："看见没，和我俩走一块的时候人群自动远离。"

阿光侧身端详了他俩一会儿："你俩看起来是不像什么好人。"

徐西立笑着给了阿光一拳："嘿！哥们儿还挺直接！"

阿光跳起来躲开。

严灼也看了陆君知一会儿，对方正站在树影下，眼睛却很亮。"就是头发有点短，不过挺帅的。"

陆君知挑眉嘚瑟："那是，小爷对自己的长相一向很有自信。"

四个人晃晃悠悠地走到 Seabed 餐厅的时候，严灼的演出时间快到了。

张祈哲看到徐西立的时候还有点惊讶："徐大少终于被放出来了？"

徐西立有点尴尬，抻着脖子干笑："哥，我这不是来了吗？"

张祈哲给了他一拳，笑嘻嘻地和他贫嘴道："你小子，今天喝的管够，好好玩，下次见到你还不知道是什么时候呢。"

张祈哲给他们找了个位置，还挺靠前，又帮他们叫了几杯无酒精鸡尾酒就忙去了。

严灼和他们坐了一会儿就被别人叫走了，一起过去的还有阿光。

徐西立瞅了一圈："祈哲哥这是下血本了吧？啧啧，花钱不眨眼啊！"

陆君知说道："花出去了就收得回来，要不然他折腾得这么起劲？"

"也是，我还以为他又是瞎搞，没想到还挺像那么回事。"

陆君知端起手边的饮料喝了一口："待会儿你就知道的确是那么回事了。"

徐西立不解："怎么说？"

陆君知笑了笑："待会儿看呗！"

徐西立打量了一圈室内，指了指周围道："这人也忒多了吧？还净是小姑娘。"

陆君知瞥了眼周围一圈叽叽喳喳的小姑娘，眯着眼"嗯"了一声。

没有等很久，灯光暗了下来。在周围人的掌声里，舞台上出现了一个模糊的身影。

徐西立看着舞台上的人，惊讶得都忘了喝酒了。"这是严灼？"

陆君知眯着眼睛抬起头看向舞台。朦胧暗淡的光线下，严灼戴着一张黑色镂空面具站在舞台中央。面具遮住了他的半张脸，只露出深沉漂亮的眼睛和下巴，整个人显得神秘而魅惑。

他穿着件黑色亮片上衣配黑色破洞裤，脚踩一双低帮靴，正微微低着头调整话筒。

严灼调好立麦，抬起头对舞台下面的人笑了一下，侧身朝斜后方的阿光和他的乐队做了个开场的手势，音乐响了起来。

> 摇晃的红酒杯　嘴唇像染着鲜血
> 那不寻常的美　难赦免的罪

严灼唱这首歌的时候声音低沉，这种低沉中带着慵懒的声音，再加上舞台效果，显得他性感又魅惑。

> 谁忠心的（地）跟随　充其量当个侍卫
> 脚下踩着玫瑰　回敬一个吻当安慰

徐西立莫名地有点兴奋，嚷着："我也要学唱歌，女孩肯定喜欢！"

陆君知逗他："你都五音不全，还唱歌？"

严灼抬起手，戴着黑色手套的右手拂过自己戴着镂空面具的额角，眼神不经意地扫向台下，骄傲而慵懒。

> 锋利的高跟鞋　让多少心肠破碎
> 弯刀一般的眉　捍卫你的秘密花园

突然，舞台上的灯光一转，照到台下，陆君知只来得及看见严灼右手贴着前胸拂过，等灯光再转回舞台上时，严灼手里就多了枝红玫瑰。

陆君知看着舞台上戴着面具，手里拿着红玫瑰唱歌的严灼，小声骂了一句："大爷的！还带变魔术的！"

　　　爱太美　尽管再危险
　　　愿赔上了一切超支千年的泪

他还没回过神，就见严灼突然将立麦上的话筒取了下来，边唱边往前走，然后弯腰将手里的玫瑰花送给了台下的一位客人。

音乐快要结束了。

严灼在最后一句歌词中，慢慢抬起右手，将黑色镂空面具摘下来。

"再来一首！"

"阿灼！太帅了！"

严灼对着台底下说了句谢谢，就直接跳下舞台进了后面的包厢。

下一个唱歌的是个女生，她唱了首语调明朗欢快的英文歌，喧嚣散去，耳边终于安静下来。

张祈哲端着两杯饮料过来了："来尝尝，这是刚调出来的饮料，名字还没起呢！"

陆君知拿过来尝了一口，忍了忍才咽下去……怎么会有这么难喝的饮料？

徐西立一直处于兴奋状态："哥，你怎么突然想到要弄这间餐厅啊？"

张祈哲点了根烟："闲着没事，突然就想玩玩呗！"

徐西立"嘿嘿"笑了两声："玩玩还这么用心啊？"

张祈哲乐了："怎么样，还不错吧？我也算是费心了。"

徐西立竖了个大拇指。

陆君知突然开口，指了指酒杯里的玫瑰花问："刚刚这个是你教的吗？"

"你说阿灼刚刚变的那个小魔术？"张祈哲顺着陆君知的手指看过去，"我哪会啊！我找人教的。"

徐西立"啧"了一声："你可真够费心的，这么俗的一首歌还真玩出花样了！"

"没办法啊，这不是得照顾各种口味吗，有时候就得来点俗的。"张祈哲指了指酒杯，"这玫瑰花怎么跑你这儿来了？"

陆君知愣了一下："不是你让他这么弄的？"

张祈哲也有点蒙："我让他怎么弄？"

徐西立刚想开口，陆君知看了他一眼，虽然平常这家伙智商不怎么在线，但好歹是从光屁股起就在一块玩的发小，这点默契还是有的，徐西立果然闭了嘴。徐西立端起杯子喝了口饮料，挺机智地转移了话题："哥，这饮料是你调的吗？挺好喝的。"

他喝的正好是张祈哲刚端过来的饮料。

"是我调的，"张祈哲挺高兴，"好喝啊，那待会儿再喝一杯。"

徐西立心想：我能把刚刚那句话收回去吗？

第40章

张祈哲和他俩坐了一会儿就走了。陆君知靠在沙发上有点无聊，以前他和徐西立经常出来玩，现在不知道怎么回事，陆君知觉得这些好像挺没意思的，来来回回也就那样，玩着玩着就腻了。

大概过了半个小时，严灼给他打了个电话。

"怎么了？"陆君知接起电话。

"我要走了，"严灼靠在大门口，"问问你跟我一起走吗？你俩的书包不是还在我那儿？"

他和徐西立那会儿把书包放在严灼家了。陆君知看了眼时间："成，你在哪儿呢？我去找你。"

"后门。"

陆君知挂了电话，徐西立端起水杯喝了口水。"谁呀？"

"严灼，"陆君知站起来把手机放兜里，"咱们的书包在他那儿，我去拿。"

"这么快就走啦？"徐西立拽住他，"刚霜哥还给我发短信说要过来呢，你不再玩会儿？"

陆君知摆摆手："你玩吧，我先撤了。"

他从后门出去，看见严灼正在等他。

"走吧。"

Seabed 餐厅后门位置有点偏，只有一条两边都是杨树的路，外加几盏看上去马上就要坏了的路灯。

"你刚才那个怎么弄的？"陆君知抬手在自己胸前比画了一下，"就那朵玫瑰花。"

严灼从兜里摸出两块糖，扔给陆君知一块，自己吃了一块。"你说那个小魔术？"

陆君知把糖纸剥开，把糖扔进嘴里几下咬碎。"是啊。"

严灼笑笑："下次教你。"

两人走到大路上，陆君知指着旁边的公交站牌问："这个点还有公交车吗？"

严灼看了眼时间："应该还有最后一班，要坐吗？"

"坐就坐。"陆君知靠着站牌笑笑，"挺久没坐公交车了。"

两人也就等了两三分钟，公交车摇摇晃晃地过来了。

陆君知看着空无一人的车乐了："真是末班车啊！"

严灼从兜里摸出两个硬币："走吧。"

司机大叔看见他俩上来，呵呵笑道："嘿，我这开了一路就拉着你俩！"

陆君知也冲着大叔乐："哎，那还是专车呢！"

大叔点点头："可不嘛！"

严灼把硬币投进去，推着陆君知往前走，两人挨着坐到最后一排。

时间不早了，外面的灯都亮起来，路上车很少，也没什么行人，车里的灯光很暗，车窗外面的霓虹灯照进来，光影交错，让人看不真切。

公交车晃晃悠悠地往前走，陆君知懒洋洋地闭着眼睛靠在座位上，他很喜欢现在的这种感觉，慢悠悠的，很放松，很平静。

过了一会儿，陆君知睁开眼睛轻轻侧过头去看身边的严灼，见他正安静地坐在那里，腰背挺直，目光平静。

陆君知突然想起阿光的话，他以前只觉得严灼淡然从容，现在看他却觉得孤单。

严灼侧过头，看见陆君知颤抖的眼睫毛和挺直的鼻梁，轻笑一声问："怎么了？"

陆君知还是闭着眼，只是不由自主地笑起来。"没什么。"

他们都没有再说话，就好像此刻不需要什么语言，两个人就这么靠在一起安静地坐着，随着慢悠悠的公交车轻轻摇晃，窗外光怪陆离的灯光从眼前晃过，这一平方米的地方也像一个世界。

到站的时候陆君知拉着严灼从公交车上跳下来，正好旁边有个卖烤红薯的要收摊走人。

"大妈！等会儿！"陆君知几步跑到红薯摊前面，"先别收，能卖我俩红薯吗？"

卖红薯的大妈看着他笑："哎，你这小伙，咋叫我大妈？别人都叫我大姐！"

陆君知也乐了："姐，大姐，卖我俩红薯吧，饿了，晚上都没吃饱。"

"哈哈哈哈，行啊，卖你俩红薯我再收摊回家！"卖红薯的大妈看着他又一通乐。

陆君知不知道这大妈有什么好乐的，凑到严灼旁边小声说："她笑什么呢？"

严灼也凑到他旁边一本正经地小声说："可能她吃了三笑逍遥散①。"

陆君知愣了一下，然后突然笑出声："你怎么还学会讲冷笑话了？哈哈哈！"

严灼也看着他笑笑："很冷吗？你不是也笑了？"

陆君知点点头："是挺冷的，不过我也不知道为什么就觉得挺好笑。"

两人吃着烤红薯往严灼家走。

---

① 三笑逍遥散：《天龙八部》中的一种毒药，中毒之初，中毒者脸上会现出古怪的笑容，笑到第三次，即气绝身亡。

"还挺甜的。"陆君知把红薯皮剥开，咬了一口。

严灼吹了吹手里还冒着热气的红薯："嗯，小时候我经常吃烤红薯，长大就吃得少了。"

陆君知顿了一下，抬起头看着严灼："你平常从 Seabed 回来都是自己回家吗？"

"是啊，差不多都是自己，有时候和阿光一起，怎么了？"

陆君知没有回答。严灼说他在这儿住了十几年，那应该是从小就生活在这里。陆君知看着眼前安静的巷子，耳边有不知名的虫子的叫声，他心想，小时候的严灼会不会一个人躲在巷了里哭？会不会眼巴巴地看着别的小屁孩一起玩？

严灼见陆君知不说话，停下来看他："怎么了？"

陆君知回过神，定定地看着严灼："以后我陪你走回家好不好？"

严灼愣了一下，过了一会儿看着陆君知笑笑："怎么突然这么说？"

陆君知低下头咬了口烤红薯，含混不清地道："没什么。"

两个人往前走，快到家的时候严灼才开口问："阿光和你说什么了？"

陆君知乐了，把红薯皮扔到垃圾桶里。"你还兼职算卦吗？"

严灼笑笑，拿钥匙开了大门。"我猜得到，阿光就是整天操心。"

"其实也没说什么，"陆君知摆了摆手，进了院子，"就瞎聊聊。"

严灼把大门锁好，跟着他往里走，随口问一句："是吗？"

陆君知挠了挠脑袋："反正我一想到你自己回家我就觉得挺不好受的。"

严灼看着陆君知的侧脸，没有说话。

"也没别的，"陆君知继续往前走，"反正我要是没事就跟你一起回来，还顺路……"

"陆君知……"严灼突然出声，打断了他。

严灼叫他名字时声音很低，而且感觉好像有点压抑，陆君知有点蒙，严灼这种反常行为让他不知道怎么应对，他小声说了句："嗯，我在啊！"

过了好一会儿，耳边才传来严灼的声音，很小声地说："别对我这么好。"

陆君知愣了愣，问："怎么了？"

严灼耸了耸肩，看着陆君知笑道："你可别对我这么好，小心我赖上你。"

陆君知见严灼又恢复成平常的样子，放下心来，跟着瞎贫道："赖上就赖上呗，小爷我收你当小跟班，只要我有一口饭，绝对少不了你一碗汤。"

严灼看着他笑："那还真是谢谢你啊！"

陆君知拎着他和徐西立的书包刚想出门，手机就响了。

"君知！你在哪儿呢？"他一接电话就听见徐西立在那边扯着嗓子吼。

陆君知把电话从耳朵边拿开："在严灼家呢，你能小点声吗？"

徐西立松了口气："吓死我了！刚艺校那浑蛋带着人去堵你了！"

"艺校？"陆君知愣了一下才想起来是谁，"哟，他出院了？"

"刚出院，这不是等不及去找你干架了吗？"徐西立想了想，"你今天别出来晃荡了，那浑蛋带的人不少，咱俩现在不在一块，干架太吃亏了！"

陆君知骂了一声，说："那我现在怎么办？大晚上的。"

徐西立挠了挠脑袋："你就住严灼他家不就行了，明天直接去学校，那浑蛋总不可能堵你一夜吧？"

陆君知踢了旁边的椅子一脚："只能这样了。"

他挂了电话就看见严灼从楼上下来了，把手里的袋子递给他。"你的衣服。"

陆君知接过袋子，烦躁地扒拉一下头发。"我今天能住这儿吗？"

严灼愣了一下："出事了？"

陆君知把袋子扔到椅子上，靠着椅背。"我之前把艺校一浑蛋揍了一顿，现在那家伙带着人过来堵我了……"

"那你今天睡这儿不就行了吗？"严灼倒了杯水递给他，"现在也不早了，省得折腾。"

陆君知喝了口水："上回把他揍进医院后我就把这事给忘了，这浑蛋这两天出院我都不知道。"

他越想越郁闷，还被这浑蛋堵这儿了。

"那就让他堵着呗。"严灼看着他笑笑，"你在屋里睡觉，他想在外面站岗，你拦着干吗？"

陆君知愣了一下，突然笑了："我发现你还挺逗的啊！"

严灼喝了口水："是吗？"

卷四

生日

就在这一瞬间，他甚至想，就这样也没什么不好，这样很好，
厨房里有叮叮当当的声响，有一个人陪他吃早饭，
窗外是夏天明媚的阳光，一会儿他们会一起去上学。

第41章

严灼擦着头发叫陆君知上楼去洗澡："睡衣放浴室外面了，毛巾和牙刷里面都有。"

陆君知看着严灼笑："谢谢。"

陆君知洗完澡出来一进卧室就看见严灼在写作业，他一边擦头发一边过去瞅了一眼。"写什么呢？"

"数学卷子。"严灼继续低头答题，"你作业写完了吗？"

陆君知"啧"了一声："作业是什么东西？能吃吗？"

严灼看了眼时间，指了指床问："困吗？要不要先睡？"

陆君知摇摇头，想了想，坐到严灼旁边伸手戳了严灼的胳膊一下。"来张纸，来支笔。"

严灼抬起头看了他一眼："做什么？"

"写演讲稿啊。"陆君知把面前的书放到一边，"不是说要帮你写演讲稿吗？"

严灼愣了一下才想起来："真的写啊？"

陆君知乐了："这还有假？咱俩不是还打赌了？你不会是想耍赖吧？"

严灼笑笑："不会。"然后递给他纸和笔。

"有什么要求吗？"陆君知转了转笔，"字数、内容之类的？"

严灼想了想："字数不限，但演讲时间在七到十分钟之间，内容要求积极向上，围绕成长、未来、责任、梦想……"

"停停停！"陆君知做了个停止的手势，"我明白了。"

严灼笑笑："那成，你写吧。"

屋子里很安静，只有空调细微的嗡嗡声和笔尖划过纸张的声音。

做完数学卷子，严灼伸了个懒腰，扭头看陆君知，见他正奋笔疾书。

严灼凑过去看了一眼，整张纸上全是连笔字，他一句话也看不懂。

"你这字……"严灼指了指陆君知写的字，"是什么字体？"

"看不懂了吧，"陆君知"嘿嘿"笑了两声，"就是为了防止你偷看。"

严灼笑了："不能看吗？"

陆君知龇龇牙："现在看影响我发挥，等我都写完给你抄一份。"

"那现在这是什么字体？"严灼看了眼怎么看都不认识的字。

"算是……草书吧。"陆君知拿着手里的笔点了点纸上的字，"但是草书得用毛笔写，现在用碳素笔写出来就是这样，太丑了。"

严灼愣了一下："你会书法？"

陆君知摆摆手："小时候学的，很久没练，早就忘得差不多了。"

严灼仔细看看陆君知的字，虽然他完全没法认出来是什么字，但是看着看着好像也挺好看的。"我觉得写得挺好，有种……潇洒流畅、气势磅礴的感觉。"

陆君知乐了："你还懂得挺多，不过我写得太一般了，你不知道，我妈妈的草书写得那叫一绝……"

说到这儿陆君知突然停下来了。

严灼笑笑："很厉害。"

陆君知摩挲了一下纸上的字："下次有机会让你看看。"

严灼点点头："好。"

陆君知瞅了眼严灼写完的数学卷子："你每天都写作业写到这么晚吗？"

严灼把数学卷子收起来，拿出英语作业。"不是，今天不是去 Seabed 了吗？所以晚了点。"

陆君知愣了一下："我好像不应该拉你出去瞎逛……"

严灼低头看着作业本笑了一下："哪有那么夸张，再说了，本来我今天也打算和阿光出去的，和你们一起不也正好吗？"

陆君知想了想："也是。"

严灼翻开英语作文本："平常的话，差不多十一点多就睡觉了。"

陆君知翻开严灼放在旁边的英语书："离高考还有很久吧，你要考什么大学啊？这么拼。"

严灼正在写英语作文，随口回道："还没想好，你呢？要考哪里的大学？外地的吗？"

"我？"陆君知把英语书放下，"我不会离开这里的。"

严灼愣了一下，转过头去看陆君知，问："为什么？"

陆君知抱着胳膊靠在椅背上："没有为什么，就在市里随便找一所大学读。"

严灼想了想，以陆君知的情况，读哪所大学确实没什么差别，即使他不知道陆君知家里到底是做什么的，但是经过这段日子的接触，再加上学校同学的议论，他心里大概也能猜出一点。

严灼写完一篇英语作文，转头去看陆君知，发现他趴在桌子上枕着胳膊睡着了。

严灼没有立刻叫醒他。

严灼静静地看着闭着眼睛睡觉的陆君知，旁边的台灯照亮了他的脸。他突然想起来第一次看见陆君知其实是高一刚开学的时候。

那会儿他们竞赛班还没有搬到现在的校区，有一天晚上放学他过去找人，对方有事，让他在学校里先随便逛逛，严灼绕着绕着就绕到操场上，那会儿早就放学了，天色有点暗，操场上一个人也没有，严灼在看台侧面的台阶上坐下。

过了一会儿，严灼听到旁边的台阶上有轻微的响动，他往后看过去，就见有个男生坐在台阶上，低着头，身上穿着一中校服。

严灼只能看见男生的侧脸，他没有在意，转回身去看手机。可是没过几分钟，严灼就听到一阵压抑的哭声，其实是很细微的声音，可是周围太安静了。

他犹豫了一会儿，还是转过头看了看，就见对方把头埋到了臂弯里。

对方哭得很压抑，在空无一人的操场上都不敢发出声音，周围没有人，没有灯光，只有空荡荡的操场和偶尔吹来的微风。

距离并不远，严灼可以看见这个男生的手正在颤抖，可以听见他刻意压抑的哽咽和哭泣。

严灼不知道什么事情让他这么难过。严灼犹豫着要不要过去看看，可是紧接着他就否定了这个想法。

对方跑到空荡荡的操场上就是想自己一个人待着，别人的干涉与安慰都是多余的，世界上并没有感同身受这回事，一个人的痛苦，别人无法体会，所有的同情或是安慰不过是隔岸观火，火没有烧到自己身上，就不会觉得疼。

就这么过了一会儿，这个男生的手机响了，严灼看他坐直身体把手机拿出来，抹了把脸，清了清嗓子就接了电话。

"怎么了？你那儿完事了？"

他开口时已经恢复了正常的声音，完全听不出刚刚那样压抑绝望地哭过。

"你就记住给她买东西了，成成成，我跟你去。"

痞气里带着不耐烦，但是没有恶意。

"嘿，少跟我贫，现在知道兄弟我的好了吧！你在哪儿呢？我过去找你！"

"……"

"你管我在哪儿呢，少啰唆，快报地址！"

挂了电话，男生抬起头，看向星空。

严灼这时候才看清对方的长相。他很帅，是真的很帅，痞气里带着嚣张，狠戾里透着不耐烦。

过了这么久严灼才发现，原来他一直都记得当时陆君知倔强抬头的那一瞬间，微微皱起的眉和通红的还带着泪光的眼睛。

原来他都记得，原来他一直记得。

那个绝望压抑到哭泣却还是不肯让别人知道，非得用嚣张和痞气来掩饰自己的男生，现在就坐在他身边。

严灼把桌子上的书收拾起来装进书包里。

陆君知撑着胳膊坐起来看着严灼收拾东西，问："写完了？"

严灼点点头："写完了，可以睡觉了。"

"你盖这个被子吧，"严灼把毛巾被扔给陆君知，"这几天晚上有点凉。"

陆君知接住被子："你早上几点起床？"

严灼关了灯，借着月光躺到床上。"七点十五起床，七点半出门。"

陆君知抖开被子盖到身上。"怎么去学校？步行还是坐公交车？"

"都行，"严灼把被子盖好，"有时候骑自行车过去。"

"那早点睡吧。"

第 *42* 章

严灼早上被闹铃吵醒，揉着额头坐起来，往旁边看了看，陆君知已经起床了。

他刷牙、洗脸，收拾完也没看见陆君知，下了楼听到厨房里有声音，他走过去看见陆君知正背对着他做早餐。

明亮的阳光穿过厨房的窗户照进来，陆君知微微低着头，整个人被笼罩在清晨干净的阳光里。

严灼觉得这一幕那么熟悉，就像他记忆里许久不曾出现的场景。

那时候他还小，爸爸也会每天给他做早餐，他背着小书包追在后面，仰着头问："爸爸，爸爸，早饭做好了吗？"

这时候爸爸就会弯下腰，用宽大的手掌摸摸他的脑袋，笑着对他说："阿灼再等等，马上就做好了。"

原来时间已经过了那么久，久到记忆里爸爸高大的身影已经开始模糊，久到他终于遇到另外一个会给他做早餐的人，久到那个无措茫然的小孩一点点长大，即使依旧会迷茫，可不再觉得孤单。

就在这一瞬间，他甚至想，就这样也没什么不好，这样很好，厨房里有叮叮当当的声响，有一个人陪他吃早饭，窗外是夏天明媚的阳光，一会儿他们会一起去上学。

陆君知回过头看见严灼站在厨房门口。"你醒了啊，我煎了两个鸡蛋，煮了点白粥，看冰箱里正好还有面包。"

严灼笑笑："你这是几点起的啊？"

"六点多吧，"陆君知熄了火，把白粥盛到碗里，"醒了就睡不着了。"

严灼走过去把煎鸡蛋和面包端出来放到外面的桌子上，陆君知端着两碗粥出来。"哎，赶紧吃，要迟到了。"

严灼拿起勺子喝了一口粥，说道："谢谢。"

陆君知咬了口面包："不要太感动，顺手的事。"

两人吃完饭背着书包出门，陆君知指着院子里的自行车问："不骑自行车吗？"

"只有一辆，"严灼把门关好，"要是骑的话你就得坐……"

"唉，坐后面就坐后面吧，"陆君知"啧"了一声，"小爷我非得学会骑自行车不可！"

严灼乐了："成，等你学会的时候告诉我。"

陆君知龇龇牙："等我学会你就该坐后面了。"

严灼骑车的技术挺好，一路上绕过上学上班的人呈蛇形路线前进，陆君知坐在后面挠他。"你这技术都是为了多睡一会儿才练出来的吧？"

"别闹。"严灼叹了口气，腾出左手按住陆君知捣乱的手，"能多睡一会儿是一会儿。"

"徐西立这货书包里装的都是什么啊？"陆君知把手里的书包往上提了提，"真够沉的！"

"对了，他不是要过生日吗？"严灼转了一下车把，躲过前面的一个小孩，"你给他准备礼物了吗？"

"准备了，我找人从国外买了一套汽车模型，"陆君知掏出手机看了一眼，时间还早，"那家伙在我耳边叨叨了好长时间想要那套模型。"

严灼笑笑："你们这个我可买不起，不知道徐西立还喜欢什么？"

陆君知愣了一下，连忙说："你人去就是给他面子了，别的都没关系。"

严灼笑了："那像什么话，哪有去生日聚会不带礼物的？"

陆君知想了想："好像也是，那就随便买点什么得了，他也不挑。"

"你今天放学有事吗？"到了大门口，严灼停下自行车，"要不你和我一起去买？我也不知道他喜欢什么。"

陆君知提着书包从车子上跳下来："成吧，那放学后一起去。"

等到放学的时候，陆君知才发现自己的记性可能真的不太好。

说好陪严灼去给徐西立头礼物，陆君知特意想了个借口放学不和徐西立一起走，他和严灼一出教学楼就打了个哆嗦。

"这是变天了啊！"陆君知吸了吸鼻子，瞅着阴沉沉的天，"凉飕飕的！"

严灼手里提着书包："都快'十一'了，过几天更冷。"

"阿灼，再见！"姜弦从他俩身边蹦蹦跳跳地过去。

严灼笑笑："再见。"

"哎，等等！"唐晓一把拉住还想往前蹦的姜弦，转过头瞅了眼站在严灼旁边的陆君知，很小声地问，"阿灼，这是陆君知吧？"

严灼转头看了眼陆君知，对着唐晓点点头。

陆君知没听清两人说什么，就见旁边的小姑娘一直盯着他，他有点莫名其妙地问："怎么了？"

"他就是陆君知吗？"姜弦拉着唐晓在一边小声说，"那个整天逃课打架的男生？"

唐晓一脸傻笑地看着陆君知："是啊，很帅是不是？"

姜弦无语。

陆君知有点茫然地看着俩小姑娘说悄悄话，还时不时地瞅自己一眼。

严灼开口道："我们先走了。"

唐晓和姜弦冲他俩摆摆手道："再见。"

两人走到大门口，陆君知问："这是你们班的小姑娘吗？"

严灼点点头，刚想说话就打了个喷嚏。

陆君知龇龇牙："感冒了吧？"

严灼吸了吸鼻子："可能是。"

陆君知把外套脱下来披到严灼身上："让你不穿外套。"这件外套还是他好几天之前放在教室里的，今天天气凉了才穿上。

严灼抓着披到自己身上的运动服衣领，愣了一下，问："你不冷？"

陆君知摆摆手："小爷我火力旺。"

严灼忍不住笑，转头就看见一个穿着黑色风衣的高大男人从学校门口的一辆车上下来，正看着他和陆君知。

陆君知也看见了站在车旁的陆聿，一瞬间他有想点一根烟的冲动，手都摸到裤兜了才想起来自己没烟，只好又把手揣回去。

"我爸。"陆君知皱着眉冲严灼解释，"我们先过去一下。"

严灼点点头："好。"

"干吗？"陆君知走到陆聿旁边，有点不耐烦，"有事？"

陆聿看了眼站在旁边的严灼，把视线转回到陆君知身上，皱了皱眉道："晚上六点半的饭局，你看看现在几点了?!"

陆君知愣了一下才想起来今天要和李凯晨他爸吃饭，他小声"啧"了一声，转过头皱眉看着严灼。"我今天……"

他说到这儿就怎么也说不出口了。本来已经约好了，结果整出这么件事。

严灼摇摇头："没事，有时间我们再去，那我先回家了。"

说完严灼跟陆聿打了声招呼："叔叔再见。"然后转身打算回家。

不知道怎么回事，陆君知突然觉得很愧疚，他一把拉住严灼的胳膊道："等等，你别骑车了，跟我一起坐车，到路口再下车。"

严灼愣了一下，下意识地去看站在一边的陆聿，就见他正面无表情地看着他俩。

"不用了，我自己回去就可以。"严灼把书包背到背上，"你和叔叔赶紧去吧。"

"你是君知的朋友?"站在旁边的陆聿突然开口，语气冷漠而漫不经心，"不用客气，上车，我送你回去。"

陆聿穿着黑色长款风衣，身形高大挺拔，英俊成熟，但是气质很冷，站在学校门口很引人注目。

严灼环顾四周，已经有不少同学朝他们看过来，他迟疑了一下，对着陆聿道："谢谢叔叔。"

陆聿开车，严灼和陆君知坐在后排。

一路上都很安静，严灼发现陆君知和他父亲关系好像很差，两个人一句话都不说，连基本的眼神交流都没有。

直到等红灯的时候陆聿才开口，声音低沉地问："你叫什么名字? 和君知是同级?"

严灼抬眼看过去，从后视镜里看到陆聿也正看着他，眼神锋利，他移开视线，转过头看着陆君知笑了一下道："我叫严灼，和君知同级不同班。"

"是本市人吗?"红灯过去，陆聿踩了油门，从后视镜里看着严灼，"父母是做什么工作的?"

"你是警察吗?"陆君知坐直身体，皱着眉头语气不耐烦地抬头看着陆聿，

"查户口呢?"

"没关系。"严灼按住陆君知的胳膊,"我是本市人,我父母在我小时候就离婚了。后来我爸爸去世,我就自己一个人生活。"

陆聿没再问什么,皱着眉头瞥了眼陆君知,到前面的路口停下车。

严灼拉开车门下车,对着陆聿微微弯腰,说了一句:"谢谢叔叔。"

陆聿点点头。

"我先走了,"严灼把书包背到背后,和陆君知摆手,"再见。"

陆君知把头探出车窗:"晚上给你打电话。"

严灼笑笑:"好。"

陆君知看着严灼的背影消失,闭着眼睛靠在椅背上。

"你看看你自己像什么样子?"陆聿脸色阴沉地看着陆君知,"把你的衣服穿好!"

陆君知微微睁开眼,看了眼自己松松垮垮的领带,嗤笑一声,没开口。

陆聿从后视镜里看了他一眼:"下次你最好不要忘了约定,我不希望到了时间还找不到人。"

陆君知抱着胳膊"嗯"了一声。

第43章

到了吃饭的地方,李商和李凯晨已经到了,陆聿走过去和李商握手。"不好意思,有点事耽误了。"

"没关系,我们也刚到。"李商笑着站起来给他介绍,"这是市局的张局长,这是张局长的夫人。"

大人们一通寒暄,这种场面陆君知见得太多,只觉得无聊。

"君知是吧，读高中了吗？"张夫人看着陆君知笑笑，"小伙子长得和陆总真像。"

陆君知回神，微微颔首笑着看向张夫人："阿姨好，我读高二了。"

张夫人很高兴地看着陆君知："唉，多乖巧的孩子。"

陆君知笑笑，转眼就看见坐在李商旁边冷着脸一言不发的李凯晨。

两个人视线相交，李凯晨对着陆君知冷笑一声，转开视线不再看他。

陆君知无所谓地耸耸肩，装模作样的事情做多了，演起戏来就很容易。他都有点佩服自己，他妈妈刚去世那会儿，他和他爸别说是一起出席这种饭局了，就连好好说几句话都做不到，每次看到他爸，他眼前就没别的，都是他妈妈全身是血的样子。

后来他和他爸利益交换的次数多了，也就习惯了，不就是在一群叔叔阿姨面前演个好孩子吗？不就是让别人以为陆家还是一样家庭美满、父慈子孝吗？

即使是失去一个沈翩若。

"妈妈，我要吃大虾！"小女孩稚气的声音响起。

陆君知笑笑："哥哥帮你剥。"他戴上一次性手套，帮小女孩剥了一只虾，做戏当然要做全套，照顾小朋友什么的是一个优秀少年不可缺少的品质。

那个张局长本来在跟别人聊天，这时朝陆君知看过来，哈哈笑了两声，摸了摸自己小女儿的头。"快谢谢大哥哥。"

小孩子很听话，眨巴着大眼睛，软软地对着陆君知道："谢谢大哥哥！"

陆君知勾了勾嘴角："不客气。"

张局长笑着和陆聿聊天："陆总把小孩子教育得真好，看着就懂事，唉，比我们家那个小魔王强太多了，今天他是没来，要不然咱们吃饭都不消停。"

陆聿笑着和他干了一杯："张局长客气，君知都多大了，亦乔还小，调皮一点很正常，而且男孩子活泼一点好。"

张局长摆摆手，笑着说："现在这孩子可真难养，每次我看见像你们两家这样的小孩都羡慕得不行，听说凯晨学习成绩很优秀啊！"

李商哈哈笑了两声，回过头满脸笑意地看着自己的儿子道："还行，我们家凯晨很用功。"

陆聿也看过去："凯晨现在读高三吧，以后想做什么？"

李商道："从商！"

李凯晨却道："学医！"

李商笑着打哈哈："学医好，哈哈哈，凯晨想学医就学医！"

陆君知很不厚道地嗤笑出声，圈里人都知道李商特别宠自己这个儿子，只要是李凯晨想要的，李商就没有不答应的。

李凯晨转头去看陆君知，桃花眼里都是不屑，转而又对着陆聿说："陆叔叔，陆君知想好以后要做什么了吗？我看他演技这么好，不考电影学院太可惜。"

陆君知笑了："我哪里比得上凯晨学长，那么会讨李叔叔开心。"

李凯晨的表情像吞了一只苍蝇一样，他恶狠狠地瞪了陆君知一眼。

陆君知心里嗤笑，李凯晨都夸他会演戏了，他不得表现一下？

李凯晨天天一副"举世皆浊我独清，众人皆醉我独醒"的清高样，陆君知觉得要比脸皮厚，自己肯定完胜。

接下来几个大人就一直在聊城东经济开发区合作的事情，陆家和李家都不可能单独拿下城东这个项目，所以需要合作，再拉上一个有交情的市局里的人探探消息，就有了今天这个饭局。

陆君知当然明白陆聿是什么意思，现在两家需要的是融洽的合作关系，而李商对李凯晨几乎有求必应，陆聿需要他做的就是和李凯晨友好相处。

陆君知"啧"了一声，自己想要的陆聿已经做到，所以他当然也会做到自己答应陆聿的，在饭局上演好一个听话的儿子，至于李凯晨的态度他可管不着。

他喝了口水，有点想笑，自己在一帮长辈面前好歹还装一装样子，李凯晨一副少爷的样子，连装一下都懒得装了。

好不容易等到饭局结束，陆君知坐着车和陆聿一起回了别墅。张嫂看他回来很高兴，给他熬了一碗粥，又把房间收拾好才回家。

陆聿一进门就去了书房。

陆君知把二楼的房间看了一遍，很满意地发现之前杨姗雨的房间已经空出来了，显然人早就搬走了。

他在一楼客厅逗着海贝玩了一会儿，就开始走神。

偌大的别墅空荡荡的，一点人气都没有，要是现在他号一嗓子没准儿能听见回声。

其实一开始买这套别墅，还是他和他爸一起选的，两个人花了一个月时间把市里的楼盘都看遍了，最后才选了这套别墅，算是市中心闹中取静的位置，环境也好，旁边就是人工湖。

选好位置后两个人就开始准备装修，请了几个设计师陆聿都觉得不满意，换了好几次，装修进程也是亲自盯着，那会儿陆聿已经很忙了，但就想着最后的效果能让他妈妈满意。

这件事两个人一直瞒着妈妈，打算赶在妈妈生日之前弄好，给她一个惊喜。

当时陆君知觉得以后自己也要像爸爸这样，找到一个人，竭尽全力对她好，就算是穷途末路的时候也不会背叛对方。

只是装修到一半就出了事，事情发生得很突然，不过几天就天翻地覆。其实也算不上突然，只不过就像一座潜伏的火山终于爆发，将一切烧成了灰烬。

所以他妈到死都没看到他爸费尽心思给他们三个人设计的新家。陆君知环顾一圈装修精致的客厅，心想：不知道后来那些住进这里的女人知不知道这套别墅是给谁准备的。

陆君知洗完澡，把那天没写完的演讲稿写了，反复修改了几遍，觉得没问题了，就找出稿纸重新抄了一份，等着给严灼拿过去。

这些都弄完了，他趴在床上给严灼打电话。

严灼接起电话："你吃完饭了？"

严灼那边很安静，陆君知在听到对方带着笑意的声音后，就觉得放下心来，他把自己埋进柔软的被子里，笑着说："早就吃完了，你呢？晚上吃的什么？"

严灼顿了一下："煮了点面。"

"下次教你做饭。"

严灼轻笑一声："可以，学会了做给你吃。"

陆君知乐了："哟，那我等着。"

"周六要去哪儿？"严灼把桌子上的书收进书包里，"你不是说周六要去一个地方？"

陆君知迟疑了一下道："就……去常老师家，我们班语文老师……"

严灼愣了一下："常老师是你……"

"她是我阿姨，是和我妈从小一起长大的朋友。"陆君知把脸埋进被子里，声音有点闷闷的，"她家有个小孩子，我自己去完全招架不住……"

严灼乐了："所以拉上我？"

"嘿，不是要为兄弟两肋插刀吗？"陆君知"嘿嘿"笑了两声，"而且我感觉你哄小孩很有一套。"

严灼笑笑："我可没有哄小孩的经验。"

陆君知沉默了一会儿。

"怎么了？"严灼喝了口水，"怎么不说话？"

"今天我爸他……"陆君知停了一下才继续说，"你别介意。"

严灼顿了一下才笑着说："没关系。"

陆君知皱了皱眉道："其实我跟我爸关系不……唉，我不知道怎么说，反正你别介意就行。"

"没事，"严灼笑笑，"我真没介意。"

陆君知乐了："哎，严小灼，我发现你真是个……"

"嗯？怎么？"严灼放下水杯，靠着床头坐下，打开一本书。

陆君知想了想，继续说："诗经里面说的'有匪君子，如切如磋，如琢如磨'……差不多就是这样……"

严灼轻笑出声，看着眼前温暖的灯光，指尖翻过一页书。"你这是在夸我吗？"

陆君知"啧"了一声："是啊！"

"别夸我，我会骄傲的。"严灼勾着嘴角笑，"而且我也没你说的那么好啊。"

陆君知把耳机戴上："你骄不骄傲我不知道，反正我总觉得你对什么都挺包容的，好像什么事到你那儿都不是问题，很淡定。"

严灼的手指拂过纸张："我也有不淡定的时候，你还没见过。"

陆君知来了兴趣："什么时候？"

"以后你就知道了。"

陆君知乐了："这还要保密吗？"

严灼笑笑："必须保密。"

"哎，你看看你这人，哪有这样的？勾起别人的好奇心又不说。"

"那你想怎么样？"

陆君知想了想："要不你给我唱歌吧，我没准儿就忘了这茬了。"

严灼愣了一下："现在唱？"

"啊，就现在唱吧，"陆君知打了个哈欠，"也许唱着唱着我就睡着了。"

严灼乐了："你当是催眠曲呢？"

"催眠曲可不管用。我听催眠曲从来就没睡着过。"

严灼笑笑："成吧，要听什么歌？"

"什么都行，"陆君知把耳机整了整，闭着眼睛笑，"你想到什么就唱什么。"

严灼笑着翻过一页书："那我随便唱了，你赶紧睡。"

陆君知"嘿嘿"笑了两声："成。"

严灼唱了首音调舒缓的英文歌，陆君知在心里默默竖了个大拇指，严灼说英语应该也很好听，声音轻缓清澈，不得不说，听严灼唱歌真的挺享受的，尤其是在现在这种安静放松的氛围里，他裹了裹被子，闭着眼睛。

严灼唱完一首歌，刚想开口，就听见陆君知小声笑了一下，严灼叹了口气，问："还没睡着？"

"继续，你别停啊。"陆君知有点想笑，严灼无奈的语气让他觉得挺好玩，"我说严小灼，你知道不？我现在觉得有点困了，还挺催眠的啊！"

严灼乐了："那你别笑了，赶紧闭上眼。"

"成成成，我现在立刻进入睡眠状态。"

严灼又唱了一首歌，这回他把声音放得很轻，语调放缓，唱完以后没说话，安静地等了一会儿，对面还是没声音。

他把书合上，轻声对着电话说了句："晚安。"

陆聿把最后一封邮件处理完，起身走到陆君知卧室外面，门没有关严，他见陆君知趴在床上睡着了，连灯都还开着，他推开门发现陆君知耳朵里还塞着耳机。

陆聿帮他把耳机摘下来，伸手按亮手机屏幕，发现最后通话是和严灼。他把手机放回原来的位置，把灯关掉，又给陆君知盖严了被子。

陆聿回到书房打了个电话，他对电话那头说："去查一下君知的一位同学，叫严灼，看看他有没有什么问题。"

第44章

陆君知惊讶地看着徐西立："你还真背会了？"

徐西立满脸嘚瑟："那必须的啊！我都跟我家千钰说了我能背会，那必须得背会啊！"

陆君知还真有点对徐西立刮目相看，他冲着徐西立竖起大拇指。"牛！人家两天背一篇，你五天背一篇！"

"嘿！你笑话我是不?!"徐西立龇龇牙，"是不是哥们儿？啊，是不是哥们儿了？"

陆君知乐了一会儿："你还真是，以前你爸让你背首古诗，加起来也没几个字，你屁股都被打开花了吧，最后也没背会！现在这冰美人就一句话，你连古文都能背下来，啧啧……真不知道说你什么好！"

徐西立笑得一脸欠揍："爱情的力量！"

"滚蛋吧！"陆君知笑着骂他，"你爸知道了不揍死你！"

徐西立"嘿嘿"笑了两声："揍就揍呗！我乐意！"

陆君知一边和他哥发短信一边嘲笑徐西立："你别来跟我秀了！太恶心了！"

"哎，我说君知，"徐西立乐呵呵地看着他，"你也该找个姑娘谈恋爱啊，成天看见姑娘就冷着脸，啥时候能找着对象？"

"谈恋爱有什么用！"陆君知把短信给他哥发过去，瞥了徐西立一眼，"再说了，我对姑娘怎么了，我不是对杨烟和杜若她俩挺好的？"

徐西立嫌弃地看了他一眼："我看全班你也就认识这俩姑娘，杨烟还是一开始看你帅才和你说话的。"

陆君知"啧"了一声："我怎么发现你最近变啰唆了？"

"我这不是关心你，怕你找不着对象，以后没儿子吗？哈哈哈哈！"

陆君知拍了他一巴掌："你欠揍是不是?! 我现在就替叔叔揍你一顿！"

两人叽里咕噜一通乐，杜若抱着一摞作业本过来扔到陆君知桌子上，说道："语文老师让你把作业发下去，今天放学之前把大家的周记交到办公室。"

"另外，"杜若看了陆君知一眼，"常老师说让你记得以后每天过去一次，拿作业本。"

陆君知把桌子上的一摞作业本塞到徐西立怀里："快点，发下去。"

"哎，干吗？"徐西立连忙躲开，"我又不是课代表，我才不干！"

杜若没有理会他俩，她看着陆君知，说道："昨天我和朋友出去玩，碰见你们和严灼一起进了 Seabed，你说巧不巧？"

陆君知顿时停下来，抬眼朝杜若看过去，见对方也正看着他，杜若目光平静，看不出什么问题。

"去把作业本发了。"陆君知给徐西立递过去一个眼神。

徐西立瞅了瞅杜若，又看了看陆君知，抱着作业本走了。

陆君知盯着杜若看了一会儿，突然笑了笑，朝外面扬扬下巴说："走吧，杜大小姐赏脸和我到外面聊聊？"

杜若看着他冷笑："好啊！"

楼道里学生太多，两人走到教学楼的天台。

陆君知靠着墙，手插进裤兜里。"杜大小姐刚才到底想说什么？"

杜若挑眉："不是陆少说要和我聊聊？"

陆君知笑了一下，但是眼底没有笑意，眯着眼睛道："我记得咱们好像初中就在一个班，小学还是同校，也算有缘，说话没必要这么拐弯抹角。"

"是吗？"杜若看着眼前的人，"我还以为陆少不记得我们同学这么多年呢。"

陆君知嗤笑一声："我记得我好像没惹过你，你现在什么意思？"

"没什么意思，你的确没惹我，"杜若看着陆君知的眼睛，慢慢开了口，"我只是好奇，要是学校知道我们一中最优秀的学生在 Seabed 餐厅驻唱，而且还挺受欢迎，不知道是什么反应呢？"

杜若几乎是冷笑地看着陆君知的眼神一点点变冷，最后只剩下一片锋利，她觉得这眼神就像刀，生生割在她身上。

她没有见过这样的陆君知，从来没有，杜若甚至有些心痛地想，他们同学这么多年，她几乎是看着陆君知一步步走到现在，看着他从她记忆里那个阳光聪明的少年变成现在这样。

陆君知不耐烦地道："你想怎样？"

杜若压下心里一阵阵的疼："你觉得呢？"

陆君知挑眉："别废话，说你要什么。"

杜若冷笑道："离开严灼！"

陆君知愣了一下，皱了皱眉问："什么意思？"

"字面意思，"杜若抱着胳膊，声音平静而冷漠，"适可而止，离严灼远点，别再和他一起。"

陆君知嗤笑一声，眼神阴鸷地反问："为什么？你觉得你有什么资格来管我？"

"没有为什么，单纯讨厌他。"杜若毫不回避陆君知的眼神。

陆君知没再说话，径自转身离开，刚走两步又停下转过身看着杜若，并起两指，指了指她心口的位置。"记住，别招惹他！"

陆君知回到教室时已经很平静，他相信杜若不会把严灼在 Seabed 餐厅唱歌这件事说出去，她要是有心这么做，现在恐怕整个一中都知道了。

退一步讲，就算大家知道了严灼的事情，也没什么大不了的，最多学校会出面干涉，但是也不会有多严重，如果真到那个地步，他也能处理。

所以这些都不是问题，问题是杜若关心的好像并不是严灼驻唱这件事，而是要他别再跟严灼混在一块，陆君知"啧"了一声，她神经病吧！简直莫名其妙！

可是杜若完全不是那种没事找事的人，所以他有点不知道对方到底想干吗。

"君知，"徐西立叫了他一声，"我想跟你说件事。"

陆君知回过神瞅了徐西立一眼："有话就说，别磨叽。"

徐西立竟然还有点不好意思："千钰正好周日回来，所以那天……"

"你得意了吧？"陆君知乐了，"你这是要去接她？"

徐西立"嘿嘿"笑了两声："嗯，要去！"

"看你那傻样，真够丢人的。"陆君知嘲笑他，"成吧，聚会那边你就不用管了，我来弄就行，这次人也不多，都是同学，就简单点。"

"君哥，你真是我亲哥，"徐西立搂住他，"真的！"

陆君知嫌弃地把他推开。

不管杜若到底想干吗，陆君知暂时把这件事情放下。敌不动我不动，杜若并没有做什么，他不能挑事，别到时候自己再把事折腾出来。

陆君知到华庭把包厢订好，他们常来这边玩，服务员也认识他，直接把他带到一间空着的包厢，陆君知估摸着徐西立浮夸的风格，大致和服务员说了一下怎么布置，需要什么东西，大概的布置华庭这边做了，细节的话当天陆君知自己再过来弄。

其实这算徐西立第一次正式弄生日聚会，以前他们这帮人过生日一般就是找个地方吃饭聊天，没人会花心思还找个地方布置一下，圈里人混在一起的多，真正肯给你花心思的少，大家结交也是因为长辈的关系。

只有他和徐西立从小一块长大，熟悉得跟自己的左右手似的，以前他妈还在的时候，徐西立一个月有半个月在他家蹭饭，就差没给他妈当干儿子了。陆君知也老被徐西立拉到他家去，都是那家伙惹事不敢回家，怕挨揍，拉着他壮胆。

后来他妈死了，陆君知就不怎么去徐西立家了，也没别的原因，主要是徐西立他妈善感，一看见陆君知就想起沈翩若，老是哭，陆君知也不好总惹阿姨伤心，后来就去得少了。

陆君知刷卡把定金付了，对工作人员吩咐道："用点心，这是我哥们儿过生日用的，等周日我再过来看看，有什么事我们再商量。"

服务员笑着说："我们一定用心，陆少放心好了。"

陆君知找到离华庭最近的克莉丝汀把蛋糕订了，他记得杨烟说要吃抹茶味的，估计女孩子喜欢的东西都差不多，陆君知从几款抹茶味蛋糕里挑了一款看起来不错的，又跟店员商量了蛋糕上要写什么。

徐西立还特地嘱咐他林千钰喜欢吃那种很小的冰激凌蛋糕，陆君知又订了好多冰激凌蛋糕，让店员在生日那天做好送到华庭。

可能是在蛋糕店待久了，陆君知看着摆在那儿的蛋糕，觉得应该都挺好吃的。

"这个现在能做吗？"陆君知指着一个看起来干净一点的，没什么乱七八糟装饰的小蛋糕问店员。

"可以。"

"多久能做好？"陆君知看了眼时间，"二十分钟行吗？"

"可以做好的。"

二十分钟后，陆君知提着小蛋糕拨了严灼的号码。"在家吗？"

"在家，"严灼顿了一下，"有事？"

陆君知"嘿嘿"笑了两声说："等着。"

第45章

打车到严灼家挺快，路上也没堵车，陆君知提着蛋糕往桌子上一放。

"这……"严灼有点愣，"是做什么？"

"蛋糕啊！"

严灼笑笑："我知道是蛋糕，但是你突然买它做什么？"

"吃呗！"陆君知把小蛋糕的包装拆开，递给严灼一个勺子，"我刚刚去给徐西立订生日蛋糕，突然自己就想吃了。"

严灼乐了："这倒是挺突然的。"

陆君知吃了两口觉得还不错，他买的是巧克力慕斯，这家店做得也不腻。

"你什么时候过生日？"陆君知把蛋糕上的小草莓放到严灼盘子里，"过了没？"

严灼笑笑："早过了。"

"那你都怎么过生日？"陆君知咬了一口蛋糕，"吃蛋糕吗？还是出去吃饭？"

严灼笑笑："我不怎么过生日的，就煮碗面吃。"

陆君知愣了一下："你自己吗？"

严灼想了想："好像是的。"

陆君知突然指着蛋糕问："这家的蛋糕好吃吗？"

严灼点点头："挺好吃的啊！"

陆君知看着严灼的眼睛："下次你过生日，我买他家的蛋糕给你庆祝怎么样？"

严灼愣愣地看着陆君知，过了一会儿才笑笑道："好啊！"

两人吃完蛋糕，陆君知从书包里拿出几张纸递给严灼道："我写完了，你看看。"

严灼接过来一看，几页纸上满满的全是钢笔字，潇洒遒劲，流畅飞扬。

他惊讶地看着陆君知："你写的？"

"是啊，"陆君知把蛋糕盒子收拾好，"我自己读了一遍，差不多是七分钟，现场演讲的话，语速可能会更慢点，时间应该没问题。"

"这也……"严灼看着手里的这几张纸，有点不知道该说什么，"你也太用心了……"

陆君知瞅了眼严灼手里的纸："还行吧，没花太多时间，到时候你要交上去可别忘了自己抄一遍。"

严灼还有点愣神，轻轻地翻着手里的几张纸："你这字写得也太好了……"

陆君知乐了："好看吗？这可是我最拿得出手的字了，我当时练这手行书可没少费劲。"

严灼点点头，看着陆君知，认真地说："很好看，谢谢，真的。"

陆君知"嘿嘿"笑了两声，冲着严灼嘚瑟道："那是，我的字可是我外公手把手教的，我外公还在的时候不知道有多少人想要他的字呢！"

严灼看着陆君知在自己面前眉飞色舞的样子有点想笑，他伸手拍了拍陆君知的肩膀道："那我可得把你的字好好收藏起来，需不需要拿个框裱起来？"

陆君知乐了："嘿！寒碜我是不是？"

"没有啊！"严灼故意一本正经地指着手里的纸，"我待会儿就给裱起来，放到柜子里好好藏着……"

"哎，你还说！"陆君知恼羞成怒地追着严灼要掐他，"小爷我不发脾气，你当我是病猫！"

严灼笑着躲开。"我这可是真话，等以后你成了名家……"

"看我不揍你！"陆君知直接跳起来，"你再笑话我！"

两人闹了一会儿陆君知才离开。

严灼看着他笑笑："明天见。"

陆君知也笑："明天见。"

他回去的路上给他哥打了个电话。

"君知？"陆嘉树那边接得很快，"怎么现在打电话？"

陆君知看了眼时间，这个点他哥一定是在跟人吃饭。

"没什么……"陆君知问道，"哥，你什么时候回来？"

"等一下。"陆嘉树那边好像有很多人，还有音乐声。

他踢了踢路上的小石子，陆嘉树那边逐渐安静下来，应该是换了个地方。

"好了，出什么事了？"陆嘉树靠着阳台上的栏杆，"跟哥说说。"

陆君知笑了："没事，就……问问。"

陆嘉树那边顿了一会儿："我二号回去吧。"

陆君知愣了一下："怎么这么早？之前不是说要四号吗？"

"这边的事情处理得差不多了，有事回去也能解决。"

陆君知想了想："那行，到时候我去机场接你。"

梁凡一看到严灼就大呼小叫地嚷："阿灼，阿灼，阿灼……我紧张怎么办？"

"没关系，别紧张。"严灼把书包放下来，"紧张你也不会多考两分。"

"阿灼，你变坏了啊……"

张小黎从前面转过身，嘴里咬着棒棒糖道："阿灼，你说这次题目会难吗？"

"应该不会。"严灼把桌子整理了一下，对着张小黎笑笑，"毕竟是初赛，中等难度的题目会比较多。"

张小黎点点头。"我也这么觉得，就是担心最后的附加题，肯定要用这道题拉开差距。"

"别说最后的附加题，就是前面的题目我也不会做啊！"梁凡愁眉苦脸，"完了完了……我妈得骂死我……"

严灼看着他笑："没关系，我觉得你这段时间学得还行，上次你问我的那道题自己最后不也解出来了？"

梁凡皱皱眉："上次是瞎蒙的。"

"那你这次再蒙一回。"张小黎冲梁凡眨眨眼，"初试没关系的，去年我们班不是复赛还进了二十多个吗？"

梁凡愣了一下："去年我也没进啊！"

"所以说今年你进步空间很大！"严灼鼓励他。

梁凡想了想，点点头。

张小黎无语地看着他俩。

"考试了，考试了……"徐西立往后给陆君知传草稿纸的时候一迭声地小声念叨。

"你激动什么？"陆君知把草稿纸传到后面，"没考过吗？"

徐西立"嘿嘿"笑了两声："没办法，今天考完试就放假了，哈哈哈……我兴奋，不行吗？"

陆君知冲他龇龇牙："看你这高兴的样，还以为你能考满分呢。"

徐西立"啧"了一声："我是考不了几分，但是咱们君哥厉害啊，初中的时候君知你数学竞赛不是还考过第一吗？"

陆君知拿着笔的手顿了一下。

徐西立看见，心里"咯噔"一下，讪笑地道："那啥，哈哈哈，我瞎说呢，哈哈哈哈……"

他越说越没底气，最后声音都低得听不见了。

陆君知顿了一会儿，笑着骂了他一句："你够了啊。"

徐西立看他没什么反应，松了口气。

卷子发下来，陆君知把名字写上就开始发呆。陆君知有时候还挺佩服自己，自从他妈死了以后，他最拿手的事就是发呆，有一次早上醒来，他吃完饭就开始坐在家里发呆，直到晚上天黑了才回神，吓得张嫂还以为他生了病，要拉着他去看心理医生。

陆君知有点想笑，他要是有心理问题早有了，还能等到现在？

转了转手里的笔，陆君知漫不经心地扫了眼教室，大家都很认真地考试，只有他自己挺悠闲。

他怔怔地想起来，好像很久以前他也是这样，每天都要早早起来背古文，背着小书包去上课，认真听老师的话，和同学们做游戏。那会儿他很乖，不说脏话也不打架，觉得自己是全世界最幸福的小孩子，有漂亮聪明的妈妈、英俊高大的爸爸、保护自己的哥哥、疼爱自己的外公……

所以他也很努力地爱护他的家，外公和妈妈教他的东西他即使不感兴趣，也会用心学。在妈妈不顾一切地嫁给爸爸以后，他就成了外公的希望，外公把他当成继承人培养，对他要求严格，要学的东西太多，可是他一点也不觉得累，只要他很优秀，外公和妈妈的关系就会好起来，一家人就会很开心地在一起。

后来终于像他想的那样，外公原谅了妈妈，接受了爸爸，一切都幸福得像童话。

可是没有人告诉他，越是美好的东西越容易破碎。就像拿在手里的水晶球，你小心翼翼地护在手心，以为可以永远拥有，可是突然有人朝你撞过来，你摔倒了，水晶球也碎了，最后只剩下一地的玻璃碴子，不捡可惜，捡了扎手。

那些他以为自己可以不在乎的过去，那些他以为早已经习惯的异样眼光，在某个没有防备的瞬间突然而至，他还是会觉得疼。

陆君知随便写了几道题就把卷子交了，收拾东西准备下楼去找严灼。

"君知，你要去干吗？"徐西立看着他迅速收拾东西，"这么着急。"

"去找严灼。"

"找严灼？"徐西立奇怪地看着他，"要去干吗？"

"去常阿姨家，"陆君知冲他龇龇牙，"怎么，你想去？"

"不想！"徐西立立马摇头，"天天都能看见语文老师，我还是让自己的眼睛休息休息吧！"

陆君知到竞赛班门口，看见严灼身边围了一圈人，叽叽喳喳地讨论刚刚的考试题目。

他从人缝里瞅了半天，看见严灼正一边讲题一边往纸上写东西，他没出声，就在后门口看着。看着看着觉得有点奇怪，这几天天气变化大，今天天气就挺热的，严灼穿了件外套，还把拉链拉到最上面，把领子竖起来。

陆君知"嘿嘿"笑了两声，想着他也不嫌热。

"最后再添加一条辅助线，把这个面放到三棱锥里面就可以求解了……"严灼停了笔，抬起头对着围了一圈的同学笑笑，"数学老师之前讲过一道题目，和最后这道附加题很像，你们可以回去看看。"

"这题目太变态了……"唐晓苦着脸叫，"怎么做得出来啊！"

梁凡兴奋地拍了一下桌子："哈哈哈哈，我把第一问做出来了……快来表扬我……"

"阿灼，我觉得我最后一问的过程写得有点简单了，会不会被扣分？"张小黎平静地看着严灼，"主要是前面检查了一遍，时间不太够了。"

梁凡没好气地说："对比要不要这么明显……"

严灼笑笑："应该不会扣太多，毕竟难度大了点，思路出来了就可以了。"

姜弦眼巴巴地看着严灼："阿灼，你现在发现自己有做错的题目吗？"

严灼笑了笑："还没发现。"

"难道我们刚刚是把所有题目都对了一遍答案吗？"

"我先走了，"严灼把书包整理好，冲着大伙儿摆摆手，"大家假期愉快。"

"阿灼再见！"

"男神假期愉快！"

"阿灼记得发自拍！"

严灼和大家打完招呼，转身看见陆君知站在教室后门。

"怎么不叫我？"他把书包背好，看着陆君知笑笑，"等多久了？"

"没，我刚来，"陆君知挠了挠脑袋，"看你正好有事，就没叫你。"

严灼点点头："成，那咱们现在是直接过去还是……"

"现在过去吧，阿姨让我们过去吃午饭。"

"好。"

第46章

两人打车到常琳家小区门口，严灼指了指旁边的水果店问："要不要带点水果进去，不是还有小孩子吗？"

陆君知愣了一下："那就带吧。"

他以前来常阿姨家，就跟例行汇报似的，基本属于屁股没坐热就想溜的类型，再加上他最烦小孩子，所以也没带过水果给小孩，就每年辰辰过生日的时候带着她一通瞎买，回去又被常琳数落乱花钱。

两人到水果店买了点草莓和香蕉带过去，陆君知按完门铃就等着。

开门的是辰辰，小姑娘穿着漂亮的蓬蓬裙，扎着两个小辫子，开门看见陆君知，叫了声"小知哥哥"。

常琳在里面喊她："辰辰，是小知哥哥来了吗？"

半天也没见回答。常琳正觉得奇怪，出来就见自己的小闺女正两眼发直地看着严灼。

她伸手在辰辰眼前晃了晃，小姑娘才回过神，兴高采烈地在原地蹦了两下，拉着常琳的手脆脆地喊了一声："妈妈，帅哥哥！"

"……喜新厌旧，"陆君知把水果放到旁边，弯下腰揉了揉辰辰的脑袋，"上次来你还是对着我喊帅哥哥的！"

辰辰不理他，眼睛都不眨地看着严灼。

严灼对着常琳笑笑道："常老师好。"

"快进来，"常琳也笑着和他打招呼，"严灼是吧？"

"嗯，"严灼点点头，"今天和君知一起来看看辰辰。"

"你们和辰辰玩，我去看看午饭怎么样了。"常琳看着他笑笑，又指了指旁边的水果，"怎么还带水果了？"

陆君知刚想开口，严灼就答了一句："君知给辰辰带的。"

常琳看着陆君知笑笑，拍了拍他的肩膀说："等会儿就吃饭。"

陆君知挠了挠脑袋："不着急。"

常琳去做饭了，严灼看着正盯着他看的小姑娘，蹲下来摸摸她的头，笑着问："辰辰要吃水果吗？"

小姑娘眨巴着大眼睛看着严灼，叫了声："帅哥哥！"然后突然在严灼脸上亲了一口，两只小手捂着嘴偷笑。

严灼愣了一下，反应过来就笑了，抬头去看陆君知，陆君知"啧"了一声道："我看你是把我忘了吧？"

严灼觉得这小姑娘挺逗的，揉了揉她的头发问："辰辰有想小知哥哥吗？"

小姑娘乖得很，蹦蹦跳跳地跑到陆君知身边，仰头抱着陆君知的腿。"很想的！"

陆君知乐了："就你嘴甜。"

"吃点鱼肉，你们正长身体，营养要跟上。"常琳给陆君知和严灼夹了鱼肉，"辰辰有没有淘气？"

"谢谢常老师。"严灼笑笑，"辰辰很可爱。"

陆君知乐了："刚刚还偷亲你呢！"

常琳愣了一下，看着严灼笑道："辰辰就喜欢长得好看的男生。"

"汤！"辰辰指着桌子上的汤碗，"喝汤！"

严灼笑笑："我来帮你舀。"

"谢谢帅哥哥！"小姑娘看着他"咯咯"直笑。

陆君知"啧"了一声："没救了！"

"你们'十一'放假去哪里玩？"常琳舀了一勺汤给陆君知递过去，"有安排了吗？"

"打算去郊区那个度假村，我哥也一起去。"陆君知喝了口汤，竖了竖大拇指，"姨，你做的汤还是那么好喝。"

"多喝点。"常琳笑笑，"严灼呢？"

"我？"严灼看了看陆君知，"我可能会和君知一起。"

常琳愣了一下，转头去看陆君知："你们两个一起很好啊。"

"叔叔呢，还在出差吗？"陆君知喝了口水，"你们'十一'有安排吗？"

"去游泳！"辰辰挥了挥小手，含混不清地说，"爸爸带！"

常琳笑了笑："你叔叔'十一'放假，我们一起去海边玩。"

"帅哥哥吃！"小姑娘抓了一片西瓜递到严灼跟前，"很甜！"

严灼愣了一下，差点笑出声，咳了一声勉强止住笑，接过小姑娘手里的西瓜。"谢谢辰辰。"

辰辰摆摆手："不客气！"

陆君知实在忍不住，扶着桌子一阵笑。"姨，你看看她，颜控成什么样了？"

常琳也笑得不行，抽出纸巾给辰辰擦了擦手。"唉，都是遗传我！"

小姑娘吃完饭要睡午觉，陆君知去洗碗，常琳把辰辰哄睡着了，给严灼倒了杯水。"今天上午是在参加数学竞赛吧？"

"谢谢常老师。"严灼点点头，"是的，初赛。"

"考得怎么样？"常琳端起水杯喝了口水，"题目难吗？"

"不太难，考得还行。"

"我倒是没有给你们班上过课，但是听其他老师说，你是个非常优秀的孩子。"常琳微笑看着他，"说实话，你和君知关系这么好，我还觉得有点惊讶。"

严灼笑了笑："他很好。"

常琳挑眉看着严灼："你真的这么认为？"

"他很优秀。"严灼的手指在杯口摩挲，抬起头看着常琳，"只是别人不知道而已。"

常琳看着他没说话。

严灼抬眼望向陆君知，陆君知正低着头洗碗，透过厨房的玻璃可以看见他认真的脸。

他看着陆君知的侧脸："他还没长大。"

常琳惊讶地看着严灼，过了好一会儿才开口："严灼，你真的很不一样。"

严灼笑笑没说话。

常琳端着水杯，想了想道："其实有你和君知在一起我也放心一点，自从君知的妈妈去世以后……"

严灼愣了一下，皱了皱眉问："去世？"

"你不知道？"常琳顿了一下，"我还以为你知道。"

严灼摇摇头："他很少和我说起家里的事情。"

"君知的妈妈是在他初中的时候出意外去世的。"常琳揉了揉额角，眯着眼睛，"这件事情太突然，而且涉及……其他事情，所以对君知影响很大……"

常琳顿了好一会儿才继续："从那以后他就是现在这样。"

严灼把水杯放在桌子上："他以后会好的。"

常琳看了严灼一会儿："希望是这样。"

两个人陪着常琳聊了会儿天才离开。

"现在去哪儿？"陆君知看看手机，"时间还早。"

他说完也不见严灼答话，抬眼就看见严灼正在发呆。

"想什么呢？"陆君知拍了拍严灼的肩，"这么入神？"

"没什么。"严灼回过神，摇摇头，"你刚刚说什么？我没听清。"

"我说我们去哪儿？"

"陪我去给徐西立买礼物怎么样？"严灼想了想，"附近应该有商场之类的吧？"

"那去啊！"陆君知指了指旁边，"下个路口就有商场。"

严灼点点头："成，那过去吧！"

正好是周六，商场人还挺多，他俩从商场一楼逛到顶楼也没挑好给徐西立的生日礼物，陆君知走累了，忍不住说："咱俩先歇会儿，我要累死了！"

严灼乐了："才走了几步？你这战斗力也太不行了。"

陆君知摆摆手："逛街是个高强度的活儿，我能力不足。"

"要喝点东西吗？"严灼指了指旁边的一个冷饮店，"正好歇会儿。"

陆君知点点头："可以。"

"喝哪种？"严灼指着招牌上的各种奶茶冰饮，"奶昔吗？还是其他？"

"那个……盐酸柠檬……"陆君知眯着眼睛看着招牌，"我要换一个喝，学校门口的奶茶都喝腻了！"

"成，"严灼把钱递给店员小妹，"要一杯抹茶奶昔，一杯盐酸柠檬，谢谢。"

店员小妹一边收钱一边偷瞄严灼："好的，稍等。"

两人在冷饮店外面的小桌子边坐下，陆君知把吸管插进去，抬头看着严灼，好奇地问："你怎么不喝，不喜欢吗？"

严灼看着他笑笑："没事，你先喝。"

陆君知有点莫名其妙，不过他也没多想，主要是挺渴的，他直接咬着吸管喝了一大口。

"喀……"陆君知一口水刚咽下去一点就猛地咳嗽起来，没咽下去的水差点喷出来，他咳了半天，整张脸都皱了。

严灼实在忍不住笑出了声，忙扯了张纸巾递给陆君知道："赶紧擦擦。"

陆君知接过纸巾顺了好半天气才止住咳嗽，眯着眼睛看着严灼。"这也太难喝了，严灼你是故意的……"

严灼勉强止住笑，看着陆君知满眼都是笑意。"感觉怎么样？"

陆君知指了严灼半天，严灼看着他一直笑，最后陆君知自己也笑起来。"真没看出来你这么坏！明明知道这么难喝还故意等着看我笑话！"

严灼撑着额头笑："难道不是你要尝试新口味？"

陆君知"啧"了一声，看着那杯盐酸柠檬撇撇嘴道："算小爷失算！"

严灼打了个手势："等我一下。"说完起身走到卖冷饮的柜台旁边，和店员小妹说了句话，回来的时候手里就多了根吸管。

陆君知瞅了眼他手里的吸管："干什么？"

严灼坐到他对面，把两根吸管都插到自己那杯抹茶奶昔里，然后推到桌子中间道："一起喝这杯。"

第 47 章

两个人咬着吸管看着对方，严灼笑着眨眼睛，问："好喝吗？"

"挺好喝的。"陆君知挠了挠脑袋，"比刚才的好喝。"

"那当然。"严灼从旁边抽出一张纸巾，递给陆君知，"上次阿光过来点的就是盐酸柠檬。"

陆君知接过纸巾擦干净手。"哦，然后呢？"

严灼笑了笑道："我也没有告诉他。"

"哎，严小灼，你也忒坏了，故意的！每次都拿这个诳人！你怎么知道别人会点这个？"

"大家都想试试新口味呗，"严灼笑，"我第一次也点了，所以这种好事不能光我一个人享受，你说是不是？"

陆君知乐了，刚想开口说话，突然过来两个女生。

俩姑娘脖子上挂着一样的照相机，穿着一样的衣服，长得也一样，是一对双胞胎，就是头发长短不一样。两人对着严灼和陆君知笑笑道："两位好，能打扰一下吗？"

陆君知抱着胳膊靠在椅背上："有事？"

"其实也没什么，"长头发的姑娘理了理头发，对着严灼做了个手势，"就是我们想邀请你和你朋友一起拍张照片，放在我们开的饰品店里做宣传。"

陆君知没说话。

倒是严灼开了口："你们开的是饰品店？"

俩姑娘点点头。

陆君知看着这俩长得一模一样的小姑娘一起点头，觉得有点晕，指了指她俩的头发道："幸亏你俩头发不一样长，要不然真认不出来。"

短头发的姑娘乐了："是啊，所以我就把头发剪短了。"

长头发的姑娘看着严灼："要不你俩和我们过去看看我们的店，没准儿觉得什么东西好看，买来可以送朋友啊！"

严灼看了看陆君知："过去吗？"

陆君知龇龇牙："那就去看看吧！"

双胞胎姑娘开的店就在商场这一层，几步路就到了。

陆君知看着装修得挺文艺的饰品店"啧"了一声："俩大老爷们儿来逛饰品店。"

严灼乐了："那你刚才还同意来。"

陆君知挠了挠脑袋："我这不是好奇吗？"

"好奇什么？"严灼跟着进了店，"好奇店里卖什么？"

店里人还不少，一对一对全是情侣，要不然就是几个女生结伴来逛。

双胞胎姐妹的这家饰品店的商品还不错，虽然陆君知对这种女生喜欢的地方不太了解，但是至少看得出装修挺用心，店里的气氛很温馨，有绿藤缠绕的秋千，摆着小草小花的桌子，灯光是暖黄色的，再加上小巧精致的各种饰品，还挺好看。

"怎么样?"长头发的姑娘走过来,"我们店装修花了好久呢!"

陆君知点点头:"还不错。"

"这个能稍微改一下吗?"严灼指了指木架子上放着的一个音乐盒,"就是上面的小人……"

"可以啊!"长头发的姑娘笑笑,指了指音乐盒里面的两个小人,"这两个小人可以改,你想要什么样的?"

陆君知凑过去看了看这个音乐盒,是挺别致的,音乐盒是木质的,底座特意做成镂空状,做工很细致,镂空花纹清晰漂亮,可以看见里面繁杂复古的机械构造,上面做成公园的场景,有雕刻细致的大树和木质长椅,长椅上坐着一对情侣,其中的男生正转头看着女生。

陆君知"啧"了一声:"这个刻得够精细的啊,连两个小人脸上的表情都做出来了。"

"那当然,"长头发的姑娘乐了,"这个可是我亲手刻的,镇店之宝啊!"

严灼伸手戳了陆君知一下:"你有徐西立和林千钰的照片吗?"

"嗯?"陆君知愣了一下,"他俩的照片?"

严灼点点头,指着音乐盒:"把这上面的两个小人稍微修改一下,按照他俩的样子,怎么样?"

陆君知顿了一下:"你想送徐西立这个音乐盒?"

严灼点点头:"怎么样,他会喜欢吗?"

陆君知弯腰瞅了眼旁边的价钱标签,吓了一跳,扭头看着长头发姑娘问:"你们这是抢钱吗?"

"哎,说什么呢?"长头发姑娘乐了,指着音乐盒,"这个可是纯手工,我自己一刀一刀刻出来的,能不贵吗?"

陆君知"啧"了一声,转头看着严灼道:"这个不行,太贵,换别的!"

严灼笑笑:"我觉得挺好的,做工很细致,挺漂亮的。"

陆君知瞥了眼旁边一直看着他俩笑的小姑娘:"那也太贵了,徐西立那家伙你就随便买个什么给他不就行了吗?"

"有你这么做朋友的吗?"严灼乐了,"没关系的,我觉得徐西立应该会喜欢这个,而且,他不是你的好兄弟吗,当然得送个用心的礼物。"

陆君知愣了一下，短头发的姑娘就过来了，问："怎么样？喜欢这个音乐盒？"

陆君知一看见这俩姑娘站在一起就觉得头晕，倒是严灼指着音乐盒问："这个音乐盒上面的小人可以帮忙改一下吗？"

"当然可以，"短头发姑娘看着严灼和陆君知，"不光可以帮你改，还可以给你打折，只要你俩答应我一个要求。"

陆君知觉得有意思："什么要求？说来听听。"

短头发姑娘指了指旁边的照相机，陆君知感觉不妙，果然，小姑娘开了口："只要你俩在店里拍一张照片，半价绝对没问题！"

陆君知乐了，"啧"了一声："嘿！你可真是够执着的！"

严灼笑笑："那要拍什么样的照片？"

"很普通的照片就可以，"长头发姑娘做了个手势，"不需要摆什么特别的pose。"

陆君知想了想，就是拍一张照片而已，还可以打折，没什么不好的，严灼打工那么辛苦，能节省就要节省。

"成，拍就拍。"陆君知拍板决定，"但是说好，只能放在店里做宣传，不能拿到外面去。"

两个小姑娘高兴地笑起来："当然不会拿到外面。"

严灼看着陆君知，迟疑了一下，小声道："要不然算了，直接买就好了。"

陆君知也小声说："没关系，就拍张照片而已。"

严灼顿了一下，看着陆君知笑笑道："好。"

第48章

陆君知按照俩姑娘的要求靠在木架子旁边，木架子上放着各种水晶球，被灯光一照，很漂亮。

"帅哥，你把左手插在裤兜里，"短头发姑娘对着严灼比画，"然后右手搭在他肩膀上，可以吗？"

严灼照着小姑娘的要求站在陆君知左边，伸出右手绕过陆君知的脖子，手搭在他右边肩膀上。

"好，就这样。"小姑娘打了个手势，拿起相机开始调焦，"靠着架子的帅哥稍微抬一点头。"

陆君知稍微扬起下巴。

"好的。"姑娘准备好按快门，"一，二，三……"

短头发姑娘把相机递给严灼："看看，是不是很美？"

严灼接过相机，看见自己和陆君知在小小的相机屏幕里。

陆君知微微歪着头扬起下巴，脸上表情淡漠，桀骜不驯，旁边是水晶球折射的绚丽灯光，斑驳的阴影映到陆君知脸上，自己只露出侧脸。

陆君知回过神，凑到严灼旁边，看见相机里照片的一瞬间，陆君知愣了一下。

照片里自己和严灼站在一起，店铺里温暖的灯光映照在他们身上，背后是琳琅满目的饰品和不知道名字的陌生人，严灼神情闲适放松，半闭的眼睛连眼睫毛都可以看见，漂亮的侧脸和修长的脖颈让人觉得即使在这个纷杂的世界里也有平静而安稳的角落。

严灼拿着陆君知的手机将徐西立和林千钰的照片给长头发的姑娘看："两个人要穿着校服，然后背着书包，女生的头发这样，男生的表情是这样的……"

长头发姑娘一边点头一边记下来："好的，明天下午你就可以过来拿。"

严灼笑笑道："谢谢，要得比较急，麻烦你了。"

"不客气，"长头发姑娘看着严灼和陆君知笑，"我才要谢谢你们的照片呢！"

两人订好礼物从商场出来，一起走到公交车站。

"要是没什么事情，我就回家了。"严灼指了指公交站牌，"直接坐公交车。"

陆君知想了想："成，那明天你自己过来取礼物？"

"我自己取就可以，"严灼点点头，"明天你不是还要帮徐西立弄生日聚会吗？"

"行，那我就不和你一起来了。"陆君知把手插到兜里，"那你明天晚上记得去生日聚会。"

严灼笑笑道："当然。"

公交车过来，严灼上了车，转身对陆君知摆摆手："明天见。"

"明天见。"陆君知也笑着和他摆手。

公交车离开，陆君知愣愣地看着越来越远的车尾发了会儿呆，突然转身跑回刚才的商场。

他一路跑回饰品店，短头发姑娘看他气喘吁吁地进来，愣了一下才走过来，问道："帅哥怎么了？忘拿东西了？"

陆君知喘着气："能把刚才的照片给我一份吗？"

"给你，弄好了。"短头发姑娘把照片递给陆君知，"按照你的要求，打印出来的尺寸正好可以放进钱夹里。"

"谢谢。"陆君知接过照片仔细看了一下，姑娘还挺细心地修了照片，弄成有点泛黄的老照片风格，陆君知觉得这就像是把照片里的那一瞬间永远保存下来，而现在他把这张照片放进钱夹，就好像把那一瞬间的时光也收藏起来了。

陆君知下了出租车才发现自己竟然回了别墅，他站在门口愣了一会儿，按了门铃。

本来以为开门的是张嫂，结果看见站在门口的陆聿，陆君知有点惊讶。

陆聿看了他一眼，什么也没说，径自转身进去，陆君知在门口犹豫了一下还是进了屋。

绕了一圈终于确定张嫂不在，陆君知摸摸自己的肚子，"啧"了一声，打算还是做点吃的。

他还没进厨房，就见陆聿从书房出来，走到他旁边挽起袖子。

"吃饭了吗？"陆聿拿起围裙围到身上，"回来这么晚。"

陆君知顿了一下，扯了扯校服下摆，回道："没有。"

"那等一会儿。"陆聿系好围裙，进了厨房，"煮粥行吧？"

陆君知抠了抠沙发靠背，吸吸鼻子："……行。"

看着陆聿背对着自己在厨房做饭，陆君知有点走神，这个场景已经好久没有出现过了，久到他已经记不清上一次看见他爸爸做饭是什么时候了。

陆聿熟练地淘米、加水、熬煮，然后切了一根黄瓜凉拌。

陆君知看着他优雅沉稳的动作和高大的背影，心想：妈妈那样爱他不是没有道理。

其实他爸只会煮粥，但是煮得很好，小米粥、白米粥、红豆薏米粥、黑米紫薯粥……各种各样，听说过的没听说过的，他爸爸都煮过。

那会儿他妈妈的胃不好，经常胃疼，医生说只能喝粥养着，他爸就变着法给他妈煮粥，十几天不重样，每次都是自己煮，连他都不让插手。

他记得有一次他妈妈半夜胃疼得厉害，他爸在邻市出差，那会儿自己还小，很害怕，不知道怎么办，就打电话给爸爸，他爸那时候事业正忙，已经熬了好几个通宵，但是接到电话一点犹豫都没有，立马赶了回来，通红的眼睛里满满都是担心。

他记得他爸把他妈妈抱在怀里，用手擦掉妈妈额角的冷汗，闭着眼睛吻他妈妈的额头，很温柔地安慰她道："翩若乖，再忍一忍，一会儿就不疼了。"

后来疼痛终于缓解一点，他爸爸摸了摸他的头，道："君知照顾妈妈好不好？爸爸去给妈妈煮粥。"

他点点头，看着爸爸去了厨房，转过头就看见他妈妈闭着眼睛掉下眼泪来。

他那会儿不知道妈妈为什么哭，以为是胃太疼了，所以会掉眼泪，他走过去擦掉妈妈脸上的眼泪，小声说："妈妈，一会儿就不疼了。"

妈妈摇了摇头，把他搂过来，哽咽地说："君知答应妈妈，以后要对爸爸好，好不好？"

那会儿他不明白为什么妈妈会哭，现在终于清楚，原来是因为心疼，太爱了，所以会心疼。

陆君知搅着面前的粥，有点心不在焉，他不知道自己今天怎么突然回了别墅，要是没什么事情他从来不到这里来。

"想什么呢？"陆聿屈起手指敲了敲桌子，"不饿吗？"

陆君知愣了一下，看着自己手里的碗，原来半天自己一口都没吃。

拿起勺子吃了口粥，陆君知突然有点想笑，一般他和他爸爸单独在一起的时候，不是吵架就是沉默，今天这样算得上和谐的氛围实在是让他不适应。

"既然能和很优秀的孩子相处，那就多向人家学习学习。"陆聿拿纸巾擦了擦手，端起水杯喝了口水，"以后也像现在这样，安分点。"

"你调查严灼？"陆君知眯着眼睛，把手里的勺子扔到碗里，咬牙看着陆聿，"你想干什么？"

陆聿皱了皱眉："我是你爸爸！我想干吗，你觉得呢?!"

"别，演演戏骗骗外人就算了，"陆君知摊了摊手，"爸爸儿子什么的，我看咱俩不合适。"

陆聿没有再接他的话，只是看着他，过了好一会儿才开口道："那你紧张什么？"

陆君知愣了一下，将手放到桌子底下握紧："我有什么好紧张的？"

"既然没什么可紧张的，那你干吗在意？"陆聿站起来往书房走，"吃完记得把碗洗了。"

陆君知无语。

>>> 第 49 章

收拾完洗了个澡，陆君知穿着睡衣躺在床上发呆。他突然想起钱夹里的照片，爬起来把照片拿了出来。

陆君知看着手里的照片，觉得心里安稳平静，他抓着照片趴到床上，把自己的脸埋到一堆被里，叹了口气。

他几步走到桌子旁边倒了一杯水喝下去，握着水杯发了会儿呆，拿出手机给徐西立打了个电话。

"君哥！咋啦？"徐西立那边挺热闹，大嗓门还是挺有穿透力，"半天没见，想我了？"

陆君知顿了一下，笑了笑，回道："你少恶心！"

徐西立"嘿嘿"笑了两声："那你打电话干吗？今天去常老师家怎么样？"

"就那样啊！你干吗呢？这么闹腾。"

"我和我爸妈到我爷爷家里来了。"徐西立找了个安静点的地方，"君知，你怎么了？"

"你到你爷爷家去了？"陆君知愣了一下，"没事，你赶紧去陪爷爷说话吧。"

徐西立"啧"了一声："是不是哥们儿？是哥们儿就别磨叽。"

陆君知乐了，笑道："你少贫嘴！"

徐西立"嘿嘿"笑了："我还不知道你？"

陆君知笑了笑道："真没事，哥哥这不是想你了吗，就打个电话。"

"哎哟！够肉麻的！"徐西立哈哈笑了半天，"你这话要是跟姑娘说，分分钟搞定一个女朋友。"

陆君知顿了一下，想了想，问道："你怎么知道自己喜欢林千钰的？"

这个话题转得太快，徐西立愣了一下才回答："我当然知道啊，我对我家千钰一见钟情！一天不管有事没事我都想着我家千钰，走路想、吃饭想、上课想，嘿嘿，睡觉也想！只要能和我家千钰在一块，让我干吗我都愿意！"

陆君知乐了，调侃道："你这病得都没治了。"

徐西立"嘿嘿"笑了两声："我不治，我病着就挺好，我就愿意病着。"

陆君知愣了一下："是挺好。"

"你明天就过生日了，"陆君知笑了笑，"高兴吗？兴奋吗？"

徐西立"嘿嘿"笑了半天："高兴！兴奋！今天要睡不着了！"

陆君知乐了："出息！你不是刚去看她了吗，有这么夸张？"

"你不懂！"徐西立嚷嚷着，"我现在巴不得立马到明天早上，直接冲到车站！"

陆君知"啧"了一声："服了你！"

徐西立自己哈哈乐了半天。

陆君知端起水杯喝了口水："生日礼物明天给你，小爷我为了你，这份礼物可是专门托人买的。"

"谢谢君哥！"徐西立跟他贫嘴，"您费心了！"

"去你大爷的！"陆君知乐了，顿了一会儿又开口，"严灼也给你准备了礼物，你应该挺喜欢。"

"真的啊！"徐西立"嘿嘿"笑了，"看来明天能收不少礼物，哈哈哈！"

早上吃饭的时候陆君知接了个电话。

"这几天在干吗呢？"韩泽霜懒洋洋的声音在电话那边响起，"我要是不打电话给你，你都把咱们忘了吧？"

陆君知乐了："哪能忘了啊！这不是这几天事情多吗？"

"你能有什么事？"韩泽霜"啧"了一声，"出来玩会儿啊！在家里待着干什么？"

陆君知顿了一下："成，去哪儿？"

"我们学校。"韩泽霜看了一眼队友，"我这儿正打篮球呢！等你啊！"

"行吧。"陆君知上了楼，"我现在过去。"

陆君知换了衣服，打车往韩泽霜他们学校走，星期日果然不堵车，一路上畅通无阻。

韩泽霜他们学校陆君知常来，基本就是他们几个人凑在一起打打篮球。

陆君知熟门熟路地找到学校体育馆，打篮球的人不多，馆内空荡荡的，偶尔传来几个女生小声的欢呼。

韩泽霜过来和他打了个招呼，一帮人就开始了。

等他全身是汗地从球场上下来坐在旁边休息区的时候，韩泽霜扔给他一瓶水。"今天怎么了？打球这么冲。"

"没什么。"陆君知拧开矿泉水瓶盖喝了一口水，拿着毛巾擦了擦汗，"吃饭去？"

韩泽霜看了他一会儿道："成，去外面吃吧。"

两人在体育馆更衣室里洗了个澡就出了学校，打车去了经常去的一家餐厅，这家餐厅不在市中心，环境稍微安静点，旁边是个咖啡厅。

陆君知刚要进餐厅，韩泽霜就拍了他的肩膀一下。

"怎么了？"陆君知转过头。

韩泽霜看着他笑了一下，往旁边扬了扬下巴："那是不是你那个朋友？"

陆君知往那边看了一眼，就见咖啡厅外面站着两个人。

一个是严灼，另外一个是挺漂亮的一位姑娘，穿着白色连衣裙，打着遮阳伞，两个人正笑着说话。白裙子姑娘伸手从包里掏出手机打电话，严灼接过她手里的伞帮她拿着。

正是中午，陆君知觉得自己站在太阳底下有点冒汗，他不自觉地伸手去揣口袋，就看见严灼朝他们这边望过来。

蒋思语挂了电话就看见严灼正看着旁边发呆，她顺着他的视线看过去，就见餐厅旁边站着两个高个子的男生。

"那是陆君知吗？"蒋思语转过头看着严灼，"和他一起的是谁？"

"他朋友。"严灼笑了笑，又转过头去看陆君知。

"这是你朋友他对象吗？"韩泽霜"啧"了一声，"这姑娘长得够漂亮！"

陆君知没说话。

这时候严灼朝着他们这边走过来。

"好巧。"严灼看着陆君知和韩泽霜笑笑，"过来吃饭？"

陆君知点点头，挠了挠脑袋："你吃饭了吗？要不一起吧。"

严灼笑笑道："不用了，我还有事。"

陆君知顿了一下："哦。"

两个人沉默了一会儿，最后还是韩泽霜开了口："不热吗？进里边啊！"

严灼笑笑道："你们赶紧去吃饭吧，我走了。"

陆君知把手插进裤兜里，回道："再见。"

陆君知看着餐厅桌子上的花纹，脑子里还在想刚刚遇到严灼的事情，那个穿着白裙子的女生不知道是严灼什么人。

同学？朋友？追他的人？或者是……女朋友？

"想吃什么？"韩泽霜把菜单递给陆君知，"点菜！"

"不用。"陆君知回过神来，摆摆手，"你随便点就行。"

韩泽霜报了几个菜名，让服务员赶紧上菜。

韩泽霜给陆君知倒了杯水。

"谢谢。"陆君知眯了下眼睛，顿了一下，继续道，"徐西立和你说了吧，今天就不和大伙儿聚了，等过几天找时间再聚。"

韩泽霜乐了："说了，徐西立真是够了啊，为了姑娘都把兄弟排后边了。"

陆君知也笑了笑："你还不知道他？追人家好几年了，好不容易自己过生日，还不得把握机会吗？"

韩泽霜"啧"了一声："你们这高中生都有对象了，我这上大学的还没有呢。"

陆君知乐了："韩少想要女朋友还能没有？现在没有那不是你不想谈吗？"

"想谈也没用，反正以后和谁结婚还不是家里说了算？"韩泽霜喝了口水，注视着陆君知，"所以，注定没结果的事情，一开始就没必要去做。"

陆君知不以为然："也不一定，不试一试怎么知道？"

韩泽霜摇了摇头，似笑非笑地看着他："有些事情不是试一试还能回头的，一旦做了就没有回头路。"

陆君知愣了一下，没说话。

"吃饭。"服务员把菜端上来，韩泽霜给陆君知盛了碗汤，"下午不是还要给徐西立弄生日聚会吗？"

陆君知点点头。

"到你外婆家了吗？"严灼剥了一根棒棒糖，"外婆还好吧？"

"到了。"阿光一边陪家里的小孩玩一边给严灼打电话，"她身体好得很，正和大伙儿聊天呢！"

严灼笑笑："那就好。"

"你呢，在干吗？"

"我？"严灼忍不住笑了，"在吃糖。"

阿光"啧"了一声："你以前不是嫌糖太甜腻了齁嗓子吗？"

"试试而已。"严灼笑笑，"又不是毒药。"

"你不是从来不吃糖吗？"阿光把小孩子手里的笔拿出来，"别玩这个，危险。"

"我今天出去碰到陆君知了。"严灼喝了口水，"是你小舅家的孩子？"

"是啊，小孩子调皮得不行。"阿光把小孩子给别人照看着，拿着电话走到屋外，"陆君知怎么了？"

严灼笑笑："没什么，碰巧遇到而已。"

"十一你和他们去吗？"阿光靠着墙，"就是度假村。"

严灼想了想："没事的话就去。"

"成吧。"阿光笑笑，"玩得开心。"

严灼点点头："嗯。"

"高脚杯不要叠放，又不是婚宴。"陆君知指着桌子上叠得高高的杯子，"在桌子上摆整齐就行。"

服务员点点头："好的。"

"还有那边的窗帘要换掉。"陆君知想了想林千钰可能喜欢的类型，"换成那种白色的，嗯……简单大方的就行，小姑娘喜欢的那种。"

服务员记下来："好的。"

"还有，把白酒撤了，饮料就可以了。"陆君知有点无语，"再榨点果汁，这边加点水果和巧克力。"

陆君知环顾一圈，觉得差不多了，看了看时间，大伙儿估计要来了。

他把服务员打发走，自己坐在包厢里等着。

最先来的是杜若和杨烟。

杨烟进来一看见陆君知就大呼小叫道："我的天！陆大少爷，真有你的！订这么高大上的地方也不提前告诉我一声，我刚刚进来的时候吓了一跳。"

"这不是为了衬托两位美女的气质吗？"陆君知把手里的饮料瓶放下，指了指旁边，"吃饭了吗？那边有小点心，先吃点。"

"哇！有这种巧克力！"杨烟蹦到旁边指了指放在桌子上的巧克力，"这个超好吃！"

陆君知乐了："好吃就行，我还怕你们小姑娘不喜欢。"

杨烟剥了块巧克力，看了一圈包厢："布置得这么漂亮啊！好隆重！"

杨烟忙着东看西瞅，顾不上他俩。

杜若从进门开始就没说话。

现在他俩就这么看着对方。

最后陆君知叹了口气，倒了杯果汁递给杜若，"杜大小姐请！"

222

他发现只要涉及严灼的事情，自己真是分分钟没原则。可是转念一想，只要杜若别把严灼在 Seabed 驻唱的事情说出去，什么都好说，虽然就算事情暴露了他也能处理，但是对严灼来说总归不太好。

杜若看了他一会儿，接过果汁。

>>> **第50章**

大伙儿陆陆续续地到了，来的大部分是他们班和竞赛班的同学。林千钰之前在竞赛班，徐西立怕她觉得不自在，特意邀请了好几个竞赛班的女生来。

所以陆君知一看见那个在竞赛班门口和自己说过话的女生蹦跶着过来了就觉得想笑。一起来的还有另外一个女生。

俩小姑娘进门一看见他就开始嘀嘀咕咕，陆君知"啧"了一声，真是不知道这些小姑娘在说什么悄悄话。

"先坐会儿，吃点东西。"陆君知给两人指了指旁边的零食，"林千钰待会儿就过来。"

俩姑娘笑嘻嘻地走到陆君知身边，唐晓指着自己和同伴姜弦，问道："你知道我俩叫什么吗？"

陆君知愣了一下，看着俩姑娘乐了："不知道。"

"我叫唐晓，"唐晓又指了指旁边，"她叫姜弦。"

陆君知觉得这俩姑娘挺逗，笑着说："我叫陆君知。"

"我知道啊！"唐晓兴奋地抓住姜弦的胳膊，瞪大眼睛看着陆君知，"我可是你的迷妹！"

陆君知有点想笑："我的迷妹？你们不应该都是严灼的迷妹吗？"

说完他自己愣了一下，又继续说："难道不是整个学校的小姑娘都迷他？"

"是啊是啊！"唐晓点点头，继续瞪大眼睛看着陆君知，"可我也迷你啊！我觉得你特帅！感觉跟黑骑士似的！"

陆君知没忍住笑出声，倒是第一回有人这么形容他。

"阿灼今天也来？"姜弦从旁边拿了一块巧克力，剥开递给陆君知一块，"吃吗？"

"……不吃。"陆君知看着这小姑娘把一大块巧克力放进嘴里，觉得牙疼，"他待会儿就来。"

看见徐西立进来的时候，陆君知"啧"了一声。这家伙应该是特意捯饬了一番，穿着一身运动服挺精神，刚修剪的头发看着还挺帅气。

两个班的同学看见徐西立和林千钰一块进来，又是闹腾又是起哄。

徐西立笑着骂他们道："一边去！"

林千钰还好，仍然一副高冷范，徐西立想笑又不好意思的模样傻里傻气的。

"林大美女，好久不见啊！"陆君知和冰美人打招呼。

林千钰看了他一会儿："很久吗？"

陆君知心里"啧"了一声，果然是高岭之花。

"是不太久。"陆君知似笑非笑地看了徐西立一眼，"更何况老有人在我耳朵边念叨你，感觉就跟天天见似的！"

"哎！"徐西立有点不好意思，偷偷看了林千钰一眼，"我念叨什么了？"

"也有人总在我耳朵边念叨你。"林千钰微微勾着嘴角，"所以我也跟天天见你似的！"

陆君知看了眼徐西立，见对方很无辜的样子。"念叨我什么了？"

"没什么。"林千钰扯了扯嘴角，"不过是念叨你俩小时候死活不穿衣服，大白天在小区里裸奔的光辉事迹。"

二人呆立当场，一时语塞。

严灼推开门的时候愣了一下。

包厢很大，大片的落地窗正对着人工湖，白色的蕾丝窗帘被风吹得飘起来。旁边的一整面墙都用绿植覆盖，上面点缀着红色玫瑰花，拼成"Happy Birthday"（生日快乐）的字样。房间用气球装饰，长桌上摆着饮料和零食，长桌尽头蜡烛的火焰明亮炽热。

包厢里很热闹，有围在一起聊天的，有嘻嘻哈哈抢麦克风唱歌的，严灼收回目光，就看见陆君知正和徐西立他们说话。

陆君知听见有人开门，抬头看过去，就见严灼站在门口，手里提着一个纸袋，旁边站着一脸淡漠的林千瑾。

旁边已经有人叫道："阿灼来啦！"

大家都停下来往门口看过去。

还有女生拿着话筒喊："阿灼！快过来唱歌啊！"

徐西立转头看见两人，笑着过去招呼道："你俩来啦，快进来，要开始了！"

严灼笑了笑道："好。"

两人刚进包厢，还没走几步，杨烟就蹦到严灼前面，笑嘻嘻地看着严灼："男神好！又见面啦！"

"你好。"严灼笑着打招呼，"杨烟同学。"

杨烟顿时心花怒放。

"阿灼，你都没告诉我们你也来啊！"唐晓指了指林千钰，"还是我们问了千钰才知道的。"

"不好意思，我没注意。"严灼笑了笑，又看向林千钰，"千钰，好久不见。"

林千钰点点头："好久不见。"

陆君知噎了一下，明明是一样的打招呼方式，区别这么明显真的好吗？

"李凯晨呢？没和你一起来吗？"林千钰给旁边的林千瑾整理了一下衣服，"不是说他也过来？"

陆君知愣了一下，转头看了徐西立一眼，就见对方也正一脸茫然地看着自己，他心里"啧"了一声，装作不经意地问："李凯晨？你们认识？"

"邻居。"林千瑾在林千钰开口之前回答，声音平静，"以前的。"

林千钰点点头："我们以前是邻居，好久没见，今天正好约他见个面。"

陆君知给徐西立使了个眼色，笑了笑："没关系，应该待会儿就到了。"

林千瑾和他们打完招呼就到旁边的沙发上坐着，随便拿起一本书翻看。

蛋糕店给陆君知打电话说是送到楼下了，陆君知和徐西立打了个招呼："我先出去一下。"

"等一下，"严灼叫住他，"我和你一起。"

陆君知愣了一下："好。"

两人下楼去取蛋糕，电梯里只有他们俩，安静得有点诡异。

陆君知悄悄瞥了眼严灼，见对方正看着电梯里的广告。

陆君知低着头用脚蹭了蹭地板，犹豫了一会儿还是问了出来："今天中午好巧啊……和你一起的女生是你们班同学吗？"

"嗯？"严灼抬眼看过去，对着陆君知笑了笑，"是别的班的同学，今天我送婶婶家的小孩去学画的时候遇到的。"

陆君知听到严灼这么说，有点不好意思地挠了挠头，看了严灼一眼："我以为是你女朋友……"

严灼摇头道："不是。"

两人推着蛋糕停在包厢门口，陆君知把代表着十七岁的数字蜡烛插好，拿出打火机把蜡烛点着。

火焰明亮，陆君知摸了摸蜡烛的边缘，小声道："都十七岁了。"

严灼看着燃烧的蜡烛："是不是感觉时间过得很快？"

陆君知点点头："是很快。"

快到这十七年好像只是一眨眼就过了。

他深吸一口气，笑着道："走吧！"

陆君知推着插着蜡烛的蛋糕进了包厢，严灼"啪"的一声按灭灯。

包厢里一瞬间暗下来，只剩下蜡烛的光照亮的一小片地方。

"Surprise（惊喜）！"陆君知吼了一嗓子，"生日快乐！"

大伙儿都跟着喊起来："生日快乐！"

徐西立还有点没反应过来，被大家推着走到中间，盯着陆君知看了看，又瞅了瞅围了一圈的同学，最后盯着蛋糕傻笑了一会儿。"哎！我都有点感动了！"

陆君知"啧"了一声："要哭吗？我这有纸巾！"

"滚！"徐西立乐了，"你看小爷像会哭的人吗？"

杨烟一迭声地喊："许愿，许愿，许愿……"

徐西立不好意思地看了眼林千钰，一圈人开始起哄："哎哟！要许什么愿望？"

"啧，你们够了！"徐西立笑着骂道，"要造反吗？"

第51章

大伙儿一通瞎闹，徐西立闭着眼睛许完愿，陆君知把餐刀递给他："切蛋糕！"

一群人手里捧着蛋糕围在桌子边看徐西立拆礼物，大家送的礼物各种各样，有送电子产品的，有送签了名的篮球的，有送游乐园双人票的……

拆到陆君知送的那套汽车模型的时候，一圈人都惊呆了，整整一套模型，十几辆汽车一字排开，做工特别精细，连最细节的地方都很逼真，完全是按照真车缩小一定比例来做的。

"这也太炫酷了吧……"杜若指着摆了半桌子的模型，"这个系列的全在这儿了！我哥找了好久都没凑齐！"

严灼也有点惊讶，他在阿光那里看到过这套模型的图片，当时阿光还告诉他这套模型基本属于有钱也难凑齐的，当时就没出几套，不知道陆君知是怎么找到的。

徐西立愣愣地看着桌子上的模型，激动得眼睛都有点红，抖着声音兴奋地看着陆君知："君哥！我爱死你了！"

"别，"陆君知笑着摆摆手，"你还是爱边上那位吧。"

徐西立"嘿嘿"笑了两声。

"这是君知和我一起去挑的，你大概会喜欢，"严灼把礼物放到桌子上，看着徐西立和林千钰笑笑，"生日快乐。"

"嘿嘿，谢谢严大帅哥！"徐西立乐呵呵地把盒子拆开，"我一定喜欢……"

刚拆出来礼物，徐西立就愣住了，这是一个木质音乐盒，底座镂空，上面设计成公园场景，全部用木头雕刻而成，有大树，有长椅，旁边还有一盏路灯。

坐在长椅上的两个人分明就是徐西立和林千钰。

大家都看出来了，主要是刻得的确很像，两个人都穿着校服，背着书包，连徐西立一脸温柔地看着林千钰的表情都很清楚。

唐晓指着两个小人："真的好像！"

姜弦按了底座侧面的一个按钮，公园里的路灯瞬间亮起来，嵌在木头里的小灯照亮了两个人的脸。

姜弦眨着大眼睛看着："好漂亮，我也想要。"

徐西立怔怔地看着坐在灯光下的小人，不知道说什么好，吸了口气，对着严灼道："哥们儿，我太喜欢了！真的！你这也太用心了！"

"喜欢就好。"严灼笑笑，"我第一眼就看上这个了，觉得很合适。"

林千钰手指抚过精致的音乐盒，轻轻地说了一声："很漂亮。"

陆君知转过头，就看见严灼带笑的侧脸，心想这么优秀的人，又肯对身边的人用心，大概没有人会不喜欢跟他结交。

严灼察觉到陆君知的目光，转过头小声问："怎么了？"

陆君知摇摇头道："没什么。"

严灼笑笑，伸手拍了拍陆君知的肩膀。

陆君知看着一伙人笑："怎么样？礼物拆完了，接下来要干吗？"

"转瓶子，转瓶子，转瓶子……"杨烟一迭声地喊，"我要玩转瓶子……"

这段时间特流行一个游戏，叫转瓶子，其实就是把一个空瓶子放倒在一个盘子里，找个人来转一下，瓶子停下来的时候，瓶口对着的人要抽签，签上写着什么要求就做什么，瓶底对着的人要喝饮料，抽到几杯喝几杯。

徐西立贼兮兮地看着杨烟："想玩转瓶子？你想赢还是想输？"

杨烟嘻嘻笑了两声，瞅了严灼一眼："想输！"

唐晓叫了一声："阿灼，你危险了哟！"

大家找服务员要来纸和笔，写好字条放到两个罐子里。陆君知指着桌子中间的瓶子问道："谁先开始？"

杨烟一把抓住瓶子，嚷道："我来我来！"

她用力转了一下瓶子，大伙儿都目光炯炯地看着盘子里旋转的瓶子，很快瓶子停下来，第一轮瓶口就对着徐西立。

"哈哈哈哈哈！"杨烟一阵幸灾乐祸，指着徐西立大笑出声，"公道自在人心！徐西立我告诉你，我写了好多小字条，就等着你抽呢！"

徐西立也一通乐，指着杨烟："你没看见瓶底对着你自己吗？哈哈哈哈哈！"

杨烟低头一看才发现瓶底正好对着自己……

"今天不喝到你哭不算完！"徐西立从放着数字的罐子里拿出一张字条，打开一看，"三杯！哈哈哈！"

杨烟指着徐西立大叫："啊！好讨厌！"

"别废话！"徐西立倒了三杯可乐放在杨烟面前，"喝吧！"

杨烟贼兮兮地看了徐西立一眼，把手伸进另一个罐子里，拿出一张字条："急什么？我先给你抽一张！"

看清字条上写着的字，杨烟简直笑得说不出话，姜弦接过她手里的字条，一本正经地念道："在现场挑一个人背对着电视唱《纤夫的爱》……"

姜弦话音刚落，口哨声、尖叫声就响成一片。

陆君知看着嗨起来的一群人，叹了口气："没救了！"

严灼撑着额角，笑着摇摇头。

徐西立有点紧张，转头去看林千钰："唱……唱吗？"

他紧张得说话都结巴了。陆君知有点感慨，徐西立这种向来奉行人不要脸天下无敌的人，竟然也会在面对一个人的时候害羞，想一想也是一件挺神奇的事情。

林千钰扫了一眼周围看热闹不嫌事大的人，平静地道："唱啊，为什么不唱？"

徐西立"嘿嘿"笑了两声，高兴得眼睛都快眯起来了。

两人被推到中间，背对着屏幕，经典老歌的旋律响起，徐西立只来得及偷看第一句歌词，就被人民群众按着脑袋转回来了。

妹妹你坐船头

哥哥在岸上走

恩恩爱爱纤绳荡悠悠

他刚开口，围观群众就爆发出一阵狂笑，杨烟指着徐西立笑得喘不过气："哈哈哈哈，要是不看歌词我都不知道他唱的是哪首歌！哈哈哈哈！"

徐西立瞪着眼睛朝她咬牙。

小妹妹我坐船头

哥哥你在岸上走

林千钰唱得很好，声音虽然冷，可是人家至少在调子上，徐西立大概是第一次听到林千钰唱歌，眼睛直愣愣地盯着人家，那蠢样让陆君知简直想上去揍他一顿。林千钰身材高挑，长得漂亮，面部轮廓分明，眉眼有点欧式混血的感觉，站在昏暗的灯光下，更有一种异域风情。

徐西立都看愣了，连下一句歌词都忘了。

一伙人早就等着看他出丑，一瞬间喝倒彩的声音盖住了音乐声，大家把手里的外套、香蕉皮、果核全都朝着徐西立扔过去。

那家伙这时候还没忘了保护冰美人，赶紧把林千钰护在怀里。

徐西立一边躲一边吼："你们够了！"

大家开始起哄。

徐西立手足无措地看着林千钰，他喜欢她很久很久了。

徐西立悄悄地想，他会爱她很久，如果她答应自己，他就会牵着她的手走过所有阴霾天。

他捏了捏上衣下摆，摆出不在意的笑容。"行了啊，闹什么呢？"

"哎，徐西立，是不是尿了啊？"

其实大家都没有恶意，一群年轻的男孩女孩，玩闹着起哄是朋友间最正常不过的事。

但徐西立尴尬得不知道该怎么办，眼神慌乱，他害怕林千钰生气，在这段还没有确定的感情里，他总是患得患失，小心翼翼，唯恐有一天对方离他而去。

陆君知看出徐西立的慌乱，正要开口转移话题，却被林千钰打断了。

林千钰看着眼前的少年，想起他刚刚慌乱的眼神，想起他无数次偷看自己的样子，想起嚣张跋扈的他在自己面前的小心翼翼，轻轻说了一句："徐西立，生日快乐。"

"好感动，我忍不住了！"杨烟哭着抱住杜若，"怎么办？怎么可以这么感人！"

陆君知笑了笑，心里又是感动又是酸楚，没有人比他更清楚徐西立这一刻来得多不容易。

好几个女生都哭了，像是要把长城哭塌似的痛哭不已，突然不知道谁喊了一声："杨烟，你可乐还没喝呢！"

包厢里有三秒钟的安静，然后就爆发出一阵哄笑。

杨烟脸上还挂着眼泪，指着一群人喊："谁啊？记性要不要这么好？"

一伙人又哭又笑的，继续玩游戏，不知道是不是徐西立太嘚瑟，瓶子底总是指着他，就算大家换了位置也是一样。

又一轮开始，陆君知看着正对着自己的瓶口，扒了扒头发，问道："谁来抽？"

第52章

"我来！"杨烟还不忘凑热闹，"我……来抽！"

杨烟费了半天劲从罐子里抽出张字条，眯着眼睛瞅了瞅，杜若从她手里抢过字条，念道："选一个人，做双人俯卧撑一分钟！"

杜若刚读完，唐晓就喊起来："选我，选我，选我……"

大伙儿一片哄笑，陆君知也乐了，转头去看严灼，就见他也正看着自己，笑容明朗清澈，眼里满是温柔笑意，真正称得上剑眉星目。

他把严灼拉到中间，看着惊呆了的众人，龇了龇牙道："我选他！"

"啊？"杨烟怪叫一声，"不能选男生啊！"

陆君知弯腰拿起桌子上的字条抖了抖："这上面可没写不能选男生。"

唐晓郁闷地挠头："谁写的啊？怎么就没写上只能选女生？"

虽然陆君知钻了空子，但是两个大帅哥一起受罚的机会还是不多的，而且严灼和陆君知是两种完全不同的风格，一个是校园男神，一个是校霸混混，虽然大家依旧迷惑这两个人怎么会有交集，但是这种组合怎么看都是又诡异又刺激，这种感觉让大伙儿的热情依旧高涨。

一伙人把桌子搬开腾出地方，在地板上铺了一层薄毯，徐西立乐了："你们大扫除的时候怎么没这么勤快？"

被选到的严灼已经从愣怔中反应过来，简直哭笑不得，转过眼去看陆君知，就见他直直地盯着自己，严灼笑着问："怎么了？"

陆君知看着严灼，也问他："行吗？"

最后严灼还是答应了，一边在铺好的薄毯上做准备，一边看着围在自己上方的十几个脑袋，又想笑又无奈。

陆君知挽起袖子弯腰蹲在旁边，然后飞快地将胳膊撑在地面上，标准的俯卧撑姿势。

两个人默默对视。

严灼看着一群人的脑袋扭来扭去，觉得晕，赶紧笑着喊道："一分钟开始了啊！"

众人手忙脚乱地开始计时，陆君知好像听见有人开门进来，可是他没空注意，就在大家整齐划一的计数里开始做俯卧撑。

"1，2，3……"

最后一伙人全都玩嗨了，反正第二天不用上课。因为前面各种花样都有了，所以当李凯晨抽到和别人一起吃完一根巧克力棒的时候，大家也没有很在意。

只不过瓶底指着的是林千瑾，林千钰拍了拍弟弟的头，说道："千瑾不喝碳酸饮料，用别的代替吧！"

林千瑾没有说话，好像不关自己的事，仍然面无表情地看着前面，一张脸在灯光下显得更苍白。

唐晓手里提着一瓶饮料说："那……那千瑾就和学长一起做游戏好了！"

徐西立愣了一下，去看林千钰，林千钰转头看着林千瑾，问他："可以吗？"

其实陆君知也有点纳闷，难道林千钰不知道林千瑾和李凯晨有过节？

林千瑾抬起头，看了李凯晨一眼，点了点头："可以。"他的声音很平静，没有一点情绪，就好像可以或者不可以都没关系，受罚的人是谁也没关系。他平常就是这样，大家也没觉得哪里不对劲。

大家热闹了大半夜，直到夜深才结束。

陆君知他们把一堆人送上出租车，林千瑾、林千钰和李凯晨顺路，带着徐西立一起走了，杜若有人来接也走了，到最后其他人都走了，就剩下严灼和陆君知。

严灼站在沙发前面，看着正坐着发呆的陆君知笑了笑："好了，我们回家？"

陆君知脸有点红，因为犯困，反应有点迟钝，抬起头呆呆地看着严灼，摇了摇头。

严灼还没见过这样的陆君知，只觉得对方像小孩一样。他心里想笑，可还是轻声问："怎么了？不想回家？"

陆君知不说话，就只看着他，双眼湿润迷离，茫然无措，就像一个迷路的小孩，再也没有平日的嚣张狠戾。

严灼突然觉得担忧，他伸手把陆君知的外套拉链拉上，摸摸陆君知的额头："回家睡觉好不好？"

他带着陆君知从华庭出来，在路边拦了一辆出租车，两个人坐在后座，陆君知可能是不舒服，把头靠在严灼的肩膀上。

严灼偏头看他，问道："难受？"

陆君知不说话，只摇头，毛茸茸的脑袋蹭得人有点痒。

严灼抬头从后视镜里看见司机在看着他俩，他笑了笑："师傅您慢点开，他胃有点不舒服。"

司机大叔也笑道："你们兄弟俩关系真好。"

两个人在巷子口下了车，严灼往前走了几步，发现陆君知没有跟上来，转身一看就见对方正在那里看着自己发呆。

"不舒服？"严灼走回陆君知身边，摸了摸他的头，"自己能走吗？要不要我扶你回去？"

迷糊的陆君知就像是一个听话的小孩子，很安静，不说话也不闹，就直直地看着严灼。他突然咧嘴笑了一下，又可爱又傻气，像是有点害羞，又好像有点高兴，低头往前走。

现在已经是半夜了，偶尔有风吹过，空荡荡的巷子里一个人也没有，只有孤零零的路灯和摇晃的树枝。

走了一会儿，陆君知突然停下来不走了，转过身眯着眼睛看着严灼，好像有点不确定似的小声问了一句："严灼吗？"

严灼也轻声回答："是我啊。"

陆君知不说话，就只看着他咧嘴笑，好像遇到了什么高兴的事情，一双眼睛里满是水光，亮闪闪的。

突然有摩托车驶来，强烈的灯光照射，发动机发出刺耳的轰鸣声，严灼连忙将陆君知拉到一旁躲开。

摩托车没有减速，直接飞驰而过，轰鸣声随之消失，小巷又恢复寂静。

严灼偏头去看陆君知，却发现对方已经靠在他肩膀上睡着了。

严灼垂眼看着安静的陆君知，叹了一口气，他微微弯下腰把陆君知背在背上，一步步往前走，路灯下他们的影子被拉得好长，前面是他的家，背后是他的朋友，所以路途不再孤单。

严灼把陆君知放到床上，用热毛巾给他擦了擦脸，又帮他换好睡衣，盖好被子，自己也折腾出一身汗，拿着睡衣去浴室洗了个澡。

从浴室里出来就见陆君知已经把被子踢开了，严灼走过去帮他把被子盖好，在床边站了一会儿，下了楼。

⟫⟫⟫ 第53章

夜晚的院子很安静，连李子树上的虫子都睡觉了。严灼把院子里的灯打开，披着外套坐在藤椅上。

他点了一根烟放在桌子边，猩红的烟头在昏暗的角落很明显，烟雾在微风中升起又消散。严灼不由自主地想起陆君知总是微微皱着眉，喜欢眯着眼睛，目光散漫，可是他从来不在自己面前抽烟，不过是因为自己随口一句嗓子受不了。

严灼抬起头看见从二楼窗户透出的灯光，他知道屋里有人在等他，这种感觉已经很久没有出现了，自从爸爸去世以后他就是一个人生活，家里面经常安静到可以听见钟表嘀嘀嗒嗒的声音，那么多黑夜白天，阳光一寸寸移过，从天明到日落，都是自己一个人走过，一直走一直走，好像永远没有尽头。

黑夜容易让人怀念旧事，严灼想起爸爸快要过世的那段日子。那会儿爸爸已经是胃癌晚期，终日住在医院里，病痛将他折磨得不成样子，化疗让他没了严灼记忆中的高大耀眼，可依旧很帅气。

严灼记得很清楚，爸爸穿着淡蓝色的病号服靠在床头，那时爸爸的精神已经很不好了，可眼睛还是很明亮，温柔地看着他笑："我家阿灼都长这么大了，可是爸爸就要看不见了。"他那会儿穿着小学校服，背着书包，两个拳头揉着眼睛站在病床前，哭得要背过气去。爸爸抬手摸摸他的头："阿灼不要哭，以后爸爸不在，你就要做男子汉了。"

"我不要做男子汉！我就要爸爸！"

"哈哈哈……"爸爸笑着拍他的肩膀，过了一会儿才说，"爸爸爱你。"

他哭得上气不接下气："爸爸，我也爱你！"

那时候他觉得害怕，身边唯一的亲人如果去世，以后就再也见不到爸爸了，他想一想就觉得那是世界末日。

他记得那时爸爸双手扶着他的肩膀，脸上带着笑，很平静地对他说："阿灼以后会长大，会变成大人，会长得像爸爸一样高……我家阿灼一定会是一个帅哥！到时候会有许多可爱的小姑娘喜欢我们阿灼。"

当时他那么小，并不明白爸爸那些话的意思，只是小声地哭，眼睛里都是眼泪。

爸爸用手指给他擦眼泪，那时候爸爸的手已经不那么有力了，可还是让他觉得很安心。"阿灼不要哭，爸爸不在，以后阿灼要找一个人陪你，不要一直自己一个人。"

"我不要别人陪！"他还是哭，红着眼睛瞪着爸爸。

爸爸笑着摸了摸他的头发，给他擦擦眼泪。"阿灼以后要去做自己喜欢的事，不用在乎流言蜚语。所谓人言可畏，不过是没有一颗坚定的心，爸爸希望阿灼以后可以无惧他人的目光，只过自己想要的生活，这才是真正优秀的人。"

很多事情严灼当时不明白，后来想想，爸爸离开前的那段时间在自己面前表现得一直都很平静，并不是爸爸不害怕，他只不过是想尽力将死亡这件事情淡化，因为他在世上还有一个上小学的儿子，他只是想尽力告诉自己未成年的儿子，他不过是离开而已。

严灼现在很少梦见爸爸，也不会像小时候那样每天晚上躲在被子里哭，可是他终究还是自己一个人。

后来他遇到了陆君知。

一切都那么意外，没有任何预兆，陆君知就那么突然地闯进自己单调苍白的世界。

在这之前，他以为自己会一直一个人走下去，不会有任何变化。

其实他一直都知道自己长得好看，即使小时候他们和邻居的关系很一般，也总有叔叔阿姨捏捏他的脸说："这小孩长得可真帅！"可还是没有小朋友和他一起玩，他觉得很委屈，跑回家问爸爸为什么，是因为自己不乖、不听话吗？

他记得当时爸爸摸了摸他的眼睛，过了很久才回答："因为我们阿灼太优秀了，等你以后遇到和你一样乖的小孩，就有小伙伴了。"

当时他仍然不明白，只觉得孤单，后来也就习惯了，直到慢慢长大才理解到底是为什么。

其实不过是个人的选择。爸爸想过自己喜欢的生活，做自己喜欢的事情，所以他选择自己热爱的音乐，从不在乎别人的闲言碎语。和妈妈在一起也是如此，因为相爱，因为想要在一起，所以就在一起，不必去管什么人言可畏。

即使爸爸和妈妈最终分开了，因为热情奔放的女赛车手受不了婚姻的束缚，英俊温柔的男歌手受不了自己心爱的女人为了极致速度的体验一次次游走在危险边缘，两人终究分道扬镳，可是分开并没有外人想的那么惨烈，他们甚至笑着真心拥抱彼此说了再见，即使再也不见。这个世界并不都如你想的那样，有那么一种人，他们内心坚定，不畏流言蜚语，他们知道自己当下想要什么。

爸爸很爱他，害怕自己和他妈妈的事情对他有不好的影响，曾经告诉过他：

"我和你妈妈分开，只是因为彼此观念不再一致。当时我们彼此相爱，所以在一起，对当时来说是正确的选择；现在分开，并不代表当时的选择是错误的，只是意味着我们现在不应该在一起而已。我们依旧彼此相爱，只是不适合生活在一起。"

可是他还是没有满足爸爸的愿望，他没有问自己想要的生活是什么，因为他已经将自己包装起来，力求把一切做到完美无缺，所以老师同学都喜欢他，女生向他表白，男生也爱和他一起玩，可是没有人在意那个在遥远的时光里，哭着问爸爸为什么大家都不喜欢他的小男孩。

可是陆君知不是，想到这里严灼突然笑出声。刚刚认识的时候陆君知就很喜欢缠着自己，不请自来到家里看自己，去看赛车也非要拉着自己，他会给自己做饭，对着自己唱歌，像个小孩子一样，嚣张霸道又无赖。

那时陆君知还不知道自己就是严灼，他并不在乎自己是不是完美，也不在乎自己是不是优秀，他只是想和自己做朋友，无关其他外在条件，甚至他可能觉得一个是 Seabed 餐厅的驻唱歌手，一个是不良少年，不做朋友是不是很可惜？

就算后来他知道了真相，气到极点，可还是一脸别扭地追到自己家门口，可怜兮兮地问自己请他吃饭的话还算不算数。

在这之前，严灼的外表看起来光鲜亮丽，其实内心一片干涸。作为朋友，是陆君知给他的心浇了水，从此繁花盛开，让他体会到原来一成不变的生活里，也可以有生动鲜活的烟火气。

世人总是会被表象迷惑，别人只看到陆君知是校霸，是混混，是到处惹是生非、打架闹事的不良少年，其实他只不过是还没有长大，他很优秀，只是总爱用嚣张来掩饰自己。他会写很漂亮的书法，字体流畅飘逸、潇洒漂亮。严灼看过他帮自己写的演讲稿，引经据典、措辞严谨、一针见血，至少严灼见到的同龄人中没有人能写出这么有深度的文章。每个人受到的教育不一样，而陆君知无疑受到过精心培养，只是不知道后来发生了什么事情，让他把自己耀眼的光芒全部隐藏起来。

严灼看着一根烟燃尽，起身上了楼，陆君知趴在床上，把侧脸埋进枕头，很安静地睡觉。

他坐在床边看了很久，突然笑了一下，眼前似乎浮现出陆君知抓耳挠腮的模样。

严灼轻轻地说："晚安。"

陆君知对他而言，是可遇不可求的知己。

卷五

度假

陆君知闭上双眼，眼前是无边的黑暗，可是依旧让人感到心安。严灼的声音会告诉他，没有人能伤害他，明天到来的时候，一切都安然无恙。

第54章

陆君知醒来的时候觉得自己头都要裂了，皱着眉揉了半天脑袋才觉得好点。

他挣扎着坐起来，缓了半天才觉得不那么天旋地转了，扫了一眼周围，发现是严灼家里，他掀开被子打算下床，一低头发现自己穿的是一条短裤，再一看上身也换成了 T 恤，陆君知坐在床边愣了几秒，他睡得迷糊了，铁定不会自己换衣服，所以只能是严灼帮他换的。

陆君知磨磨叽叽在床上蹭了半天才去浴室洗脸，他扶着楼梯往下走的时候，严灼听到声音转头看向他："醒了？"

陆君知揉揉眼睛："醒了……你怎么这么……这么早？"

"哪里早？"严灼起身从厨房把早饭端出来放到桌子上，"都快十点了。"

陆君知有点不好意思，咳了一声，指着桌子上的豆浆油条："你买的？"

严灼点点头："不知道你喜不喜欢。"

"哦，喜欢。"陆君知坐在桌边开始吃早饭。

"怎么了？"严灼的目光依旧在手里的英文小说上，"干吗一直看我？"

陆君知正想得出神，严灼突然说话，他没有防备，吓得一口豆浆呛在喉咙里，咳了半天才缓过来。

严灼扯了一张纸巾递给他，陆君知接过来擦擦嘴，犹豫了一会儿，还是支支吾吾地问出来："昨天我太困了，有没有做什么奇怪的事？"

严灼愣了一下，把手里的小说合上，抬起头看着陆君知："没有。"

陆君知松了口气，放下心来，把杯子里的豆浆喝光，伸了个懒腰。"今天天气可真好！"

"要出去转转吗？"严灼把碗拿进厨房，"空气还不错。"

"好啊！"陆君知点点头，靠在门框上看着严灼收拾厨房，"顺便买点东西，明天去机场接我哥，后天咱们就去度假村了。"

严灼笑笑，问道："还有谁一起？"

陆君知想了想："你、我、我哥、徐西立、林千钰、林千瑾，再加上张祈哲，应该就这些人，没别人了。"

"开车过去吗？"严灼收拾完厨房，洗了洗手，"一辆车能坐下？"

"两辆车，"陆君知比画了一下，"一辆车肯定不行，还有行李箱。"

两个人从家里出来，开始漫无目的地溜达，现在的天气是最舒服的时候，不冷不热，阳光很暖，晒在人身上很舒服。

他俩慢悠悠地沿着河堤散步，现在已经是秋天了，河堤边落了一地的银杏树叶，黄灿灿的，很漂亮，堤边的长凳上坐着晒太阳的老爷爷，小孩子在草地上追逐打闹。

陆君知跳起来摘了一片树叶，回过头看着严灼笑。

"怎么这么开心？"严灼也笑，两只手插在运动服口袋里，"有什么高兴的事情？"

"没什么。"陆君知"嘿嘿"笑了两声，挠了挠脑袋，"就觉得挺开心。"他觉得心里很平静，也很安心，这种悠闲安静的时刻让他觉得很放松。

一阵风吹过，满树的银杏叶开始往下落，飘飘悠悠，像是电影里的慢镜头。陆君知看见一片叶子落在严灼的肩膀上，他伸手摘掉。

严灼侧头顺着他的手看过去，笑着对他说了句谢谢，衬着身后晃晃悠悠飘落的银杏叶，严灼就站在这满眼的落叶里。

陆君知突然就想起那句话：君子世无双。

两个人后来又走到市区里，这一片没有市中心那么热闹，附近大多是艺术馆、书店之类，最多再有一些咖啡店和西餐厅。

走到拐角的时候，严灼指着书店问："要进去看看吗？"

陆君知瞅了一眼装修得挺文艺的书店。"要买书？"

严灼点点头："看看有没有想买的书。"

"那去吧。"陆君知龇龇牙，"为什么这么喜欢看书？"

严灼看着他笑："你难道不知道书是人类进步的阶梯？"

陆君知"嘿嘿"笑了两声："我恐高，用不着阶梯。"

他俩正说着话，冷不防从拐角过来两个人。

"男神！"杨烟拉着一个小姑娘一脸惊喜地蹦到严灼前面，"这么巧？"

"是挺巧的，"严灼笑笑，"昨天还好吧，那么晚才回家休息。"

"没事没事！"杨烟笑着摆手，"男神，原来你真的喜欢来书店啊？"

陆君知一阵无语，他就纳闷了，市区也不小吧，怎么这也能碰到？

"行了吧！"陆君知伸手把杨烟拉到一边，推着严灼打算往书店里走，"没事就别瞎聊了。"

杨烟这时才把注意力放到陆君知身上，她突然一拍手，道："陆少，我们刚刚还看见你爸爸在旁边那家西餐厅吃饭呢。"

陆君知的动作停下来，双手插进裤兜里，扯着嘴角笑笑。"哦，是吗？"

杨烟正兴奋，没有注意到陆君知神色不对，继续说道："是啊，而且对面坐着一个小男孩，超级可爱啊！是你弟弟吗？"

严灼注意到陆君知的神情骤然变冷，想要阻止已经来不及。

陆君知放在裤兜里的手握紧，指甲几乎掐进手心，声音冷得像冰，脸上是极力压抑怒火后的平静，眼睛直直盯着杨烟。"在哪儿？"

杨烟不由自主地后退一步，声音都有点发抖。"什……什么？"

陆君知一把拽住杨烟的胳膊把她拉过来，几乎是咬着牙又问了一遍："他们在哪儿吃饭？"

严灼皱着眉拉住陆君知的胳膊："君知，放手。"

陆君知充耳不闻，只眯着眼睛看着杨烟。

杨烟吓得要哭出来，旁边的小姑娘抖着声音开口道："就……就在对面街角的那家西餐厅……"

小姑娘话音刚落，陆君知就直接推开杨烟往马路对面冲，一瞬间响起一片刹车声和司机的叫骂声。

严灼来不及安慰两个被吓傻的小姑娘，只得追着陆君知横穿马路，见对方单手撑着马路中间的栏杆直接跳了过去。

陆君知速度太快，严灼用尽力气也只能看到陆君知的背影，他的心一阵阵往下沉，陆君知的反应让他觉得要出事。

严灼追上陆君知，两个人跑过街角，陆君知直接冲进一家餐厅，等严灼追过去的时候，就看见门口的服务员一脸焦急地拦着陆君知。"先生，今天有人包场，您不能进去！"

"滚开！"陆君知一把推开挡在门口的服务员，直接推门大步进了餐厅，完全不管摔倒在他身后的人。

严灼只来得及丢下一句抱歉，就追着陆君知跑了进去。

餐厅环境优雅别致，装修处处透着高雅与文艺气息，不过只有靠窗的那桌有客人，是陆君知的父亲和一个小男孩。

突然闯进来的两个人打断了悠扬的小提琴声，闻声赶来的餐厅经理看着一脸煞气的陆君知，犹豫不决，不知该不该上前劝阻。

严灼就站在陆君知旁边，清楚地看见对方通红的双眼和颤抖的手指。

突然，陆君知笑了一下，这笑容满是讥讽，他看着餐桌边的两个人，话却是对身后的餐厅经理说的。

"麻烦张经理跑一趟了，不过我和我爸还有事情要谈，就不打扰您了。"

餐厅经理只得带着一群面面相觑的服务员离开。

等到餐厅只剩下他们几个人，陆聿看着站在餐桌边的陆君知，沉声道："疯了吗？也不看看这是什么地方！"

陆君知冷笑一声，眯着眼睛看着陆聿，一字一顿道："他什么时候来的？"

严灼站在旁边，只觉得现在的陆君知很危险，好像恨不得毁灭一切。

陆聿皱了皱眉，冷声道："注意态度！你是他哥哥！"

"谁是他哥哥？"陆君知突然一把拽着桌布把餐桌上所有的东西扫到地上，"哗啦"一声，餐具碎了一地，他几乎是嘶吼着恶狠狠地看着陆聿，"谁他妈是他哥哥?!"

好像所有的愤怒都在这一瞬间爆发，陆君知胸膛起伏，脖子上青筋暴突，餐桌上的水果刀割破了他的手掌，血顺着手指滴在地板上。

严灼从来没有见过这样的陆君知，满眼都是毁天灭地的恨意，疯狂到毫无理智，歇斯底里，好像一匹被逼入绝境的孤狼。

严灼只觉得那一滴滴血格外刺眼，他拉起陆君知的手帮他擦掉流出来的血，可是越擦越多，怎么都擦不干净。

旁边一直安静地坐着的小男孩可能是被吓到了，怯生生地喊了一声："Daddy（爸爸）……"

"Shut up（闭嘴）！"陆君知猛地转头，咬牙看着面前这张和自己有七分相似的脸，"Who do you think you are（你以为你是谁）？"

小男孩愣愣地看着陆君知，完全不知道该怎么反应。

陆君知突然冷笑一声，挑眉看着小男孩，眼睛里全是嘲讽与轻蔑。严灼看着陆君知用极慢的语速，优雅地说出让人心惊的话。

"You are a murderer（你是一个杀人犯）！"

有那么一刹那，好像世界都安静下来，窗外依旧车水马龙，初秋的风吹起街边的落叶，飞舞盘旋，最后又落到地面上。

"啪！"

"君知！"严灼看到陆聿的动作，往后拉了陆君知一下，可还是晚了。

陆聿一巴掌把陆君知打得歪过头去，脸色铁青。"你知道你在说什么吗?!"

陆君知闭了闭眼，忍过一阵耳鸣，脸上火辣辣地疼，可是这疼痛让他冷静下来，再开口时竟然轻描淡写。"我说得不对吗？那要不要我再提醒你一遍我妈是怎么死的？"

陆聿呼吸一滞，满眼的痛楚掩都掩不住。

陆君知擦擦嘴角的血，食指点了点已经吓呆了的小男孩。"让他滚回美国，最晚明天。"

说完不等陆聿反应，陆君知直接踢开一边的椅子，大步走出餐厅。

第55章

陆君知走出餐厅就开始打电话,严灼在后面看着他,风把他的衣角吹起,背影莫名让人觉得孤寂。

"张律师吗?"陆君知冷冷地问道,"那封信在哪儿?"

"……"

"别跟我废话!"陆君知一脚踢翻街边的垃圾桶,"我现在就要!立刻!马上!"

路过的行人都在看他,可是陆君知好像完全没有察觉,他拿着电话,双眼通红地站在街边,好像下一秒就会被无边的愤怒与绝望淹没。

"还想瞒着我?"陆君知冷笑一声,"他把那个杂种带回来你以为我不知道?!"

"……"

"别扯那些没用的,给你三十分钟,见不到信的话,别怪我不顾及我妈和你的情分!"

陆君知终于挂了电话,双手捂着脸平复呼吸,渐渐感觉指尖湿润,过了好久,他终于转过头,看见严灼就在后面静静地等着他。

有那么一瞬间,陆君知想告诉自己,你看,什么都没有变,什么都好好的,不好的事情都没有发生,严灼还是严灼,阳光帅气,他还在这里等着自己,让人感觉温暖又安心。

可他没有这么做,他走到严灼旁边,沉声说:"对不起,今天不能陪你去书店了。"

严灼感觉到陆君知的手在颤抖,静静地看了对方一会儿,拉起陆君知受伤的手,用刚刚和服务员要的丝巾小心地帮他缠好。"没关系,我们明天再去。"

陆君知点头:"明天在家等我。"说完直接转身,拦下一辆出租车离开。

严灼低头看着自己手指上沾到的血,叹了口气。

陆君知回到家的时候，天已经快黑了。他没有坐电梯，一步一步走上十六楼，楼梯间静得只能听见自己的脚步声，月光透过窗户照进来，竟然让人觉得惨白惨白的。

他终于走到家门口，用钥匙慢慢打开门，这是他生活了那么久的地方，他曾经所有的快乐时光都在这里度过。

家里的一切都没有变化，和妈妈活着的时候一样，白色的窗帘，米色的布艺沙发，黑色的钢琴，鲜艳的玫瑰花。

他站在落地窗边看着这一切，展开手里的信纸，月光很亮，即使没有开灯也能看得清纸上的字迹。

那是妈妈给他写的信，最后一封。

信封上是用毛笔写的四个字：君知亲启。

陆君知打开信封，是母亲的字，笔走龙蛇，铁画银钩。

亲亲吾儿：

时光飞逝，不舍昼夜，待你看到这封信时，妈妈离开已久。

不知吾儿是否平安喜乐？

落笔时，每每念及你还未成年，我却要离你而去，只觉心痛难当，好似有万箭穿心之感，梦里全是你从咿呀学语到成为少年的画面。

犹记得我年幼时，你外公时常教导我，虽为女子，但当志存高远，专静纯一，可外柔，但需心性坚韧。我亦时时谨记父亲之言，未曾忘却。但终究辜负你外公期望，殊不知，是老天要惩罚我抛弃父母兄长一意孤行！

强极则辱！情深不寿！

不曾料到这八字之言竟然落到我身上！

回首往事，只觉云烟如梦，恍若隔世，本以为所选之路，虽满是荆棘，但执手之人是毕生唯爱，纵使千般磨难，亦甘之如饴！

许是天意，我当时执意弃父亲和哥哥于不顾，亦将家族荣耀置于一边，如今落得如此，一切只因自己用情太深，与他人无关，岂非自作孽？

确认此事之时，只觉肝肠寸断之感不过如此，亦明晓何为万念俱灰。

十四年！恩爱负尽！纵使情爱未断亦诀别！

从不知苟且偷生如何！亦不知得过且过如何！

只知宁为玉碎不为瓦全！

既已万念俱灰，别无他挂，无颜面对父亲与兄长，唯一无法舍弃的便是你。亲亲君知，一想到我离开之后，你孤身一人，梦里便全是你哭泣流泪的脸，又怕你受到委屈，无人能安慰保护你，每当想到这些我就觉得撕心裂肺。

可是我若不离开，必然无法原谅释怀，终日郁结，心魔难解，定然将我与他逼入绝境，有如此父母，又将你置于何地？

时至今日，母亲只有一事需要你铭记于心，待你以后明晓事理，只需寻一心性相合之人共度便可，切莫如我一般，爱之入骨，亦痛之切肤，所谓良辰好景，不过虚设。

我把所有资料与证据都存在银行，等你成年之后，验证身份即可获得。如他能待你如初，尽到父亲之责任，你可放手；若因他之故，你受到委屈，可将其全部交给舅舅，你舅舅会帮助你。

我有愧于你，无法陪你长大，未来之路遥远，愿上天将所有惩罚降于我，一并以死抵过，只愿保你年年快乐，岁岁平安。

妈妈爱你。

沈翩若 20××年9月字

这是妈妈去世前最后的字迹，信纸上有眼泪洇开笔墨的斑驳痕迹，最后的字迹已经不是很清楚。陆君知握着信纸的手一直在颤抖，他觉得整颗心好像都被撕裂了，原来已经过了四年，妈妈已经离开四年了。

他还是哭了出来，空荡荡的房间里没有灯光，没有欢笑，没有妈妈，只有他一个人哭泣，他好像受了委屈的小孩，可即使是小时候，他也没有这样哭过。

严灼犹豫了一会儿，还是给徐西立打了电话。

"喂？严灼？"徐西立有点惊讶。

"是我，"严灼笑笑，他没有废话，直接问道，"你有时间吗？我有点事想找你帮忙。"

徐西立愣了一下："现在吗？有啊！"

严灼想了想："那我们在上次吃烤串儿的地方见面怎么样？"

"好啊，一会儿见。"

"好，一会儿见。"

他到的时候，徐西立已经吃上了，桌子上摆着可乐和烤串儿，徐西立给他倒了杯可乐。"过来啦？"

"谢谢，"严灼接过杯子和徐西立碰了一下，"不好意思，还让你特地出来一趟。"

"没事，"徐西立摆摆手，"反正我也没什么事情。"

严灼笑笑，没开口。

徐西立有点奇怪，挠了挠耳朵，瞅了严灼两眼。"你这是怎么了？"

严灼手指在冰凉的杯子上搓了搓，还是开了口："今天我和君知在外面玩的时候，碰见他爸爸和一个小男孩吃饭，然后……"

"咯咯……"徐西立一口可乐没咽下去，呛得咳嗽，惊讶地看着严灼，"你说什么？一个小男孩?! 六七岁？"

严灼点了点头。

"我的天！"徐西立皱着眉直接把可乐扔到桌子上，抓了一把头发，"都怪我，就顾着追女孩了！把这茬都忘了。"

严灼捏了捏手里的酒杯，迟疑着开口："这个小男孩是他……"

徐西立搓了搓脸，懊恼地骂了一声粗话，拿起可乐瓶灌下去半瓶可乐，看了严灼一眼才开口："就是你想的那样！"

两个人半天没有说话。"那他爸爸和妈妈……"严灼看着杯子里的可乐，斟酌着开口，"上次我和他一起去常老师家，常老师说陆君知的妈妈是意外去世的。"

如果说陆君知的妈妈意外去世，他父亲再和别人有了孩子，陆君知即使不同意，反应也不会那么激烈，但陆君知的反常让人觉得心惊。

徐西立手撑着额角看着严灼，过了一会儿才开口："其实我也不知道该怎么和你说，我能告诉你的都不是什么秘密，圈里人基本都知道，再具体一点的事情……我也没法说，我就想到哪儿说到哪儿吧。"

严灼点点头："没关系。"

徐西立慢慢开了口："君知的妈妈姓沈，叫沈翩若。"他顿了一下，看着严灼，"你知道城南沈家吗？就是城南旧城区那边。"

严灼愣了一下："你说的是……沈临先生？"

徐西立点点头："那是沈阿姨的父亲。"

严灼没有说话，因为他的确很吃惊，虽然他早就知道陆君知家世不简单，但是他的确没有想过沈临是他的外公。

徐西立又说："所以你能够想象到，沈阿姨是在什么样的环境里长大，父亲是政界要员，母亲是著名音乐家，家风严谨，标准的书香门第。"

严灼突然想起自己在陆君知家里看见的那张照片。"我在君知那里看见过沈阿姨的照片。"

徐西立愣了一下："他带你回家了？"

严灼点点头，不知道徐西立为什么这么惊讶。

徐西立解释道："君知基本不带别人回家的。"

严灼笑笑，想起陆君知那次给自己做的那杯生姜苹果菠萝汁，酸酸甜甜，就像自己现在的心情。

徐西立突然"嘿嘿"笑了两声："沈阿姨漂亮吧？"

严灼愣了一下，随即笑着点了点头。"漂亮。"

"很漂亮。"徐西立笑了，"是那种很有气质的类型。"

两人笑了笑，徐西立看着前方星星点点的灯光，过了好一会儿才开口："小时候我就喜欢去君知家找他玩，我爸和沈阿姨算是发小吧，所以大家都很熟悉，我爸以前还追过沈阿姨呢！"

说到这儿徐西立忍不住"嘿嘿"笑了两声，看了严灼一眼："当然没追上。"

严灼也忍不住笑。

"我小时候也特别喜欢沈阿姨，天天追在人家后面非要喊人家妈妈，我妈就气得骂我。"徐西立笑着继续说，"我当时就特别羡慕君知，觉得他是最幸福的小朋友，妈妈那么漂亮，还会唱歌跳舞，会给小朋友做好吃的蛋糕，连生气的时候都特别好看……"

严灼可以想象，有那样的妈妈一定很幸福。

"那时候几乎全班同学都很羡慕君知，爸爸高大英俊，妈妈温柔漂亮，"徐西立顿了一下，"所以后来出事以后，君知就特别不能释怀，那种……嗯，怎么说呢，就是从山顶直接掉到山脚的感觉……其实放在谁身上都释怀不了。"

第56章

严灼捏了捏手里的杯子："那为什么突然出了事？"

徐西立和严灼干了一杯，想了一会儿才开口："沈阿姨是沈老爷子最小的孩子，也是唯一的女儿，再加上从小就漂亮聪明，很受宠。但是沈老爷子对她的要求和两个儿子一样，仪态举止、待人接物，完全就是按照培养继承人的方式来培养她的，再加上沈老爷子一向的教导都是心性坚韧，志存……志存什么来着？"

徐西立说到这卡壳了，严灼笑笑："志存高远。"

"对！就是志存高远。"徐西立接着说，"反正我爸告诉我，当时圈子里都知道，沈家有个小女儿，琴棋书画、诗词歌赋样样精通，人也长得漂亮，气质出众，很有那种典雅的感觉，而且很有个性。对于这样的女人，有的男人就算不喜欢，也会很尊敬她，因为沈阿姨的确是那种特别有内涵、有气质的人，政界名流、商界精英、名校海归……不知道有多少人追过沈阿姨，真是数都数不清。"说到这儿，徐西立"嘿嘿"笑了两声，"我那会儿还天天想着长大一定要娶沈阿姨！后来还被我爸揍了一顿！哎，你看我爸动不动就揍人，难怪沈阿姨看不上他……"

严灼笑笑："那沈阿姨是怎么和君知的爸爸在一起的？"

徐西立笑了笑："沈阿姨和陆叔叔在一起的时候简直要闹翻天。"

严灼顿了一下："为什么？"

徐西立挠了挠脑袋："其实就是很俗套的故事，名门之女和街头混混相爱，老丈人不同意，两个人私奔。说简单点这么一句话就能概括。"

"那复杂的呢？"严灼不知道自己为什么很想搞清楚这件事情，他觉得陆君知心里一直藏着一件事情，这件事情很可能就是他父母的故事。

徐西立接着道："复杂的就是，沈老爷子很宠这个小女儿，据说当时想和沈家联姻的人不知道有多少，这么优秀的闺女要是我也不舍得把她嫁出去。沈阿姨有自己的主意，沈老爷子也基本上对她百依百顺，就觉得这么多优秀的年轻人，只要自己女儿喜欢，哪个都行。后来的事简直让一大帮人惊讶得下巴都要掉了，因为沈阿姨竟然非要和一个成天在街头打架混帮派的人在一起。"

严灼想起陆君知的父亲，那是个很出众的男人，气质高冷，内敛严肃，给人一种杀伐果断的感觉，他没有办法把这样的人和街头混混联系起来。

"沈阿姨说什么都要和陆叔叔在一起，沈老爷子就和她断绝关系了。"徐西立顿了顿，"然后两人就结了婚，沈阿姨就和陆叔叔一起创业。一开始特别难，我就不说了，反正你想也能想得到，不知道有多少人等着看笑话，后来陆叔叔真是……有能力，硬生生白手起家，创立陆氏集团，他们的日子终于好过了点。"

严灼看着手里的水杯，总觉得这一切听起来很让人感慨，可是为什么最后会是这样一个结果？

徐西立停了一会儿才继续说："后来君知都快上小学了，沈阿姨把他送到沈老爷子那里去缓和关系，再加上毕竟过了那么多年，沈老爷子算是认回沈阿姨，也接受了陆叔叔。"

"到这儿基本就是完美的结局，"徐西立把瓶子里的可乐都灌进嘴里，"所以后来发生的事情简直就像晴天霹雳，让人完全没办法相信。沈阿姨和陆叔叔那么相爱，当时我这样的小屁孩都觉得羡慕，反正最后出了事……"

严灼觉得自己的心在一点点往下沉："那沈阿姨是怎么过世的？"

徐西立低着头，狠狠地叹了口气："自杀，直接从十六楼跳下去了。"

严灼捏着手指，最后还是开了口："从自己家？"

徐西立点点头："君知当时就在旁边。"

严灼觉得自己浑身发冷，他突然想起陆君知通红的眼眶和压抑的哭泣。

徐西立抬头看他："至于为什么，我的确没法说，因为还涉及许多别的事情。"

严灼点点头："我知道。"

两个人很久都没有说话，徐西立看着严灼，欲言又止。

严灼微笑了一下："怎么了？"

徐西立瞅了他几眼，还是开了口："其实君知以前特别优秀，就那篇《千字文》，他三岁就能背完，五岁就能默写，启蒙都是沈阿姨亲自教。我就记得我一首古诗都背不下来被我爸揍的时候，君知都开始学书法了，沈老爷子亲自教，那会儿不是把他送到他外公那边了吗，沈老爷子虽然对沈阿姨和陆叔叔有意见，但是对君知很重视，一直把他带在身边，耳濡目染。"

严灼想起陆君知说自己的书法都是外公手把手教的。

徐西立继续说："君知自己也争气，人又聪明，就比如我们吧，家里都会把我们送去学骑马、射击，那会儿我们也小，兴趣来了觉得有意思就学学，腻了就混着，但是君知不管什么都学得很认真，我记得他以前的射击成绩不是九环就是十环，现在好久没玩，不知道了。"

严灼笑笑："是很厉害。"

"是吧。小学的时候他每次考试都是第一名，就跟你现在似的。"徐西立叹了口气，"他语文最好，写文章很厉害，以前得过好多奖，像咱们现在的语文书上这些节选的课文，君知小时候都是背全篇的。"

严灼看着徐西立："后来沈阿姨去世，对他影响很大。"

徐西立点点头："沈阿姨去世以后他就完全变了，以前沈老爷子在的时候还好点，后来沈老爷子也不在了，他基本就是和陆叔叔对着干，抽烟、喝酒、打架、逃课……反正怎么能让陆叔叔生气他怎么干，两个人的关系特别差。"

过了一会儿，严灼点点头："谢谢你。"

徐西立摆摆手："没什么，就是今天的事情我们都管不了，只能君知自己解决。"

严灼点点头："我知道。"

严灼和小区门口的大狗对视半天，后来大狗坚持不住回窝睡觉去了。看门的大爷挺热心，从传达室里溜达出来又问了他一遍："小伙子，你等谁啊？要不我帮你打个电话问问？你都站在这儿半天了啊！"

严灼动了动有点僵硬的腿，对着大爷笑笑道："没关系，我在这儿等着就行。"

"那成吧！"大爷摆摆手，"我是熬不住了，先回去睡觉了。"

到底是秋天，晚上的确有点冷，严灼把手拢在嘴边哈了哈气，又插回裤兜里。

又等了不知道多久，突然从小区里传出一阵摩托车声响，声音越来越近，一辆黑色摩托车从小区里出来。

摩托车在距离他几米的地方停下来，一阵阵轰鸣声在夜晚的街道上喧嚣，车灯明晃晃地照过来，严灼眯着眼睛，隔着在强光中飞扬的尘屑和摩托车上的人对视。

两个人都没有说话，也没有动作，陆君知加大油门，轰鸣声一阵高过一阵，他隔着头盔直直地看向前面的人，强烈的灯光让一切暴露无遗，严灼穿着一身浅灰色的运动服站在光影下，显得长身玉立。

过了好一会儿，陆君知还是把车熄了火，摘了头盔从车上下来，靠在车边看着严灼迎着灯光一步步靠近。

陆君知扯了扯手上的皮质手套："你怎么在这儿？"

严灼笑笑："等你。"

"你怎么知道我会出门？"

"感觉。"

"如果我不出门呢？"

"一直等。"

"……为什么？"

"担心你。"

陆君知不说话了，低头扯着自己手上的皮质手套，浓黑的眉毛和抿着的嘴唇在灯光下显得又倔强又可怜。

突然间手机铃声响起，打破了平静，陆君知拿起手机，看到来电人是韩泽霜，他没有立刻接电话，而是下意识地看向严灼。

"别接。"严灼的声音有点冷，眼睛直视着陆君知，"不要接。"

陆君知手指在屏幕上犹豫着，铃声一直在响，就在对方快要挂断的时候，他还是按了接听键。

严灼突然从他手里拿走手机，陆君知完全没有防备，愣愣地看着严灼把手机放在耳边开了口。

直到严灼那边收了线，陆君知还是愣愣地看着严灼，完全不知道怎么反应。

严灼看着陆君知，说道："我猜你就是要出去，所以在这儿等你。"

陆君知低下头，抠了抠上衣下摆，小声说："就只是出去玩玩。"

严灼看着他，没有说话。

见对方不说话，陆君知偷偷看了严灼一眼，有点别扭地小声说："你生气了吗？那我不去了还不行吗？"

严灼叹了口气："我没有生气，只是你现在情绪不对，骑车很危险，知道吗？"

陆君知低着头踢了踢旁边的小石子。"嗯。"

"好了，"严灼把手机塞到陆君知手里，拿过车钥匙，"带你去个地方。"

陆君知愣了一下："去哪里？"

严灼笑笑："去了不就知道了。"

第 57 章

两个人在城郊的一条河边停下。

陆君知从车上跳下来。"怎么到这里来了？"

严灼笑笑，看着旁边的河水。"我以前经常来这里。"

大半夜四周挺暗的，好在月光还算亮，河水很清澈，在夜晚的月光下波光粼粼，挺漂亮的。

陆君知往前面走了两步，看着从脚边流过的河水。"到这里来干吗？游泳吗？"

严灼笑了："没有，就过来坐着。"

陆君知弯腰捡起一块石头扔到河里，"扑通"一声，溅起一片水花。"自己吗？"

"嗯。"严灼点点头，也往河里扔了块石头，"不高兴的时候，难过的时候，就自己到河边坐着，什么也不干，什么也不想，就看着河里的水。"

陆君知顿了一下："比如呢？"

严灼想了想："比如小时候儿童节表演节目，老师非要让我演公主，算吗？"

陆君知乐了，看着严灼笑道："还有这回事？"

严灼也笑："是啊，因为本来扮演公主的小姑娘生病了，所以让另外一个小姑娘来演，但是演王子的小孩怎么都不答应，说不要和她一起演，后来老师没办法，问他那你要谁演公主，这个小男孩说要严灼演，老师就答应了。"

陆君知指着严灼笑出声："原来你小时候就招人！不光招小姑娘，连小男孩都招！"

两个人笑了半天，最后沉默下来，周围很安静，只剩下河水流动的声音。

严灼想了想，还是说出了口："我之前去找了徐西立。"

陆君知愣了一下，又转头去看缓缓流动的河水。"他告诉你我家的事情了？"

严灼点点头："说了一些。"

陆君知捏着手里的小石子："你会不会觉得我今天就像疯了一样？"

"不会。"严灼把他的手拉过来，解开缠着的丝巾，将口袋里的创可贴贴到陆君知的伤口上，"你受的伤，也许别人没有办法理解，但是，你已经很坚强了。"

陆君知别过脸，他的声音里有明显的颤抖。"我做不到原谅他，有时候我也在想，放过我自己也放过他，会不会好点，可是我根本做不到。"

严灼捏了捏他的肩膀："并不是所有的事情都能够被原谅，那些你现在无法做到的事情，就不要去勉强，你需要时间。"

陆君知转过头来，吸了吸鼻子，眼巴巴地看着严灼。"能给我唱首歌吗？"

严灼愣了一下，笑笑道："当然可以，想听什么歌？"

陆君知挠了挠头："都可以。"

严灼看着陆君知，周围是大片黑暗，只有天上的月亮映亮陆君知的脸，晃动的波光让他看起来好像生活在透明的水晶球里，他穿着一身赛车服，英挺帅气，可是又好像被困在高塔里的骑士，绝望又孤单。

严灼轻轻开了口，低缓温柔的声音在陆君知耳边响起，伴着潺潺的水声，在黑夜里让人觉得温暖而平静。

　　　　I remember tears streaming down your face

　　　　（我记得泪水流过你的脸颊）

　　　　When I said I'll never let you go

　　　　（当我说我永远不会让你离开的时候）

　　　　When all those shadows almost killed your light

　　　　（当所有阴影几乎抹杀你的光芒的时候）

这里没有舞台，没有灯光，没有观众，甚至没有音乐，只有暗影中的他和他，黑暗遮住了天空，遮住了白日，可是遮不住声音。

严灼的声音就像最温柔的低喃，慢慢抚过他的伤痕与不安，让他慌乱的情绪安定下来。

　　　　I remember you said don't leave me here alone

（我记得你说过"不要留下我孤单一人"）

But all that's dead and gone and past tonight

（但在今晚这一切都会死亡、消失，成为过去）

　　陆君知只觉得眼眶酸涩，他终于遇见了严灼，多么幸运，就好像在那么多绝望之后出现的希望，就好像是那么多无望之后重拾的渴望。

Just close your eyes

（闭上你的双眼吧）

The sun is going down

（太阳正西沉）

　　陆君知闭上双眼，眼前是无边的黑暗，可是依旧让人感到心安。严灼的声音会告诉他，没有人能伤害他，明天到来的时候，一切都安然无恙。

You'll be alright

（你会好起来的）

No one can hurt you now

（现在没有什么能伤害到你了）

Come morning light

（当晨光照耀大地）

You and I'll be safe and sound

（你我会安然无恙）

　　陆君知从浴室里出来的时候就看见严灼穿着睡衣靠在床头看书，台灯的光将他整个人罩在一圈光晕里，他额前的发丝微微垂下，看起来舒适安逸。

　　"洗完了？"严灼把书放到一边，"怎么没擦头发？"

　　陆君知愣了一下："哦，没事，我头发短，一会儿就干了。"

　　严灼起身进了卫生间，再出来的时候手上拿着电吹风。"不把头发弄干容易头疼。"说完就把陆君知拉到床边坐下，打开了电吹风。

陆君知静静地看着站在自己面前的严灼，耳边是电吹风"嗡嗡"的响声。

两个人都没有开口说话，一时间气氛安静而温馨，陆君知抬起头就看见严灼一脸认真地拿着电吹风，不由得轻笑出声。

严灼勾起嘴角看了他一眼："笑什么？"

"没什么。"陆君知笑着摇头，"好了吧？"

"好了。"严灼把电吹风断了电，"吹干了。"

前一天晚上睡得早，陆君知第二天很早就醒了，去浴室里洗漱，出来看见严灼还在睡。

他走到床边慢慢拉开窗帘，窗外明媚的阳光一点点照进卧室，又一点点爬到床上，照亮了严灼的脸。

过了好一会儿严灼才醒来。"早！"他的声音微微沙哑，带着秋天的慵懒和安逸。

"早。"陆君知问，"早上想吃什么？"

严灼睁开眼睛，把自己埋在一堆被子里，只留下精致消瘦的下巴，阳光好像给他镀了一层金色，看起来柔软而温馨。"吃白粥好不好？"

陆君知点点头："还有呢？只吃白粥吗？"

"嗯？"严灼想了想，"三明治。你上次做的那种，很好吃。"

陆君知乐了："白粥配三明治？这是西餐还是中餐？"

严灼也笑："不好吗？这是独一无二的搭配。"

陆君知"啧"了一声："成，都听您的！小的给您做去！"

严灼看着他笑。

两个人吃完饭，时间还早，陆君知看了眼手机。"我哥中午的飞机，我们现在是出去转转还是在家待着？"

"在家吧。"严灼指了指电视，"看电影怎么样？"

陆君知愣了一下："看电影？"

严灼点点头："这周我还没看。"

"哟，你这看电影还有每周指标吗？"陆君知从电视旁边的柜子里扒拉出来一个盒子，"这里面都是徐西立带过来的片子，我平常不怎么看。"

"之前是为了练习英文，所以每周看一部英文电影，"严灼笑笑，"后来养成习惯就各种都看了。"

陆君知乐了："你还真是……想看哪个？挑挑吧！"

严灼从盒子里拿出一张光盘："这是韩国的。"

陆君知瞅了一眼："嗯，要看吗？"

"可以。"严灼点点头，"你平常看什么类型的？"

"我？我都不怎么看电影。"陆君知把这张光盘打开放到播放机里，拿着封面瞅了半天，"这名字是啥？"

严灼凑过来看了一眼，就见封面上是两个男人和一个女人，写着完全不认识的韩语。"不知道，这是古装片吧。"

陆君知点点头，电影已经开始，陆君知指了指沙发道："你先坐着看，我去切点水果。"

严灼笑笑："好。"

电影看完时，手机铃声正好响了起来，是陆君知定好的闹钟。

"时间差不多了吧？"严灼站起来关了电视，"我们现在过去？"

陆君知点点头："走吧。"

两个人打车到机场，这几天正好是"十一"放假，机场人来人往，两人等了一会儿才看见陆嘉树从里面出来，边走路边打电话，穿着衬衫打着领带，西装外套挂在臂弯里，看见陆君知，陆嘉树做了个手势，示意他们往外走。

看到陆嘉树的时候，严灼有点惊讶，原来是最开始在 Seabed 餐厅和陆君知一起的那个人，当时留了点印象，没想到这次接的人就是他。

三个人一起出去等车的时候陆嘉树才挂了电话，他伸手捏了捏陆君知的肩膀。"怎么又过来了？我自己回去就行了。"

陆君知"嘿嘿"笑了两声："正好放假，没事干就过来了，这不是能早点看见你吗？"

突然想起旁边的严灼，陆君知抬手搭着严灼的肩膀。"哥，这就是我跟你说的严灼。"

"陆哥好。"严灼笑着和陆嘉树打招呼。

陆嘉树看了他一会儿才开口："你就是严灼？之前在 Seabed 和君知在一起的那个男生？"

严灼点点头："是的。"

陆嘉树看着他，突然勾着嘴角笑了一下："君知和我通话的时候提起过你。"

严灼愣了一下，转头去看陆君知。

"哎，我这不是……"陆君知有点不好意思，咳了一声，拦下一辆车，"那什么，我们去吃饭吧，餐厅都订好了。"

陆嘉树看了他俩一会儿："那走吧。"

▶▶▶ 第58章

陆君知订的是一家经常去的餐厅，进了餐厅包间，他倒了杯水给陆嘉树递过去。"哥，你这个项目还有多久结束啊？这也太忙了。"

"应该快结束了。"陆嘉树端起水杯喝了口水，"这次回来处理一下这边的事情就差不多了。"

陆君知点点头："你要不要休息一下，我们后天再过去？"

"不用，"陆嘉树摆摆手，"我都安排好了，明天直接开车过去。"

"那成。"陆君知转头去看严灼，"待会儿我们一起去超市买点东西，明天我去你家接你。"

严灼笑笑："好。"

"听君知说你是他们学校竞赛班的学生？"陆嘉树给严灼添了杯水，"他们学校的竞赛班很厉害。"

"谢谢。"严灼接过水点点头，"班里优秀的学生很多。"

陆君知"嘿嘿"笑了两声，撑着额头看着严灼。"阿灼是第一名。"

陆嘉树看了严灼一眼："是吗？那你的确很优秀。"

严灼笑了笑。

服务员把菜陆续端上来，陆君知拿起旁边的一双筷子，夹了块鱼肉放到严灼的盘子里。"尝尝这个剁椒鱼头，你应该喜欢吃，这算是他家做得最好的菜。"

严灼看着他笑："比你做的好吃吗？"

陆君知乐了："还真比我做的好吃，别的菜我做得都还行，就是这个剁椒鱼头每次都做不好。"

严灼夹起鱼肉尝了一口："是挺好吃的，要不要教我？我学会了给你做，没准儿比你做的好吃。"

"还是算了吧，"陆君知摇摇头，"做这菜得弄一大堆辣椒，油烟味你嗓子也受不了。"

严灼看着他笑："哪有那么严重。"说完不经意转头，就看见陆嘉树正看着他。严灼顿了一下，放下筷子："陆哥怎么不吃？"

"没关系，我不饿，你们吃。"陆嘉树舀了一勺汤递给陆君知，"有女朋友了吗？带出来让哥看看。"

陆君知愣了一下："没有啊，现在交什么女朋友？"

"现在怎么不能交？"陆嘉树靠在椅背上，"有没有喜欢的小姑娘？有的话就可以试着交往。"

陆君知乐了："哥，人家家长都怕孩子太早恋爱影响学业，你倒好，还让我交女朋友。"

"都十八岁了，交个女朋友很正常，不算早恋。"陆嘉树看了严灼一眼，"严灼一定有女朋友吧？"

陆君知"嘿嘿"笑了两声："你猜错了，阿灼才没有女朋友。"

"是吗？"陆嘉树夹了一筷子菜放到陆君知盘子里，"这么帅气的男生，我还以为一定有女朋友。"

严灼笑笑："我还没有交往对象。"

"别的小男孩一个接一个地谈对象，"陆嘉树放下筷子，"你俩倒好，都不交女朋友。"

陆君知"啧"了一声："小姑娘多麻烦啊！哪有工夫搭理她们！"

陆嘉树揉了揉陆君知的后脑勺："小孩子脾气。"

吃完饭几人出了餐厅，站在路边打车。

"房间我让张嫂打扫好了，"陆君知拦下一辆车，"哥，你回去好好休息一下。"

陆嘉树点点头，拉开车门："晚上等你吃饭。"

"好，再见。"

严灼对着陆嘉树笑笑："陆哥再见。"

"那我们现在去超市吧！"见陆嘉树上了车，陆君知指了指前面，"那边就有。"

超市里人倒是不太多，陆君知推了辆小车，严灼走在旁边。"要买很多东西？"

陆君知点头答："是啊，我哥不是回来了吗，帮他买点日用品，而且我们不是要去度假村吗，那边的东西不好用，还是在这儿买好。"

严灼点点头。

"毛巾、刷牙杯……"陆君知把东西一件件往推车里扔，又拿起一管牙膏转过身，"这个牌子的可以吗？"

严灼跟在后面推着小车，看着陆君知一脸认真的表情笑了。"可以。"

陆君知愣了一下："笑什么？"

严灼摇摇头："没事。"

陆君知又把一瓶洗发水扔到推车里，站到严灼对面拉着小车倒退着走。"你看你，又不说。"

严灼看着他笑："就是觉得你现在的样子很居家。"

逛到食品区的时候，陆君知拿起一瓶蜂蜜。"买瓶这个，给你回家泡水喝。"

"这个吗？"严灼瞅了一眼，"为什么要喝蜂蜜水？"

"每天喝点蜂蜜水能润肺止咳。"陆君知往推车里放了一瓶，"我今天早上听见你嗓子有点哑。"

严灼愣了一下："可能上火了，没关系。"

陆君知"啧"了一声："嗓子要不要了？弄坏了以后怎么唱歌？"

严灼笑了笑："嗯，知道了。"

"哦，对了。"陆君知拉着他往旁边走，"你家里有小米和南瓜吗？"

"没有，"严灼摇摇头，"我不做饭的。"

陆君知走到卖米和面的地方，扯了一个袋子开始往里面舀小米："早上喝点小米南瓜粥，能养胃，要不然你早上总不吃饭哪行啊？"

严灼手指捏着盛放小米的木桶边缘，没说话，陆君知觉得奇怪，抬起头看他。"怎么了？"

"没什么。"严灼微微笑了一下，"谢谢。"

陆君知摸了把头发："客气什么。"

陆嘉树洗完澡出来就看见陆君知提着一堆东西。"回来了？"

"嗯，哥，你晚上想吃什么？"陆君知把东西放好，倒了杯水喝，"我来做。"

"家常菜就行，"陆嘉树靠在门边擦头发，"我都多久没吃你做的菜了？"

陆君知乐了："谁让你成了工作狂，天天不是出差就是加班，哪像小时候那样，咱俩总在一起。"

陆嘉树看着自己高大帅气的弟弟，笑了笑。"那会儿你还跟个小老头似的，总是一本正经。"

陆君知笑笑，没说话。

陆嘉树想了想才开口："那天你和叔叔在餐厅发生的事我知道了，这次是叔叔不对，我来解决，你就别总想这些了。"

陆君知下意识地去摸烟，可抬头看见陆嘉树，到底还是忍住了。"没有下一次。"

陆嘉树揉了揉额角："我会处理的。"

两个人沉默了一会儿，陆嘉树皱着眉道："君知，当年的事情叔叔也是受害者，他和婶婶那么相爱，要不是当时有人故意设计他，他又怎么会……"

"那又怎么样？"陆君知打断陆嘉树的话，眯着眼睛，"有区别吗？我妈的死难道不是因为他？就算是别人设计他又怎么样？要不是他做生意得罪那么多人，谁会报复他？"

陆嘉树无言以对，这个问题就是一个死结，他们都缠绕其中，永远也解不开。

陆君知实在忍不住："哥，这件事情以后别提了。"

陆嘉树看着皱着眉头的陆君知，一阵难受，他走过去安慰地抱了一下陆君知。"是哥的错，哥以后不提了。"

"没事，"陆君知勉强笑了笑，"我去做饭，一会儿就好。"

陆嘉树点点头："好。"

"你去外婆家玩得怎么样？"严灼递给阿光一个苹果，"怎么这么快就回来了？"

"就那样呗！一堆小孩子可劲折腾。"阿光咬了口苹果，声音含混不清，"你怎么开始做饭了？"

严灼拿着勺子搅了搅正在冒泡的小米南瓜粥："今天和陆君知去超市，他买的小米和南瓜。"

"他买的？"阿光手里拿着苹果愣了一下，"让你自己煮粥吃？"

"嗯，他说这个能养胃，早上煮点吃。"严灼把火关了，拿起勺子舀了一碗，"你要尝尝吗？"

"尝就尝。"阿光吸了吸鼻子，"闻着挺香的。"

严灼把两碗粥端到客厅的餐桌上，递给阿光一个勺子。"先凉凉，有点烫。"

"你东西都收拾好了？"阿光搅着碗里冒着热气的小米南瓜粥，"明天早上过去？"

严灼点点头："就带几件衣服，别的东西陆君知都买好了。"

阿光乐了，抬头瞅了严灼一眼。"没看出来他还挺细心的。"

"他确实很好。"严灼顿了一下，又道，"也很可爱。"

阿光愣了一下："他一个一米八几的大男生，我还真没看出来哪里可爱。"

严灼也笑，眼睛很亮："不可爱吗？明明很可爱。"

阿光无语地看着他："也没多长时间啊，你俩关系就这么铁了？"

严灼想起自己和陆君知这段时间发生的事情，也觉得惊讶。"我一开始觉得他是个麻烦，就想躲着他。接触时间长了才发现，他其实和外表不太一样。"严灼看着阿光笑，"表面看起来脾气不太好，挺嚣张的，但其实他还挺善良的。"

阿光撇撇嘴："看不出来。"

"他对我……真的很关心，是放在心上的那种朋友，"严灼想了想，慢慢开口，"我能感觉到他和我交朋友，只是因为我这个人，而不是因为我那些所谓的……优秀。"

陆君知是他从来没有想过会结交的朋友，是他可遇不可求的幸运，是他生命里与众不同的知己。他只希望将这份幸运留得久一些，再久一些。

"我也不知道怎么说，反正我就希望你能高兴点，"阿光叹了口气，"除了我，我从来没见过你有关系多好的朋友，对谁都淡淡的，能交到一个真心的朋友，好像也没什么不好……"

"谢谢你。"严灼笑了笑，心想：谢谢你的倾听，你也很好。

第 59 章

风迎面吹来，从耳边呼啸而过，陆君知戴着墨镜坐在跑车前排吹了声口哨，兴奋地扯着嗓子吼了一声。

张祈哲看着他乐："哎，高兴成这样？至于吗？又不是没出去玩过。"

"至于啊！必须至于！"陆君知冲着张祈哲龇龇牙，咧着嘴笑，"小爷我今天就是高兴！"

李凯晨不屑地瞥了他一眼："神经病！"

"李大少看不惯？"陆君知心情好，忍不住开始逗李凯晨，"也是，李少向来高贵矜持，咱这俗人比不了！"

"多管闲事！"李凯晨冷笑一声，"跟你有什么关系？"

"嘿！是跟我没关系！"陆君知勾着嘴角笑，把墨镜摘下来挂在衣领上，"那李少干吗和我们一块啊？"

"你以为我稀罕？"李凯晨瞪了他一眼，"要不是你们非得邀请我来，谁愿意和你一辆车？"

"哎，我说，你们这是有什么仇？"张祈哲边开车边忍不住插了一句，"来，跟哥哥说说，给你俩调解调解。"

"嘿嘿！没仇！"陆君知笑了两声，"我们能有什么仇啊？是不是，李少？"

李凯晨连看都懒得看他，直接闭着眼睛睡觉。

到巷子口的时候，陆君知一眼就看见严灼微微低着头站在路边。严灼穿着白色卫衣和蓝色牛仔裤，双手插在裤兜里，戴着耳机靠在公交站牌边。

严灼听到车声，抬起头，看见一辆崭新的红色敞篷跑车停在自己前面，陆君知正坐在跑车里对着自己咧嘴笑，表情又邪气又得意。

后座上坐着的李凯晨倒是让严灼有点惊讶。

"哟！帅哥！"张祈哲对着严灼吹了声口哨，"老板亲自来接你，感觉怎么样？"

"谢谢哲哥！学长好！"严灼扯下耳机跟两人打了招呼，就看见陆君知正看着自己笑，他也忍不住笑起来，"早！"

"早！"陆君知连车门也没开，右手撑着车窗长腿一迈跳了出来，站在严灼旁边，"有点事耽误了。"

"没关系，我刚出来。"严灼提着行李箱正打算放到后面，陆君知直接从他手里接过去放到后备厢里。

"谢谢。"严灼看着陆君知，觉得对方今天很开心，"怎么这么高兴？"

陆君知乐了："不知道，反正挺开心。"

"上车！"张祈哲按了下喇叭，"出发！"

四个人开着车一路往市区外走，路上车不多，畅通无阻，清爽的风拂过脸颊，让人心情很放松。天气很好，阳光温暖干净，一朵朵白云从晴朗的天空中飘过。

"徐西立发消息说他们也刚上高速。"陆君知的声音掩在风声里，有点失真，他扒拉出一副墨镜转身递给严灼。"戴着！"

严灼接过来戴上，黑色的镜片遮住了他的眼睛，显得他脸庞清瘦。"这样？"

陆君知盯着他看了一会儿，挑眉道："挺帅！"

"哎，"张祈哲瞅了陆君知一眼，"我以前怎么没发现你俩关系这么好？"

"关系好怎么了？"陆君知转身喊了一声，"咱能好好开车吗？这可是我哥新买的车！"

"干吗？"张祈哲拿眼角乜他，"信不过我的技术？你哥可是放心让我开的！"

"你还好意思说？"陆君知乐了，"要不是你在我哥跟前念叨半天要开这辆车，我哥才懒得搭理你！"

"嘿！你没大没小的！"张祈哲弹了陆君知的脑袋一下，"找揍！"

严灼突然咳嗽了一声，陆君知立马转过头，问道："怎么咳嗽了？嗓子不舒服？"

"有一点。"严灼清清嗓子，"没关系，不严重。"

陆君知皱了皱眉，转头对张祈哲说："祈哲哥，停下车。"

"停车干吗？"张祈哲莫名其妙地看了陆君知一眼，还是把车停了下来，"闹腾什么？"

陆君知没接话，开了车门绕到后备厢，再回来的时候手里拿了一盒药和一瓶水。

"先喝点水，含一颗金嗓子，"陆君知把水和药递给严灼，"待会儿到那儿再买药。"

严灼盯着陆君知看了一会儿，接过他手里的东西。"谢谢。"

张祈哲撑着额头瞅着两人，撇撇嘴："我说，咱能走了吗？"

"走走走！"陆君知指了指上面，"把车顶关上。"

"关上干吗？"张祈哲按下了开关，车顶合上，"刚刚你不是吹着风挺开心的吗？"

陆君知抱着胳膊靠在椅背上："我怕感冒行不行！"

张祈哲从后视镜里看着严灼，似笑非笑。

"还有多久到？"严灼错开后视镜里张祈哲的视线，换了话题，"差不多两个小时了。"

陆君知看了眼导航："还有二十分钟吧。"

严灼点点头："嗯。"

这个度假村是新建的，主打原生态体验，依山傍水的，风景还不错，从山脚的平地开始一直到半山腰，独栋的木质小别墅掩在绿树里，看着是挺漂亮。由于还是试营业，基本没什么客人，所以非常安静，能够很清晰地听见各种虫鸣鸟叫。

他们到达度假村门口的酒店时，徐西立他们已经到了。

"空气倒是不错。"张祈哲深吸一口气，伸了个懒腰，"的确比市里强多了。"

陆君知跳下车看了一眼远处郁郁葱葱的树木："这地方够偏的啊，前不着村后不着店的。"

"害怕？"李凯晨嗤笑一声，"亏心事做多了吧？"

"我怕什么？"陆君知把墨镜往下拉了拉，"小爷我胆子大，半夜不怕鬼敲门。"

李凯晨冷笑一声："那等着瞧。"说完他不再搭理陆君知，转身直接往酒店大厅走。

"你和学长怎么了？"严灼看着陆君知和李凯晨斗嘴，觉得有点好笑，"你故意逗他干吗？"

陆君知乐了："看他不爽。"

严灼勾了勾嘴角："我怎么记得一开始你看我好像也不太爽？"

"不可能。"陆君知把墨镜摘下来挂到领子上，认真地看着严灼，"我那会儿就想跟你玩，你不是躲着我吗？"

"嗯，是我的错。"严灼看着他认真的表情就想笑，"我给你道歉。"

陆君知得意："这还差不多。"

陆君知进了酒店大厅就见陆嘉树坐在大厅的沙发上，正在和旁边一个只能看见背影的女人说话，徐西立正手舞足蹈地不知道在跟林千钰嘟囔啥，林千瑾手里拿着本书，谁也不搭理，李凯晨拿着手机不知道在给谁打电话。

"君哥！你终于到了！"徐西立看见他进来，立刻跑过来，"我等你半天了！"

陆君知鸡皮疙瘩起了一身，因为他竟然从这句话里听出了抱怨、嗔怒等复杂诡异的语气。

"能正常点吗?"陆君知一巴掌把他打到一边,"想玩什么自己玩去啊,等我干吗?"

"人都到齐了吧?"陆嘉树走到他们这边,身边跟着那位刚刚跟他说话的女人,"介绍一下,这位是度假村的公关部经理,欧帆欧小姐。"

这个欧小姐穿着一身职业套装,身材高挑,曲线漂亮,化着精致的淡妆,看着他们一伙人微微笑了笑。"各位好,欢迎来到国际度假村,这次由我来负责接待各位以及安排度假事宜,如果有什么需要可以随时告诉我,希望大家度过一个愉快的假期。"

陆君知注意到这个欧小姐在环顾大家的时候特意在严灼身上多停留了一下,他皱了皱眉,转身去看身边的严灼。

"怎么了?"严灼小声问,"有问题?"

陆君知看了眼正在和陆嘉树说话的欧帆,摇了摇头。

"那我就先带大家到房间休息,然后安排午饭。"欧帆微笑着开口。

第60章

"这座桥叫银烛桥,桥栏上涂着夜光粉,晚上会发出很微弱的银白色光芒。"欧帆指着木质小桥的栏杆,"环保型材料,无污染。"

张祈哲乐了:"挺创新啊。"

陆君知看着走在前面的李凯晨一把抢过林千瑾的行李帮他拎着。

"他俩到底怎么回事?"陆君知往前走了两步,靠到徐西立身边,"这是仇人变朋友了吗?"

"他俩啊……"徐西立悄悄瞥了一眼走在不远处正在拍风景照的林千钰,小声道，"我打听了一下，他俩以前关系挺好的，年龄差不多，又是邻居，自然而然就玩到了一起，后来好像是有了什么矛盾还是怎么了，突然就谁都不理谁了。"

陆君知严重怀疑是李凯晨单方面不理林千瑾了，毕竟以林千瑾那个性格，就算不闹矛盾多半也不怎么理人。两人以前能玩到一起，多半也是李凯晨主动。

"现在又和好了？"陆君知问。

"好像是吧。"徐西立撇嘴，"他俩就是幼稚鬼，闹得凶的时候都能打起来，和好的时候又别别扭扭，这不是小学生嘛。"

陆君知点头，深以为然。

一群人跟着欧帆过了桥继续往前走，小木屋半掩在树林边缘，靠山面水，很安静，周围只有叽叽喳喳的鸟叫声，偶尔有风吹过，树叶簌簌地响，陆君知甚至看见一只飞速跑过的小松鼠。他指了指清澈的湖水，问道："能钓鱼吗？"

"可以。"欧帆笑着说，"不过这里鱼不多，旁边有专门钓鱼的小河。"

"这湖有名字吗？"严灼看了一眼，正好看见有鱼游过，"叫什么？"

"有名字，叫流萤湖。"欧帆指了指湖中央，"晚上这里会有很多萤火虫，挺漂亮的。"

"银烛秋光冷画屏，轻罗小扇扑流萤。"陆君知念了一句，"挺会起名字的。"

"专门找了一位文学大师起的，"欧帆指着周围的小木屋，"这些小木屋都有名字。"

陆君知来了兴趣，指着不远处的一间问："那间叫什么？"

"叫'绿树村边合'，"欧帆指着稍微远一点的，"那间叫'细草微风岸'，更远的那间叫'江清月近人'。"

"前两个还凑合，后面这个取得实在是……哪儿来的江啊？"徐西立撇撇嘴，"就这片湖也能叫江？"

"您还能听得懂？"陆君知损他，"文化人啊。"

"去去去！"徐西立恼羞成怒，"看不起小爷？"

陆嘉树指了指旁边那间叫"江清月近人"的小木屋说："那我住这间吧，你们随意。"

陆君知和严灼放好行李再回到酒店大厅的时候，其余人都已经到了。

陆嘉树从沙发上站起来对欧帆道："欧小姐，午饭准备好了吗？"

"已经准备好了。"欧帆微笑着点头，"大家请跟我来。"

一群人跟着欧帆从酒店出去，沿着一条石子铺成的小路，曲曲折折地穿过一片竹林，陆君知和严灼走在最后。

"出来玩挺开心吧？"陆君知双手插在裤兜里，侧过身问严灼。

严灼点点头。

陆君知"嘿嘿"笑了两声："那就好，我也挺开心的。"

严灼看着他笑："你之前应该去过不少这样的地方。"

"是啊。"陆君知点点头，顺手扯下一片竹叶，"这种地方玩的项目都差不多，骑马、钓鱼、射击、游泳、划船、泡温泉……"

严灼乐了："那你这回还这么高兴？"

"啊，就也挺有意思的。"陆君知有点不好意思，飞快地看了严灼一眼，小声说，"这回不是大伙儿一块嘛……"

严灼低头微笑。

吃饭的地方在一个竹楼，又有点像凉亭，架在几块大石头上，对面就是一条小河，河水清澈见底，能看见很多鱼游来游去。

"这条小河可以钓鱼，"欧帆指着缓缓流淌的小河，"水是从后面的山上一直流下来的，山那面还有一个小瀑布，这条河是其中一个分支。"

严灼笑着对陆君知道："这周围都是竹林，钓鱼正好，安静凉快。"

陆君知点点头："你喜欢钓鱼？"

"不喜欢。"严灼笑着说，"我喜欢抓鱼。"

"抓鱼？"陆君知有点惊讶，"你？抓鱼？"

严灼看着他直乐："这么惊讶？"

"我的天！真的？"陆君知有点兴奋，严灼在他心里一直都属于温柔帅气型的，他从来不知道对方还会干撸起袖子下河抓鱼这种事，顿时觉得好奇，"待会儿抓一条。"

严灼叹了口气，拉着陆君知的手腕往前走。"吃完饭再抓。"

"这道油焖竹笋是这里的特色菜，"欧帆用公筷夹了一根放到陆嘉树面前的碟子里，笑着说，"陆先生可以试试。"

"谢谢欧小姐。"陆嘉树夹起来尝了一口，"是不错。"

"你们这里打算什么时候正式开业？"张祈哲喝了口水，"我看也差不多了吧？"

欧帆点点头："差不多了，只是还有一些细节需要再修改，所以现在开始试营业。"

"我觉得不错啊。"徐西立"嘿嘿"笑了两声。

"现在别的都筹备完成了，只是还差一个代言人。"欧帆微微叹了口气，"找了好长时间也没有合适的。"

"代言人？"陆嘉树拿起旁边的纸巾擦擦手，"我记得你们张总在娱乐圈人脉很广，找个代言人应该不难。"

"度假村规模比较大，分为几个项目，代言人也有好几个，其他的还好说，但是与水有关的项目，比如游泳之类的，定位为年轻群体，"欧帆笑笑，"张总不同意用娱乐圈的明星，说是不够自然，太刻意，他希望选择的代言人能有特别的气质，要自然。"

"不去娱乐圈找去哪里找？"张祈哲乐了，随口开玩笑，"那找学生好了，都足够自然，比如我们里面这几个小屁孩。"

欧帆微笑着，眼睛却突然转向严灼，陆君知心里突然有种不好的预感，果然下一秒欧帆就开了口。

"请问这位穿白色卫衣的先生怎么称呼？"欧帆礼仪周全地微微向严灼示意，"方便告知吗？"

严灼放下手里的水杯，看着欧帆笑笑道："您不用客气，叫我严灼就好。"

欧帆笑着点头："严先生，虽然有点唐突，但是我想请问您，有意向做我们度假村水上项目的代言人吗？"

"很谢谢欧小姐，"严灼对着欧帆笑笑，"不过不好意思，我还是高中生，做代言人恐怕不太合适，欧小姐可以到电影学院去看看，应该可以找到合适的人。"

张祈哲也附和道："是啊，艺校也行，那里面帅哥美女也不少，而且都是想往这方面发展的。"

"好吧。"欧帆点点头，笑着对严灼道，"那我就不勉强了，不过如果你以后改变主意了，可以来找我。"

严灼点点头："谢谢。"

"下午去哪儿？"李凯晨突然开口，"有什么能玩的？"

欧帆微笑道："现在所有项目都已经开放，如果有需要，我会全程陪同。"

"欧小姐客气了。"陆嘉树倒了杯红酒和欧帆碰了碰杯，"假期我带君知过来玩玩而已，不用麻烦您。"

"哪里是麻烦？我可是荣幸之至。"欧帆笑笑，"陆先生和我们张总是至交好友，张总如果不是临时出国，一定会亲自过来，现在只能由我代替，张总还让我转告您，有任何需要都可以提出来，我们一定做到最好。"

陆嘉树将杯子里的红酒一口喝完："有劳欧小姐。"

大家吃完饭就各自去玩想玩的，徐西立拉着林千钰准备去泡温泉，张祈哲拽着陆嘉树要去射击场。

陆嘉树看着正对着小河发呆的陆君知："你不过去？"

"我待会儿再去！"陆君知抬起头，"你们先过去。"

陆嘉树看了眼站在他旁边的严灼，嘱咐道："不要乱跑，小心点。"

陆君知乐了："知道了，哥，我又不是小孩子。"

陆嘉树点点头："待会儿见。"

"抓鱼吗？"陆君知道，"你不是说吃完饭就抓？"

严灼将袖子挽起来，兴冲冲地道："抓。"

两人把鞋脱了放到岸上，卷起裤腿下了河，河水有点凉，倒是不怎么冷，陆君知看着严灼挽着袖管和裤管，光着小腿站在河里，觉得有趣，笑得不行。

严灼叹了口气："至于吗？笑成这样？"

陆君知勉强止住笑，指着严灼道："哎呀，严小灼，我现在给你拍张照片。"

严灼无奈地看了他一眼："要不要抓鱼？不抓我可走了。"

"抓抓抓……"陆君知赶紧止住笑，弯腰把胳膊伸进河水里，看着游得轻快的鱼，"这怎么抓啊？"

严灼也弯腰仔细看了一会儿："抓小的还是大的？大的可以烤着吃，小的倒是能放到鱼缸里养着……"

"放到鱼缸里养着？"陆君知有点惊讶。

严灼点点头，继续弯腰在河里轻轻划了划水，一群小鱼被惊得游来游去。"找个小鱼缸，放到里面，每天喂点东西，应该能养一段时间。"

"抓小的。"陆君知"嘿嘿"笑了两声，"抓大的都让那帮家伙吃了，抓小的我自己留着！"

严灼直起腰看着他笑笑："嗯，那就抓小的。"

严灼刚说完这句话，陆君知就看着严灼弯下腰，双手在水里随便一捞，抓到一条。

陆君知简直不敢相信，瞪着眼睛看着严灼："这就抓到了?!"

严灼点点头："抓到一条。"

陆君知蹚着水走到严灼旁边，看着严灼手里的小鱼。"这小野鱼还挺漂亮。"

"是挺漂亮。"严灼也仔细看了一眼，"花纹好看。"

这条鱼不过小拇指那么长，通体乌黑，却在尾部两侧各有一道雪白的花纹，看起来很特别。

陆君知找度假村的服务员要了一个小鱼缸，把这条小鱼放到里面，又往里面放了几块长着苔藓的小石头。

陆君知把鱼缸塞给严灼，挽了挽袖子，瞪着眼珠龇了龇牙："看小爷也抓一条！"

结果他在水里抓拉了半天，连个鱼尾巴都没摸到，看严灼抓的时候挺容易的，怎么到了自己这儿就费劲了？

"我就不信这个邪！"陆君知又撸了撸袖子，"小爷今天不抓住一条就不上岸了！"

"抓之前不要晃动水，"严灼在旁边小声提醒，"注意游得稍微靠近水面的，控制好角度，双手直接抓，速度要快。"

陆君知边听严灼的指导，边低头紧紧地看住水里游来游去的小鱼，突然发现一条红斑鱼游到他跟前，他迅速出手，竟然抓住了。

"总算把你抓上来了！"陆君知捧着手里的红斑小鱼，凑到严灼旁边，"看看，怎么样？"

严灼看着他笑，也不说话。

陆君知仔细看着手里的鱼："怎么这么丑？"

"还行。"严灼忍住笑，把鱼缸递到他面前，"放进来吧，这种鱼小时候不好看，长长就漂亮了。"

陆君知撇撇嘴，把手里捧着的鱼放到鱼缸里，瞥了严灼一眼："这鱼是不是也懂得看脸？为什么你抓的比我的好看？"

严灼终于忍不住笑出声："你这是在夸我？"

陆君知哼了一声，敲了敲鱼缸道："虽然你丑了点，但是我也不嫌弃你，争点气，以后长得好看点。"

≫≫ 第61章

两个人到射击场的时候看见陆嘉树和张祈哲正坐在大厅的休息区，透过背后的隔音玻璃能看见里面有两三个人正摆着姿势射击。

"哥，你俩怎么在这儿坐着？"陆君知把手里的小鱼缸放到桌子上，"不进去玩？"

"刚玩了一会儿。"陆嘉树指着在鱼缸里游来游去的两条小鱼，"你这是干什么？"

"抓的！就在刚刚那条小河里！"陆君知咧着嘴笑。

张祈哲乐了，伸手弹了弹小鱼缸："这小野鱼够难看的啊。"

"有你这么说话的吗？"陆君知把鱼缸抢过来，"哪里难看了？敢说我抓的难看？"

张祈哲看着他乐："你还去抓鱼？真有你的。"

"我和阿灼一起抓的。"陆君知瞅着游得挺欢实的小野鱼，"他随便在水里一捞就抓住一条，然后我也学着抓了一条。"

严灼笑着说："我小时候总去河里抓鱼玩。"

陆嘉树瞅了眼："这能养多长时间？"

"好好喂的话能养挺长时间。"严灼弯腰看了一会儿鱼缸，"得勤换水。"

陆君知想了想，问道："要不要弄个那种能定时自动换水的鱼缸？还能通氧气，而且还挺漂亮。"

"就这么两条小破鱼，还要买那么高级的鱼缸？"张祈哲"啧"了一声，"去年我弄了条白金龙，问你要不要，你连看都不看，现在倒是围着两条河沟里的小野鱼转，真是服了你。"

"那能一样吗？"陆君知撸起袖子指着那条红斑鱼，"这可是我亲手抓的，我觉得特别漂亮。"

陆嘉树抬眼去看旁边的严灼，就见对方正满眼笑意地看着陆君知，他转回视线对陆君知道："你喜欢就行，走的时候带回去养着，等我找人给你弄个那种鱼缸，小点的，放两条小鱼正好。"

陆君知"嘿嘿"笑了两声："谢谢哥。"

张祈哲撇撇嘴："你怎么不把他宠上天？今天连下河抓鱼都干，明天不得上房揭瓦？"

陆嘉树瞥了一眼张祈哲："我的弟弟，我宠着，你有意见？"

张祈哲一时语塞。

陆君知和严灼进了射击场，立刻有人将设备拿过来。

"请问您需要教练吗？"旁边的工作人员问道。

"不需要。"陆君知摆摆手，"我们自己玩就行。"

"好的。"

因为追求更逼真的效果，这里的手枪并没有安装消音器，时不时有旁边的人开枪的声音传来，好在射击场很大，靶位之间距离很远，虽然吵了点，但是不影响娱乐。

陆君知拿起旁边的耳罩走到严灼身边帮他戴上："会吵，戴上这个。"

严灼点点头，然后就看着陆君知将枪从匣子里拿出来，熟练地检查手枪，装子弹上膛，一连串动作行云流水，几乎让人有些眼花缭乱。

陆君知两腿微微叉开站直，将枪在手上转了转，转头对着严灼咧嘴笑了一下，在回头的瞬间收敛笑容，蓦然出手，右臂持枪抬平，然后枪声响起。

"十环。"

严灼惊讶地看着陆君知。虽然他之前听徐西立说过陆君知射击很厉害，但是现在亲眼见到又是另外一回事。他惊讶的不是对方十环的成绩，而是陆君知开枪的瞬间，那种漫不经心却杀伐果断的感觉。

他一直觉得陆君知和他爸爸除了长相，没有其他相似的地方，可是现在他觉得，陆君知身上确实有陆聿那种不动声色的强势果断与绝对的掌控欲。

有些人不管再怎么掩饰自己，与生俱来的气质仍然会在不经意间流露。

"怎么样？"陆君知收起枪，走到严灼旁边，"还行吧？"

严灼摘下耳罩，冲着陆君知竖起大拇指。"厉害！"

"那是！"陆君知得意地冲严灼龇龇牙，"你要不要试试？"

严灼看着陆君知手里的枪乐了："我不会这个。"

"没关系。"陆君知摆摆手，"我教你，不会有危险的。"

严灼笑笑："好啊！"

张祈哲往小鱼缸里扔了几颗鱼食，对着陆嘉树道："君知这段时间变化挺大啊，感觉比以前开心了。"

陆嘉树点点头："现在这样挺好，像这个年龄的男孩子该有的样子。"

"我看他和阿灼的关系还挺好。"张祈哲回头看了玻璃后面一眼，"小哥俩总在一块。"

陆嘉树回过头，就见陆君知在纠正严灼的射击动作，严灼回头看了眼陆君知，不知道说了句什么，陆君知笑着推了他一下。

陆嘉树收回视线，笑着说："君知是小孩子脾气，交了新朋友觉得新鲜罢了，经常在一块玩也是正常的。"

张祈哲点点头："他心里压着的事情多，现在这样比以前强多了。"

陆嘉树捏了颗鱼食扔到水里："那当然。"

陆君知抖了抖自己的衣服："一股味。"

"刚刚在射击场弄的？"严灼把领子微微拽起来嗅了一下，"是有点味道。"

陆君知看了眼时间："差不多也快到吃晚饭的时间了，我们回去洗个澡休息一下。"

严灼点点头。

两个人出来的时候陆嘉树和张祈哲已经不在了，有个服务员站在旁边等着，看到他俩过来，礼貌地说道："陆先生和张先生已经回去了，让我转告您，小鱼缸已经让人送回您的房间了，晚上度假村有烧烤聚会，问您要不要参加。"

"烧烤聚会？"陆君知转头看严灼，"要去吗？"

严灼想了想，问他："你想去吗？"

陆君知挠了挠头："那去吧。"

两个人回了房间，严灼到楼上去洗澡，陆君知在一楼打电话订了餐，等两个人都洗完了，陆君知订的餐也送来了。

"趁热喝了。"陆君知指着桌子上的银耳百合汤，"我中午跟他们说的，让他们下午做好端过来，你尝尝看，怎么样？"

严灼看着桌子上还微微冒着热气的汤："怎么就一碗？你不喝？"

"我不爱喝这个。"陆君知把勺子递给严灼，"本来想让他们做川贝炖雪梨的，但是没有川贝，只有银耳和百合。"

严灼接过勺子搅了搅，从碗里舀了一勺放到自己嘴里，入口滑而不腻，银耳炖得刚刚好。

陆君知转身拿了几盒药放到严灼面前："待会儿喝完汤把药吃了，我觉得你今天上午好像咳得有点厉害。"

严灼笑着点头道："知道了。"

烧烤聚会在河边的一片平地上举行，旁边不太远的地方就是欧帆上午说的小瀑布。严灼和陆君知过去的时候天已经有些黑了，远处的强光灯照亮了这片区域，一共有上百个人，十几个人坐在一起用一个烧烤架，场地前面还特意搭了个临时的架子，上面有乐器和话筒，旁边的音响放着很动感的音乐，场地中间还有一堆搭好的木柴。

陆君知拉着严灼，很快就找到了徐西立他们，音乐声很大，说话都得吼着点。

"往旁边点！"陆君知让徐西立挪开点，拉着严灼坐到旁边，"坐这儿。"

严灼点点头，凑到陆君知耳边大声说："你要不要先吃点烧烤？刚刚你什么都没吃。"

"不着急，待会儿再吃。"陆君知拉着严灼坐下，"我现在还不饿！"

"君知，你怎么来得这么晚？"徐西立用肩膀撞了陆君知一下，"下午玩什么去了？"

"下午去射击场转了一圈，"陆君知往徐西立边上瞅了一眼，"林千钰没和你一起？"

徐西立揉了揉鼻子，声音闷闷的："她正和千瑾说话呢，待会儿过来。"

陆君知看了一圈和他们坐在一起的人，才发现还有几个不认识的人，其中一个看起来稍微成熟一点的男人正和陆嘉树说话，陆君知仔细看了一会儿，确定这几个人自己不认识。

"这谁啊？"陆君知凑到徐西立耳边，"和咱们凑到一块玩的？"

徐西立点点头："是啊，那会儿过来说想和咱们一块玩，还有俩小姑娘，刚刚玩别的去了。"

陆君知点点头，没在意。

音乐声被调小，有人上了台，下面安静下来，台上的人拿着话筒开了口："大家好，欢迎来到国际度假村，感谢各位的光临，祝大家度过一个美好的夜晚！下面，聚会开始！"

大家一起鼓掌，有人拿了火把过来，站到场地中间点燃了搭好的柴火，"轰"的一声，火焰燃了起来，气氛瞬间被点燃，十几个年轻人围到火堆旁边开始随着音乐跳舞。

第62章

李凯晨推了辆小餐车，快到陆君知这边的时候用力一推，直接撒了手。"过来拿东西！"

陆君知跳起来躲了一下，幸好他反应快，不然得被撞着。

"你要谋财害命啊！"陆君知冲着李凯晨龇了龇牙，"我说李大少爷怎么主动帮忙拿食材，原来留着这一手！"

李凯晨抱着胳膊轻蔑地看着陆君知："小人之心！"

陆君知乐了："嗯，我是小人，李大少是高岭之花，冰清玉洁……"

李凯晨气得指着陆君知说不出话。

看到两人又要呵架，严灼忍着笑拉住陆君知。"行了，去拿东西。"

陆君知端了盘鸡翅和一盘切好的菠萝过来，拿牙签扎起一块菠萝递给严灼。"先吃块这个，我给你烤个鸡翅。"

"哎，我也会烤。"徐西立冲严灼嘚瑟，"做饭我不会，弄烧烤这些绝对不比我们君知差。"

严灼看着徐西立笑笑："那你可以给千钰烤玉米，我记得之前我们班聚会，她们几个女生好像喜欢吃这个。"

"真的？"徐西立喊了一声，冲严灼"嘿嘿"笑了两声，"谢谢啊，严大帅哥！"说完就站起来跑到餐车边上翻玉米去了。

陆君知"啧"了一声："瞧他那点出息！"

严灼笑笑，明亮的火光照亮了他的脸。"如果有了喜欢的人，就会不由自主地对他好。"

陆君知脱口而出，问道："你呢？你也会这样吗？"

严灼愣了一下，随即笑道："每个人都会这样。"

陆君知没有说话，他没法想象严灼喜欢一个人的时候会是什么样子，是不是也会对那个人关怀备至，是不是也想时时刻刻和对方在一起。他拿起几串儿鸡翅放到烧烤架上，迟疑了一会儿，问道："阿灼，你喜欢什么样的女生？就性格、身材什么的。"

严灼看着他笑了笑，递给他一块菠萝。"怎么突然这么问？"

"没什么。"陆君知搓了搓手指，装作漫不经心地道，"好奇呗！那么多女生追你，也没见你答应谁。"

严灼伸手把架子上的鸡翅翻过来，鸡肉被烤得吱吱响，看起来很诱人。"我喜欢会做饭的，身材方面……腿要长。"

突然有个人一步蹦到陆君知跟前，还大呼小叫："啊啊啊！原来是你！"

陆君知不耐烦地抬起头，就见一个穿着运动服的小姑娘，她正好背对着光看不清脸，陆君知忍着脾气问："你谁啊？"

小姑娘立马转了个角度，火光照亮了她的脸，她兴奋地对陆君知喊道："是我啊！"

陆君知又瞅了一眼，还是没认出来她是谁，皱着眉道："你认错人了。"

"你不会把我忘了吧？我们之前在电玩城见过的！"小姑娘喊了一声，"旁边这帅哥当时也和你在一起啊！"

陆君知转头去看严灼，就见严灼对着小姑娘笑了笑，显然已经认出了对方。严灼小声道："在电玩城找你要电话号码的小姑娘。"

陆君知愣了一下，转头又看了对方一会儿才算想起来，也不能怪他，这小姑娘当时化着烟熏妆，一张脸涂得估计连她妈都认不出来，还指望他想起来？

"怎么样，想起来了吧？"小姑娘蹲到陆君知身边，拽着陆君知的胳膊，"太巧了！你竟然也在这儿！"

陆君知往后躲了一下，伸手把这姑娘的手从自己身上甩了下去，随口敷衍道："是挺巧。"

"尹夏，过来！"突然有个男人的声音响起。

小姑娘站起来冲着陆嘉树身边坐着的男人喊道："哥！哥你快过来！我又见到他了！"

陆君知心里一阵无语，这都什么乱七八糟的？

"干吗呢？"徐西立跑回来了，看着陆君知，"我刚刚去看了我们千钰一眼。"

陆君知皱了皱眉，小声道："你刚才怎么不说这小姑娘是咱们那回在电玩城碰到的那个？"

"谁？"徐西立瞅了一眼正和对面的人喊话的小姑娘，"是她啊！那会儿我就看到是个姑娘，又没细看！"

陆君知"啧"了一声："废物！要你何用！"

徐西立"嘿嘿"笑了两声："这不正好吗？多有缘啊！"

陆君知懒得和他废话了，转头去看严灼，就见对方也正看着自己，眼神依旧平静温柔。

"哎，鸡翅煳了！"徐西立赶紧站起来跑到中间，手忙脚乱地把架子上的鸡翅弄下来，看着黑乎乎的鸡肉一阵无语，"你俩忙着干什么呢？把鸡翅都忘了。"

陆君知也顾不上煳成黑煤球的鸡翅了，因为他看见陆嘉树站了起来，和旁边的男人一起朝他们走过来。

"哥，他就是我之前和你说过的男生。"刚才那女孩拉着站在陆嘉树旁边的男人道，"他也在这里度假。"

对面的男人和陆嘉树差不多高，优雅斯文，盯着陆君知看了一会儿，转头对陆嘉树道："陆先生，这位一定是陆少吧？"

陆嘉树点点头，对着陆君知道："君知，这是尹洛，你尹叔叔的儿子，刚从国外回来。"

陆君知本来不想搭理这些，但是他哥在旁边看着他，他只得打起精神，笑着招呼道："尹哥好。"

"不用客气。"尹洛笑笑，看着站在旁边的其他人，"这几位是……？"

陆嘉树又介绍了李凯晨和徐西立。

尹洛目光转向严灼："这位……"

"我哥们儿！"陆君知右手搭着严灼的肩膀，脸上总算带了点笑，"他叫严灼。"

尹洛似乎愣了，转身拍了拍小姑娘的肩膀："这是我妹妹，尹夏，不过你们可能已经认识了。"

尹夏两步跑到陆君知旁边，抓着他的胳膊，微微仰着头："原来你叫陆君知啊。"

陆君知心里一阵无语，能不能不要这么自来熟？搞得好像他们关系很好一样。明明自己刚刚才看清她的脸。

他几乎立刻想把胳膊抽出来，可是一抬头就看见陆嘉树正看着他，陆君知咬牙勉强维持礼貌，没有立即甩手走人，稍微往后退了一步，礼貌地打了招呼：

"尹小姐。"

"什么尹小姐？"尹夏摆摆手，往前走了一步，"叫我尹夏就行！"

陆君知抿了抿嘴，已经不耐烦了，皱着眉去看尹洛。

"好了，夏夏过来。"尹洛笑道，带着歉意地看着陆君知，"见谅，夏夏可能比较喜欢你，之前和我说了好几次她在电玩城见过你。"

陆君知忽然笑了，声音有点冷："尹少可能在国外待得久了，不知道在国内'喜欢'这个词可不是能随便说的。"

"没错啊！"尹夏拽着陆君知的胳膊，眨了眨眼睛，"我是喜欢你啊！我对你一见钟情！"

陆君知一时噎住了，说不出话。

一直在旁边看戏的徐西立和李凯晨实在忍不住笑出了声。

陆君知再也忍不住了，直接把自己的胳膊抽出来，往严灼身边靠了靠，严灼捏了捏他的手腕，用口型说："淡定。"

"尹小姐很可爱。"陆嘉树对尹洛笑道，"君知要是也这么活泼就好了。"

尹夏被陆君知甩开也不生气，笑嘻嘻地看着陆嘉树："嘉树哥，你不知道陆君知这样有多帅！我当时在电玩城看见他跳舞，简直又飒又招人！"

"哎哟！"徐西立在旁边起哄，撞了陆君知一下，挤眉弄眼，"啧啧，君知，嗯？"

陆君知白了他一眼，看着一圈人道："烧烤聚会就烧烤呗，大家坐会儿，我和徐西立弄点吃的。"

大家总算坐下来，陆君知和徐西立往架子上放食材，陆君知舀了一勺辣椒粉往鱼丸上撒。

"等会儿！"徐西立赶紧拉住他，从他手里抢过勺子，"放这么多辣椒你要辣死谁啊？"

陆君知愣了一下，拍了拍手，把旁边的土豆片翻了个面。

徐西立往架子上放了串儿玉米，瞅了陆君知一眼，问："你这是怎么了？"

陆君知叹了口气，没说话。

徐西立乐了，拿起旁边的矿泉水喝了一口。"你够了啊，人家小姑娘多直白啊，说得我都不好意思了，你还爱搭不理的。"

陆君知看了他一眼："别和我提她，烦。"

徐西立无语："你没事吧？人家不就是想跟你表白嘛。"

陆君知顿了一下，转头往后看了一眼，就见严灼正在低头玩手机，他拿起旁边的盘子放了几串儿烤好的鸡翅、羊肉和蔬菜。"我先过去看看。"

徐西立点点头："去吧。"

第63章

"尝尝，这些没放辣椒，"陆君知坐到严灼旁边，把盘子递过去，"看看好不好吃。"

严灼拿起鸡翅咬了一口，点点头，赞道："很香。"

陆君知笑了笑，刚想开口说话，尹夏就坐到他旁边，拿起羊肉串儿尝了尝。"哇！好吃！就是没放辣椒，差了点感觉。"

陆君知气笑了："关你屁事！是给你烤的吗？"

尹夏也不生气，端起盘子想要吃点别的，陆君知一把抓住盘子，冷着脸道："松开！"

"你有没有绅士风度？"尹夏拽着盘子不松手，"这也要抢？"

"绅士风度？"陆君知冷笑一声，一把抢过盘子，挑眉道，"不好意思，小爷我就是地痞流氓，不懂！"

他说完不再搭理尹夏，把盘子放到严灼手边，往自己嘴里扔了片菜叶子，拿起一串儿土豆片递给严灼。"我在上面涂了点酱，感觉还不错。"

严灼看了眼尹夏，见对方正眼巴巴地盯着陆君知手里的东西，他迟疑了一下，从盘子里拿了几串儿递过去。"尝尝看。"

"谢谢帅哥！"尹夏高兴地接过来。

陆君知心里一阵堵得慌，扭头看着尹夏，厉声道："赶紧吃，吃完滚蛋！"

尹夏噘了噘嘴。"凶什么？"说完又看着陆君知，得意道，"不过我就是喜欢你这样，超帅！"

陆君知觉得这姑娘八成是脑袋缺根筋，不太能听得懂人话，要不是看在陆嘉树和尹洛认识的分上，他真想一手把她提起来扔到旁边的河里让她清醒清醒。

"纸巾，擦擦手。"陆君知把纸巾递给严灼，碰到他的手的时候愣了一下，"手怎么这么烫？是不是发烧了？"

"没有吧。"严灼迟疑地摸了摸自己的额头，"我没感觉。"

陆君知皱着眉道："我看看。"说完半跪到严灼旁边，把右手贴到他额头上，触到一手温热，"好像有点烧。"

严灼愣了一下："应该没关系。"

"他是谁啊？"尹夏突然插话，指着严灼，"那会儿介绍的时候也没说，他爸爸叫什么？"

陆君知转头看着尹夏，脸色已经很不好了。"关你什么事？你没资格问他！"

"喂！要不要这么小气？"尹夏拉着陆君知的胳膊，挑眉道，"我想知道的事情就没有打听不出来的！"

"放开！"陆君知冷着脸一把推开尹夏，食指隔空点了点对方的眉心，"记住，我可没什么怜香惜玉的习惯，对你也没想法，别招惹我，我脾气不好。"

尹夏愣了一下，突然笑了。"陆君知，你知不知道你越是这样我就越喜欢你？"

陆君知也笑了，眯着眼睛道："是吗？随便你！"

终于把尹夏打发走了，陆君知呼了口气坐到地上，抬眼就看见严灼正看着自己，陆君知愣了一下，问："怎么了？"

严灼摇摇头："没什么。"

"是不是发烧了？"陆君知还是不放心，又把手贴到严灼额头上，"我们回去，外面有点凉。"

严灼迟疑了一会儿："那个尹洛……看起来是特意过来找你们的，你提前离开不太合适。”

陆君知不在意："那又怎么了？"

严灼失笑："没关系，我现在感觉还好，再过一会儿我们就走。"

陆君知想了想："行吧，再过一会儿。"

但是还不到十分钟，陆君知就为自己这个决定后悔了，他眼睁睁地看着尹夏上了场地前面临时搭起来的小台子，脆生生地开了口。

"大家好！我想唱首歌送给一个人，"尹夏拿着话筒，微笑地看着陆君知的方向，温柔而优雅，就好像刚刚任性野蛮的人不是她一样，"我对他一见钟情，没想到这次又遇见了他。"

陆君知真想冲到台上把她踹下来！

他想知道，这姑娘到底有没有脑子？！

他第一次体会到想要骂人却不知道怎么开口的感觉，怎么会有这么傻的人？

陆君知捏了捏眉心，看向严灼，就见对方正似笑非笑地看着他，他觉得真是没脸见人。

围观群众不明所以，看见一个挺漂亮的小姑娘当众告白，而且还是小说里一见钟情的桥段，怎么想都觉得简直不能更浪漫，于是很给面子地响起一片欢呼声和掌声。

尹夏继续道："我要唱的歌是'The Day You Went Away'（《你离开的那一天》）……"

"走走走……"陆君知当机立断，一把拉起严灼，"一分钟都不能待了。"

严灼被他拉得一个趔趄，跟在他后边往外跑，一路上跌跌撞撞地绕过正在看热闹的人。

尹夏的声音通过话筒从身后传来，带着空荡荡的回音，显得失真而遥远。"这个人叫陆君知，今天我想对他说……陆君知！陆君知你去哪儿？你给我站住……听到没有？"

陆君知拉着严灼一路狂奔，喧嚣的背景音被远远甩到身后，两个人背光而行，逆风奔向浓重的黑夜。陆君知突然觉得这好像一场逃亡，背后是豺狼虎豹，前方是无边暗夜，可身边的人是严灼，夜空星光璀璨，微风把他的衣襟吹开，逃跑都变得自由自在。

两个人跑到树林边缘才停下来，陆君知弯腰撑着膝盖微微喘气，严灼也靠在树干上，两个人对视了一会儿，突然都笑起来。

"干吗跑？"严灼看着陆君知在月光下明亮的眼睛，打趣他，"人家小姑娘和你表白呢。"

"不跑等什么？"陆君知抹了把额头的汗，"她有病吧？说了对她没意思，听不懂？"

严灼笑笑道："人家不也说了，就喜欢你这样。"

陆君知指着远处隐隐传来音乐的方向，哽了半天都不知道说什么好，最后自己都笑了，骂了句："傻瓜。"

两个人沿着竹林里的小路往前走，路边是各种颜色的小地灯，顺着小路一直向前延伸，很漂亮。

"算了，忍忍吧，毕竟是个姑娘，估计也是被家里宠坏了，但总得留点面子，"严灼拿出纸巾帮陆君知擦擦额头上的汗，想了想，"要是弄得太僵，你哥那边也不好办。"

"行吧，听你的，只要她别来招惹我就行。"陆君知撇撇嘴，"真是烦人。"

严灼乐了："那谁不烦人？"

"你啊！"陆君知答得理所当然，"你多好，哪像他们那样？"

"说什么呢？"严灼笑着推了他一下，"拿我和小姑娘比。"

第64章

两个人回到小木屋，陆君知拉着严灼直接上了楼。"赶紧换衣服到床上躺着，我去找体温计。"

严灼点了点头。

陆君知给宾馆服务台打了电话，有人把备用药箱送了过来，陆君知想了想，问："你们这儿有医生吗？"

服务员愣了一下，回道："有的，您身体不舒服吗？"

陆君知摇摇头，提着药箱上了楼，严灼已经换好睡衣靠在床上了，陆君知把体温计递给严灼，说道："含着。"

"只是有一点感冒而已。"严灼把包装袋撕开，"不严重，睡一觉就好。"

陆君知直接把严灼按到床上让他躺好，又从他手里抢过温度计递到他嘴边。"张嘴。"

严灼叹了口气，把体温计含在嘴里。

陆君知起身把空调温度调好，转身就看见严灼安静地盖着被子躺在床上，嘴里含着温度计，眼睛随着自己的动作转来转去，就跟生病等着人安慰的小孩一样。

陆君知瞬间觉得心软，把手贴到严灼额头上，小声问："怎么突然生病了？"

严灼刚想开口，陆君知就将食指按到他嘴边。"别说话，不然测得不准。"

严灼无奈地看着他。

"都三十八度六了！"陆君知掐着时间把体温计拿出来，看着上面显示的温度冲着严灼喊，"还说没事？"

严灼咳嗽了一声，笑笑道："我真没感觉出来。"

"我现在打电话让医生过来，"陆君知起身去拿手机，"要不然烧一晚上都烧傻了！"

"别。"严灼喊住他，"真不用。"

"还不用？"陆君知拧着眉冲他喊，"你都不难受？"

"吃点药就行了。这么晚就别麻烦人家了。"

陆君知皱着眉道："什么麻烦不麻烦的？"

"真没事，我吃点药，"可能是因为发烧，严灼眼睛里都是水光，看起来格外温柔，"帮我倒杯水好不好？"

陆君知最受不了别人这种眼神，每次有人这么看着自己的时候，陆君知就觉得自己没辙。

"行吧。"陆君知抿了抿嘴，"要是吃了药还不好就叫医生过来。"

严灼点点头："好。"

"对这个过敏吗？"陆君知把水杯递给严灼，晃了晃手里的药，"以前有没有吃过？"

"以前吃过。"严灼接过药喝下去，"不过敏。"

陆君知用凉水打湿毛巾，拧干叠好搭到严灼额头上："冰块太凉，先用这个。"说完就转过身去擦手。突然他听见严灼在背后小声叫他。

"嗯？怎么了？"陆君知回过头，"不舒服？"

严灼眨了眨眼，因为发烧脸有点红。他低声道："谢谢。"

陆君知擦干手把袖子挽起来："怎么突然这么说？"

严灼不说话，只看着他笑。

陆君知乐了："不会真傻了吧？"

"我觉得你很帅。"严灼突然出声，认真地看着他。

陆君知愣了一下，想笑又不好意思。"说什么呢？"

严灼勾了勾嘴角，半闭着眼继续道："也很可爱。"

"喂！"陆君知恼羞成怒，喊了一声，"别以为你生病了我就不敢揍你！"

严灼笑出声："揍吧，我不还手。"

陆君知把严灼额头上的毛巾拿下来，冲着他挥挥拳头。"等你病好了，我一定把你揍得哭爹喊娘！"

严灼又咳了几声，嗓子都有点哑。

陆君知听着严灼咳嗽，问道："怎么感觉严重了？"

"没事。"严灼轻声道，"睡一觉就好了。"

"那你赶紧睡。"陆君知倒了杯水放在床头，"晚上要是难受就和我说。"

严灼眨了眨眼："好。"

因为担心严灼，再加上心里有事，陆君知一夜没睡踏实，早上醒来的时候已经很晚了。

"醒了？"严灼靠在床边，晃了晃陆君知的手机，"已经有三个人给你打电话了。"

"嗯？"陆君知撑起身体揉了揉眼睛，"还发烧吗？好点没？"

"好多了。"严灼倒了一杯水放到旁边，"昨天谢谢你。"

"我看看。"陆君知用手试了试严灼额头的温度，"嗯……不发烧了，今天再吃一天药。"

"知道了。"严灼把手机递给他，"你哥、徐西立，还有一个陌生号码。"

陆君知掀开被子在自己小腹上拍了一巴掌，翻了一会儿手机。"这号码是谁的啊？打了好几个。"

"不知道。"严灼拉开窗帘，阳光立刻涌入，窗外是波光粼粼的湖泊，"大概早上七点开始打的。"

"骚扰电话吧。"陆君知没理会，拨了个电话给陆嘉树，"哥，怎么了？"

"刚才怎么没接电话？"陆嘉树合上手里的文件，"没什么事，就是和你说一声我上午有事情要谈，你自己玩。"

"嗯，知道了。"陆君知点点头。

"昨晚怎么突然跑了？"陆嘉树沉默了一会儿，突然开口，"不喜欢那个尹夏？"

"谁喜欢她啊？"陆君知喊了一声，"跟个神经病一样。"

陆嘉树笑笑："哪有这样说人家小姑娘的？"

陆君知"啧"了一声，从床上起来："要气质没气质，要家教没家教，没一点小姑娘该有的样子。"

陆嘉树叹了口气："行吧，你不喜欢就算了。"

陆君知"嗯"了一声就把电话挂了。

有短信进来，是徐西立发来的。

"想不想去划竹筏？"陆君知穿上T恤走进了洗手间，朝严灼比画了一下，"刚刚徐西立发短信问我们要不要过去。"

"竹筏？"严灼靠在门框上，"你会划？"

"会啊……"陆君知叼着牙刷，含糊地说，"之前我划过几次……"

严灼想了想："那你教我？我不会。"

"可以啊。"陆君知拿毛巾擦了把脸，"这个简单，而且还挺有意思。"

严灼笑笑："我怎么觉得你好像什么都会？"

陆君知满脸嘚瑟："那是，小爷多才多艺，有什么不会啊？"

严灼看着他笑："嗯……以后叫你万能的小知。"

"嘿！"陆君知笑着推了严灼一下，"嫉妒吗？"

严灼笑着躲开，指着窗台上的小鱼缸道："要不要去看你抓的鱼？"

"差点忘了。"陆君知摸了摸头发，走到卧室的窗台边瞅了眼小鱼缸，"你换过水了？"

"换过了。"严灼捡起几颗鱼食放到水里，"每天换两次水就行了。"

"它俩还没名字呢。"陆君知瞅着鱼缸里游得挺欢快的两条小野鱼，"快起个名字。"

"这条叫小黑，"严灼指着自己抓的鱼，又指着陆君知抓的那条花斑鱼，"这条叫小花。"

陆君知乐了，"严灼，我以前怎么没发现你这么俗呢？"

"俗吗？"严灼笑了，"我觉得挺好听。"

陆君知"啧"了一声："小黑还行，小花怎么听起来好像是雌鱼？"

严灼乐了："你怎么知道人家不是呢？"

陆君知愣了一下："我以为两条鱼都是雄鱼……"

严灼摇摇头，仔细看了看两条小鱼："太小了，还没法分辨雌雄。"

"那要是两条都是雄鱼怎么办？"陆君知也仔细看了看，"那不是没法繁殖了？"

严灼愣了一下："不同种类的鱼不一定能繁衍后代，但是大部分鱼是体外受精，所以一雌一雄的话，也不排除成功繁殖的可能性……"

陆君知有点惊讶："小百科吗？这也知道。"

严灼笑笑："没事瞎看知道的。"

两人吃了点早饭就去找徐西立。划竹筏的地方是一条峡谷的下游，水流到这里已经很缓，河面宽阔，在阳光下泛着白茫茫的雾气，岸边停着几条竹筏，又长又窄。

"快快快……"徐西立已经撑着竹竿准备开始了，一看见他俩过来就一个劲地催，"赶紧，等你俩半天了。"

陆君知抬脚踹了竹筏一下："着什么急？"

竹筏很窄，稍微一动就摇晃。

"别踹！"徐西立赶紧扶住摇摇晃晃的林千钰，"差点掉下去！"

林千钰站稳，从徐西立手里抢过竹竿，"啪"的一下拍到陆君知旁边的水面上，水花溅了陆君知一身。"陆少还没醒吧？我帮你清醒清醒！不用谢！"

　　"小爷的衣服！"陆君知往后跳了一下也没躲开，上衣湿了一大片。他指着林千钰半天没说话，伸手竖了竖大拇指，叹道："你牛！"

　　严灼递给他一张纸巾，问道："现在开始？"

　　"哈哈哈哈哈……开始！"徐西立嘚瑟地笑了半天，"严帅会不会划？不会划让君知教你一下。"

　　"走走走……"陆君知拽起上衣抖了抖，拉着严灼去拿划船的竹竿，"看他嚣张的样子！待会儿非得把他拍到水里！"

　　两人解开两条竹筏，陆君知递给严灼一根竹竿，手里比画着。"大概是这个角度……然后向后用力，不要往下……"

　　严灼照着陆君知的动作试着划了几下，竹筏顺着水往前移了点。

　　"对，就是这样！"陆君知点头说，"我们主要是顺着水流走，稍微掌握一下方向就行。"

　　严灼点点头，连着划了几下，竹筏从岸边的水草堆里离开："可以了吧？"

　　"行了！"陆君知追上严灼，"可以出师了！"

　　两人一路顺着水往下游去，没一会儿就追上了林千钰他们，徐西立回头一看，就见陆君知举起竹竿朝着他捅过来，他赶紧用劲划了几下，不过已经晚了。

　　陆君知举着竹竿捅徐西立："让你嘚瑟！"

　　"君哥，我错了！"徐西立想躲又不敢躲，扯着嗓子喊，"别别别！我家千钰还在船上呢！"

　　陆君知"啪"的一声把竹竿拍到徐西立船头，冲着徐西立龇了龇牙。"我今天非把你拍到水里去，你信不信？"

　　徐西立抹了把湿淋淋的头发，"啧"了一声，道："水里就水里！谁还不会游泳了？"

　　陆君知愣了一下，手上的动作停下来，转头去看严灼。"你会游泳吗？"

　　严灼正看着他俩，觉得有意思，愣了一下才回答："不会。"

　　"哈哈哈哈哈……"徐西立乐了，指着陆君知，"那你俩完了，我们这边可都是会游泳的！"

"笑什么啊！"陆君知突然有点紧张，就好像严灼站在竹筏上随时会落水似的，"你……那什么……慢点，到我这边来……"

严灼笑笑，轻轻往前划了一下。"没事，这不挺好的吗？"

陆君知皱了皱眉："要不我们先上岸？"

"不用吧？"徐西立乐了，"多大点事？咱俩都会游泳，还能让他有事？"

陆君知迟疑了一下，看着严灼："行吧，别划得太快，离我近点。"

严灼点点头："好。"

天气非常好，大片的阳光洒到水面上让人睁不开眼，两岸是茂盛的野草，随着微风轻轻晃动。

"怎么样？"陆君知笑着转头去看严灼，"好玩吗？"

严灼点点头，把竹竿从右手换到左手。"感觉挺不一样的，这是我第一次自己划船。"

徐西立深吸一口气又呼出来，咧着嘴笑道："这空气！叫什么来着？对！泥土的芬芳！"

陆君知直接笑出声："你够了！哪儿来的泥土？"

徐西立"嘿嘿"笑了两声："意会懂不懂？严大帅哥一定懂，是吧？"

严灼也笑，望了望远处波光粼粼的水面。"空气很好，干净湿润。"

"是不是有人在唱歌？"陆君知侧耳听了一会儿，"好像是山歌。"

严灼也听了一会儿："是有人在唱歌。"

"那有什么？"徐西立乐了，扯着嗓子吼了一声，"唱山歌来……"

调子都跑到太平洋去了，陆君知刚想开口吐槽他，就听见背后有人叫他。

徐西立冲着陆君知吹了声口哨："有小姑娘追上来了！"

"什么？"陆君知回头就看见坐在竹筏上的尹夏，有点反应不过来，转头看着严灼，"她怎么来了？"

严灼愣了愣："应该是来找你的。"

陆君知"啧"了一声："还没完了？"

尹夏是找度假村里专门的船夫帮她划的竹筏，速度非常快，一眨眼就追上了陆君知他们。

"你昨天跑什么？"尹夏看起来有点生气，站在船头直直地看着陆君知，

"你知道表白到一半人跑了，我有多难堪吗？"

陆君知烦躁地挠了挠头："和我有什么关系？"

"和你没关系？"尹夏冲着陆君知喊，"我喜欢你，和你没关系？"

"那个……喀……"徐西立实在忍不住，想笑又不敢笑，憋得快岔气了，"我们先走了啊，你俩在这儿先聊着吧！"

陆君知转头拧眉看着徐西立："你敢？"

"嘿嘿！"徐西立笑了两声，"我们在这儿多尴尬啊，是吧？严灼，咱走吧，让他俩慢慢聊。"

严灼顿了一下，对陆君知笑笑道："那我们先走，前面等你。"

"别啊！"陆君知有点着急，"你……"

"没关系。"严灼打断陆君知，用力划了几下，竹筏顺着水往前走，"不是还有徐西立和我一起吗？没事。"

"喂！我和你说话你听到没！"尹夏弯腰掬了一捧水朝着陆君知泼过去，"给你打电话为什么不接？"

"你有病吧？"陆君知皱了皱眉，眼看着严灼他们离自己越来越远，根本没工夫搭理尹夏，撑着竹竿就要往前划。

尹夏转头对着划船的大爷说："大伯……"

大爷哈哈笑了两声，回了她几句。

两人用当地方言交流，陆君知听不懂，正一脸蒙，就见大爷伸着竹竿在水里稀里哗啦地搅了几下，尹夏的竹筏就跑到了陆君知前头，正好堵着他。

陆君知气笑了："你听不懂人话？"

尹夏挑眉看着他："你不觉得你应该和我道歉吗？"

"道歉？"陆君知嗤笑一声，"做梦！让开！"

尹夏看了他一会儿，突然笑了，语气轻蔑："着急去找你朋友？不就是个穷小子吗？靠着在 Seabed 餐厅打工，有什么了不起？"

陆君知愣了一下才反应过来她说的是严灼，心里腾地蹿起一股火，他咬牙看着尹夏，一字一句道："你敢再说一遍？"

"怎么不敢？"尹夏像是找到新鲜玩具的小孩，颇为有趣地看着陆君知，"我惹不了你，还治不了一个没钱没背景的驻唱歌手？"

陆君知突然紧张起来："你要干什么？"

"不干什么，单纯逗逗他！"尹夏笑了一声，转头对着大爷说了句什么。

大爷呵呵一笑，拿起竹竿就开始在水里划拉，陆君知眼睁睁地看着尹夏的船就跟河里的鱼一样，灵活地往前蹿。

》》》 第65章

陆君知真急了，抄起竹竿使劲追，要命的是自己这业余技术和人家专业的一比，瞬间就不够看了。

他拼了命地往前划，哗啦哗啦的划水声响成一片，竹竿激起的水花溅得到处都是，两条胳膊都快赶上风火轮了，可还是追不上。他眼看着尹夏离严灼越来越近，严灼的背影在一片白茫茫的河面上显得模糊而孤寂。

尹夏已经追上严灼了，不知道正在和严灼说什么。陆君知这时才真正觉得害怕，他们这些人里面最不缺的就是爱挑事的神经病，被家里宠得不成样子，仗着有点家世背景，嚣张跋扈。

陆君知觉得自己急得都要冒火了，他完全不知道尹夏到底要对严灼做什么，只能扯着嗓子吼了一声："严灼！"

可还没等他吼完后面的话就已经来不及了，他眼睁睁地看着尹夏突然伸手推了严灼一下，严灼一点防备也没有，直接一个趔趄掉到了河里！

一瞬间溅起大片水花，严灼的身影直接淹没在巨大的水花里。

陆君知觉得自己整颗心都揪在一起，脑袋嗡嗡地响，眼前什么都看不见，全是严灼在水里挣扎的样子。

他不会游泳！

"撑住！"陆君知扯着嗓子吼了一声，拼了命地往前划，"严灼！！！"

他从来没觉得十几米的距离这么远，远到他觉得一阵阵恐惧淹没了他。已经过了好几年，他又经历了同样的绝望，严灼就在他视线所及的地方，可他还是让他出了事，就像妈妈当年从他面前跳下去，所有的一切都来不及了。

陆君知觉得自己疯了，抓着竹竿的手都开始颤抖，严灼还在水里挣扎，可是自己怎么都够不到他。

"撑住！"陆君知直接把竹竿扔了，朝着严灼的方向跳进了河里。

冰凉的河水一下将他淹没，可他顾不了那么多了，他拼命地拨开阻挡在前面的水，巴不得在这一瞬间所有的水都被吸干了才好，这样他就可以救起严灼。他连换气都顾不上，憋着一口气冲着严灼游过去，就在他觉得自己的肺要炸了的时候，终于看到严灼白色的外套在暗沉沉的水里漂漂浮浮，格外明显。

陆君知用尽最后的力气朝着严灼游过去，在碰到对方的一瞬间，他几乎有想哭的冲动。

原来他这样害怕。

陆君知从背后扣住严灼的肩膀将人带出水面，突然挤进肺部的空气让他剧烈地咳嗽起来，他抹了一把脸去看严灼，对方已经晕了过去。

他几乎是连滚带爬地把严灼拉上岸，两个人全身湿透，狼狈得不成样子，其他人也围了过来，船夫叽里咕噜地不知道在说些什么，徐西立大呼小叫地跑过来。

"严灼！"陆君知喘着气把人抱起来，想知道他的状况。可严灼没有回答，也没有像以前那样看着他微笑，严灼就像睡着了一样，闭着眼睛一动不动。

陆君知头发上的水一滴滴掉到严灼脸上，他伸手去摸严灼苍白的侧脸，冰凉入骨，没有一点温度。

"怎么了怎么了？"徐西立围过来，想去看严灼，"到底怎么回事？"

"别碰他！"陆君知几乎歇斯底里，他猛地抬头一把挥开徐西立的手，眼睛直直望过去，"滚开！"

徐西立顿时僵在原地，陆君知的眼神让他觉得害怕。那种好像绝望到极点的疯狂，几乎让他以为自己看花眼了。

"君知，君知！"徐西立轻轻地叫了他两声，"溺水啊！你赶紧把他放开！"

徐西立都快哭了，本来就是溺水，他再这么抱着就真没救了！

"对！对！"陆君知好像才回过神，慌忙把严灼放到地上，嘴里念念叨叨，

"溺水，对，溺水！"

徐西立松了一口气，赶紧去按严灼的胸口，陆君知一把推开他。"我来！"

"严灼……"陆君知用力去按压严灼的胸口，他的声音抖得不成样子，带着显而易见的哽咽，眼眶通红，"严灼，你快醒啊！"

徐西立在旁边托着严灼的头部，陆君知的样子让他也慌了神，他从来没见陆君知这样慌乱过。

就在陆君知要绝望的时候，严灼突然咳嗽起来，陆君知从来没觉得原来咳嗽的声音也可以这么好听，他几乎是瘫坐在地上。

严灼趴在地上一阵剧烈地咳嗽，陆君知抹了把脸，突然站起身朝着旁边的尹夏走过去。

徐西立反应最快，急忙去拉他。"你冷静点！"

"都别动！"陆君知猛地转身，食指点了点对面正紧张地看着他的一圈人，扯开外套脱下来甩到地上，"谁都别过来！"

尹夏已经慌了神，连动都动不了，只能看着陆君知大步朝自己走过来。

"你是不是想他死？"陆君知一把掐住尹夏的脖子，把她按到凉亭的柱子上，通红的双眼里是极致疯狂，声音冷得像结了冰，"你是不是想他死？"

"对……对不起……"尹夏几乎无法呼吸，喘着气好像马上就要哭出来，"我不知道他不会游泳，我不知道……"

"你不知道？"陆君知突然笑了一下，紧接着收敛笑容，满脸都是戾气。

尹夏困难地喘着气，双手拼命去推陆君知，可是陆君知动也不动。

"君知！放手！"徐西立看情况不对，跑过来一把拉开陆君知。

陆君知被推到一边，突然清醒过来，弯着腰大口喘气，尹夏直接跪倒在地上一阵干呕。

徐西立揉着额角，无奈地说道："简直疯了……"

陆君知回头看见严灼撑着胳膊从地上站起来，他闭了闭眼，深吸一口气，走到尹夏旁边。

小姑娘真被吓坏了，看到陆君知过来，爬起来就要跑。

陆君知弯腰一把揪住她的上衣领口，眯着眼睛看着她。"你以为我不知道你哥来度假村干吗？陆家最近的一个项目你家过了复审吧？得意吗？别高兴得太早！记得待会儿回家告诉你哥，从今以后陆家的项目你爸连初审都过不了！"

尹夏惊恐地看着陆君知，从来没有人敢这么对她，她抖着声音说："你……你敢……"

"我不敢？"陆君知像听到什么笑话一样突然笑出声，一把钳住尹夏的下颌，随即松开手，轻轻拍了拍尹夏的脸，对方已经吓得没反应了。"好好记得！"说完直接把尹夏推开，站直身体朝严灼走过去，一把拉起他离开。

严灼跌跌撞撞地被陆君知拉着往回走，直到走回小院，他用力拉住陆君知，安抚道："冷静点！我没事！"

"我怎么冷静？"陆君知猛地转身，一把挣开严灼的手，红着眼睛冲严灼喊，"你知不知道你差点出事?! 你要我怎么冷静？"

严灼眨了眨酸涩的眼睛，伸手抚过陆君知的眼眶，哑着嗓子说："我知道，我都知道，你看我现在好好的，不是吗？"

陆君知咬牙看着严灼，一字一顿地开了口："没关系，严灼，你今天要是出了事，我一定会让她也付出代价。"

"不会的！"严灼用力揽过陆君知的肩膀，他极力压抑自己颤抖的声音，"都过去了！你冷静点！我不会死的。"

过了好一会儿，陆君知才慢慢冷静下来，他把头埋到严灼肩膀上，听到自己剧烈的喘息声，眼眶里有湿润的液体流出。严灼僵了一下，有些慌乱地想去看陆君知的脸，陆君知却突然推开他，猛地转过身背对着他。陆君知用手背遮着眼睛，全身颤抖。

第66章

严灼站在陆君知背后，只能看见他湿淋淋的后背和紧握的拳头，眼前的这个人特别凶狠又特别温柔，极度嚣张又极度脆弱。

两个人的衣服还在滴水，滴滴答答地落到地面上。

"君知！严灼怎么样了？"徐西立的声音从背后传来，"我把这儿的医生叫过来了！"

严灼抹了把脸转过头，看见徐西立带着一个穿白大褂的医生走进小院，旁边是陆嘉树。

"我没事。"严灼嗓子有点哑，"就是嗓子不太舒服，不碍事。"

"让医生帮忙看一下，"陆君知已经恢复平静，"等回家再去医院检查。"

"让医生帮忙看看有没有什么问题。"陆嘉树突然开口，"身体最重要。"

严灼想了想："好吧。"

"君知，等会儿。"陆嘉树叫住想和严灼一起回房间的陆君知，"我有话问你。"

陆君知迟疑了一下，对严灼道："你先上去。"

严灼点点头，和医生上了楼，陆君知抓了抓头发，问："怎么了，哥？"

"到底怎么回事？"陆嘉树抱着胳膊靠在大门的木柱子上，"刚刚我正和尹洛谈事情，他妹妹哭着跑进来，然后徐西立就告诉我严灼溺水了。"

"她还有脸哭？"陆君知眯了眯眼睛，"那她有没有告诉你，是她自己把严灼推到水里的？"

陆嘉树看了一眼小木屋的方向："故意的？"

"是，故意的。"陆君知耸了耸肩膀，"我也故意掐了她脖子，算扯平了。"

"一时激动……"徐西立眼看着陆君知又开始发神经，赶紧笑着打岔，"那什么，君知就是冲动了点……"

"和尹洛的事情也不用谈了。"陆君知抹了把头发上的水，"陆家不会和他们合作。"

陆嘉树看了陆君知一会儿："行了，我会处理的。"

陆君知点点头："我先进去看严灼。"

"等会儿，"徐西立追着陆君知跑进去，"我也去。"

"初步检查没什么问题。"医生收起听诊器，"但是你可能会感到轻微头晕、耳鸣，肺部有轻微疼痛感，这属于溺水后遗症，二十四小时后到医院做一个详细检查，如果没有问题就可以放心了。"

严灼点点头："好的，谢谢。"

医生收拾好东西："不客气。"

"严灼，你怎么样？"徐西立跟着陆君知上了楼，"刚刚吓死我了！"

严灼把上衣扣子扣好，答道："没事了。"

徐西立"啧"了一声："你可算没事了，要不然君知都得疯了。"

"有没有觉得不舒服？"陆君知坐到床边，"胸闷、头晕之类的？"

严灼撑着额头，微微笑了一下："有一点头晕而已。"

"应该是正常反应。"陆君知走到窗边把所有的窗户都打开，"透透气。"

徐西立看着严灼，欲言又止，严灼笑了笑，问："怎么了？"

"就……对不起啊……"徐西立偷偷瞟了一眼陆君知，"这事也怪我，当时说和你一块的，要不是后来我自己划船到前面去了，也不会让你出事……"

严灼愣了一下，看着徐西立笑笑道："怎么能怪你？而且现在不是已经没事了吗？"

"你真不怪我？"徐西立挠了挠头，"我刚问了那个船夫，叽里咕噜地说了半天我才搞明白，原来尹夏把你推下去之后，船夫本来想下水救你的，结果尹夏拉住他不让他下去，说是开玩笑而已，你会游泳……"

陆君知抹了把脸，重重地呼出一口气。

严灼揉了揉额角："嗯，我知道了。"

"行吧。"徐西立点点头，"那我先走了，你俩赶紧换换衣服，这湿淋淋的，不难受啊？"

严灼笑笑道："再见。"

徐西立走后，房间里只剩下他们两个，陆君知直直地看着严灼，问："害怕吗？溺水的时候……"

陆君知心想：窒息的痛楚，绝望的挣扎，冰冷的河水，这些对方刚刚经受的一切，都是自己造成的。

"没有害怕。"严灼想了想，"就是突然想到还有很多事情没有做。"

他想：我还没来得及告诉爸爸，自己一直在做想做的事情，我也还没有告诉你，其实和你在一起很开心。对我来说，你已经是最重要的朋友了。

陆君知突然觉得心痛，当下就变了脸色。他觉得像是有最细的针，一针针扎到自己心底。原来差点害死一个朋友是这种感觉，是密密麻麻的恐惧和疼痛。

即使严灼现在已经好好地站在自己面前，可是一想到他曾经在冰凉的河水里绝望地挣扎，自己就感到窒息一样的害怕，尤其是严灼经历的这一切都是因为自己。

"陆君知……"严灼看着陆君知的脸色，心一点点沉下去。

严灼现在可以确定，陆君知一定在自责，他会把溺水这件事归结到他自己身上，会觉得是因为自己才给严灼带来伤害。

这个问题像是早就埋在他们之间的炸药，现在终于被人点燃了引线。

卷六

拉扯

其实少年的人生可以这样，有清风，有朝阳，有烈日当头，有雨雪风霜，有璀璨星光，也有挚友在身旁。

所以，严灼，很高兴可以遇见你，我想你也一样。

第 67 章

陆嘉树把车停在巷子口，严灼打开车门，对着陆嘉树笑笑道："谢谢陆哥。"

"等一下。"陆君知撑着车门跳下跑车，"我帮你拿行李箱。"

严灼从陆君知手里接过行李箱："快回去吧。"

陆君知没有动，低着头想了想："要我陪你去医院吗？"

"不用。"严灼笑笑，"我自己去就行。"

说完这几句话，两个人站在车子旁边沉默着。周围是摆着小摊卖冰糖葫芦的大婶，还有刚刚放学的幼儿园小朋友，叽叽喳喳地吵闹成一片。

"走了。"陆嘉树按了下喇叭，回头看了看已经快被堵住的巷子，"后面来车了。"

严灼对陆君知摆摆手："再见。"

"你先走。"陆君知没动，看着严灼，"注意休息。"

严灼愣了一下，笑道："好。"说完捏了捏手里的行李箱杆，犹豫了一下，转身进了巷子。

这条路陆君知走过很多次，他看着面前的巷子，清晨、黄昏、骑车、步行，他都是和严灼一起。现在他才发现自己竟然很清晰地记得每次走过这条路时严灼的样子。

平静的、温柔的、阳光的……

"君知，"陆嘉树叫了他一声，"走了。"

陆君知收回目光，转身拉开车门上了车。

"晚饭自己吃。"陆嘉树拿起西装上衣搭在臂弯里，靠在陆君知卧室门口，"我出去谈事情。"

"又工作？"陆君知把衣服挂在衣柜里，转头看着陆嘉树，"都不歇一会儿？"

"没办法，和人约好的时间。"陆嘉树看了眼手机，"时间差不多了，我先走了。"

陆君知点点头："行吧，别太晚。"

听着陆嘉树关门出去的声音，陆君知把衣服随手塞到柜子里，转身把自己扔到床上。

卧室的窗户没有关，他瞪着眼睛看着天花板发呆，隐约还能听见楼下花园里大叔大婶打牌的声音。

陆嘉树回来的时候屋里静悄悄的，路过陆君知的卧室看见灯还没关，他往里瞄了一眼，就见陆君知枕着胳膊趴在桌子上睡着了，陆君知手里还捏着手机，电脑指示灯还亮着，旁边横七竖八地躺着一些零食袋子，行李箱里的衣服也没有收拾完，乱七八糟地扔在一边。

果然还是小孩子，陆嘉树摇摇头，走过去想把电脑移开帮他关机，结果手指不小心按到按键，屏幕一下亮起来。

陆嘉树盯着屏幕看了一会儿，陆君知还在旁边睡觉，毫无察觉。他手指滑过触摸板，浏览了一遍历史记录，最后又换回一开始的页面。

"嗯？"陆君知被手机振动的声音吵醒，皱着眉头揉揉眼睛，胡乱按了接听，"谁啊？"

"君哥！"徐西立响亮的声音响起，"你在哪儿呢？"

陆君知被这两声嚎得差点从凳子上摔下来，拿开手机看了一眼。"鬼叫什么啊？"

"哪叫啦？"徐西立有点委屈，"这不是问问你今天晚上出不出来玩吗？"

"玩什么玩！"陆君知看了一眼时间，"啊，都十一点半了？"

"是十一点半啊。"徐西立有点愣，"有问题？"

"没……"陆君知趴在桌子上打了个哈欠，懒洋洋的，"不去，我要睡觉。"

"睡觉？"徐西立怪叫一声，"这个点睡什么觉？出来玩啊！"

陆君知闭着眼随口瞎扯："有什么好玩的，不就是那几样，你还没玩腻啊？赶紧回去睡觉！小心猝死！"

徐西立噎了一下，半天才开口："君哥，你最近怎么有点不对劲？怎么了？说说吧！"

"没事。"陆君知揉了揉额头，"你玩会儿赶紧回家吧，大半夜的晃荡什么呢？"

他说完也懒得搭理徐西立，直接把电话挂了。

陆君知把自己扔回床上才觉得有点饿，算了，懒得做饭，就这么睡吧。

就这么浑浑噩噩地过了不知道多少天，这期间他没去学校，也没和别人联系，徐西立叫了他几次他都没去，最后实在扛不住那家伙一个接一个的电话，陆君知终于准备出门了。

他打了个电话给徐西立和韩泽霜他们，大伙儿约好了一起去吃个饭，然后再随便到什么地方转转。等他磨磨蹭蹭到包厢的时候，其他人都差不多到了，一圈人正坐在桌边打牌，看见陆君知进来才停下。

"哟！陆少！"小白看见他进来喊了一嗓子，"看您这脸色憔悴得呀！烟熏妆化得不错啊！"

"欠抽！"陆君知龇了龇牙，跳过去掐住小白的脖子，"你女朋友不在，你这是放飞自我了？"

旁边一个声音响起："他俩早八百年就分手了！"

陆君知转身看过去，愣了一下，反应了一会儿才认出来是吴恩阳，他指着对方的头发，诧异道："少年，您的头发呢？"

吴恩阳摸了把自己刚剃的寸头，"嘿嘿"笑了两声："剪了！"

陆君知有点惊讶，自从他认识吴恩阳以来，对方从来都是一脑袋五颜六色的长毛，这家伙对自己的造型非常满意，现在竟然把头发剪了，还剪成了寸头，陆君知觉得的确够新奇的。

韩泽霜递给陆君知一罐可乐："阳子这是为了泡妞才把头发剪了。"

"泡妞？"陆君知接过可乐喝了一口，"哪里的妞？"

吴恩阳突然有点不好意思："别听韩哥瞎说。"

"哟！害臊了！"小白在旁边起哄，"泡妞就泡妞嘛！害羞什么？"

陆君知也乐了："阳子把姑娘带出来看看嘛！"

"还带出来呢？"韩泽霜点了根烟，"藏得可紧了，我们到现在连名字都不知道。"

"哎，我来晚了！"徐西立一把推开门，"堵了一路的车。"

"徐哥，你得了吧。"吴恩阳撇撇嘴，"你这是约会忘了时间吧。"

小白附和道："我看也是。"

"嘿嘿，小屁孩懂的不少。"徐西立拉开陆君知旁边的椅子，看见陆君知的时候愣了愣，"君知，你这是怎么了？病了？"

"没。"陆君知应道，"昨天没睡好。"

"哦，对了，昨天打电话我还想跟你说个事来着。"徐西立转了转手里的打火机，"听说肖俊那浑蛋好像过段时间要出国了。"

"出国？"陆君知愣了愣，"出国念书？"

徐西立"啧"了一声："谁知道他干吗去？估计是念书吧。"

服务员把菜端上来，韩泽霜指着一桌子菜道："吃啊，都不饿吗？"

"吃。"小白拿起筷子夹了口菜，"你们不吃我先吃了啊，都快饿扁了。"

吴恩阳看着他乐了："你这是失恋综合征吗？暴饮暴食，小心变胖子。"

小白塞了一嘴凉菜，含糊地说："小爷我变成胖子也是帅胖子！"

"肖俊……"韩泽霜吐了个烟圈，看着陆君知，眯了眯眼，"就那个肖冰的弟弟？"

陆君知点点头："嗯。"

"那你小心点。"韩泽霜看了陆君知一眼，"就你俩那仇，我估摸着那家伙走之前要找你麻烦。"

"我也这么觉得。"徐西立打了个响指，"君哥，你小心点，那浑蛋肯定不会就这么走了。"

陆君知眯了眯眼："行，我心里有数。"

一群人在包厢里闹哄哄地吃饭，陆君知随便吃了几口就停了筷子，以前他们一直这么玩，大伙儿聚在一起吃吃喝喝，聊聊天，相互损几句，再找个地方玩一下……

可现在陆君知觉得挺没劲的，也不是说讨厌这些，毕竟他都习惯了，可就是觉得有点无聊，好像缺了点什么，提不起精神。

"待会儿去哪儿？"韩泽霜喝了口水，"时间还早。"

"网吧网吧网吧……"小白一迭声地喊，"我要去玩游戏，上回输给周唐好几回，这回铁定赢他！"

徐西立朝他龇了龇牙："你能玩得过周唐？找虐呢？"

"嘿！我就不信邪了！"小白喊了一声，"今天要是不赢他一把，我喊他爹行不？"

"这可是你说的！"吴恩阳唯恐天下不乱，扯着嗓子喊，"你到时候要是不喊就不是个爷们儿！"

"我说的怎么了？"小白来劲了，"走走走，现在就去，我给周唐打电话。"

"网吧！去吗？"韩泽霜看了陆君知一眼。

陆君知点点头："行啊。"

他无所谓去哪儿，反正只要别留他一个人就行。一群人就近找了间网吧，进去要了个包厢就开始打游戏。陆君知没参与，他对这些没兴趣。

小白拉着周唐，加上看热闹不嫌事大的徐西立和吴恩阳，正大呼小叫地打游戏，连韩泽霜都跟着玩上了。陆君知觉得坐在旁边滑着鼠标浏览新闻的自己有点傻。

第 68 章

一群人待到两眼都睁不开了才从网吧里出来，小白赢了周唐一把，尾巴都快翘到天上了，一出门就开始嚷嚷："走走走，去 Seabed！"

徐西立拍了他一巴掌："你怎么突然兴奋成这样？"

小白嗤笑："开心嘛。"

韩泽霜乐了："你够了！有本事以后游戏输了别哭啊。"

小白"嘿嘿"笑了两声："那不行。"

一群人一阵哄笑。

"君知！"小白突然开口，"阿灼呢？他不是在哲哥那儿驻唱吗？咱们过去正好叫上他啊！"

陆君知挠了挠头："他今天不上班。"

"啊，不上班啊！"小白一脸可惜，"我还想着和他交流交流呢。"

吴恩阳嘴里嚼着口香糖："不上班没关系啊，叫出来一块玩呗。"

陆君知没说话，脸色有点冷。

"玩什么玩啊！"徐西立看陆君知不搭话，赶紧转移话题，"人家没准儿都睡觉了，谁还跟你似的，大半夜浪个没完！走走走！赶紧! Seabed！"

一伙人一进 Seabed 餐厅就直奔吧台。

"哥，来杯可乐！"吴恩阳趴在吧台上冲着赵啸喊，"要加冰块啊，不是冰的我不喝！"

赵啸乐了，手里转着酒杯，动作灵活漂亮："就你事多！"

陆君知从吧台拿了杯可乐就随便找了个座位坐下，随便朝台上瞅了一眼，就见唱歌的是个姑娘，也看不清脸。

他端起杯子喝了口冰可乐，入口冰凉，够爽够刺激！

陆君知直接把一杯可乐全干了。

"悠着点！"徐西立提醒他。

陆君知没说话，扒拉了一把头发，撑着额角靠在沙发上。

"到底怎么了？"徐西立瞅着陆君知，"是家里的事？"

陆君知摆摆手："你别管了。"

前一天又和一群人熬到半夜，陆君知正裹在被子里睡得天昏地暗，幸好还在假期，不用上学。手机突然响起来，就在他耳朵边，想不清醒都不行。

"喂……"陆君知连眼都没睁开就接了电话，"谁啊……"

"嘿！帅哥！你不会还没醒吧？这都几点了？"

对面是个姑娘的声音，挺有活力的。

陆君知清醒了点，用力眨了眨眼，从被子里把自己扒拉出来。"你是……？"

"饰品店。"姑娘笑了一声，"记起来了吗？"

陆君知愣了愣才想起来是饰品店的那对双胞胎姑娘。"哦，是你……怎么突然打电话过来？"

姑娘乐了："帅哥，你忘了啊？你让我做的那个音乐盒做好了，可以过来拿了。"

"做好了？"陆君知有点惊讶，"这么快？"

姑娘笑笑道："不快啦，都好久了，你什么时候过来拿啊？"

陆君知顿了一下："那……我今天过去吧！"

"成！等你啊！"

陆君知把手机扔到一边，掀开被子瞪着天花板，瞪了半天才翻身起来去洗漱，出门打了辆车直奔商场，坐着电梯直接到了饰品店的楼层。

陆君知站在店门口，看着店里琳琅满目的小饰品，想起上次来这里还是和严灼一起，两个人为了给徐西立买生日礼物，从一层逛到顶层，最后实在累得不行，买了两杯奶茶坐在那儿喝……

"嘿！来了！"长头发姑娘看见他进来，和他打招呼。

"嗯……"陆君知揉了下眼睛，"是……你给我打的电话？"

姑娘看着他笑："不是，是我姐打的，她在里边。"

陆君知点点头："行，那我进去找她。"

短发姑娘正在里头背对着门不知道在忙什么，听到有人进来，她回过头道："来了！"

陆君知往前走了几步，发现小姑娘正在做陶艺，他有点惊讶。"你还会做这个？"

"是啊，专门去学的。"短发姑娘站起来洗了洗手，"帅哥，你先坐那儿，我把东西拿过来。"

陆君知点点头。

他大概扫了一眼这间小房子，倒是挺整洁，就是东西有点多，木雕饰品、瓷器、插花饰品……看来这小姑娘会的还真不少。

"给你，可得拿好了。"短发姑娘递给陆君知一个纸袋，"我可是花了不少心思！"

陆君知接过来笑了笑："谢谢！"

"不拆开看看？"小姑娘靠在桌子上看着他，"保证你满意。"

陆君知顿了一下，还是从纸袋里把盒子拿了出来，准备打开盒子的时候，他突然有点紧张，手指捏着盒子半天没动。

短发姑娘乐了："拆啊，犹豫什么啊？"

陆君知看了她一眼，捏了捏手里的盒子，拆开。看到音乐盒的时候，他的确很惊讶。当时他就大致说了一下要求，没想到这小姑娘还真是挺用心，基本把他心里想的样子做出来了。

这个音乐盒和送给徐西立的那个样子差不多，底座还是镂空的，雕刻着漂亮繁杂的图案，上面的场景是严灼家的小院，茂盛的李子树刻得栩栩如生，就连树叶都是一片一片的，相当精细。树下面还放着藤椅和桌子，桌子上放着的水果和可乐都能看得清楚。

李子树下面，陆君知自己穿着黑色 T 恤和牛仔裤，正抱着吉他对着严灼唱歌，他一脸傻笑的表情都相当传神，基本一眼看上去就知道是他自己。对面的严灼双手插在裤兜里靠在桌边看着他，脸上带着微笑，嘴角微微勾起，在灯光下显得温柔又帅气。

陆君知怔怔地看着手里的音乐盒，赞叹道："太像了！"

姑娘看着他乐："我也觉得像，主要是你俩的特点都太明显了。"

陆君知按下了旁边的按钮，音乐声顿时响起：

> 对面的女孩看过来
>
> 看过来　看过来
>
> 这里的表演很精彩
>
> 请不要假装不理不睬
>
> …………

陆君知摸了摸音乐盒，想起来自己当时唱这首歌是在严灼家，那会儿他们认识的时间还不长，自己不请自来地跑到人家里，晚上吃完饭站在院子里吃李子。他当时看着严灼安静地站在那儿就觉得心里痒痒，非得做点什么招惹招惹人家，也没多想，直接拎起吉他就对着严灼开唱。

他现在想起这些就觉得又想笑又难过，心里就跟打翻了五味瓶似的，真是五味杂陈。

"那个帅哥呢？"姑娘把头发别到耳后，"怎么今天没和你一起过来？"

陆君知关了音乐："他……有事吧。"

小姑娘看了他一会儿："哎，我怎么觉得你今天和上次来的时候不一样了？"

陆君知抬头看了她一眼，挑眉道："哪里不一样？"

短发姑娘想了想道："你上回来的时候，我觉得你痞帅痞帅的，又酷又跩！特招人！"

陆君知乐了："这回呢？"

"嗯……"姑娘皱眉瞅着他，"这回还是挺帅的，就是感觉有点蔫。"

陆君知扯了扯嘴角："是啊。"

姑娘笑了笑，抱着胳膊问："怎么了？和你那个帅哥朋友闹矛盾啦？"

"没什么。"陆君知摆摆手，拎着东西走了。

到家的时候，陆嘉树正在厨房做午饭。

"回来了！"陆嘉树把菜端到桌子上，"洗洗手吃饭了。"

陆君知把东西送回卧室，到客厅摆好碗筷。"哥，你什么时候回来的？"

陆嘉树给陆君知盛了碗米饭："上午就回来了，你干吗去了？"

陆君知拿着筷子的手顿了一下，往嘴里塞了口米饭，含糊道："就出去随便转了转……"

"多穿点衣服，这几天冷。"陆嘉树给陆君知夹了块茄子，"我明天就走了，估计最近都不回来，你自己好好照顾自己，有什么事告诉哥。"

陆君知点点头："嗯，知道了。"

两个人好一会儿没说话，只剩下碗筷碰撞的声音。陆君知低头扒一口米饭，犹豫了一会儿，问道："哥，我能问你个问题吗？"

陆嘉树用勺子搅了搅冒着热气的汤："什么问题？"

陆君知戳了一下碗里的米饭："你有犹豫不决的时候吗？"

陆嘉树拿着勺子的手顿了一下，看了陆君知一眼："有。"

"那你最后是怎么决定的？"陆君知往嘴里塞了口米饭，"我是说怎么下定决心的？"

陆嘉树舀了一勺汤喝了："选择风险最小、回报最大的方案。"

"要是客观上最优的方案和你主观上最想选的方案不一致呢？"陆君知抻着脖子把嘴里的米饭咽下去，"你怎么办？"

"怎么办？"陆嘉树舀了一勺汤，晃了晃勺子，又把汤倒进碗里，"你既然都说了客观最优，那就应该放弃主观臆断，选择客观最优的。"

陆君知又低头扒了一口碗里的米饭，没说话。

吃完饭，陆君知靠在卧室的窗台上看着两条小野鱼，往鱼缸里扔了点鱼食，俩小家伙还挺活泼，追着鱼食游来游去。陆君知瞅着这俩傻呵呵的样，心想，对他来说只有想与不想，没有敢与不敢，应不应该。

第 69 章

严灼从书店出来的时候看到门口停着一辆黑色轿车，不过他没在意，沿着街道打算走回家。可还没走几步他就听见后面传来一声汽车喇叭的声音，他下意识地停住脚步，那辆黑色轿车缓缓停在自己身边。

车窗摇下来。

"陆哥好。"严灼礼貌地微笑一下。

陆嘉树摘下墨镜，问："有时间吗？"

严灼顿了一下："陆哥有事？"

"是有点事。"陆嘉树手肘撑在方向盘上，笑了笑，"找个地方聊聊？"

严灼想了一会儿："好。"

就近找了间咖啡馆，里面人不多，两个人面对面坐在靠窗的位置。

"喝点什么？"陆嘉树把外套脱下来放到旁边，"咖啡？"

严灼笑笑道："不用了，我不喝咖啡。"

"那就一杯可乐，一杯拿铁。"陆嘉树转头看向服务员，"有可乐吧？"

"有的，先生。"服务员微笑，"您还需要别的吗？"

陆嘉树摆摆手："不用了。"

"好的，您稍等。"

"《老人与海》？"陆嘉树指了指旁边的书，"你刚刚买的？"

严灼笑笑："一直想读一下英文版的，今天出来顺便买了。"

"But man is not made for defeat. A man can be destroyed but not defeated.（一个人并不是生来要被打败的，你尽可以把他消灭掉，可就是打不败他。）"陆嘉树突然开口说了一句书里的名句。

严灼愣了愣："陆哥也喜欢这本书？"

陆嘉树点点头："高中的时候最喜欢的一本书。"

服务员把咖啡和可乐端过来。

陆嘉树搅了搅咖啡，指着严灼手边的可乐道："君知很喜欢喝可乐。"

"的确是。"严灼笑了，他想起自己第一次在麦当劳看见陆君知的时候，对方正抱着一大杯可乐，边喝边乐，傻里傻气的。

陆嘉树靠在椅背上："小时候怕他可乐喝多了对牙齿不好，不让他喝他就不喝了，很听话，现在长大了我也管不了了。"

严灼垂下眼睛笑了笑，没说话。

"听君知说你很优秀，成绩非常好。"陆嘉树端起咖啡喝了一口，"有没有考虑过读哪所大学？"

严灼看着面前的玻璃杯："还没有。"

"要不要出国留学？"陆嘉树慢条斯理地挽起袖口，"也是不错的选择。"

严灼顿了一下，看着陆嘉树笑笑道："谢谢陆哥关心，不过我还没有决定这些事情。"

陆嘉树看着他没说话，过了一会儿才开口："那天度假村的事情我很抱歉，身体还好吧？有到医院检查吗？"

严灼摇摇头："没关系，我去医院检查过了，没什么问题。"

"那就好。"陆嘉树笑了笑，"幸好你没事，不然君知还不知道要怎么样。"

严灼低头用吸管搅了搅杯子里的可乐："他可能……有点冲动……"

"是有点冲动，"陆嘉树点点头，"要不然也不会跟我说直接停了尹家的项目。"

严灼愣了一下："你说什么？"

"你不知道？"陆嘉树喝了口咖啡，语气漫不经心，"尹家在陆氏最近的项目里进了复审，没有意外的话会成为最终合作方，君知要求停止和尹家合作……陆氏在这个项目上起码要损失几千万。"

严灼愣怔地看着对面的人。

陆嘉树突然笑了一声："这些陆君知都是知道的。"

严灼捏了捏手里的杯子："他……"

陆嘉树摊了摊手："假期后他好久没去学校吧？连考试也没去。"

严灼回道："是没去。"

陆嘉树盯着严灼："也没联系你。"

"是。"

陆嘉树猛地凑近严灼，压低声音缓缓地道："你觉得是为什么？"

严灼避开陆嘉树的视线，侧过头看着窗外的落叶。"我不知道陆哥的意思。"

"你不知道？"陆嘉树勾了勾嘴角，"难道不是因为上次的事情，他没心情吗？真是小孩子。"

午后的阳光很好，斜斜地透过咖啡厅大片的玻璃窗照进来，像黑白分明的结界隔断了两个人的视线。室内正放着优雅、轻缓的英文歌，仅有的几个客人或者在小声聊天，或者在安静看书。

严灼深吸一口气，强迫自己冷静下来，扯着嘴角笑笑道："陆哥是什么意思？"

"没必要这样。"陆嘉树扯了张纸巾擦擦手。

严灼没有说话。

陆嘉树拿过放在桌子上的那本《老人与海》，随意翻了几页。"你的确很不一样。"

"但是很可惜，"陆嘉树抬起头看着他，"你们两个不适合做朋友。"

严灼眯了眯眼睛："原因呢？"

陆嘉树把书扔到桌子上，抱着胳膊靠着椅背。"以你们之间的关系，陆君知家里的情况你应该也了解一些。"

严灼握紧放在桌子底下的手，他觉得陆嘉树接下来的话才是对方今天找他的目的。"我知道一些。"

"你们的性格、爱好、处事方式、家庭背景、交往的朋友，完全不一样。"

陆嘉树慢慢端起杯子喝了一口咖啡，语气好像轻描淡写，"对陆君知而言，你本身就是一个不确定因素，谁能保证尹夏的事情没有第二次？陆君知是陆家独子，你知道会有多少人看着他、盯着他，对他评头论足？你觉得如果再发生这样的事，会怎么样？他的朋友应该是徐西立那样的，是他的助力，而不是阻力。"

"我明白。"严灼哑着嗓子，极力保持平静，"但是选择权在陆君知手里，我希望他可以自己做决定。"

"自己做决定？"陆嘉树突然笑了，揉了下额角，"他当然会自己做决定。你以为他这段时间不联系你是为什么？"

严灼没说话。

陆嘉树端起咖啡喝了一口："他不过是在考虑，也还没确定你的态度，他在害怕因为他让你这个对他来说很重要的朋友再次受到伤害。"

严灼咬着牙握紧拳头。

"就算这些都不重要，你又怎么知道你不是在把他往深渊里推？"陆嘉树冷漠地看着对面的少年，声音没有一点温度，"你会成为他的弱点，只要想，任何人都可以抓住这个弱点，在他身上咬一口。"

严灼觉得自己几乎喘不过气，陆嘉树的话就像一把刀，分毫不差地插进自己心里最柔软的地方。作为朋友，他可以不在乎已经发生的事，却没法不在乎对方的感受。

陆嘉树满意地看到严灼眼睛里瞬间充满了痛苦，商场如战场，无数次的谈判让他现在能轻而易举地抓住对方的弱点，对面的男孩子其实已经足够成熟，足够优秀，但是严灼对友情的重视，本身就是最致命的弱点。陆嘉树几乎有些不忍心，特别是自己在严灼干净澄澈的眼睛里看到他的确很在意陆君知这个朋友。

严灼看向窗外，天气已经开始变冷，树叶几乎要落光，光秃秃的树枝孤零零地伸向天空，有小孩子在路上不小心摔倒，开始大哭，他听不到声音，却觉得疼。

他想起自己小时候也会摔倒，可是没有人会扶他，周围的小孩都在笑，指着他喊："你爸爸是混混，你妈妈是坏女人！没有人和你一起玩！"

那已经是很久很久以前的事情了，久到他以为自己已经完全忘记，可是现在又毫无征兆地想起。

"你说的这些没什么错。"严灼转回头，看着坐在对面的陆嘉树，"但我只是觉得，和朋友互相陪伴、互相鼓励，不也很好吗？我想，朋友之于陆君知的意义远比你认为的重要得多。"

陆嘉树的表情像是不以为然，他缓缓开口："严灼，你要知道，所谓朋友的陪伴与鼓励，有的话是锦上添花，没有的话也无所谓，在遇到你这个朋友之前，这么多年，他不也一样走过来了？"

"他会觉得开心吗？"严灼看着窗外大哭的小男孩，"你这样安排他的人生，他会觉得幸福吗？"

陆嘉树喝光杯子里最后的咖啡："他只要平安就好，我会一直照看他。"

"所以，严灼，"陆嘉树注视着对面的人，"非常抱歉，你们不是一个世界的人，还是不要并肩同行了。"

▶▶▶ 第70章

"都干什么呢？给我清醒点！"数学老师"咚咚咚"地敲了几下黑板，气得抹了把自己掉得差不多的头发，"上课还能走神！看看你们期中考试的成绩！都考了几分！"

"98分。"杨烟嘀咕一句，"还行啊！"

杜若瞥了她一眼："要是满分是100分的话，的确还行。"

"喂！我有进步的好不好！"杨烟小声道，"我又没你那么聪明，哪能考那么好啊！"

"好了，这节课就到这儿。"数学老师喘了口气，递给课代表一摞卷子，"好好看看做错的题，现在错了不要紧，等高考做错了有你们哭的！"

老师走了，教室里又热闹起来，杜若扔给杨烟一盒酸奶。"用不着聪明，平时稍微看看书就行了，省得考不好你妈妈又说你。"

杨烟无所谓地撇撇嘴，就看见陆君知拎着书包从教室后门进来。"你来啦！"

陆君知把书包扔到桌子上，看了杨烟一眼，问："徐西立呢？他不是也来了？"

"老班把他叫过去了，好像是说明天成人礼的事。"杜若看了一会儿陆君知，"估计是问徐西立，他妈妈是不是要来。"

"成人礼？"陆君知停下手里的动作，靠在桌子边，"明天？"

杜若点点头："是啊，明天上午，在市体育馆。"

"期待！"杨烟拍了下手，笑嘻嘻地看着杜若，"这次是几个学校一起举办，而且据说发言的学生代表是严灼！"

陆君知顿了一下，他突然想起来严灼成人礼的演讲稿还是他写的，他转头坐到座位上拿出课本。"关你什么事？"

"怎么不关我的事？"杨烟眨了眨眼睛，"没有比看帅哥更重要的事！"

陆君知好多天没来学校了，桌子上全是灰，他正拿着纸巾擦桌子。

杜若低着头看手机："都一个学校的，经常能见到，你还没看腻？"

"你不也天天看小说，怎么没看腻？"

杜若撑着下巴："有道理。"

"哎，昨天我看了你之前推荐给我的那部小说，超级棒！"

杜若挑眉道："我推荐的小说有哪部不好看吗？"说完这句话她一转头，看见陆君知正盯着她，眼神里有太多东西，杜若一时间有点愣住。

人与人之间的感觉很难说得清，有时候长篇大论也讲不明白，有时候只需要一个眼神就知道来龙去脉。就好比现在，杜若只是看着陆君知的眼睛，就几乎明白发生了什么。

"行了！英语作业写完了？"杜若看了一会儿陆君知，深吸一口气，拉着杨烟回到座位上，"写完交过来！"

陆君知捏着手里的纸巾扔进垃圾桶，转身去了洗手间。

语文老师正在讲台上讲《长恨歌》，陆君知目不转睛地盯着黑板，其实心里就跟煮了一锅开水一样，早就冒泡了。

还有两分钟就下课，这节课下课是大课间，时间足够他下楼去找严灼的，好多天没见到严灼，不知道他怎么样了。

下课铃一响，陆君知就直接从教室里蹿出去，周围同学被他吓了一跳。

常琳看着空荡荡的后门，停了一会儿才开口："学习委员把作业收一下，交到办公室。"

陆君知一口气跑到竞赛班后门，正好有个小姑娘出来，看见他吓了一跳，往后退了一步，疑惑地问："你……有事？"

陆君知喘了口气，摸了把头发："叫一下你们班严灼。"

"哦，好的。"小姑娘犹豫地看了他一眼，转身进了教室。

陆君知在教室门口等着，路过的同学看见他在竞赛班门口，嘀嘀咕咕地议论，陆君知没搭理，他深吸一口气，靠在走廊的窗户边等着。

"怎么了？"严灼从教室里出来，走到陆君知对面，"有事？"

"没事，就过来看看你。"陆君知站直身体，揉了揉鼻子，小声说，"不是挺久没看见你了吗？"

严灼微笑了一下："哦，我挺好的。"

陆君知看了一会儿严灼："我不是故意不来学校的，就是这几天……在想一些事情，反正现在都想清楚了。"

严灼把校服外套拉到最上面，遮住下巴。"哦，那就好。"

"那今天晚上一起吃饭怎么样？"陆君知笑了笑，手指抠了抠旁边雪白的墙壁，"我来做。"

严灼摇摇头："谢谢，但是我晚上还有事，不好意思，下次吧。"

两个人都没再说话，就那么对视着，气氛有点尴尬，陆君知看着面前的人，严灼还是严灼，礼貌而温柔，看起来好像没有什么不同，可陆君知就是觉得不一样了，他敏感地察觉到严灼好像在疏远他，没有理由，就是感觉。

陆君知皱了皱眉，刚想开口，就听见教室里有人喊了一声："严灼！你来看一下数学竞赛的安排！"

"还有什么事吗？"严灼指了指教室里面，"有人叫我了。"

陆君知没说话。

"那我先进去了。"严灼笑了笑，转身进教室，"下次见。"

陆君知一把拉住严灼的手："等一下！"

严灼回过头，看了一眼陆君知抓着自己的手。"怎么了？"

楼道里偶尔有人经过，教室里的欢声笑语时不时传过来，陆君知紧紧盯着严灼的眼睛，过了好一会儿，他闭了闭眼。"没事。"

"那再见。"严灼笑笑，转身走进教室。

看着严灼进了教室，陆君知突然转身踹了一下旁边的垃圾桶。

"走走走，吃饭去！"徐西立拿起外套穿上，"这天气是越来越冷了啊！"

他说完也不见陆君知有反应，推了陆君知一把。"走啊，不吃饭啦？"

"你去吧。"陆君知抹了把脸，"我不饿。"

徐西立龇了龇牙："饿不死你！"

陆君知踢了他一脚："滚蛋！"

中午吃饭时间，教室里人都走光了，陆君知靠在椅背上看着前面的黑板发呆。

他今天本来特别开心，一想到能见到严灼，他就觉得自己跟个傻子似的，一通瞎乐，结果严灼的反应让他有点蒙，他以为严灼看到他也会挺高兴的，结果对方对他客气而冷淡，就好像自己对严灼来说和别人没有区别一样。

他一点也想不明白严灼怎么会突然这样，难道是因为度假村的事？

毕竟是因为自己他才溺水，要是他生自己的气也是应该的。

可好像又不是因为这件事，严灼不像是这样的人。

⫸ 第71章

往年他们学校的成人礼都是在操场上糊弄过去的，今年不知道怎么了，和其他几个学校一起在市里的体育馆办。

家里离体育馆挺远的，陆君知打车到体育馆门口的时候，别人早都进去了。

"你在哪儿呢？"他给徐西立打了个电话。

"我还以为你不来了。"徐西立压着声音，"这都开始半天了。"

"堵车！"陆君知拢了拢外套，这几天天气还挺冷，他拿着手机往体育馆里面走，"哪儿呢？"

整个体育馆都坐满了人，全是穿着校服的学生，黑压压的一片，陆君知一进去就头晕。

徐西立拉着他绕来绕去，找到位置。他们班的位置还挺好，在离主席台最近的侧面看台上。

主席台上不知道是哪个校长还是领导之类的人正在讲话，声音慢得跟树懒似的，通过话筒回荡在体育馆上空，自带催眠效果。

"你怎么才来啊？"杨烟坐在他前面，微微侧过头小声和他说话，"我还以为你连成人礼都要翘了。"

"堵车，来晚了。"陆君知瞅了一圈周围穿着一中校服的学生，"竞赛班呢？坐哪儿了？"

"那边。"杨烟指了指他们班斜前方的位置，"看见了吧？"

陆君知抻着脖子看了看，没看见严灼在哪儿。

"别看了，严灼在后台做准备。"杜若坐在他旁边正低头看书，用只有他们两个人能听见的声音说，"待会儿就该他做学生代表发言了。"

陆君知转头问杜若："还有多久到他？"

杜若掏出手机看了一眼："这个完了，还有一个领导，然后就是学生代表发言。"

陆君知皱了皱眉："这领导够多的。"

杜若嗤笑一声："迫不及待吗？"

"是有点。"陆君知被她这么一说倒还真有点期待，他记得开学典礼上也是严灼作为学生代表发言，那会儿自己连严灼的名字都没记住，开学典礼他也是半路才去的，就记得发言的是个挺高的男生，声音还挺好听，就是离得太远，脸都没看清。

"你的脸怎么了？"杜若指了指他的嘴角，"被揍了？"

陆君知"啧"了一声，抓了抓头发："是我揍别人，不是别人揍我。"

杜若撇撇嘴："都是打架，有区别吗？"

"当然有啊。"徐西立把脑袋伸过来，挡住陆君知，对着杜若压着声音说道，"那个浑蛋就是欠揍。上回我和君儿去吃串儿，正好碰见艺校这流氓拽着一个小姑娘不撒手，把人家小姑娘都吓哭了。我君哥怜香惜玉，上去就把他给揍了，那浑蛋在医院……"

"你够了。"陆君知一巴掌推开徐西立的脑袋，"要不然咱俩换换地方，你和杜大小姐唠唠嗑？"

徐西立"嘿嘿"笑了两声："不要，我怕我家千钰吃醋。"

杜若似笑非笑地看了陆君知一眼："英雄救美啊。"

徐西立嘚瑟："那是！我君哥是什么人啊，能让那浑蛋欺负一个小姑娘？"

陆君知乐了："你没完了是吧？"

几个人小声聊天，时间倒也过得挺快，陆君知听着主席台上的领导发言，突然觉得有点紧张，虽然他也不知道自己在紧张什么。

他扯了张卫生纸擦了擦嘴角，没再流血，就是还有点疼，但也不严重。

这些都不重要，重要的是他现在听着通过话筒放大的声音，看着整个体育馆里黑压压的脑袋，陆君知觉得自己的手心有点冒汗。

不知道严灼会不会紧张。他把演讲稿读熟了吗？是不是要求脱稿，还是照着念就行了？

陆君知盯着后台入口看了一会儿，突然又想起昨天严灼对自己的态度，这下紧张没了，只剩郁闷了。

正好台上的领导发言结束，全场鼓掌。

"我的天，终于说完了。"杨烟小声喊了一句，"还有一个就到严灼了！我的天，我好紧张！"

徐西立逗她："你紧张什么，又不是你发言。"

"我怎么不能紧张了？"杨烟冲徐西立吐了吐舌头，"整个体育馆好几个学校的学生，加起来有上万人了！严灼要在这么多人面前发言，这么重要，我能不紧张吗？不知道他准备得怎么样。"

本来陆君知不紧张了，结果杨烟一说，他刚刚平复的心跳又开始蹦上了，一会儿上一会儿下的，就是落不到实处。

陆君知盯着主席台侧面的后台入口看了一会儿，咬了咬牙，突然弯腰站起来。"让一下，我出去。"

周围的同学都朝他看过来。

杜若愣了一下，给他让出位置。"去哪儿？"

"去哪儿啊？"徐西立拉了他一下，"出什么事了？"

"没事。"陆君知弯着腰从过道出去，往后台入口走。

后台门口站着两位礼仪小姐，看到陆君知过来愣了一下，诧异地问："学长？"

陆君知顿了顿："你俩是一中的？"

两位小姑娘点点头："高一的。"

陆君知往里面看了看："严灼在里面吗？"

两人愣愣地看着陆君知："在。"

陆君知点点头，道完谢就直接进去了，留下一脸茫然的两人。

里面人倒是不多，就是房间有点多，陆君知看见一个脸熟的，好像是一中学生会的。

"等会儿！"陆君知一把拉住那个男生，"严灼在哪儿呢？"

男生愣了一下，有点防备地看着陆君知："你找他有事？"

陆君知乐了，拍拍他的肩膀："我不是来挑事的，你告诉我他在哪儿就行了。"

男生看了他两眼，估计是看他的确不太像来打架的，才指了指旁边的一间屋子。"在里面。"

"谢了！"

站在门口的时候，陆君知有点紧张，犹豫了一会儿才敲了敲门。

"请进！"

是严灼的声音。陆君知深吸一口气，推开门。

严灼正靠在桌边站着，旁边的椅子上坐着一个穿着礼仪服装的女生，正笑得一脸阳光。

第*72*章

陆君知愣愣地站在门口，直到严灼开口说话才反应过来。

"你怎么过来了？"严灼站直身体，惊讶地看着陆君知，"你不是应该在看台上？"

"是在看台。"陆君知把门关上，"就过来看看……"

"你是陆君知吧？我叫蒋思语。"屋里的女生站起来看着陆君知笑笑，"我是咱们学校文艺部的，今天过来帮忙。"

陆君知这才好好看了一眼这姑娘，她化着淡妆，头发盘了起来，大眼睛忽闪忽闪的，皮肤挺白，腰细腿长，是个美女，而且属于那种一看就挺有气质的女生。

这些都不重要，重要的是陆君知觉得这姑娘越看越眼熟，他突然想起来徐西立过生日那天在餐厅门口碰见严灼的时候，严灼旁边站着的就是这个女孩，那会儿她穿着一条白色连衣裙。

陆君知扯了扯嘴角："我是陆君知。"

蒋思语笑笑："我知道你。"

陆君知没搭话，他觉得全学校估计没人不认识他。一时间三个人都没再说话。

陆君知朝严灼看过去，就见对方正微微皱着眉看着自己，陆君知这时才想起自己嘴角上的伤。

"我能和他说几句话吗？"陆君知挠了挠头，突然对着蒋思语开了口，"一会儿就行。"

蒋思语愣了愣，随即笑道："当然可以，我先出去看看。"说完和严灼打了声招呼就拉开门出去了。

屋子里只剩下他俩。严灼走到陆君知对面，看着他嘴角的伤口："打架了？"

"没。"陆君知张口回答，说完就见严灼正盯着他，眼睛里干干净净，一片澄澈。

陆君知低头拽了下校服："打了。"

严灼低头仔细看了看："回家涂点药，都瘀青了。"

陆君知愣愣地看着严灼，话都忘了说。

严灼没听到回答，抬头就看见陆君知正盯着自己，他顿了一下，问："你怎么突然过来了？"

"哦，没什么，就是来看看你。"陆君知回神，挠了挠脑袋，"紧张吗？那么多人。"

严灼看着陆君知笑了："你说学生代表发言？"

陆君知点点头。

"不紧张。"严灼笑笑，"没什么好紧张的。"

陆君知松了口气，他就知道严灼不会紧张。

"要求脱稿吗？"陆君知瞅了一眼，没看见稿纸。

严灼摇摇头："没要求。"

"那你的稿纸呢？不带着？"

严灼笑笑："我都背会了，待会儿直接上去就行了。"

陆君知惊讶地看着严灼，冲着他竖了竖大拇指："你牛！"

"那你准备吧。"陆君知往后退了一步，"应该就要到你了。"

严灼点点头："好。"

陆君知没有立刻离开，他盯着严灼看了一会儿，对方一身白衣黑裤，站在窗边的阳光里，右手插在裤兜里看着他微笑。

房间里安静得好像能听见阳光洒落的声音，陆君知咬了咬牙，深吸一口气，猛地往前走了两步，轻声在他耳边说："加油！"然后立刻转身，快步拉开门走出去。

他回到座位上的时候，正好赶上一个领导发言结束。

"干吗去了？"徐西立压着声音，"刚老班还往咱们这边瞅了好几眼。"

"去厕所了。"陆君知随口瞎扯，眼睛一直盯着主席台。

杜若嗤笑一声："瞎话说得还挺顺口。"

"没办法，多说几次就会了。"陆君知耸耸肩膀，无所谓地道，"不信你试试。"

杜若白了他一眼。

掌声停下来以后，陆君知看到严灼站在主席台侧面，他不由自主地捏了下自己的胳膊。

主持人站到话筒旁边，微笑着开口："下面有请市一中学生代表严灼同学发言！大家欢迎！"

一时整个体育馆里哗啦哗啦的鼓掌声震得人耳朵疼，前面的杨烟兴奋地抓住旁边的小姑娘一个劲地摇晃，要不是有栏杆挡着，有领导在上面坐着，估计她得直接奔上主席台。

陆君知明显感觉到广大学生对严灼发言的期待，体育馆里全是小声的议论。

后面不知道是哪个学校的两个女生声音还挺大。

"原来他就是严灼啊。"其中一个小姑娘喊了一句。

"这回总算是见到真人了。"另外一个小姑娘挺兴奋，"听说这回的数学竞赛初赛，严灼好像还是全市第一。"

陆君知眯了眯眼，就见严灼走到话筒旁边，主持人在旁边和他小声说了句话，严灼点点头，调了一下话筒高度，然后抬头微笑一下。

一时间整个体育馆安静了下来。

"各位同学、老师，大家好，很荣幸作为学生代表在今天的成人礼上发言……"

陆君知看着站在主席台上面对着所有人的严灼，一时有点混乱，他想起在今年的开学典礼上也是这样，严灼站在离他很远的地方，他看不清脸，只能听见声音。

"成人在即，于己，志学以修身；于家，勤敬以为孝；于理想，需志存高远；于未来，需长风破浪……"

严灼的声音低沉中带着少年人特有的清爽干净，被话筒放大，回荡在整个体育馆，偌大的场馆里只剩下他的声音，所有人都在专注聆听。

"士不可不弘毅，任重而道远。十八岁的我们已经成年，是荣耀，也是责任，……蜕变与疼痛并在，你可能会犹豫，会彷徨，但不会退缩；你也许会失望，会受挫，但不会放弃；因为理想与责任会告诉你，成长与坚持的意义……"

陆君知觉得自己心里一阵阵涌动，他说不清到底是什么感觉，虽然演讲稿是他写的，但是本来成人礼对他而言并没有什么特别的，可是现在通过严灼的声音表达出来，好像就有了什么不一样。

"未来之路漫长，需立志而求索，需知心之所善，需穷且益坚……"

这篇稿子他修改过好几次，每句话都非常熟悉，现在他随着严灼在心里默默读出来。

"愿你以后走的路，都是你想走的路；愿你以后做的事，都是你钟爱的事；愿你未来如现在，满怀壮志，仍旧少年；愿你对所有的付出甘之如饴，披荆斩棘，步步向前……"

"十八岁的你与十八岁的我，可能稚嫩，却不会退缩；愿你在所有期盼的目光里，带着梦想前行，即使浴火，也能重生！"

成人礼结束，大伙儿人挨人地跟着往外走。

"我能说我有点想哭吗？"杨烟吸了吸鼻子，"不知道是不是严灼的演讲太有感染力，我好像有点被感动了。"

"嗯嗯，感动。"徐西立推了她一把，"赶紧走，待会儿人多出不去。"

"我怎么感觉你都没啥反应啊？"杨烟看着他撇撇嘴，"冷血！"

徐西立乐了："我冷血？我要考军校为人民服务了！很热血的好不好！"

杜若愣了一下："家里决定的？"

徐西立摊摊手："算是吧，反正我也没什么想做的，我要是不去读军校，我爸能打断我的腿，你信不信？"

"军校也挺好啊！"杨烟眨了眨眼，"帅哥很多啊！想想就激动！"

"帅哥有什么用！"徐西立撇撇嘴，"上军校跟上别的大学不一样，不能随便出来的，到时候都见不到我家千钰了……"

"你呢？"杜若看了陆君知一眼，"你想去哪个大学？"

陆君知随口道："不知道。"

"若姐想去哪儿啊？"杨烟拉着杜若挤出体育馆，"肯定是很棒的学校。"

杜若眯了眯眼："B大吧！我妈想让我学金融。"

"B大很难考啊，全市也没几个能考上。"杨烟喊了一声，拍了拍杜若的肩膀，"不过没关系，我觉得你一定能考上。"

徐西立挑眉："学校倒是名校，可是离咱们这儿太远了吧，你一小姑娘跑那么远干吗？"

"远吗？还好吧！"杜若转头看着陆君知，"我之前还听说严灼考虑过这个学校。"

陆君知愣了一下："严灼？"

"严灼去 B 大倒是有可能。"杨烟拽着杜若，"哎呀，若姐，我要是能考上 B 大就好了，和男神一起读大学，嘿嘿！"

"做梦啊。"徐西立逗她，"咱们几个也就杜若还有希望，你就等着念家里蹲大学吧。"

"你们先走吧。"陆君知停下来看了徐西立一眼，"我有点事。"

"怎么了？你自己行吗？"徐西立有点担心，"我怕艺校那家伙找你麻烦。"

"没事，我自己就行。"

徐西立摆摆手："成吧，你小心点。"

没有等很久，陆君知就看见严灼从体育馆里出来，不过身边还跟着一个人，是阿光。

"那个是陆君知？"阿光把书包背在肩膀上，"等你的？"

严灼停下脚步："不知道。"

"嗯？"阿光愣了愣，"你要过去打个招呼吗？"

严灼没说话，因为陆君知已经过来了。

陆君知冲着阿光打了个招呼，看着严灼笑了一下："你晚上去 Seabed 吗？"

严灼点点头："去。"

"下午你有事吗？"陆君知脚蹭了一下光滑的水泥地，低着头，"要是没事，去看小黑和小花吗？"

严灼没说话。

陆君知抬头看了眼严灼，小声说："俩小家伙还挺活泼，你都没去看它俩。"

"下午我要和阿光去他家办点事，"严灼笑笑，"就不过去了。"

"嗯？我家？"阿光愣愣地看着严灼，一会儿才反应过来，"哦，对，是要去我那儿。"

陆君知盯着严灼看了一会儿，抿了抿嘴，突然笑了一下。"那行，下次吧。"

严灼点点头："好。"

"那我就先走了。"陆君知犹豫了一下，"再见。"

严灼道："再见。"

第73章

"怎么回事？"直到走到严灼家那条巷子口，阿光才问道，"就是你和陆君知。"

严灼按了按额角，轻描淡写地说："没什么。"

"那你怎么没和陆君知一块走？"阿光看了他一眼，"而且我怎么不知道你要去我家？"

严灼拿着钥匙的手顿了顿，胳膊撑在大门上喘了口气。

"你没事吧？"阿光扶着他的肩膀，皱着眉，"脸色这么差。"

严灼闭了闭眼："没事。"

两人开门进去，阿光倒了杯水递给严灼："刚等你的时候我还听俩小姑娘说你这回考试又考了学校第一。"

严灼接过水，笑笑道："题目简单而已。"

"还有数学竞赛……我也不太懂。"阿光把头发理到耳后，"还有这演讲什么的……太忙了……"

"初赛而已，后天的复赛比较重要。"严灼手里握着玻璃杯，"至于成人礼发言，是老师安排的，我也不好推。"

阿光手肘撑在桌子上："你把自己逼得太紧了，我觉得你总这样的话……"

严灼看着他："你就爱瞎操心。"

阿光乐了："你以为我想管你？我本来以为有陆君知这个朋友你还能开心

点，现在又是怎么回事？"

严灼手指蹭了一下桌子："没什么，就是有些事，我有点犹豫。"

阿光惊讶地看着他："你还有犹豫的时候？"

严灼勾了下嘴角："奇怪吗？"

"是挺奇怪的。"阿光疑惑地看着他，"是关于陆君知的事？"

"算是吧。"

他告诉了阿光自己在度假村溺水的事情。

"没事了吧？"阿光皱眉看着他，"去医院检查了？"

"去了。"严灼点点头，"没事了，别担心。"

"刚刚陆君知看起来挺正常的啊。"阿光皱了皱眉，"不是还让你和他一起去看什么小花……"

严灼闭着眼笑笑："小花和小黑。在度假村的时候抓的两条鱼。"

"哦，还让你去看鱼。"阿光点点头，"那你俩现在是怎么回事？"

"我就是……不知道再和他继续做朋友的话，会不会害了他。"严灼侧过头看着阿光，轻声道，"我总觉得陆君知会这样，都是因为我，如果没有我，他也不会那样情绪失控。这次是溺水，下次就不知道是什么了。只要我们一直是朋友，我就一直会是他的弱点……要是最开始认识的时候我就离他远点，现在他也不至于这样，可我忍不住，总觉得能遇见他挺难得的……"

阿光皱眉看着他："他又不是三岁小孩子，这种事情……"

严灼转头看着被树枝遮住的天空，阳光像从筛子里漏出来似的，透过树叶稀稀拉拉地照到人身上。他突然想起自己在度假村溺水的时候，陆君知疯狂狠戾的样子，现在都让他觉得心惊，这时他才觉得陆嘉树说的其实并没有错，他对陆君知而言，的确是不确定因素，陆嘉树不相信他也是理所当然。

现在已经是深秋，没了夏天唧唧叫的虫子，院子里很安静，就剩微风吹过树叶的声音。

"陆君知那种性格，要是认定了对方是他朋友，真是能一条路走到黑。"严灼停了一会儿才说，"我担心以后出了什么事，他接受不了。"

"其实我不应该劝你和他继续联系的。"阿光犹豫了一会儿，叹了口气，"可是以后的事谁又能知道？总不能因为空气里有雾霾，大家就不呼吸了，等着憋死吧？"

阿光停了一会儿才继续道："你就是太成熟了，考虑得多。你总做自己应该做的事，从来不做自己想做的事……你自己演讲的时候不是也说了吗？要走自己想走的路……"

严灼笑了："你听到了？"

阿光也笑："是啊，在外面等你的时候听到的。"

两个人都沉默了一会儿。

"你还是好好想想……"阿光抓了抓头发，皱着眉，"也别考虑别的了，你自己心里想怎么做就怎么做。我总觉得你要是能高兴点就挺好的，这么多年也不知道你是怎么过来的……"

严灼看着他勾了勾嘴角："别皱眉了，你看看你，都成小老头了，我自己心里有数。"

阿光乐了："我知道你心里有数，这不是怕你再出事吗？"

严灼笑笑："不会的。"

陆君知靠在 Seabed 餐厅后门的那棵树上，仰头看着星光璀璨的天空，这地方没什么人经过，大晚上的更是冷冷清清，只有一棵叶子都要掉光了的树，再加上几盏不怎么亮的路灯，看着还有点瘆人。

他今天想了半天，总觉得严灼的确是在故意躲着他，但是为什么这么突然，他还没想明白，明明之前还好好的。

陆君知看着天上闪闪的星星，他觉得自己可能有毛病，之前还有点犹豫，不知道到底要怎么办，现在严灼开始疏远他，他倒是什么顾虑也没了。

陆君知想，反正他舍不得这段友情，别的什么事和朋友比起来都不重要。

但是严灼考虑的一定比他多，这也没关系，反正不管严灼顾忌什么，自己是不会害怕的。

严灼从 Seabed 餐厅后门出来，看见树下靠着的人，有点反应不过来。

陆君知看见他出来，淡淡地问："完事了？"

严灼把手机塞回兜里："你怎么在这儿？"

陆君知搓了下手："之前不是说好了吗？我和你一起回家。"

严灼愣了一下，想起陆君知的确是这么说过。"怎么不进去，在外面等？"

陆君知笑了笑，眼睛里的水汽雾蒙蒙的一层。"懒得进去，碰到张祈哲他又唠叨。"

现在天气已经很冷了，尤其是晚上，在外面站一会儿就觉得手脚冰凉。

严灼看着陆君知苍白的脸和冻僵的手指，哑着声音道："那走吧。"

》》》 第 74 章

两个人一路沉默，直到走到严灼家门口。

严灼开了门："我到了，谢谢。"

陆君知咳了一声："明天不是周六吗，你在家休息？"

"明天？"严灼把钥匙装进兜里，"后天是数学竞赛复赛，要到外地考试，明天坐车过去……就是林千钰他们学校。"

陆君知愣了愣："去外地？"

严灼点点头："明天下午的火车，后天早上考试，然后好像还安排了学生交流活动。"

陆君知记得杜若他们说过，这个考试还挺重要的。他本来还打算解释一下之前的事情，现在也没法开口了，到时候再影响严灼考试发挥。

现在只能把这些乱七八糟的都压下去，过几天再说。

"那你赶紧回去休息吧。"陆君知挠了挠脑袋，深吸了一口气，"我就先走了……"

严灼点点头："再见。"

陆君知看着严灼进去，严灼转身关门的时候，他对严灼小声道："考试加油。"

严灼笑笑："好。"

陆君知看着紧紧关上的大门，闭着眼睛靠在墙上。

严灼关好门，慢慢转过身，月光把院子照得通亮，只剩下门口这一小片阴影。

"君哥，你不饿吗？"徐西立拿了几串儿羊肉串儿，就着可乐咬了一口，"坐在这儿半天啥也不吃。"

陆君知喝了口可乐，看着一桌子的东西也没什么食欲："还行吧，下午不是刚吃了？"

徐西立把土豆片扒拉过来递给陆君知，嘴里还叼着羊肉串儿。"你看看这都半夜几点了，下午吃的早消化完了，刚打了半天游戏，老子饿死了。"

陆君知瞅着徐西立狼吞虎咽的样子，提醒道："能慢点吃吗？你也不怕噎着。"

徐西立抻着脖子把嘴里的食物咽下去，按了下旁边放着的手机。"怎么还没回消息？"

"林千钰？"

徐西立点点头："今天我给她打了好几个电话都没人接，短信也不回。"

"没回就没回呗。"陆君知拿筷子撬开一瓶可乐，"明天不是考试吗？也许休息了没看见。"

徐西立皱了皱眉，来回划拉手机屏幕。"这都一天了能没看见？"

陆君知拿起手机瞅了一眼，他和严灼的聊天记录还停留在好多天之前，明天早上考试，现在这个点严灼估计已经休息了。

他把手机扔到桌子上，拿起可乐喝了一口。

陆君知抹了把脸，漫无目的地看着前面红橙黄绿青蓝紫闪成一片的招牌灯。

"难道是生我气了？不可能啊，昨天还好好的。"徐西立也没心思吃饭了，盯着手机念叨，"不会出什么事了吧？"

陆君知瞅了半天，突然开口："去他们学校。"

"嗯？"徐西立抬头，"什么？"

"去他们学校。"陆君知看着徐西立，"现在，咱俩。"

"去他们学校？现在？"徐西立惊讶地瞪着陆君知，"现在这个点？"

陆君知"啧"了一声："别废话！去不去？"

"去去去！当然去啊！"徐西立笑得脸都抽抽了，拿着手机开始查火车票，"没票啊！"

陆君知把手机塞兜里："不坐火车，开车过去。"

徐西立愣了愣："开车？现在开车过去到了得几点啊？"

"早上九点多吧。"陆君知站起来皱着眉看了他一眼，"去不去？哪儿来那么多废话？"

"走走走……"徐西立赶紧站起来，往桌子上扔了几张纸币，顺带拿了瓶可乐，朝店里喊了一声："叔！钱给你搁桌子上了啊！"

两人打车到陆君知那儿，连家门都没进，直接让司机把车开出来。大半夜的，小区里相当安静，连狗叫声都没有。

"我们真要去？"徐西立相当兴奋，"太激动了！我有点想哭！"

"丢人。"陆君知胳膊搭在车窗上，冲前面的司机道，"叔，不好意思啊，这么晚了还麻烦你。"

"没事。"司机笑着摇头，"可以睡一会儿，到了叫你们。"

"谢谢叔叔。"徐西立"嘿嘿"笑了两声，拿出手机打开摄像头，把镜头对着自己，"我现在要录个视频，记录一下爱的旅程。"

陆君知都乐了："我现在一点也不想承认我认识你。"

"太浪漫了。"徐西立右手拿着手机录像，左手捂着脸，"就是我有点害羞。"

"你别说话！"陆君知受不了。

"我错了，我现在正经点。"徐西立调好手机，咳了一声，对着镜头，"现在是凌晨三点，我刚刚出发，准备去千钰的学校找她，她还不知道我要去……"

居然还挺一本正经。陆君知有点想笑，抬眼朝徐西立看过去，就见那家伙把手机转了一下方向，继续说："旁边这个就是我君哥，陪着我一起过去，负责带队领路，聊天解闷……"

"滚蛋！"陆君知笑着把徐西立的手机推开，"你说林千钰好好一姑娘怎么就碰上你了？"

徐西立躲了一下，"嘿嘿"笑了两声："缘分！"

从他们这儿开车到林千钰的学校大概得五个小时，也就是半夜不堵车，要不然还不知道得多久。

他和徐西立一路瞎侃，从小时候两人比赛往徐西立他家墙上画汽车，被徐西立他妈发现追着他俩揍，聊到两人第一次拎着棍子和人干架，一不小心还差点跑散了……所有能想起来的糗事全聊了一遍，最后徐西立还是没挺住，靠着椅背睡着了。

车里一下安静下来，只有汽车发动机的声音。封闭的高速公路，外面是没有边际的黑暗，将所有的一切都笼罩起来。

窗外被路灯映出的树影像一团团鬼影一闪而过，远处的天空星光璀璨，可是触不可及。

陆君知眯着眼睛看向窗外。

他不知道自己现在做的事情是不是只有神经病才会做，凌晨三点开五个小时的车从一个城市到另一个城市，就只是为了陪一个人、见一个人，其实再晚一天这个人就会回来。

陆君知按了按涨痛的脑袋，皱着眉。

"嗯？到哪儿了？"徐西立揉着眼睛坐起来，看了看外面已经蒙蒙亮的天，"我怎么睡着了？"

"到加油站了。"司机把车熄了火，拿着卡打算去加油。

"我也去！"徐西立打了个哈欠，"我出去清醒清醒。"

陆君知跟着下车："我去买水。"

他们在加油站清醒了一会儿才继续往前走。陆君知闭着眼睛靠在座位上，明明挺困的，眼睛都睁不开，可就是睡不着。也不知道是兴奋还是忐忑，还是期待，还是害怕……反正他的内心感受挺丰富的。

陆君知叹了口气，抱着胳膊靠在车窗上。

到市区的时候八点多了，两人找了个离林千钰他们学校近一点的宾馆开了间房，进去洗了个澡，又躺在床上眯了会儿，差不多十点才到林千钰他们学校门口。

"哪个门啊？"陆君知瞅了眼眼前这个大门，"这个？"

"就是这个。"徐西立打开车窗往外看了看，"就这个门出来有地方吃午饭，她待会儿肯定从这边出来。"

陆君知让司机把车停到学校大门对面的小饭馆前面，隔着一条马路往学校里瞅了一眼，正好看见里面挂着一条鲜艳的大红色横幅：祝高二年级同学数学竞赛取得优异成绩。

徐西立把脑袋伸到陆君知跟前："看看我的发型乱了没？"

陆君知"啪"的一声拍在他后脑勺上："没乱！挺帅！"

"啧！都把我的发型拍塌了！"徐西立拿出手机照了照，"幸好看不出来。"

陆君知嗤笑一声："出息！"他顿了一下，还是把手收了回来。

"快十一点了，我有点紧张！"徐西立看了眼手机，"我家千钰还不知道我来了，会不会吓到她？"

陆君知让徐西立弄得也有点紧张，严灼也不知道自己会过来，他看到自己会怎么样？陆君知深吸了口气，紧紧盯着学校大门。没有等很久，陆君知就看见一大群学生从大门里出来。

严灼穿着一件黄色工装上衣，在人群里格外显眼。

⟫⟫ 第75章

严灼显然也看到了他，隔着马路上来来往往的车看着他们这边。

"阿灼，怎么啦？"姜弦蹦到严灼旁边，拽了拽严灼的上衣袖子，"老师让我们过去集合。"

"你们先过去。"严灼把手里的文具袋递给旁边的梁凡，"我一会儿再去。"

他说完就直接朝着马路对面走去。

"哎！你去哪儿啊？"梁凡正和张小黎讨论考试题目，转头就看见严灼自己走了，"班主任还等着带我们去吃饭呢！"

"那是陆君知和徐西立吗？"张小黎踮着脚往马路对面看了一眼，就见两个挺高的男生正站在那儿，特别显眼，"他们怎么也来了？"

"是啊！"姜弦点点头，"徐西立是来找千钰的吧。"

"严灼！考完了？"徐西立冲着严灼打招呼。

严灼笑笑："考完了。"

"那你俩玩吧！"徐西立终于看见林千钰从大门里出来，眼睛都没转，直接就朝着对面奔过去了，"我先走了啊！待会儿打电话给你！"

徐西立撒腿跑了，就剩他俩面对面站在路边。

"考得怎么样？"陆君知轻声问道，"题难吗？"

严灼没说话，看着陆君知眼里的血丝，还有他怎么掩饰也盖不住的疲惫，哑着嗓子开口："你怎么来了？"

"没什么，就过来玩玩。"陆君知说完自己都不相信，谁会大半夜开五个小时的车到这个连门都进不去的高中玩？

陆君知不由自主地想去抓点什么，手碰到裤兜又缩回来。

"阿灼！老师叫你了！"梁凡冲着他们这边吼了一嗓子。

陆君知顺着声音看过去，就见学校大门口站着十多个人，里头有几个眼熟的，好像是严灼他们班的同学，其中有个总是蹦蹦跳跳的小姑娘，他记得她去过徐西立的生日聚会。

陆君知站直，朝着大门那边扬扬下巴："他们好像是在等你，你先过去吧。"

严灼看了他一会儿："等我一会儿。"

"嗯？"陆君知愣了愣，"哦。"

严灼转身朝梁凡他们走过去，刚走两步又停下来，转头去看陆君知，叮嘱道："一会儿就好，你别走。"

陆君知点点头："好。"

没有等很久，陆君知靠在车边看着严灼过去和他们班主任不知道说了什么，然后一群人齐刷刷地朝他看过来，陆君知突然有点紧张，低头看了看自己，黑色外套配牛仔裤，挺正常的。

然后老师不知道又说了什么，严灼点点头，冲着周围人摆摆手，转身朝他走过来。

"好了，我们走吧。"严灼把外套拉链拉上，冲着陆君知笑笑，"先去吃午饭？"

陆君知犹豫地看了一眼大门口："你不和他们一起？"

"不用，我刚和老师打了招呼，我们自己去吃饭就行。"

"……这样行吗？"陆君知有点担心，他知道这种集体活动要是单独搞特殊不太好，毕竟还有老师带队，而且严灼一向又是大伙儿眼里的优秀学生，"会不会不太好？"

"没关系，不用管他们，"严灼指了指旁边的一间小饭馆，"在这儿吃行吗？昨天晚上我们在这家吃的，我觉得还行，挺干净的。"

陆君知点点头："行。"

两人进小饭馆点了几个菜，这个饭馆地方不大，但是装修得挺精致的，打扫得干干净净，价格也不贵，看起来是专门做学生生意的。

严灼涮了涮水杯，倒了杯温水递给对面坐着的陆君知。"你们几点到的？"

"八点多到的。"陆君知捧着水杯喝了一口，"后来找了个地方眯了会儿。"

"累吗？坐这么久的车。"严灼把桌子上的一次性筷子拆开放到陆君知旁边。

陆君知抹了把脸，睁大眼睛道："还行，不累。"

严灼看着陆君知："你眼睛都是红的。"

陆君知握着水杯，轻声道："……没关系。"

严灼盯着陆君知面前的碟子看了一会儿，抬头微微笑了一下："你来……我挺高兴的。"

他顿了一下，重复了一遍："特别高兴。"

严灼一出校门就看见陆君知站在马路对面，穿着一件黑色外套，皱眉盯着他这边看，脸上的表情不耐烦里又透着认真，中间是来来往往的车和刚从考场出来的学生，汽车喇叭声、学生嘻嘻哈哈的打闹声，乱七八糟响成一片，可是陆君知就那么站在那儿，看着对面的人，在一片喧嚣当中，比任何时候都清醒。

陆君知有点高兴，刚想开口，正好服务员把菜端了上来，严灼夹了点青菜给陆君知。"好了，先吃饭，一会儿再说，嗯？"

陆君知握着手里的筷子，点点头。

两人在小饭馆吃完饭，顺着马路慢慢走着。

"你们下午不是还有活动吗？"陆君知把手插到兜里，看了眼严灼，"几点开始啊？"

"不着急，还有好几个小时。"严灼看了眼手表，"你要不要到车上去睡会儿？或者到我们住的酒店……"

"不用！"陆君知赶紧摇摇头，他过来就是来找严灼的，一觉睡过去还来干吗？

严灼看着他突然笑了一下："那行，现在想去哪儿？这边我也不太熟，不知道有没有什么能玩的地方？"

"要不就随便走走吧！"陆君知撑着栏杆跳到另一边，"就当饭后消消食。"

严灼点点头："行，那就随便走走。"

两人顺着路往前溜达，穿过一个公园，今天天气还挺好，虽然气温不高，但是阳光照着也不觉得冷。公园里有好多人在散步，还有来秋游的一群小孩子，叽叽喳喳的，挺热闹。

他俩也没什么目的地，就顺着路往前走，走到一片湖水边上。

陆君知捡起一块石头扔到旁边的湖里，水上顿时荡出一片涟漪，他咳了一声道："我们不是打了个赌吗？就是成人礼上演讲稿的事……"

严灼笑了笑："嗯，我记得。"

陆君知飞快地看了一眼严灼："你读的演讲稿还是我写的那篇……"

严灼乐了，勾了勾嘴角："嗯，你赢了。不是让我答应你一个要求吗？想要什么？"

"什么都可以？"陆君知突然抬头认真地看着严灼，"什么都能答应？"

严灼想了想："我能做到的，都答应。"

陆君知看了周围一圈，湖对面有个小礼堂，离这儿不远，看起来挺漂亮。

严灼顺着他的视线看过去，看到小礼堂外面的草坪上有几个小孩子在互相追着跑来跑去，不解地问："找什么？"

陆君知突然拉起严灼的手朝着小礼堂跑过去。

两个人一口气跑到礼堂门口，严灼边撑着膝盖喘气边问："怎么了？"

陆君知往礼堂里瞅了一眼，转头对严灼道："你别动，在这儿等一下。"

严灼看了一眼礼堂门口站着的几个女生，不知道陆君知要干吗，但还是点点头。

陆君知几步迈上台阶，朝着门口的几个女生走过去，不知道说了什么，几个女生点点头，严灼又看着陆君知指了指自己这边，几个女生看起来非常惊讶似的，然后又对着陆君知摆摆手，几个人就走了。

"可以了，进去吧。"陆君知从台阶上跳下来，拉着严灼往小礼堂里走。

严灼有点好奇："你和她们说什么了？"

"没说什么。"小礼堂的门还没有关，陆君知拉着严灼直接进去，里面没有人，空荡荡的，说话好像都能听到回声，"就问问能不能用一下礼堂里的钢琴。"

"钢琴？"严灼愣了愣，"要钢琴做什么？"

陆君知没有答话，从过道穿过一排排座位，走到一架钢琴前面。

"我给你唱首歌好不好？"陆君知突然开口，手指按了一下琴键，"好像我还没有好好给你唱过歌。"

严灼有点惊讶："唱歌？现在？"

陆君知点点头，走过去坐到钢琴前面，抬头看着严灼："嗯，现在。"

礼堂并不是很大，阳光从外面照进来，照到陆君知背后，他背光而坐，微微仰头看着严灼，表情认真而严肃。

严灼看了他一会儿，眼睛里带着笑意："好啊！"

陆君知低下头看着黑白琴键，有一点紧张，抬手揉揉额头，看着严灼笑了一下，才把手指放到钢琴上。

前奏响起的一瞬间，严灼觉得自己的脑海一片空白。

    If I walk, would you run

    （我的靠近会让你却步吗）

    If I stop, would you come

    （我的止步会让你走近我吗）

    …………

陆君知十指在钢琴上有节奏地弹奏着，歌声随着钢琴伴奏在空荡荡的礼堂里响起，他抬头看着严灼，对方正靠在旁边的座位上看着自己，双眼沉静如水。

过往像播放的电影，慢慢从他眼前掠过。

——哥们儿，唱得不错啊。

——叫我阿灼就行。

——哟，您还会说谢谢呀？您不是连名字也不告诉我吗？

——没这么难听吧，都吓成这样了?

——她们说的白马王子，我感觉就是你这样的啊!

——你见过自己打工赚钱的白马王子?

——我给你唱首歌怎么样?

If I ask you to stay, would you show me the way

（如果我请你留下，你愿意指引我吗）

Tell me what to say so you don't leave me

（告诉我说什么才能留住你）

The world is catching up to you

（世界正在追赶你的脚步）

While you're running away to chase your dream

（而你正努力追逐你的梦想）

It's time for us to make a move

（是时候迈出脚步）

Cause we are asking one another to change

（为彼此改变了）

And maybe I'm not ready

（或许我还没准备好）

…………

严灼放在兜里的手紧紧地握在一起。

从一开始的认识，到后来的相知，那些相处时细碎的场景，一下子全都涌了出来。

——你知不知道你差点出事?! 你要我怎么冷静?

——都过去了! 你冷静点!

——什么都能答应?

I can hide up above

（我可以假装不在乎）

…………

We've been hiding enough

（我们已经躲藏了太久）

…………

陆君知深吸一口气，朝严灼看过去。

If I walk would you run

（我的靠近会让你却步吗）

If I stop would you come

（我的止步会让你走近我吗）

…………

最后一个音符落下，礼堂里瞬间安静下来，只剩下若有若无的回音。陆君知慢慢收回手，从钢琴前站起来一步步走到严灼对面，空荡荡的礼堂里可以听见他的脚步声，一步一步踩在光洁的地板上。

严灼没有说话，只静静地看着他。

陆君知觉得自己紧张得手指都在抖，他深吸一口气，鼓起勇气看着对面的人。"严灼，我们可以做一辈子的好朋友吗？"

他心想：你因为我受到了伤害，差点死了，你还愿意做我的朋友，就像以前一样和我并肩而行吗？

陆君知用力握紧手，不知道是不是因为紧张，他觉得时间就像被拉长了好几倍，好像能听见自己的呼吸和心跳声。

空气里安静得没有一点声音，只剩下细小的尘埃飘飘浮浮。

不知道过了多久，就在他以为严灼不会回答的时候，对方终于开了口。

严灼上前一步，看着他笑起来，笑容温暖明亮。"好啊。"

陆君知有点发愣，像是没反应过来。

"怎么了？"严灼抬手在对方眼前晃了晃，"发什么呆？"

"喀……"陆君知突然弯腰咳了起来。

严灼给他拍了拍背，有些无奈道："怎么了？"

陆君知止住咳，看了严灼一眼，又垂下眼睛。"就……有点不敢相信……"

"不敢相信什么？"严灼眼睛里带着笑意。

"我以为你不想理我了。"陆君知挠了挠头，有点不好意思，"毕竟之前你在度假村溺水，说到底也是因为我……"

"都过去了。"严灼拍拍他的肩膀，"不是你的错，再说了，你不是也把我救上来了吗？"

陆君知抿了抿嘴："但是我还是要说一句对不起。"

"好。"严灼点头，"我接受了，那这件事就过去了。"

"嗯。"陆君知点头，放松下来，好像突然有一束暖光照在他的心上。

陆君知突然觉得，现在的自己虽然仍旧迷茫，但是在未来的征途上，他多了一份勇气，少了一份恐惧，他想带着这份勇气，全力以赴，收获崭新的自己。

其实少年的人生可以这样，有清风，有朝阳，有烈日当头，有雨雪风霜，有璀璨星光，也有挚友在身旁。

所以，严灼，很高兴可以遇见你，我想你也一样。

番外

童年

就在他以为他会这样平淡、孤独地度过以后的岁月时，有一个少年突然闯进他的生命里，那少年挑唇而笑，冲他伸出右手。"嘿，哥们儿，唱得不错啊。"

小小严灼

在严灼的印象里，他从来没有见过妈妈。

一开始他不太懂，后来几个邻居家的小孩指着他大声说："我们不和你玩，你妈妈是坏女人！"

他不明白那几个小孩说的"坏女人"是什么意思，就跑回去问爸爸。

那时候爸爸正坐在院子里的树下弹吉他，微风拂过，花瓣纷纷落下来。听到他的问题，爸爸把手里的吉他放到一旁，蹲下来扶着他瘦弱的肩膀。"阿灼相不相信爸爸的话？"

"相信啊。"他回答。

爸爸微笑着摸了摸他的头发，轻声道："那爸爸告诉阿灼，阿灼的妈妈不是坏女人，她是最勇敢的女孩，有最自由的灵魂和最纯粹的热情，爸爸很爱她，阿灼也要爱妈妈，记住了吗？"

"记住啦。"严灼眼睛弯弯，用力点头。他还是不太明白，却牢牢记住了爸爸的话，妈妈不是坏女人，她是最勇敢的女孩，有最自由的灵魂和最纯粹的热情。

虽然妈妈不在他身边，但那时候的日子也很开心。

爸爸经常带着他去乐队唱歌的地方，那是一个很大的旧工厂，被改造成了简单的音乐室，里面有各色灯光和各种乐器，还有一个不大的舞台。

爸爸和几个叔叔在舞台上唱歌，他就坐在不远处的沙发上玩玩具，有时候开心了，他还会跟着音乐跳起来。几个叔叔哈哈大笑，冲过来抱着他胡乱亲几下，然后捏着他的脸逗他。"小帅哥还会跳舞呀？"

有时候大人们会在旧工厂门口的空地上喝酒聊天，那个旧工厂在郊区，对面就是一片树林，夏日晚风吹过，不知名的虫子轻轻唱着歌。

"队长，你以后想干什么啊？"有人问爸爸。

"想干什么？"爸爸喝了口酒，眼睛里满是温柔的笑意，"想唱歌啊。"

大家都笑起来，举着杯子碰在一起。

"我们也想唱歌啊！"

"要一直唱歌，永远唱歌！"

"对啊，要永远唱歌。"

那时候他还小，只懂得跟着凑热闹，于是端着水杯，踮起脚去碰杯，有叔叔看见了，大笑着拿筷子蘸了酒要喂他，然后被爸爸打跑了。

于是大人们又闹在一起。夏日璀璨的星光下，满是欢声笑语。

也有不开心的日子。

那时候他长大了一些，已经可以听懂那些所谓流言蜚语。

"哎，就是那个小孩。"

"哪个啊？"

"父母离婚那个。"

"哦，你说那个玩赛车，整天穿得花枝招展的那个？"

"对啊，他爸也不是什么安分的，玩乐队呢。"

"哎呀，现在的年轻人啊，真是……"

后来他上了学，学校的小朋友都有妈妈接送，可是他没有。别的小朋友都穿着妈妈买的新衣服，他也没有。他只有爸爸送的玩具，于是他拿着最喜欢的玩具想和别的小朋友一起玩，有一个小孩却推开他，然后大声说："我们不和你玩，你妈妈都跑了，你们一家人都不是正经人！"

放学回家的时候，他一路上都没有说话，只背着小书包，拉着爸爸的手。

走到院子里，爸爸蹲下来看着他，关心地问："我们阿灼怎么了，不开心吗？"

他低着头，小声道："爸爸，是不是因为阿灼不乖不听话，所以妈妈才不喜欢我，自己走掉的？"

那时候爸爸没有立刻回答他，而是过了好一会儿才亲了亲他的额头。"不是的，妈妈很喜欢阿灼，她是因为不喜欢和爸爸一起生活才走掉的。"

"那她怎么都不回来看我？"他小声地哭，抽抽噎噎的，"阿灼……阿灼很想她。"

"嗯。"爸爸抱住他，把头埋在他小小的肩膀上，"爸爸也很想她。"

"阿灼……什么时候可以见到妈妈？"他搂着爸爸的脖子，吸着鼻子。

爸爸松开他，给他擦了擦眼泪。"乖，以后会见到的。"

他那时候还太小，看不懂爸爸泛红的眼睛意味着什么。爸爸这样说，他便相信了。

"可是没有人和我玩。"他垂着眼睛，眼睫毛湿漉漉的。

爸爸摸了摸他的眼睛，宽慰道："因为我们阿灼太优秀了，等你以后遇到和你一样乖的小孩，就有小伙伴了。"

从那以后，他就不再想这些事情了，他慢慢长大，成了最乖的小孩，考第一名，会唱好听的歌曲，见到长辈会问好，大人们也会摸摸他的头发说："这小孩长得真好看啊。"

只是他有时候会梦到妈妈，但是看不清脸，醒来的时候他就会翻出相册看，相册里的妈妈穿着一条红裙子，笑容明艳地靠在爸爸身边。

有时候爸爸看到了，就会和他一起看，然后告诉他一些以前的事。

比如妈妈是车队里最有名的赛车手，她张扬、肆意、热情，是在火焰里燃烧的红玫瑰，那时候爸爸还会去看她赛车，在震耳欲聋的引擎声里，看到妈妈像刺破暗夜的光一样冲到终点，晚风吹乱她的长发，在篝火摇曳的夜晚，她带着明媚的笑容，奔向爸爸。

可两个人最后还是分开了。

"我和妈妈分开，不是因为不相爱。"爸爸摸着他的头发，声音很温柔，"只是我们不适合在一起了。"

"妈妈也很爱我们阿灼。"爸爸曾告诉他，在他还小的时候，每一件衣服都是妈妈给他做的，那时候她还不太会，针扎破了手也不停下。有时候她还会终日抱着他，用玩具逗他，亲他，漂亮明艳的眼睛里满是欢喜爱意，然后抬眼看着爸爸笑着说："我们的阿灼好可爱啊。"

他也觉得妈妈是爱他的，于是他努力让自己成为最乖的小孩，他想，既然爸爸说会见到妈妈，那他就要努力让自己成为最乖的小孩，这样妈妈见到他，一定会喜欢他的。

他认真学习，考试考第一名，比赛拿一等奖，学习唱歌，见到长辈礼貌问好。

他以为妈妈总会回来看他的，可是他还没等到，爸爸就生病了。

他那时候还不懂什么是胃癌，只知道爸爸要去世了，不能再陪着他了。他在爸爸的病床前哭得撕心裂肺，拉着爸爸的手说不让爸爸走。

那时候爸爸的病情已经很严重了，终日躺在病床上，可爸爸的眼睛还是那么明亮，爸爸温柔地摸了摸他的头发，安抚道："阿灼不哭，每个人都会离开的，只是爸爸先离开了而已。"

"可是我不要爸爸离开！"

"阿灼乖。"爸爸用宽大的手掌擦了擦他的眼泪，"我们阿灼以后会长大，会变成男子汉，爸爸不在了，阿灼就要靠自己了，但是阿灼要记得，爸爸永远爱你。"

"爸爸，我也爱你。"他哭得喘不过气。

"阿灼乖。"爸爸摸摸他的头发，"阿灼以后要去做自己喜欢的事，不用在乎流言蜚语。所谓人言可畏，不过是没有一颗坚定的心，爸爸希望阿灼以后可以无惧他人的目光，只过自己想要的生活，这才是真正优秀的人。"

他擦擦眼泪，用力点头道："阿灼记住了。"

爸爸最后还是离开了他。

那时候他每天躲在被子里哭，就算有婶婶陪着他，他还是觉得害怕。

有时候他半夜不睡觉，爬起来去翻相册，突然想起爸爸生病的那段时间，有一次他半夜睡醒，发现爸爸正在看相册，他悄悄看过去，还是那张照片，是妈妈穿着红裙子，笑着靠在爸爸身边的照片。第二天，他听到婶婶告诉爸爸，还没有联系到妈妈。爸爸沉默了一会儿，只说了句没关系。

他最开始是恨妈妈的，恨她离开，恨她没有回来看爸爸，也没有回来看他。

可是后来他就不恨了。

他慢慢长大，越来越明白爸爸的话。每个人都拥有追求自己人生的权利，去做想做的事，过想过的生活，其他人又怎么有资格去干预？

后来的日子里，他一直都是自己一个人。他成为了别人眼里优秀的人，成绩优异，礼貌温柔，老师、同学都很喜欢他，或者说很喜欢他这样的所谓优秀的人。

而那些曾经的流言蜚语又变了样。

"这是谁家的小孩啊？成绩这么好。"

"他爸爸去世了，就是以前那个乐队主唱。"

"人家是怎么教的，教出来的小孩这么优秀。"

只是这一次，他心里却没有任何波澜了。他将自己封闭起来，封闭在别人所说的优秀里，他和所有人保持合适的距离，没有人能成为走进他心里的朋友。

就在他以为他会这样平淡、孤独地度过以后的岁月时，有一个少年突然闯进他的生命里，那少年挑唇而笑，冲他伸出右手。"嘿，哥们儿，唱得不错啊。"

从此，他干涸的内心繁花盛开。

≫ 小小君知

陆君知以前觉得自己是世界上最幸福的小孩，他有英俊高大的爸爸，温柔漂亮的妈妈，最幸福快乐的家。

只是记忆里爸爸一直很忙，经常要工作到很晚才回来，那时候他已经睡着了。于是，他总是在早上问妈妈："爸爸什么时候才可以陪我玩呀？"

妈妈正在帮他整理小书包，听到他的话便回头温柔地问："君知喜欢爸爸？"

"喜欢呀。"他摸了摸衣服上的小狗图案，这是妈妈给他买的新衣服。

"爸爸也喜欢君知。"妈妈穿着月白色的旗袍，弯下腰帮他背好书包，"可是爸爸要努力工作，保护妈妈和君知，很辛苦，就没有时间陪君知了。"

他歪着小脑袋想了很久，点点头道："那我快点长大，帮爸爸工作，他就不辛苦了。"

可就算再忙，爸爸也会抽出时间陪他，带他去郊游，让他骑在自己的肩膀上，带着他在春日的阳光下玩闹，那时候他觉得爸爸是这个世界上最厉害的人，爸爸那样高大英俊，可以让自己看到那么远的风景。

爸爸会教他游泳，在洒满阳光的水里亲吻他湿漉漉的头发，然后告诉他怎样可以最快到达对岸。爸爸也会在下雪的时候带着他打雪仗，看着他身上落满雪花，蹲下来焐热他的脸，然后告诉他雪花是怎样凝结，再落下的。

这时候妈妈就会用相机记录下这一切，然后笑着跑过去抱住他们，温柔地问："冷不冷呀？"

在外人眼里，爸爸总是很严肃，不怎么笑，也不怎么哄他，可他知道爸爸很爱他，有的东西他学不会，爸爸就会不厌其烦，一遍一遍耐心地教他。

他记得有一次他想学自行车，问爸爸可不可以教他。那时候爸爸就已经很忙了，但还是抽出时间带着他去了。那会儿他还很小，爸爸教了他很久他都没有学会，最后还摔倒了。

膝盖和手肘磕在地上火辣辣地疼，他有些灰心，低着头不想起来。

爸爸蹲在他跟前看了看他的伤口，问："疼吗？"

"有点。"他小声说。

"嗯。"爸爸声音低缓沉稳，"那就站起来。"

他没有动。

他记得当时爸爸看了他一会儿，然后轻轻揉了揉他的头发，说："没关系，摔倒了再站起来就是了。"

"爸爸抱我起来。"那会儿他还很小，受伤了就忍不住想撒娇。

爸爸就笑，然后轻松地抱着他站起来，帮他擦掉脸上蹭到的灰，笑着说一句："黏人。"

学车的广场就在海边，凉凉的海风迎面吹来。他有些害羞，搂着爸爸的脖子不放手。"爸爸也会摔倒吗？"

"嗯。"爸爸抱着他走到海边，海风吹乱了他的头发，"爸爸以前也会摔倒。"

他松开手，睁大眼睛看着爸爸："那爸爸摔倒了会疼吗？"

"会疼。"爸爸回答，"但是爸爸不觉得疼。"

"为什么呀？"

"因为有你妈妈陪着爸爸。"

他记得爸爸在说这句话的时候，眼神温和而柔软，像是阳光下的海，可以盛满这世间所有的深情与爱。

"那妈妈也会陪着我吗？"

"会，爸爸和妈妈都会陪着君知。"

"哇！"

"但是君知也要学会自己站起来，这样才是能保护妈妈的男子汉。"

"我要变成男子汉保护妈妈！"

"嗯。"爸爸看了看他磕破的手，"那君知还要学骑车吗？"

"要学！"他用力点头，"摔倒了也要站起来！"

只是他还没来得及学会骑自行车，就被送到了外公家里。

那天晚上回家，他第一次见到爸爸哭，或许爸爸没哭，只是他的错觉罢了。他躺在自己的小床上已经睡着了，蒙眬中感觉有人亲了亲自己的额头，然后一滴水落在他的脸颊上。

接着，他听到爸爸说："小知，再等等爸爸。"爸爸的声音那么低，那么沉，像是怕吵醒他。

他很乖地去了外公家，没有不开心，也没有哭闹。

因为自己听见了爸爸和妈妈说的话，爸爸不同意把自己送过来，爸爸说他小时候过得不好，但是他希望他的孩子可以不要背负任何沉重的东西，只是开心地长大。

妈妈说，小知在外公那里，也会开心地长大。

爸爸却说，一家人要在一起，才会幸福快乐，他会保护妈妈和小知，不让任何人伤害他们。

可爸爸最后还是妥协了。因为妈妈就那么看着他，慢慢地开口："阿聿，我也想保护你，我也会舍不得你难过。"

爸爸曾告诉他，只要你妈妈那么看着我，我就什么都会答应她。

外公也很爱他，把他带在身边，亲自教他读书、写字，告诉他什么是君子之行，什么是修身齐家，外公甚至带着他去见老朋友，摸着他的头发告诉对方，这是他最聪明的小外孙。

什么都很好，只是不能经常见到爸爸。妈妈还会过来看他，爸爸却很少来。

后来他听到外公家的用人说，虽然现在外公和爸爸的关系缓和了很多，但是没有外公的允许，爸爸是不能来外公家的。

没关系，他小声告诉自己，自己可以找机会见爸爸的。

于是，在外公问他明天休息打算做什么的时候，他说他想学骑自行车。

"骑自行车？"外公有些疑惑，"怎么突然想学骑自行车了？"

他说，之前爸爸教过他，但是他还没学会，所以想再学一次。

外公看了他一会儿，笑着说："沈家的继承人是不需要骑自行车的，外公找一匹小马驹来让人教你骑。"

他那会儿还小，听到外公这么说，愣了一会儿才点头，向外公道谢。

后来妈妈来看他，抱着他坐在院子里的秋千上读书。"夫君子之行，静以修身，俭以养德。非澹泊无以明志，非宁静无以致远。夫学须静也，才须学也，非学无以广才，非志无以成学。"妈妈摸了摸他的头发，"我们小知要以君子之行要求自己，勤俭好学，宁静致远。"

"我记住了。"他仰起头，"妈妈，爸爸也是君子吗？"

"爸爸是妈妈心里的君子。"

"嗯？"

"石可破也，而不可夺坚；丹可磨也，而不可夺赤。"妈妈低下头，轻轻吻了吻他的眉心，被风吹动的长发拂过他的脸颊，"爸爸就是这样的人，小知以后也要做这样的人。"

只是他当时并不太懂妈妈为什么要用这句话形容爸爸。

在外公家里的日子总是过得很快，因为他有太多东西要学习了。除了读书，他还要学习骑马、射击、书法、绘画、小提琴，对于这些，他其实没有特别的兴趣，但是外公找了专门的人教他，他便认真地学了，也确实学得很好。

他写了一幅字送给外公，外公甚至将这幅字裱起来挂到了书房里。

有客来访，外公便指着那幅字说："我小外孙写的。"

那时候徐西立也被送去学这些，对他来说大概十分痛苦，他三天两头打电话和自己抱怨，哭天喊地要自己去看他。

那时候自己在想什么？

其实什么也没有想，他只是觉得，自己学得认真，大概外公就会待爸爸好一些吧。

后来有一次，他考试得了第一名，已经不记得是什么科目的考试了，但是因为难度确实很大，所以外公很高兴地问他想要什么。

那会儿他正拉开弓准备射箭，听到外公的话也没有回答，等到"哐"的一声，箭正中靶心，他才收了弓，回头对外公说："小知想要和爸爸妈妈一起吃晚饭。"

外公没有回答。

站在一旁照顾他的阿姨笑着道："快中秋节了呢，让小若和陆先生回来吧。"

那时候外公年龄已经很大了，两鬓都是白发，但脊背仍旧挺直，他背着手，只看着眼前的小孩，没有说话。风萧萧而过，院子里的树叶沙沙作响。半晌，外公爽朗大笑，拍着他的肩膀道："好，我们小知想要什么我就给什么。"

他开心地笑起来，跑过去抱住外公。

后来，爸爸和妈妈确实在那年中秋节的时候来沈家陪他吃了晚饭，和外公、大舅、二舅一起。

那天饭桌上说了什么，有没有发生什么，他已经不记得了。只记得吃完饭后，妈妈去厨房帮外公切水果，爸爸陪她一起去。

一旁的阿姨欣慰地说道："这多好啊，一家人就应该这样。"

他也觉得很好。

只是彩云易散琉璃脆，越美好的事物越容易破碎。

妈妈的去世让他的世界坍塌了，他像是完全变了一个人，暴躁、易怒、无所事事，处处和别人作对，外公在的时候他还有所收敛，等到连外公都走了以后，他完全变成了连自己都不认识的人。

他不再看书，外公留给他的那些他原本很喜欢的书他再也没有翻开过，他也不再拉小提琴，不再骑马，不再练书法，很多在其他人看来他应该要做的事情他都不再做了。

他学会了顶嘴、打架、逃课，他像一个叛逆期的少年一样处处都是问题。

可其实他不想这样的。

他喜欢以前的陆君知，也喜欢以前那个家。

可是这一切全都没有了。

他就像是落入黑暗的深渊，不受控制地下坠，却不知道什么时候会落地。

直到遇见一个少年，那少年温柔地对他说："叫我阿灼就行。"

从此，沉寂的黑夜有了光。

图书在版编目（CIP）数据

左灯右行 / 如琢著 . -- 上海：上海文化出版社，
2023.12
ISBN 978-7-5535-2833-5

Ⅰ. ①左… Ⅱ. ①如… Ⅲ. ①长篇小说－中国－当代
Ⅳ. ① I247.5

中国国家版本馆 CIP 数据核字（2023）第 188590 号

出　版　人：姜逸青
责任编辑：郑　梅
监　　制：邢越超
策划编辑：郭妙霞
特约编辑：彭诗雨
营销支持：周　茜
装帧设计：梁秋晨
插图绘制：M 咸鱼会长　carrrrrie 加里
内文排版：百朗文化

书　　名：左灯右行
作　　者：如琢
出　　版：上海世纪出版集团　上海文化出版社
地　　址：上海市闵行区号景路 159 弄 A 座 3 楼　201101
发　　行：中南博集天卷文化传媒有限公司
印　　刷：三河市中晟雅豪印务有限公司
开　　本：680 mm×955 mm　1/16
印　　张：22.25
插　　页：4
字　　数：350 千字
版　　次：2023 年 12 月第 1 版　2023 年 12 月第 1 次印刷
书　　号：ISBN 978-7-5535-2833-5/I.1094
定　　价：52.80 元

如发现印装质量问题，影响阅读，请联系 010-59096394 调换。